SHANNON DRAKE

Le seigneur de Lochraven

BestSellers

Titre original : THE QUEEN'S LADY

Traduction française de EVELYNE JOUVE

HARLEQUIN®

est une marque déposée par le Groupe Harlequin

BEST-SELLERS®
est une marque déposée par Harlequin S.A.

Photos de couverture

Paysage écossais : © IMAGESTATE / JUPTER IMAGES
Homme : © FRANCO ACCORNERO / T. SCHLUCK
Ciel : © ROYALTY FREE / DYNAMIC GRAPHICS
Arbre : © ROYALTY FREE / MICHEL GILE

83/85 boulevard Vincent-Auriol 75646 PARIS CEDEX 13.

Service Lectrices — Tél. : 01 45 82 47 47

www.harlequin.fr

ISBN 978-2-2808-5030-8 — ISSN 1248-511X

À cette époque...

Ce roman débute au moment où Mary Stuart, élevée en France, rentre en Ecosse afin d'y régner.

A cette époque, la noblesse écossaise, rude et indisciplinée, demeure féodale. La dynastie au pouvoir, celle des Stuarts, s'appuie sur l'Eglise catholique et l'alliance de la France, ce qui n'est pas sans alarmer l'Angleterre. Fille de la Française Mary de Guise et Jacques V Stuart, Mary Stuart, venue au monde peu avant la mort de son père, se retrouve, dès le berceau, reine d'un peuple farouche. Sa mère, régente d'Ecosse, la fait élever en France où sa beauté mélancolique plaît au dauphin François. A peine l'a-t-elle épousé que son beau-père, Henri II, meurt, de sorte que Mary Stuart, reine d'Ecosse, se retrouve aussi reine de France. Or, elle est également, par son sang Tudor (sa grand-mère paternelle était Marguerite Tudor), l'héritière la plus proche du trône d'Angleterre — voire même la reine d'Angleterre, si Elizabeth est tenue pour bâtarde. Dès lors, on comprend mieux l'intérêt que toute l'Europe se met à porter aux actes et aux sentiments de cette jeune femme, reine de trois royaumes. En 1560, son mari meurt ; la faction des Guise perd en France tout son pouvoir ; Mary doit partir pour l'Angleterre. Sa venue contrarie fort sa cousine, la reine Elizabeth d'Angleterre, qui la considère comme une rivale, mais aussi le peuple écossais, lequel, adepte de la nouvelle religion réformée, voit d'un mauvais œil l'arrivée d'une souveraine catholique. Mary Stuart aura donc fort à faire pour s'imposer dans un pays dont le véritable maître, lorsqu'elle débarque en Ecosse en 1561, est un pasteur, John Knox, prédicateur fanatique dont l'éloquence biblique plaît à ses austères compatriotes.

02 31 72.52 95

Pour Joan Hammond, Judy de Witt,
et Kristi et Brian Ahlers, avec toute mon affection.
Merci pour votre soutien sans faille.

Prologue

Avant l'exécution

En entendant des pas, puis le grincement d'un verrou, Gwenyth sentit son sang se glacer dans ses veines : on venait la chercher. Son heure avait donc sonné.

Elle n'avait pas bronché lorsqu'elle avait été jugée et condamnée, résolue qu'elle était à rester fière et digne jusqu'au bout. Mais face à l'imminence de sa mort, son courage l'abandonnait. Elle était terrifiée.

Elle ferma les yeux, cherchant à puiser des forces au plus profond d'elle-même.

Au moins, elle pouvait marcher. On ne serait pas obligé de la traîner jusqu'au bûcher comme tant de malheureux qu'on soumettait à la torture pour obtenir leur « confession ». Les membres broyés, les ongles des pieds et des mains arrachés, ils étaient bien incapables de se rendre par eux-mêmes sur le lieu de leur supplice. Gwenyth, elle, avait révélé à ses juges tout ce qu'ils voulaient entendre, répondant à leurs questions avec une ironie cinglante. Elle avait ainsi permis à la Couronne de réaliser des économies, car les monstres qui torturaient les prisonniers pour leur arracher de faux aveux se faisaient payer pour accomplir leur abominable besogne.

Et elle s'était épargné à elle-même l'ignominie d'être traînée, sanglante, brisée, défigurée, jusqu'au bûcher.

Un autre grincement métallique se fit entendre. Les pas se rapprochèrent.

« Prends sur toi, respire », s'ordonna-t-elle. Elle voulait mourir avec dignité. Grâce au ciel, elle avait conservé son intégrité physique et morale. Après avoir vu ce dont ils étaient capables, c'était un miracle. Mais la terreur…

Elle se tenait droite, le menton redressé, non par fierté, mais parce qu'elle avait tellement froid que son corps n'était plus qu'un bloc de glace. Mais plus pour longtemps, songea-t-elle avec l'ironie du désespoir. Les flammes ne tarderaient pas à la réchauffer de leur caresse mortelle. Le supplice du feu n'avait pas pour but d'ajouter une agonie horrible aux souffrances déjà subies par les condamnés, mais de réduire en cendres leur corps possédé par Satan, de le faire redevenir poussière. Voilà pourquoi les suppliciés étaient généralement étranglés sur le bûcher, avant qu'on allume le feu. *Généralement.*

Sauf si les juges éprouvaient de la haine pour un condamné. Ils pouvaient alors donner l'ordre d'allumer le brasier avant que le bourreau ait eu le temps de hâter la fin du malheureux et d'adoucir son agonie. Or Gwenyth s'était fait des ennemis. Elle avait parlé pour d'autres ; elle s'était défendue. Il y avait peu de chances que sa mort soit rapide.

Oui, elle s'était fait trop d'ennemis, et aujourd'hui elle en payait le prix. Il lui avait été facile de reconstituer le fil des événements — après son arrestation.

Beaucoup de gens croyaient au diable et à la toute-puissance de la sorcellerie — à commencer par la reine que Gwenyth avait servie avec tant de loyauté. Ils étaient persuadés que Satan venait la nuit tenter les mortels et les convaincre de lui vendre leur âme. Ils croyaient aux pactes signés avec du sang, aux maléfices et aux envoûtements. Ils étaient certains que si ces possédés étaient amenés à se confesser, ils sauveraient leur âme éternelle ; que d'horribles tortures et une mort atroce étaient leur unique chance de salut.

Bien sûr, Gwenyth n'avait jamais pratiqué la sorcellerie, et ses juges le savaient fort bien. On s'était servi de ce prétexte pour l'éliminer. Son seul crime avait été de rester loyale à une reine qui, dans un moment d'emportement, les avait tous maudits.

Mais les vraies raisons de son emprisonnement n'avaient plus aucune importance, désormais. Pas plus que le procès inique qui avait suivi et la cruauté du verdict. Elle allait mourir. Tout le reste était secondaire.

Comment se comporterait-elle face à la mort, lorsqu'elle sentirait les flammes la dévorer vivante… ? Hurlerait-elle ? Certainement. Car ce serait une fin affreuse.

Toute sa vie, elle s'était montrée loyale et intègre.

Et voilà le résultat.

Par-delà sa terreur de mourir dans de terribles souffrances, elle était minée par le désespoir. Elle n'avait pas mesuré ce qu'elle sacrifiait pour défendre ses idéaux. Les regrets avaient ouvert dans son cœur une plaie béante qui saignait et brûlait comme si on y répandait du sel. Quel que soit le supplice qu'on infligerait à son corps, ce ne serait rien comparé au tourment qui rongeait son âme. Car quand elle ne serait plus là…

Qu'adviendrait-il de Daniel ?

Elle voulait croire qu'il serait épargné. Dieu ne pouvait se montrer aussi cruel. Le procès, l'exécution… étaient destinés à la réduire au silence, elle et elle seule. Daniel n'avait rien à redouter. Il était sous la protection de gens qui l'aimaient, et son père veillerait à ce qu'il ne lui soit fait aucun mal, elle en était convaincue. Et cela, malgré la façon dont elle l'avait défié.

Les pas se rapprochèrent puis s'arrêtèrent devant la cellule. Pendant un moment, Gwenyth fut aveuglée par la lumière de la lanterne qu'ils avaient apportée avec eux pour se diriger dans les ténèbres du cachot. Elle distingua trois silhouettes — trois ombres —, et rien d'autre. Puis sa vision s'ajusta et l'espace de quelques secondes, son cœur se mit à battre avec violence.

Il était là.

Une lueur d'espoir frémit en elle. Malgré sa colère, ses reproches, ses mises en garde, sûrement il ne pouvait pas accepter que sa vie se termine de cette façon. Il ne pouvait pas avoir voulu *ça*. Il lui avait cent fois répété — à juste titre, hélas — que son imprudence finirait par la perdre et qu'elle n'avait aucune idée des dangers que pouvait lui attirer son franc-parler. Mais pour autant, était-il possible qu'il ait pris part à ce complot ourdi contre elle ? Il l'avait aimée, il lui avait appris comment le cœur pouvait prendre l'ascendant sur l'esprit, la passion dominer la raison, l'amour balayer toute logique…

Ils avaient partagé tant de choses ensemble. *Trop* de choses.

Et cependant…

Tout le monde trahissait tout le monde pour acquérir davantage de terres, d'argent, de pouvoir… ou simplement pour sauver sa vie. Avait-il participé à cette parodie de justice ?

En tout cas, c'était bien lui, Rowan Graham, qui se dressait devant elle dans toute sa splendeur. Ses cheveux blonds avaient des reflets d'or dans la flamme vacillante de la lanterne, et sa tenue clamait fièrement ses origines nobles :

il arborait un tartan aux couleurs de son clan et sa longue cape bordée de fourrure accentuait encore la largeur de ses épaules de guerrier. Il se tenait immobile de l'autre côté de la grille, flanqué de son juge et de son bourreau, son beau visage figé dans une expression sinistre et accusatrice, ses yeux aussi sombres que du charbon. La main du désespoir se referma sur le cœur de Gwenyth. Quelle folie d'avoir pu penser qu'il était venu la sauver !

Il n'était pas là pour l'aider mais pour précipiter sa perte. Comme tant de nobles écossais, rompus à cet exercice par des siècles de guerres et de luttes sanglantes, il avait attendu de voir dans quelle direction soufflait le vent de la victoire pour rallier le camp des vainqueurs. Une tactique maintes fois éprouvée, sur les champs de bataille comme dans les couloirs du pouvoir.

Gwenyth le fixa sans bouger, ignorant tout ce qui n'était pas lui. Elle essaya de ne pas penser à son apparence pitoyable, à ses vêtements déchirés, imprégnés de l'humidité et de la moisissure du cachot, et s'obligea à ne pas fléchir sous la dureté de son regard. En dépit des haillons qui la vêtaient, elle resterait hautaine et fière, déterminée à mourir avec dignité. Il la dévisageait avec une telle détestation haineuse qu'elle eut l'impression de sombrer au fond d'un puits de ténèbres — un aperçu de l'enfer qui l'engloutirait après avoir enduré le supplice du feu.

Elle soutint son regard avec orgueil, à peine consciente que le juge lisait l'acte d'accusation et la sentence.

— Condamnée à être brûlée vive sur le bûcher… ses cendres éparpillées dans le vent…

Fièrement, elle ne broncha pas, ne cilla pas. Elle resta droite, la tête haute, et s'aperçut soudain que le révérend Martin se tenait en retrait, derrière le petit groupe. Un sourire méprisant effleura ses lèvres pâles. Ils avaient dépêché leur servile laquais pour tenter de lui arracher une deuxième confession, sur le lieu même de son supplice. Bien sûr : si elle avouait devant la foule qu'elle avait vendu son âme à Satan et s'était rendue coupable en son nom de crimes abominables, elle justifierait son exécution. Et il n'y aurait plus une seule voix dans ce pays pour s'élever contre cette mascarade et crier qu'elle avait été victime d'un complot politique.

— Lady Gwenyth MacLeod, confessez-vous en public et votre mort sera plus douce ! déclama le recteur. Confessez-vous et priez, maintenant, car si vous manifestez un repentir sincère, le Tout-Puissant vous évitera peut-être de rôtir en enfer pour l'éternité !

Gwenyth ne parvenait pas à détacher les yeux de Rowan bien qu'il continue à la regarder avec aversion.

— Prenez garde, révérend, répondit-elle d'une voix douce. Si je parle, ce sera pour clamer mon innocence. Jamais je ne confesserai un mensonge, sinon le Dieu en qui j'ai foi se détournera de moi. Je m'avance sans peur dans la vallée de la mort parce que le Seigneur sait que je suis innocente, et que vous blasphémez en vous servant de son nom pour vous débarrasser d'une ennemie politique. C'est *vous* qui rôtirez en enfer pour l'éterni…

— Blasphème !

Elle resta pétrifiée car c'était Rowan qui venait de cracher ce mot d'un ton venimeux.

Avant même qu'elle ait compris ce qui se passait, la porte à barreaux de sa geôle s'ouvrit à la volée, et il l'empoigna par les cheveux, tandis que son autre main se refermait autour de son cou.

— On ne doit pas la laisser parler devant la foule ! Son âme est damnée, elle le sait, et elle n'a plus rien à perdre ! Elle tentera d'entraîner avec elle des innocents dans le repère puant de Satan ! tonna Rowan d'une voix vibrante de haine. Vous pouvez me croire, car je ne sais que trop ce dont cette sorcière est capable !

Gwenyth frémit. Comment ces lèvres qui lui avaient autrefois murmuré des mots d'amour pouvaient-elles prononcer des paroles aussi monstrueuses ? Il lui avait juré de l'aimer pour toujours. Devant Dieu, il avait fait vœu de la chérir jusqu'à ce que la mort les sépare !

Son cœur se brisa à la pensée qu'il n'était pas venu simplement pour assister à son agonie mais pour y participer.

Il avait de grandes mains, puissantes, mais qui savaient aussi se faire incroyablement douces pour un homme habitué à manier l'épée. Gwenyth se remémora avec douleur comment ces mains aujourd'hui si brutales s'étaient jadis posées sur elle pour la caresser avec une tendresse inouïe. Et ses yeux… ses yeux qui l'avaient contemplée autrefois avec émerveillement, ferveur, avec colère aussi, parfois, mais surtout avec une passion dévorante qui l'avait consumée jusqu'à l'âme…

A présent, ils n'étaient plus que haine et cruauté.

Tandis qu'il continuait à l'immobiliser d'une poigne de fer, sa main esquissa un mouvement imperceptible et elle se rendit compte qu'il serrait quelque chose dans ses doigts. Une petite fiole de verre. Il l'approcha de ses lèvres tout en rapprochant son visage du sien et lui souffla à l'oreille :

— Buvez. Maintenant.

Gwenyth le regarda fixement et vit vaciller une lueur au fond de ses yeux d'un bleu si intense qu'il rivalisait avec celui de la mer et du ciel. Elle y lut du désespoir, mais pas seulement. Et soudain, elle comprit : il jouait la comédie.

— Pour l'amour de Dieu, buvez, maintenant ! chuchota-t-il.

Elle obéit.

Presque aussitôt, les murs sombres de sa prison se mirent à tournoyer, et elle comprit que toute compassion n'était pas morte en lui : il lui avait fait absorber du poison pour lui épargner l'atroce supplice des flammes brûlant sa chair et la calcinant jusqu'à ce qu'il ne reste plus rien d'elle, que des cendres que le vent disperserait.

— Cette créature est maudite ! Satan est en elle ! Il faut la faire taire à jamais ! gronda Rowan tandis que sa main emprisonnait sa gorge comme un étau.

Il voulait leur faire croire qu'il l'avait étranglée, non pour lui épargner le bûcher, mais pour l'empêcher de prendre la parole en public.

Un voile obscurcit sa vision, un engourdissement envahit peu à peu ses membres. Incapable de se soutenir, Gwenyth s'affaissa contre lui, soulagée de mourir avant d'être dévorée vivante par les flammes.

Et cependant, dans cet ultime moment de lucidité, elle éprouva de la rage à l'idée que c'était lui, l'homme en qui elle avait eu une confiance aveugle, l'homme qu'elle avait aimé plus que sa propre vie, avec qui elle avait partagé l'extase et connu le paradis, que c'était lui qui lui prenait sa vie.

Elle regarda ses yeux, aussi brûlants que des tisons, et se demanda si leur flamme bleue continuerait à la hanter après sa mort.

Elle remua faiblement les lèvres.

— Traître, murmura-t-elle.

— Rendez-vous en enfer, répondit-il dans un souffle presque inaudible.

Etait-ce un sourire sur ses lèvres ? La raillait-il, au moment où elle mourait ? Alors même que sa vision se troublait, Gwenyth chercha une réponse dans ses yeux et y vit de l'angoisse mais aussi une flamme secrète, comme s'il essayait de lui dire quelque chose que les autres ne devaient pas entendre.

Gwenyth continua à scruter son regard aussi longtemps qu'elle en eut la force, essayant de déchiffrer tout ce qu'il y avait à y lire et de lui transmettre son propre message.

Daniel…

Elle aurait voulu prononcer tout haut le prénom de leur fils, mais n'osa pas. Elle savait qu'il aimerait leur enfant et que Daniel ne manquerait jamais de rien. Rowan y veillerait. Contrairement à elle, il ne serait jamais victime des vicissitudes du pouvoir. Ses ennemis ne sous-estimaient ni son influence — ni sa renommée.

L'obscurité se refermait sur elle. Le poison faisait son œuvre et cependant elle ne ressentait aucune souffrance. Dommage qu'elle n'ait pas mieux cerné les subtilités de la politique, songea-t-elle pendant qu'un brouillard envahissait peu à peu ses pensées.

Son erreur avait peut-être été de se laisser emporter par ses convictions et ses propres certitudes. Aurait-elle dû choisir une autre voie ? Existait-il une meilleure façon de défendre la reine qui aujourd'hui encore se trouvait en grand danger ? Marie risquait de mourir, elle aussi ; elle avait déjà été contrainte d'abandonner tout ce qui donnait un sens à sa vie.

Mais comment aurait-elle pu savoir ? Comment auraient-ils pu deviner, les uns et les autres, que leurs espoirs et leurs rêves de grandeur s'achèveraient ainsi ?

Tandis que les ténèbres l'engloutissaient, Gwenyth se remémora combien la vie lui avait semblé rayonnante et riche de promesses, autrefois.

Il y avait bien longtemps…

Première partie

Le retour de la reine

1

19 août 1561

— Qui est-ce ? chuchota l'une des dames d'honneur de la reine comme elles arrivaient à Leith, beaucoup plus tôt que prévu.

Gwenyth n'aurait su dire qui venait de parler. Marie, reine d'Ecosse, était encore une enfant quand elle avait quitté sa terre natale en compagnie de quatre fillettes de son âge, prénommées toutes les quatre Marie : Marie Seton, Marie Fleming, Marie Livingstone et Marie Beaton. Hier camarades de jeux, aujourd'hui dames d'honneur, « les quatre Marie » composaient l'escorte de cœur de la reine — une escorte si soudée qu'on avait du mal à les dissocier les unes des autres — comme en cet instant où Gwenyth était incapable de déterminer laquelle des quatre venait de s'exprimer.

Toutes fixaient le rivage où une petite foule s'était rassemblée pour les accueillir. Les beaux yeux sombres de la reine étaient aussi impénétrables que l'épais brouillard qui noyait la côte écossaise.

Gwenyth commençait à penser qu'elle n'avait pas entendu la question de sa dame d'honneur, lorsqu'elle déclara :

— Rowan. Rowan Graham, Lord de Lochraven. Il est

venu me rendre visite en France en compagnie de mon demi-frère, Lord Jacques, il y a de cela quelques mois.

Gwenyth le connaissait de nom : Rowan Graham était l'un des nobles les plus puissants d'Ecosse. Il avait la réputation de parler haut et clair, et d'avoir suffisamment d'autorité et de poids politique pour se faire entendre.

Il était impossible de ne pas le remarquer tant il dominait l'assistance de sa haute taille. Marie était très grande pour une femme, elle mesurait un mètre quatre-vingts et dominait la plupart des hommes de son entourage — à commencer par son propre demi-frère. Mais même dans le cas contraire, Lord Jacques Stewart n'aurait pu rivaliser avec l'homme debout à ses côtés. Le jour peinait à poindre, mais la faible clarté qui perçait le brouillard suffisait à allumer des reflets d'or dans ses cheveux blonds. On eût dit un chevalier revêtu d'une armure de lumière — ou un ancien guerrier viking. Il arborait les couleurs de son clan, bleu et vert, et, en dépit de l'élégance de la délégation venue accueillir la reine, c'était vers lui que se tournaient tous les regards.

Lochraven, songea Gwenyth. Un territoire des Highlands. Même ici, en Ecosse, on tenait les Highlanders pour un peuple à part. Gwenyth était elle-même originaire de cette région et elle connaissait la puissance redoutable des clans et de leurs barons. Rowan Graham était un homme dont il leur faudrait se méfier.

Non que la reine ait des raisons de s'inquiéter. Après tout, son retour était attendu et souhaité. Mais Gwenyth savait des choses que la reine, absente depuis douze longues années, ignorait. Depuis un an, le protestantisme était devenu la religion officielle en Ecosse et, aux yeux de certains fanatiques comme John Knox, qui prêchait à Edimbourg, l'attachement de la reine à la foi catholique pouvait passer pour une provocation et la mettre en danger. Cette pensée emplit Gwenyth de colère ; Marie avait l'intention de laisser à son peuple la liberté de pratiquer la religion de son choix. Sûrement, la même liberté pouvait être accordée à la reine ?

— Me voilà chez moi. En Ecosse.

Marie murmura ces mots tout bas comme si elle essayait mentalement de se convaincre qu'ils étaient synonymes.

Gwenyth dévisagea sa souveraine et amie avec un peu d'inquiétude. Contrairement aux autres dames d'honneur, Gwenyth n'était restée absente qu'une année. Marie, elle, avait quitté sa terre natale à l'âge de six ans. La reine d'Ecosse était plus française qu'écossaise. Lorsque leur galion avait quitté le port de Calais, Marie était restée longtemps immobile sur le pont, les larmes aux yeux, répétant : « *Adieu*, France » tandis que les côtes françaises disparaissaient au loin.

Pendant un instant, Gwenyth se sentit blessée pour son pays. Elle aimait passionnément l'Ecosse. A ses yeux, rien n'était plus beau que ses côtes rocheuses déchiquetées et ses teintes grises, vertes et mauves qui se transformaient en une féerie blanche quand venait l'hiver. Elle aimait ses châteaux rugueux, taillés sur mesure pour ce paysage escarpé et rude. Mais sans doute se montrait-elle injuste. Marie avait vécu si longtemps loin de ses terres. Et les commentaires sarcastiques des Français qui considéraient l'Ecosse comme une terre de barbares, rude et sauvage, dénuée de toute espèce de confort, avaient dû nourrir ses appréhensions.

Marie avait tout juste dix-neuf ans, et elle était déjà veuve. Elle ne régnait plus sur la France, mais sur un pays qui l'avait vue naître — et qu'elle ne connaissait pour ainsi dire pas.

La reine sourit à ses dames d'honneur.

— Nous avons réussi, déclara-t-elle avec un entrain forcé.

— Oui, acquiesça Marie Seton. Et en dépit des manœuvres d'intimidation d'Elisabeth.

La tension avait été palpable pendant la traversée, la reine d'Angleterre ayant refusé de leur délivrer un sauf-conduit afin de garantir leur sécurité dans les eaux britanniques. Nombreux étaient ceux, en France comme en Ecosse, qui soupçonnaient Elisabeth de vouloir arraisonner le navire afin de capturer sa cousine. Ils avaient connu un moment d'effroi quand des bâtiments anglais leur avaient coupé la route et que des membres d'équipage étaient montés à bord sous le prétexte de vérifier qu'il n'y avait pas de pirates ; puis Lord Eglington avait dû les suivre pour répondre à des questions ; et pour finir, les chevaux et les mules de Marie avaient été confisqués à Tynemouth, avec l'assurance qu'ils lui seraient restitués aussitôt que les autorisations officielles leur seraient parvenues.

— Le comité d'accueil est *très* intéressant, commenta Marie Seton en contemplant Rowan Graham.

La reine suivit son regard.

— Il n'est pas pour toi, dit-elle simplement.

— Il y en aura peut-être d'autres comme lui, là où nous allons, suggéra Marie Livingstone d'un ton léger.

— Il y en a beaucoup d'autres comme lui, intervint Gwenyth d'un ton sec.

Elle sentit tous les regards converger vers elle et rougit.

— L'Ecosse est réputée pour ses guerriers, parmi les plus valeureux du monde, expliqua-t-elle, agacée d'entendre une note défensive dans sa voix.

— Je ne souhaite que la paix, murmura la Reine Marie, les yeux toujours fixés sur le rivage — et un frisson l'agita.

Le froid n'était pas en cause, devina Gwenyth. Elle savait quelles pensées traversaient l'esprit de la souveraine en cet instant : la France était un pays tellement plus riche que l'Ecosse, plus civilisé, plus rayonnant, et le climat y était plus doux. Le monde entier saluait l'art et la culture française. Marie avait connu le raffinement de la Cour, et le luxe sous toutes ses formes. Comment réagirait-elle face à la rusticité de son nouveau royaume ?

Des acclamations enthousiastes s'élevèrent sur le rivage tandis que Marie adressait un sourire radieux à la petite foule venue l'attendre. Malgré leur arrivée anticipée, après cinq jours passés en mer, ils étaient nombreux à s'être déplacés pour saluer leur jeune souveraine.

— Ils sont venus uniquement par curiosité, murmura Marie à Gwenyth, une touche d'acidité dans la voix.

— Ils sont venus honorer leur reine, protesta Gwenyth.

Marie sourit sans répondre et agita la main ; radieuse, elle descendit du canot et posa le pied sur la rive où elle fut accueillie tout d'abord par son demi-frère, Jacques, puis par les courtisans qui se pressaient autour de lui. La foule l'acclamait joyeusement. Peut-être étaient-ils venus par simple curiosité, en effet, mais maintenant ils étaient impressionnés par la grâce de leur souveraine. Marie n'avait jamais oublié sa langue natale : elle parlait le scots couramment et sans le moindre accent. Et elle n'était pas seulement belle — grande, élégante et élancée — il y avait aussi chez elle une noblesse et une grâce naturelles qui suscitaient l'admiration.

Gwenyth se tenait derrière la reine et Lord Jacques, légèrement en retrait, quand le splendide guerrier aux cheveux blonds, Lord Rowan, s'approcha du demi-frère de la reine et se pencha pour lui murmurer à l'oreille :

— Il est temps de partir. Elle a réussi son arrivée. Allons-nous-en avant que ça se gâte.

Il recula, et son regard croisa celui de Gwenyth, étincelant d'indignation. Loin d'être gêné, il parut s'en amuser. Un sourire effleura ses lèvres et Gwenyth sentit ses pommettes s'empourprer de colère. Marie d'Ecosse était une reine bienveillante. Elle était très jeune, il est vrai, et elle avait grandi en France, mais depuis la mort de son jeune et royal époux, elle avait prouvé qu'elle possédait toutes les qualités d'une souveraine. Que cet homme ose mettre en doute ses compétences lui était insupportable. Et cela faisait de lui un traître, décida Gwenyth.

On leur amena des chevaux et ils se mirent bientôt en route pour le château de Holyrood, la nouvelle résidence de la reine. Gwenyth laissa échapper un soupir de soulagement. Le retour de Marie en Ecosse était une excellente chose. Le peuple aimerait sa souveraine, dès qu'il aurait appris à la connaître. Et Gwenyth était heureuse de retrouver le décor familier où elle avait grandi. Malgré le brouillard qui jetait un voile d'étrangeté sur le paysage, le ciel gris et mauve contribuait à exalter sa beauté sauvage. Il faisait partie de son charme un peu rude, au même titre que ses falaises pleines d'écume et ses forêts profondes.

— Au moins, la reine semble aimée et respectée par son peuple, déclara l'une des quatre Marie. Même si ce n'est pas la France, ajouta-t-elle tristement.

Gwenyth éprouva un étrange sentiment de malaise tandis qu'ils traversaient Leith et en fut désemparée. La foule saluait la reine au passage avec un enthousiasme non feint. Elle n'avait aucune raison de s'inquiéter. Alors d'où lui venait cette appréhension ?

— Pourquoi ce visage soucieux ?

Elle tressaillit. Rowan Graham s'était porté à sa hauteur — et l'observait avec amusement.

Elle redressa le menton.

— Je ne suis pas soucieuse.

— Non ? Et moi qui pensais que vous aviez le bon sens de vous inquiéter de l'avenir en dépit des roulements de tambour.

— M'inquiéter de l'avenir ? répéta-t-elle froidement. Et pourquoi devrais-je m'inquiéter que l'Ecosse ait retrouvé sa reine ?

Il ramena son regard devant lui, un étrange mélange d'amusement et de distance sur son visage.

— Une reine catholique revient gouverner un pays qui s'est converti au protestantisme l'année dernière…

Il tourna la tête vers elle.

— Il y a de quoi être inquiet, vous ne trouvez pas ?

— Son demi-frère lui a assuré qu'elle pourrait pratiquer librement sa religion.

— Oh, vraiment, dit-il — et il éclata de rire.

Quelle grossièreté, songea Gwenyth avec colère.

— Vous voudriez refuser à la reine le droit d'adorer Dieu ? demanda-t-elle. Si tel est le cas, peut-être feriez-vous mieux de rentrer dans les Highlands, suggéra-t-elle sèchement.

— Votre loyauté envers votre reine vous honore.

— Je n'en dirais pas autant de vous, riposta-t-elle du tac au tac.

Il sourit.

— Combien de temps avez-vous vécu loin de l'Ecosse, Lady Gwenyth ? s'enquit-il d'une voix douce.

— Un an.

— En ce cas, soit vous êtes très naïve, soit vous n'êtes

pas aussi fine que je l'avais imaginé. Vous parlez de loyauté, mais vous devriez savoir que la loyauté n'est pas un dû. Si votre jeune reine veut conquérir le cœur de ses sujets, elle devra d'abord leur prouver sa valeur. Avez-vous oublié en l'espace d'un an ce qu'est l'Ecosse ? Dois-je vous rappeler qu'il y a dans ce pays des territoires où la monarchie ne signifie rien ? Où l'on fait allégeance uniquement aux chefs de clans ? Contrairement à ce que vous pensez, je suis un homme loyal. Ardemment loyal à l'Ecosse. La jeune Marie est notre reine, et à ce titre, ma loyauté, mon épée et ma vie lui sont acquises. Mais si elle veut asseoir son autorité de souveraine, il lui faudra d'abord apprendre à connaître son peuple et à s'en faire aimer. Car s'il l'aime… alors aucun sacrifice en son nom ne sera trop grand. L'Histoire a prouvé que nous étions braves jusqu'à l'abnégation, prêts à mourir les armes à la main pour ceux qui savent enflammer notre cœur et nous conduire à la bataille. Le temps nous dira si Marie a ce pouvoir.

Gwenyth le dévisagea, stupéfaite. C'était un discours héroïque mais elle y sentait poindre également l'ombre d'une menace.

— Vous vous exprimez bien, pour un rustre des Highlands, lâcha-t-elle en essayant de contrôler sa colère.

Au lieu de s'emporter, il haussa les épaules. Pire, il se mit à rire.

— Une seule année en France a suffi à vous rendre hautaine envers votre propre peuple ? Auriez-vous oublié que votre père était lui-même un Highlander ?

Lord MacLeod, de l'île d'Islington, était mort en combattant aux côtés de Jacques V. Mais l'héritage qu'il avait laissé était bien moins glorieux que celui du roi : la petite île au large des côtes rocheuses de l'Ecosse offrait à peine de quoi survivre à ses habitants. En réalité, le respect de la mémoire de son père était le bien le plus précieux que Gwenyth avait reçu en héritage.

— Mon père était un homme loyal, brave *et* courtois, en toutes circonstances, l'informa-t-elle.

— Ah, la lame est fine et acérée, murmura-t-il.

— Quel est votre souci, Lord Rowan ? C'est un jour de liesse. L'Ecosse a retrouvé sa reine. Regardez autour de vous : les gens sont heureux.

— Pour le moment.

— Méfiez-vous. Le dépit qui perce dans votre voix pourrait passer pour de la traîtrise s'il parvenait à d'autres oreilles, l'avertit-elle d'un ton glacial.

— Ce que je veux dire, déclara-t-il doucement, c'est que l'Ecosse n'est plus le pays que la Reine Marie a quitté autrefois. Il n'est même plus celui que vous avez connu il y a encore seulement un an. Maintenant, si vous pensez que le retour de la reine me déplaît, vous vous trompez. Je n'ai qu'un but : la maintenir sur le trône. J'estime moi aussi que chacun devrait avoir le droit de pratiquer librement sa religion, au lieu de se quereller pour des détails qui n'ont que trop déchiré l'Eglise et ravagé ce pays.

Il inclina la tête avec un sourire poli.

— Ma façon de parler vous heurte peut-être, mais c'est la mienne. Je répondrai toujours présent pour protéger votre reine — même d'elle-même, si cela s'avère nécessaire. Quant à vous, vous êtes très jeune et idéaliste. Puisse Dieu *vous* protéger des déconvenues.

— J'espère qu'Il m'aidera à éviter les rustres qui vivent ici, riposta-t-elle, le menton relevé.

— Comment notre Créateur pourrait-il ne pas accéder à la requête d'une jeune femme aussi délicieuse, Lady Gwenyth ? ironisa-t-il.

Gwenyth talonna son cheval afin de mettre une distance

entre eux. Son rire léger flotta derrière elle et elle ne put s'empêcher de frissonner. Il avait réussi à ternir ce qui aurait dû être une journée de joie. Pourquoi laissait-elle les remarques désobligeantes de cet homme l'affecter ainsi ?

Elle fit volter brusquement son cheval. Elle était une cavalière expérimentée et ne fut pas mécontente d'avoir l'occasion de le lui montrer tandis qu'elle effaçait la distance qu'elle avait mise entre eux, puis faisait de nouveau pivoter sa monture afin de chevaucher à ses côtés.

— Vous ne savez rien, déclara-t-elle d'une voix basse et passionnée. Vous ne connaissez pas Marie. Elle n'était encore qu'une enfant quand on l'a envoyée en France rejoindre son futur époux. Le pauvre Roi François n'a jamais été bien portant, mais Marie s'est comportée de manière admirable avec lui. Elle s'est occupée de lui avec amour et dévouement, elle est restée à ses côtés jusqu'à la fin, même dans les derniers jours, malgré l'horreur de son agonie. Puis elle a porté son deuil avec dignité, et elle a conservé cette dignité alors que le monde vacillait sous ses pieds et que des diplomates et des messagers venus du monde entier lui suggéraient des noms de prétendants pour son remariage. Elle a analysé toutes ses options, *y compris celles qui lui permettraient de servir au mieux les intérêts de l'Ecosse*, avec toute la gravité et la lucidité que la situation exigeait d'elle. Comment osez-vous mettre en doute sa stature de reine ? conclut-elle d'une voix vibrante d'indignation.

Cette fois, il ne rit pas. Au contraire, son regard s'adoucit.

— Si elle a réussi à gagner à sa cause une jeune femme aussi ardente et loyale, c'est qu'elle doit posséder de réelles ressources sous ses dehors nobles et charmants. Puissiez-vous conserver longtemps vos merveilleuses certitudes, conclut-il d'une voix douce.

— Et pourquoi faudrait-il douter, monsieur ? demanda-t-elle.

— Parce que le vent est prompt à tourner.

— Etes-vous si enclin à suivre les sautes du vent, Lord Rowan ?

Il la dévisagea pendant quelques instants, presque affectueusement, comme si sa route avait croisé par hasard celle d'une enfant trop curieuse.

— Que je le veuille ou non, le vent soufflera et courbera les plus grands arbres de la forêt, répondit-il. Lorsqu'une tempête s'annonce, mieux vaut s'y préparer. La branche qui ne ploie pas cassera.

— Les Ecossais préfèrent ployer. C'est leur problème.

— Vous êtes écossaise, lui rappela-t-il.

— Justement. J'ai vu trop de puissants lords monnayer leur ralliement à un camp ou à un autre.

Il regarda au loin. Elle n'aimait pas cet homme, mais elle dut reconnaître qu'il avait un profil splendide — menton énergique, pommettes hautes, parfaitement modelées, regard pénétrant, front large et puissant…

— Il y a deux ou trois petites choses que je sais sur mon peuple, déclara-t-il. Ils sont superstitieux. Ils croient au diable. Ils croient en Dieu — et ils croient au diable.

— Pas vous ?

Il la regarda.

— Je crois en Dieu parce que je puise du réconfort dans ma foi. Et si le Bien existe, il faut admettre que le Mal existe aussi, forcément. Quant à savoir si Dieu privilégie telle interprétation de Sa parole plutôt que telle autre… J'avoue qu'Il ne me chuchote pas Sa vérité à l'oreille.

— Oh, vraiment ? A en juger par votre comportement, on jurerait tout le contraire, rétorqua-t-elle sèchement.

Il esquissa un sourire.

— J'ai vu trop de tragédies et de malheurs — des vieilles femmes misérables brûlées pour sorcellerie, des puissants condamnés au même destin tragique à cause de leurs convictions… Vous voulez savoir en quoi je crois ? Au compromis. Et le compromis est la meilleure attitude que puisse adopter la reine.

— Le compromis — ou la compromission ? demanda Gwenyth en s'efforçant de ne pas laisser paraître sa colère dans sa voix.

— Le compromis, affirma-t-il.

Sur ces mots, il talonna sa monture et s'éloigna. Peut-être estimait-il qu'il gaspillait ses précieux conseils avec une simple dame d'honneur. Peut-être ne la trouvait-il plus divertissante.

— Je mettrai la reine en garde contre lui, se murmura Gwenyth à elle-même, plus troublée qu'elle ne l'aurait voulu par les doutes qu'il avait semés dans son esprit.

Le retour de la reine était une merveilleuse nouvelle, pour l'Ecosse et pour Marie. La noblesse et le peuple étaient venus l'accueillir, le cœur rempli de joie. L'air lui-même semblait vibrer d'espoir et d'allégresse. Et pourquoi pas ? Marie offrait à tous l'image d'une souveraine jeune et sage, heureuse de rentrer chez elle après une si longue absence et de retrouver son peuple bien-aimé — même si en réalité son cœur se brisait d'avoir quitté la France.

Gwenyth était lucide. L'Ecosse était une terre rude, sauvage — dangereuse, même, par bien des côtés. Mais ce pays passionné avait beaucoup à offrir à sa merveilleuse reine.

***

Tandis qu'ils poursuivaient leur route vers Edimbourg, Rowan constata avec soulagement qu'aucune provocation n'avait lieu sur le passage du cortège royal. Parmi la foule rassemblée le long des rues, beaucoup de villageois arboraient des déguisements destinés à fêter la reine et à la divertir : ici, une cinquantaine d'hommes en costume de Maures — turban et pantalon jaune bouffant — s'inclinaient au passage de la suite royale en faisant mine de leur offrir des trésors fabuleux ; là, deux jeunes femmes symbolisant la Sagesse et la Vertu saluaient la reine depuis des tréteaux dressés à la hâte. Un enfant s'avança timidement pour offrir à la reine une bible et un psautier.

Le retour de la reine avait donné lieu à des discussions houleuses, certains lords protestants voulant à toute force faire brûler l'effigie d'un prêtre sur le passage du cortège. La suggestion s'était heurtée à une farouche opposition, jusque dans leurs propres rangs. Quelques signes de contestation avaient néanmoins été subtilement placés sur leur route pour leur rappeler que ce pays n'était plus une terre catholique : une phrase glissée dans le discours du petit garçon rappelant que la reine devrait adopter la religion de son pays, quelques mannequins en flammes représentant des idolâtres brûlés pour leurs péchés... Mais ces démonstrations étaient suffisamment discrètes pour que la reine puisse choisir de les ignorer. Et l'atmosphère de fête était par ailleurs indiscutable. Les gens étaient sincèrement heureux de souhaiter la bienvenue à leur jeune et belle souveraine.

Comme il surveillait les mouvements de la foule autour de la reine, Rowan se surprit à poser à plusieurs reprises son regard sur Lady Gwenyth. Elle était d'une rare beauté. Les dames d'honneur de la reine étaient toutes très jolies, à vrai dire. Marie n'hésitait pas à s'entourer de créatures séduisantes, sans doute parce qu'elle se savait suffisamment belle elle-même pour ne pas craindre les comparaisons. Un détail assez révélateur de sa personnalité, songea-t-il.

Lady Gwenyth était vraiment ravissante, mais cela ne suffisait pas à expliquer le charme qu'elle exerçait sur lui. Il y avait une flamme dans ses propos, dans son regard, qui le provoquait et l'excitait tout à la fois. Oui, un feu étincelait dans ses yeux, audacieux mélange de vert, de bronze et d'or, et se reflétait jusque dans ses cheveux — ni tout à fait châtains, ni tout à fait blonds, où dansaient quelques reflets rougeoyants. Elle était loyale à sa reine, et la défendait avec passion. Elle n'avait pas hésité à croiser le fer avec lui, et avait défendu son opinion avec âpreté. Elle avait l'esprit prompt, la repartie cinglante… Il sourit, songeant que lorsqu'elle haïssait, ce devait être de toute son âme. Et quand elle aimait, c'était sans doute avec une fougue et un abandon passionnés.

Une souffrance inattendue lui broya le cœur. Etrange. Il avait pourtant accepté depuis longtemps la sombre tragédie de sa vie. La blessure était ouverte et ne cicatriserait jamais mais il aurait été absurde de nier les exigences de son corps, même s'il ne s'autorisait à les satisfaire que lorsque les circonstances s'alliaient pour lui offrir la partenaire, le lieu et l'occasion. Cela dit, la jeune dame d'honneur de la reine n'entrait pas dans la catégorie des passe-temps d'un soir.

Ni dans celle des passe-temps tout court.

Rowan se promit de garder ses distances avec elle, mais ne put cependant s'empêcher de sourire en se remémorant le plaisir qu'il avait pris à ferrailler avec elle. Elle était piquante. Et très désirable. Beaucoup trop.

Il croisa son regard et elle ne rougit pas, pas plus qu'elle ne se déroba. Au contraire, elle soutint cet échange silencieux avec défi. Son mépris était compréhensible. N'avait-il pas émis des doutes sur l'opportunité du retour de la reine ? Un retour qui se déroulait beaucoup mieux qu'il ne l'avait imaginé… tout du moins jusqu'ici. Il se surprit à détourner le regard le premier et talonna son cheval pour se rapprocher de Jacques Stewart — et de la Reine Marie, que le peuple continuait à acclamer.

Rowan ne comprenait pas la sensation de malaise qui s'était emparée de lui ce matin en voyant le galion de la reine apparaître lentement dans le brouillard. Il l'avait brièvement rencontrée lorsqu'il s'était rendu en France avec son demi-frère, Jacques, qui assurait la régence en son absence. Marie possédait toutes les qualités qu'un pays pouvait espérer trouver chez un monarque — l'élégance, la pondération et la diplomatie. Elle était très belle, également, ce qui ne gâtait rien, et sa haute taille, assez inhabituelle chez une femme, ajoutait à l'impression de grandeur qui émanait de toute sa personne. En réalité, la reine n'avait qu'un seul défaut à ses yeux : elle avait vécu quasiment toute sa vie en France.

Lui, Rowan, n'avait rien personnellement contre les Français. Leurs éternelles moqueries sur l'Ecosse, terre barbare et inculte, l'amusaient presque. En fait, il s'enorgueillissait de leurs critiques. Oui, leur pays était sauvage et âpre. Oui, ils avaient la fierté chevillée au corps, parfois jusqu'à l'excès. Ils ne paradaient pas dans les salons et préféraient les champs de bataille aux fastes de la Cour, mais leur cœur était ardent et sincère. Lorsque le peuple écossais s'enflammait pour une cause, il la défendait jusqu'au bout avec passion. Et aujourd'hui, le peuple écossais s'était enflammé pour la cause protestante.

Or la reine était catholique.

D'où son inquiétude pour l'avenir.

Son front s'éclaira lorsqu'ils arrivèrent enfin à Holyrood.

Le château était magnifique. Edifié en dehors des murs d'Edimbourg, il était entouré de forêts et offrait une vue splendide sur les alentours. D'abord conçu comme une simple tour quadrangulaire, l'édifice avait été transformé et embelli sous le règne de Jacques IV, le père de Marie, qui avait fait venir des ouvriers de France pour réaliser les travaux. De pur style renaissance, Holyrood pouvait rivaliser avec un bon nombre de palais français, songea Rowan avec fierté. Tout comme l'abbaye voisine, il avait été brûlé par les Anglais, dix-sept ans plus tôt, mais depuis l'ensemble avait été admirablement restauré.

Il guetta l'expression de la reine à leur arrivée, et vit un sourire sincère éclairer son visage à la vue de sa nouvelle demeure. Depuis son arrivée, elle n'avait été que tact et diplomatie, mais lui-même était rompu depuis des années au jeu subtil de la politique, et il ne douta pas un instant que sa joie était réelle.

Il s'aperçut que Gwenyth scrutait la réaction de la reine avec anxiété, et il détourna son attention de la souveraine pour observer sa dame d'honneur.

Lady Gwenyth était une énigme. Son attitude et ses propos montraient qu'elle ne prenait pas son rôle de dame d'honneur à la légère ; à l'évidence, elle était liée à Marie par quelque chose d'infiniment rare et précieux, même chez les plus puissants souverains : une authentique amitié. Mais elle n'était pas aveugle pour autant. Contrairement à Marie, absente pendant de si longues années, elle avait conscience des dangers qui la guettaient en Ecosse. Probablement plus qu'elle n'était prête à se l'avouer à elle-même.

L'intendant et les domestiques se rassemblèrent en toute hâte dans la cour centrale pour accueillir la Reine Marie et sa suite, leur excitation se mêlant de timidité et d'admiration tandis qu'ils regardaient leur souveraine s'avancer vers eux. Marie ne les déçut pas. Une fois de plus, Rowan fut impressionné par sa maîtrise, sa grâce, et la chaleur qu'elle témoignait à chacun d'entre eux. Puis Lord Jacques offrit son bras à sa demi-sœur pour la conduire à ses appartements, laissant les membres de la suite se débrouiller tout seuls pour trouver leurs quartiers, ce qui ne fut pas sans provoquer un petit vent de panique. Pendant que tout le monde s'agitait, Rowan entendit des gentilshommes français exprimer à mi-voix leur soulagement de trouver un palais d'allure civilisée dans un pays barbare, fermé à toute forme de culture et de raffinement.

— Rowan ?

Il se retourna : Jacques Stewart l'interrogeait du regard. Rowan hocha la tête en réponse à sa question silencieuse. Les appartements royaux étaient situés dans la tour nord-ouest et il comptait sur lui pour conduire les dames de la Cour jusqu'à leurs chambres.

— Mesdames, si vous voulez bien me suivre…

Des rires et des chuchotements étouffés bruissèrent dans son dos tandis qu'il les précédait dans le labyrinthe des couloirs. Apparemment, elles ignoraient que la plupart des nobles écossais parlaient le français, constata-t-il avec ironie. Il était donc tout à fait conscient qu'elles se livraient à des commentaires espiègles sur sa tenue vestimentaire, et à d'intenses spéculations sur ce qu'il portait — ou ne portait pas — sous son kilt en laine.

Pendant qu'il indiquait à ces dames où se trouvaient les appartements royaux, et leurs logements, les quatre Marie entreprirent de flirter avec lui. Elles étaient charmantes et tout aussi chastes, il le savait, que l'était leur jeune souveraine depuis son veuvage. Un jour, elles feraient un beau mariage, avec la bénédiction de la reine et de leurs familles, mais pour l'instant elles avaient seulement envie de s'amuser, comme n'importe quelles jeunes femmes de leur âge. C'était tout naturel et il fit de son mieux pour leur répondre avec galanterie.

Une seule d'entre elles ne riait pas et ne manifestait aucune intention de flirter avec lui : Lady Gwenyth.

Rowan sentait son regard planté dans son dos et ne put s'empêcher de sourire intérieurement. Nul doute que, contrairement à ses camarades, elle se moquait éperdument de savoir ce qu'il portait sous son kilt. Elle le détestait — ou du moins elle en était convaincue.

— Vous saurez retrouver votre chemin ? lui demanda-t-il enfin, après avoir montré aux jeunes femmes comment accéder à leurs chambres.

Les couloirs étaient longs et l'architecture souvent compliquée, même si elle était sans commune mesure avec celle des grands palais français. Mais le lieu leur était inconnu et elles devaient certainement se sentir un peu désorientées.

— Je pense que nous saurons nous débrouiller par nous-mêmes, répondit-elle.

Rowan avait remarqué qu'elle se tenait un peu à l'écart des autres dames d'honneur. Sans doute parce que, contrairement à elles, elle n'était pas partie en France dès son plus jeune âge. Beaucoup d'enfants issus des plus grandes familles d'Ecosse allaient étudier en France. Les échanges florissaient entre les deux pays, alliés de longue date.

Elle l'observait, les paupières plissées, une lueur de défiance au fond des yeux — des yeux magnifiques, songea-t-il malgré lui. Elle était instruite, s'exprimait avec grâce et, en dépit de ses affirmations, il était convaincu qu'elle partageait ses craintes pour la sécurité de la reine. Et en même temps, malgré son intelligence vive et son esprit affûté comme une lame, il percevait chez elle une candeur touchante.

Il répondit d'un bref signe de tête à ce qui s'apparentait à un congédiement et tourna les talons. Comme il remontait le couloir, il ne put s'empêcher de s'arrêter quelques instants devant une fenêtre pour contempler la vue.

L'imposant château d'Edimbourg se détachait sur un ciel gris et menaçant. Le temps avait été particulièrement froid et humide ces derniers jours, et des écharpes de brouillard s'accrochaient aux pierres de l'austère citadelle. Rowan dirigea son regard vers le *Royal Mile*, la longue rue marchande où une multitude d'échoppes proposaient des articles venus du monde entier. Holyrood était un magnifique palais, Edimbourg une ville merveilleuse. Sûrement, la reine finirait par tomber sous le charme de ce lieu et de ce peuple, qui avait célébré son arrivée dans la liesse.

Peut-être se montrait-il inutilement pessimiste. Et cependant… Certains membres de l'escorte française ne modéraient pas leurs critiques. Ils jugeaient ce pays brutal, hostile. Aussi sinistre que les pierres rugueuses du château d'Edimbourg. Les marchandises en France étaient plus raffinées, les palais plus somptueux…

Rowan se força à contempler sa ville avec le regard froid et neutre d'un étranger. Dans la lumière grise et brouillée, le château avait l'aspect d'une forteresse austère et menaçante. Les gens qui vivaient ici étaient à son image : sombres et rudes.

La roche crue opposée au marbre ; la laine opposée à la soie.

Il serra les dents. Ils avaient simplement besoin de temps. Le temps leur apporterait les changements dont avaient besoin la jeune reine et son entourage.

Les liens qui unissaient l'Ecosse à la France étaient anciens et solides. Et cependant…

Aucune alliance n'était fondée exclusivement sur l'amitié. Les Ecossais et les Français s'étaient battus ensemble contre les Anglais, et cet ennemi commun avait fait d'eux plus que des alliés : des amis. Mais l'amitié n'était souvent qu'un vernis friable qui volait en éclats dès l'instant où des intérêts plus égoïstes entraient en jeu. Et c'était tout le problème.

Qu'adviendrait-il de cette alliance maintenant que la jeune reine élevée en France était rentrée chez elle ?

2

— Je suis épuisée, soupira Marie en se jetant sur son lit.

Elle leva les yeux vers le lourd baldaquin et se mit à rire, comme n'importe quelle jeune femme de son âge.

— C'est très joli ici, dit-elle en contemplant la pièce.

Elle roula sur le côté pour interroger Gwenyth du regard.

— C'est beau, n'est-ce pas ? chuchota-t-elle — et Gwenyth comprit qu'elle regrettait la France.

— Magnifique, acquiesça-t-elle.

Marie retomba de tout son long sur le lit.

— Les couronnes, murmura-t-elle avec amertume. Elles sont si lourdes à porter.

— Ma reine…, commença Gwenyth.

Marie se redressa en secouant la tête.

— S'il te plaît, oublie l'étiquette, rien qu'un moment. Nous sommes seules et j'ai toute confiance en toi. Tu as grandi ici, et tu ne cherches ni à obtenir une récompense, ni à me tester, ni à m'évaluer. Appelle-moi par mon prénom et discutons comme deux amies. Car tu *es* mon amie, et c'est de ton amitié que j'ai besoin en cet instant.

— Marie, votre retour est triomphal. Le peuple est ravi que sa jeune et belle souveraine lui soit rendue.

La reine secoua la tête.

— Ils ont l'air si sévères.

— Ils sont…

Gwenyth s'interrompit, embarrassée. Puis elle haussa les épaules.

— C'est vrai, ils sont sévères, acquiesça-t-elle.

Elle hésita, et poursuivit :

— Mais c'est à cause de John Knox et de la ferveur avec laquelle ils ont embrassé leur nouvelle foi.

— Naturellement, railla Marie. Ils ne veulent surtout pas suivre l'exemple anglais — plutôt mourir ! —, mais comme ils ne veulent pas non plus pratiquer l'ancienne religion, il a fallu qu'ils en adoptent une nouvelle…

Elle soupira puis tapota le lit pour inviter Gwenyth à venir la rejoindre. A peine sa dame d'honneur s'était-elle assise à ses côtés que Marie lui enlaça la taille en frissonnant.

— Il fait froid ici, tu ne trouves pas ?

— Il y a du feu dans la cheminée, lui signala Gwenyth.

— C'est vrai. Sa chaleur ne devrait pas tarder à nous réchauffer. Cet endroit est si étrange. En France, du vivant de mon époux, ma position de reine me procurait un merveilleux sentiment de sécurité. Ici, c'est tout le contraire. J'ai constamment l'impression d'être jugée, observée, critiquée.

— Votre demi-frère a assuré la régence depuis le décès de votre mère, ne l'oubliez pas. Sans doute faudra-t-il a tout le monde un temps d'adaptation. Mais aujourd'hui la noblesse et l'Eglise sont venues ensemble vous accueillir. C'est de très bon augure ! Tout ira bien, vous verrez.

— Tu crois ?

Marie se leva et s'approcha du feu pour se réchauffer

les mains. Pendant un moment, elle parut perdue dans ses pensées, son expression presque tragique.

— Si seulement…

Elle redressa les épaules et se retourna.

— Je viens à peine d'arriver, je porte encore le deuil de mon époux, et sais-tu à quoi pensaient tous ces grands et nobles lords pendant qu'ils m'escortaient jusqu'ici ?

— Non, à quoi ?

— A mon remariage.

Gwenyth sourit.

— Ma chère reine…

— *Marie*. Nous sommes des amies, ce soir.

— Marie, il m'en coûte de vous parler ainsi car je connais votre cœur et je sais combien vous avez été affectée par la mort de votre époux, mais à l'instant même où le roi de France a cessé de vivre, votre remariage a été au centre de toutes les conversations, dans toutes les Cours du monde. Vous êtes une reine, et les alliances que vous nouez — sur un plan politique ou personnel — peuvent modifier le cours de l'Histoire. C'est une vérité difficile à entendre quand on pleure un être cher, mais le monde est ainsi fait.

— Je suis une marchandise, murmura Marie avec amertume.

— Vous êtes une reine.

Marie se mit à marcher de long en large.

— Tu as raison, je le sais bien. J'ai à peine eu le temps d'enterrer mon époux avec les honneurs qui lui étaient dus qu'il m'a fallu décider de mon avenir. J'ai choisi, mais tout à l'heure, en posant le pied sur le rivage d'Ecosse, je me suis demandé si je n'avais pas commis une terrible erreur.

Elle s'arrêta une nouvelle fois devant le feu et contempla les flammes rougeoyantes d'un air absent.

— J'ai eu des propositions. Des prétendants issus de

maisons royales *catholiques*. Mais une telle union dresserait à coup sûr toute l'Ecosse contre moi. Je sais ce qu'ils attendent de moi, je l'ai lu dans leurs yeux : ils veulent que je choisisse l'un des leurs pour époux. Un homme qui vénère cette terre, qui a du sang écossais dans les veines, et qui compensera le fait que je sois une infâme catholique.

Elle se tourna vers sa dame d'honneur, les yeux remplis d'amertume.

— Oh, Gwen, pourquoi sont-ils ainsi ? Comment pourrais-je renier le Dieu en qui je crois depuis toujours ?

— Personne n'attend cela de vous.

Marie écarta sa protestation d'un geste et Gwenyth songea qu'elle avait probablement raison, hélas.

— Ils attendent tout de moi. Mais je ne suis pas une reine inconstante. Jamais je ne trahirai mes convictions. Même si…

Elle laissa sa phrase inachevée et détourna les yeux.

— Même si… ?

Gwenyth ne put s'empêcher de sourire. Il lui semblait que la reine avait rougi.

— Je…

Marie prit une grande inspiration.

— J'aimais François… mais depuis le premier jour, il n'a jamais cessé d'être malade.

— Il n'y avait guère de place pour la romance dans votre vie, acquiesça Gwenyth dans un murmure.

Marie revint s'asseoir près d'elle sur le lit.

— J'ai honte de le dire, mais j'ai rencontré quelqu'un qui… J'étais tout juste veuve quand je l'ai vu. C'est un lointain cousin, en fait.

Elle lança à Gwenyth un regard espiègle.

— Il est très beau.

— Qui est-ce ?

— Henry Stewart, Lord Darnley.

— Ah.

Gwenyth regarda au loin. Marie méritait sincèrement d'être heureuse. Elle avait passé toute sa vie à faire ce qu'on attendait d'elle, à accomplir son devoir. Gwenyth était donc ravie d'entendre une petite note d'excitation vibrer dans sa voix, mais…

Henry Stewart avait, comme Marie, du sang des Tudor dans les veines. Il était l'arrière-petit-fils du roi Henry VII et était assigné à résidence en Angleterre depuis que son père, un Ecossais, avait commis l'outrage de se dresser contre la reine Elisabeth. Mais comme sa mère, Lady Lennox, était une pairesse anglaise, son séjour forcé n'avait rien d'un emprisonnement.

Gwenyth avait rencontré Lord Darnley très brièvement, en même temps que la reine, en fait, quand il était venu lui présenter ses condoléances à la mort du roi François. Il était effectivement très beau et pouvait se montrer charmant. Une partie de la noblesse, néanmoins, en particulier parmi les Highlanders, ne l'aimait pas. On le disait joueur, buveur, débauché… Son sang était écossais, mais également anglais par sa mère.

Gwenyth lança à Marie un regard empreint de malaise, même si, toute à son excitation, la reine se trompa sur les raisons de son embarras.

— Rassure-toi, je n'ai pas perdu l'esprit. J'aimais profondément François et je porte toujours son deuil, même si mes sentiments s'apparentaient davantage à une amitié tendre qu'à un amour passionné. Je ne veux rien précipiter et j'ai l'intention d'écouter attentivement mes conseillers avant de prendre une décision. Je ne souhaite négliger aucune option, ni Don Carlos d'Espagne, ni l'archiduc d'Autriche, ni aucun de mes autres prétendants. Ne t'inquiète pas, je n'ai garde d'oublier que mon mariage sera dicté par les alliances politiques, et que l'amour n'y tiendra aucune place.

— Marie, je sais que vous agirez pour le mieux, mais vous avez aussi le droit de penser à votre bonheur, déclara Gwenyth.

La jeune reine, si élégante dans sa robe d'intérieur bordée de fourrure, fixa sur elle ses beaux yeux sombres où brillait une lueur d'angoisse.

— Je suis effrayée, chuchota-t-elle. J'ai peur, malgré tous mes efforts, de ne pas mener ma tâche à bien. De ne pas réussir à rendre mon peuple heureux.

— Oh, Marie ! Vous n'avez aucune raison de vous inquiéter. Vous venez de faire un retour triomphal. Et vous serez une reine admirable. Vous *êtes* une reine admirable !

— Tout est si… différent, ici.

— C'est votre peuple. Il vous aime.

— Mais ils sont tellement…

Marie s'interrompit, puis esquissa un pâle sourire.

— Tellement écossais.

— Certes, ce n'est pas la France. Mais c'est un pays extraordinaire, authentique et passionné. Savez-vous que les royaumes étrangers sont prêts à dépenser des fortunes pour que nos guerriers viennent combattre à leurs côtés ? C'est parce que nous sommes braves, infatigables et loyaux.

— Je cherche la paix, pas la guerre.

— Je sais. Mais souvent il faut recourir à la force pour obtenir la paix.

— Pas en Ecosse.

— Détrompez-vous. Rappelez-vous : si nous sommes un pays aujourd'hui, c'est grâce à la détermination et au courage d'hommes comme William Wallace et Robert Bruce, votre propre ancêtre. L'Ecosse n'est pas uniquement une terre de guerriers, elle voit fleurir aussi des poètes et des scientifiques. Ils partent étudier à l'étranger et ils enrichissent leur connaissance du monde. Tout ce que vous avez à faire, c'est d'aimer l'Ecosse. Et elle vous le rendra au centuple !

Marie laissa échapper un petit soupir.

— Je prie pour y parvenir… oui, je prie. Merci, mon amie. Mes quatre Marie sont très chères à mon cœur, mais elles ne connaissent pas l'âme de ce pays, contrairement à toi. Elles l'ont quitté trop jeune, tout comme moi. Ce soir, j'avais terriblement besoin de ton amitié et de ta compréhension, et tu m'as exaucée.

— Marie, tous ceux qui vous connaissent savent que vous avez un cœur généreux et sage. Vous n'avez pas besoin de moi. Vous devez simplement croire en vous et apprendre à connaître votre peuple.

— C'est mon vœu le plus cher car je souhaite devenir une grande reine.

Marie hésita.

— Plus grande encore que ma cousine Elisabeth, ajouta-t-elle d'une voix douce.

Gwenyth ne put s'empêcher de frissonner à ces mots. La reine Elisabeth était une souveraine très puissante et l'adversaire politique directe de Marie : à la mort de Marie Tudor, la royauté française avait contesté la légitimité d'Elisabeth à monter sur le trône, arguant que son propre père, Henry VIII, l'avait déclarée bâtarde de son vivant — donc indigne de régner. La France avait même proclamé unilatéralement Marie Stewart Reine d'Ecosse, de France, d'Angleterre et d'Irlande…

Depuis, chacun campait sur ses positions. Marie n'avait pas réellement l'intention de ravir le trône d'Angleterre à sa cousine, Gwenyth le savait. L'eût-elle voulu, d'ailleurs, que les Anglais s'y seraient farouchement opposés. D'abord parce qu'ils étaient très attachés à leur reine « Bess », mais aussi, et surtout, parce qu'ils ne voulaient pas entendre parler d'une reine catholique. Pour l'instant, c'était le statu quo, mais la situation était explosive et portait en elle-même les germes d'un embrasement potentiel — voire inévitable.

Des siècles durant, l'Ecosse avait été ravagée par des conflits sans fin avec son voisin anglais. Personne ne souhaitait un nouveau bain de sang, et cependant, chaque alliance était ressentie de part et d'autre comme un coup de poignard dans le dos. L'Angleterre observait d'un œil soupçonneux l'amitié entre l'Ecosse et la France, la France surveillait de près l'Angleterre, et l'Espagne les tenait à l'œil tous les trois — et réciproquement. Toutes ces considérations entreraient en ligne de compte dans le choix du futur époux de Marie. Son mariage lui gagnerait un allié — et lui ferait d'innombrables ennemis.

Comme si elle lisait dans les pensées de sa dame d'honneur, Marie reprit d'une voix douce :

— Je crois qu'il serait préférable que j'épouse un Ecossais, cette fois. Et il est vraiment beau, n'est-ce pas ?

— Qui ?

— Lord Darnley.

— Oh. Oui.

Mary plissa les yeux d'un air amusé.

— J'ai l'impression que tu pensais à quelqu'un d'autre. Et je crois même savoir qui.

— Vraiment ?

— Lord Rowan.

Gwenyth sentit les muscles de son dos se raidir.

— Lui ? Il est arrogant et grossier.

— Il est direct et franc. Deux qualités indispensables quand on est un guerrier et un politique, je ne te l'apprends pas. En réalité, il est la parfaite illustration de la noblesse écossaise.

— En ce cas, *vous* devriez vous intéresser à lui.

— Tu te moques de moi ?

Gwenyth fronça les sourcils.

— Non, pourquoi ?

Mary se mit à rire.

— Apparemment, la rumeur n'est pas parvenue jusqu'à tes oreilles.

— Quelle rumeur ?

— Comme tu le sais, mon père a reconnu treize bâtards, dont mon cher frère Jacques, dit-elle — et Gwenyth se demanda si elle avait réellement perçu une note d'aigreur dans sa voix.

Il avait été question à une époque de légitimer Jacques Stewart. Le sujet avait été évoqué, mais n'avait jamais abouti.

Gwenyth écarquilla les yeux.

— Lord Rowan n'est quand même pas l'un des enfants illégitimes de votre père ? demanda-t-elle d'un ton incrédule.

Marie laissa échapper un petit rire sans joie.

— Lui, non. Mais sa mère, si. Elle a été lc premier fruit des amours adultères de mon père.

— Est-ce vrai — ou juste une rumeur ? demanda Gwenyth.

La reine lui lança un regard amusé.

— Ne fronce pas ainsi les sourcils ou tu auras le front ridé avant l'heure. Lord Rowan a bien du sang royal dans les veines et pourrait prétendre à la main d'une reine. Mais de là à trouver l'un de mes neveux séduisants, il y a un pas que je ne saurais franchir. D'ailleurs, il est marié.

— Oh ? murmura Gwenyth.

— Il est l'époux de Lady Catherine de Brechman.

— La fille de Lord de Brechman ? Mais… ce sont des terres anglaises, murmura Gwenyth avec stupeur.

— En effet. Je m'étonne que tu ne connaisses pas cette histoire. C'est une vraie tragédie. Il y a quelques années, Rowan et Lady Catherine sont tombés follement amoureux l'un de l'autre. Rowan a demandé sa main à son père, et mon frère Jacques et la reine Elisabeth ont donné leur accord. Lady Catherine a attendu tout de suite un enfant, mais peu de temps avant la délivrance, alors qu'elle se rendait sur les terres de son père, le carrosse dans lequel elle voyageait a eu un terrible accident. L'enfant n'a pas survécu. Lady Catherine a été grièvement blessée, une mauvaise fièvre s'est déclarée, la plongeant dans un délire dont les effets ont été irréparables. Elle n'a plus sa raison, aujourd'hui, et son état ne cesse de se dégrader. Elle vit dans le château de Lord Rowan, dans les Highlands, ou deux personnes de confiance veillent sur elle nuit et jour. Mais sa santé ne cesse de décliner et je crains qu'il ne lui reste plus longtemps à vivre.

Gwenyth la dévisagea, horrifiée.

— C'est affreux.

— Bien entendu, Rowan n'a plus aucune intimité avec sa femme — ce serait d'une rare cruauté sachant qu'elle a l'âge mental d'un petit enfant. Mais il a néanmoins réussi à maintenir une forme de dignité dans cette situation délicate.

— De la dignité ?

— D'après ce que m'a dit Jacques, il n'a pas fait vœu d'abstinence mais se montre très discret et ne choisit que des partenaires occasionnelles qui n'auront pas à souffrir d'être délaissées.

La reine observa attentivement sa demoiselle d'honneur et ajouta :

— Ne tombe pas amoureuse de lui.

Gwenyth fronça les sourcils.

— Tomber amoureuse de… de ce rustre ? Jamais !

Marie sourit.

— Je vois.

— De toute façon, je n'ai pas l'intention de tomber amoureuse, ni de lui ni de quiconque, affirma Gwenyth. L'amour rend stupide et vulnérable.

Mary tourna son regard vers le feu, un sourire lointain aux lèvres.

— Nous sommes très différentes, alors. Je voudrais tellement tomber follement amoureuse, connaître la passion… au moins une fois dans ma vie.

— Marie, murmura Gwenyth, embarrassée.

— Ne t'inquiète pas, lorsque je choisirai mon époux, je n'oublierai pas ce que je dois à mon peuple. Mais même une reine a le droit de rêver un peu.

Elle esquissa un geste de la main.

— La journée a été longue et les jours qui viennent s'annoncent difficiles.

Consciente que la reine la congédiait, Gwenyth se leva.

— Bonne nuit, alors, ma reine.

— Gwenyth…

Elle secoua la tête en souriant.

— Je quitte votre chambre. Vous redevenez ma reine.

— Et toi, tu restes mon amie.

Gwenyth fit une petite révérence et sortit, impatiente de retrouver sa chambre et son lit, dans ce grand château écossais qui allait devenir sa maison. Comme elle se hâtait dans les couloirs, elle entendit un murmure de voix et se rendit compte qu'elle était en train de surprendre malgré elle une conversation qui avait lieu dans l'un des petits cabinets utilisés lors des grandes réceptions, quand le château était comble.

— … trop tard, désormais. Vous ne pouvez revenir sur la parole donnée.

La voix était masculine, profonde et aisément reconnaissable : c'était celle de Lord Rowan Graham, comprit Gwenyth en s'arrêtant.

— Alors, nous devons nous préparer à une résistance farouche.

Gwenyth reconnut la voix masculine qui venait de lui répondre : c'était celle de Jacques Stewart. Le demi-frère de la reine était-il réellement son ami, comme il le prétendait ? Ou bien convoitait-il secrètement le trône d'Ecosse, convaincu qu'il aurait dû lui revenir ?

— De toute façon, nous n'avons pas le choix. Espérons que la détermination de la reine à interdire toute persécution religieuse calmera les esprits.

— La vigilance est de mise.

— Aujourd'hui plus que jamais.

La porte tourna brusquement sur ses gonds et Lord Rowan sortit, surprenant Gwenyth au milieu du couloir, en flagrant délit d'indiscrétion. Elle cilla et déglutit pendant qu'il la fixait d'un regard impassible.

— Je… je me suis perdue, articula-t-elle.

— Vraiment ?

— Absolument, affirma-t-elle, indignée.

Il lui offrit un sourire dénué de chaleur.

— Les appartements des dames sont de ce côté-ci — vous auriez dû tourner, si toutefois vous cherchiez votre chambre, bien sûr.

— Et qu'aurais-je pu chercher d'autre ?

— Oui, quoi d'autre ?

La question continua à vibrer dans l'air tandis qu'il esquissait une courbette ironique et tournait les talons. Gwenyth le regarda s'éloigner, suffoquée et furieuse d'avoir été traitée avec une telle désinvolture.

Mon Dieu, elle le détestait vraiment. Elle était navrée pour sa malheureuse épouse, bien sûr, mais lui… Selon toute apparence, il ne menait pas une vie très chrétienne, et il était arrogant, désagréable, odieux et…

Elle était épuisée. Elle allait se coucher, prendre un repos bien mérité. Et elle ne penserait pas à lui une seule seconde.

Sa chambre était minuscule, mais tout à elle. Non que ce soit tellement important à ses yeux. Lors de ses déplacements en France aux côtés de la reine, elle avait souvent dû partager son lit avec l'une des quatre Marie, quand ce n'était pas avec deux. La cohabitation donnait immanquablement lieu à des parties de fous rires car elles adoraient imiter les princes, les nobles et les diplomates qu'elles rencontraient à la Cour. Comme la reine, elles aimaient danser, s'amuser et elles appréciaient énormément la musique. Elles avaient vécu ensemble toutes les quatre pendant si longtemps qu'elles formaient une vraie famille, mais elles avaient accueilli très gentiment Gwenyth dans leur groupe — même si elle ne serait jamais tout à fait l'une des leurs.

En tout cas, ici, à Holyrood, elle dormirait seule, songea Gwenyth en contemplant son nouveau logis. Elle disposait même d'une petite cheminée. Le rayonnement du feu illuminait une fenêtre minuscule, et elle s'aperçut qu'il s'agissait en réalité d'un vitrail. La lumière frémissante donnait vie à l'image d'une colombe posée sur un arbre. En dessous apparaissait le blason des Stewart, ses couleurs ressortant de manière splendide dans le halo doré.

Gwenyth se félicita d'avoir une chambre pour elle toute seule. Les quatre Marie avaient quitté l'Ecosse depuis trop longtemps. Gwenyth les aimait infiniment et ne voulait pas perdre leur amitié, mais elle ne supporterait pas de les entendre critiquer constamment son pays en le comparant à la France.

Si elle était furieuse contre quelqu'un, elle pourrait se réfugier ici pour fulminer à l'abri des regards.

Ou si elle avait besoin de solitude.

Ou si elle avait besoin de se cacher…

Mais de qui aurait-elle besoin de se cacher ? se dit-elle avec ironie.

Cela, au fond, n'avait aucune importance. Cet endroit charmant serait son sanctuaire privé.

Son matelas était confortable, son oreiller douillet. Tout compte fait, c'était merveilleux d'être de retour à la maison.

Gwenyth ôta soigneusement sa tenue de voyage et la rangea dans sa malle ; la pièce était beaucoup trop petite pour supporter le moindre désordre. Une fois sa chemise de nuit en laine enfilée, elle ressentit une impression de chaleur, de confort… et d'épuisement. Pourtant, quand elle se glissa enfin dans son lit, il lui fut impossible de trouver le sommeil.

Elle pensait à Lord Rowan.

Sa rêverie éveillée fut brutalement interrompue par un fracas épouvantable, dans la cour.

Gwenyth se dressa dans son lit comme un ressort. Terrifiée à l'idée qu'il soit arrivé quelque chose à la reine, elle bondit dans le couloir, pieds nus, sans même prendre le temps d'enfiler une robe de chambre, tandis que, dehors, s'élevait une série de sons discordants.

Plusieurs membres de la suite royale, également réveillés

par le bruit, jaillirent de leur chambre et se précipitèrent en même temps qu'elle vers les appartements de Marie, dont la porte était entrouverte. Ils se ruèrent pêle-mêle dans la pièce, et trouvèrent la reine debout devant sa fenêtre. Elle regardait dans la cour.

— Tout va bien, les rassura-t-elle en levant une main d'un geste apaisant. Mes sujets me souhaitent la bienvenue. Ils me jouent une sérénade, leur expliqua-t-elle d'une voix enjouée.

Elle était pâle et visiblement épuisée mais affichait un sourire inaltérable.

— Ecoutez.

— *Grand Dieu !* s'écria Pierre de Brantôme, l'un des membres de son escorte française. Vous appelez ça une sérénade ? On croirait des chats qu'on égorge !

— Ce sont des cornemuses, ne put s'empêcher de rétorquer Gwenyth d'une voix sèche. Si vous écoutez, vous verrez que le son est magnifique.

— Je sais ce que c'est que des cornemuses, rétorqua Brantôme d'un ton hautain.

Puis il la dévisagea, les paupières plissées, comme s'il se rappelait subitement qu'elle avait grandi dans ce qu'il considérait à l'évidence comme un pays inculte et arriéré.

— Leurs sonorités ont un charme envoûtant, insista-t-elle. Charme que Marie, reine d'Ecosse, semble apprécier, ajouta-t-elle pour faire bonne mesure.

Elle n'avait jamais su exactement quel était le rôle de Pierre de Brantôme à la Cour, même s'il se définissait lui-même comme un diplomate et un messager. Gwenyth ne l'aimait pas beaucoup. Il était trop sarcastique à son goût. Mais il était un ardent admirateur de Mary Stewart, et c'était une raison suffisante à ses yeux pour qu'elle fasse l'effort de le supporter.

— C'est vrai, j'aime le son mélancolique des cornemuses, acquiesça Mary. Mon cher Pierre, vous devez absolument apprendre à aimer cette musique.

— En tout cas, il est difficile de l'ignorer, marmonna Brantôme.

Sur ce point, il n'avait pas tort. Une bonne centaine de personnes, au moins, semblaient s'être rassemblées sous les fenêtres de la reine et chantaient des psaumes à pleine voix. Les sons stridents des cornemuses se mêlaient à leurs chants.

Mary avait l'air tendue et fatiguée, mais malgré son épuisement, elle restait la reine.

— C'est une attention tellement charmante, dit-elle simplement.

Ils écoutèrent donc la sérénade impromptue jusqu'au bout, les gentilshommes français grommelant tout du long dans leur barbe, puis tout le monde partit se recoucher dans un joyeux brouhaha.

Gwenyth fut la dernière à souhaiter bonne nuit à Marie, mais cette fois, elle ne s'égara pas en route et regagna directement sa chambre où elle s'endormit très vite.

La triste épouse de Lord Rowan lui apparut en rêve. Elle chantait aux accents plaintifs d'une cornemuse tandis que la sombre silhouette de son mari, qui n'était plus son amant mais son geôlier, formait au loin une ombre menaçante.

— Ne tombe pas amoureuse de lui, l'avait avertie Marie.

C'était ridicule.

Pour cela, il aurait fallu qu'elle commence par se guérir de son aversion pour lui, ce qui était peu probable.

3

Durant les premiers jours de leur arrivée, Gwenyth constata avec soulagement que ses appréhensions avaient été infondées : à l'évidence, les Ecossais aimaient leur reine.

Holyrood n'était pas simplement un palais splendide, il abritait une armée de serviteurs soucieux de servir au mieux leur jeune reine ; les forêts alentours, profondes et giboyeuses, offraient à la Cour de magnifiques chevauchées, et la vue sur le château d'Edimbourg, dressé sur sa colline rocheuse, était réellement spectaculaire.

Les charmes de leur résidence avaient eu raison des esprits les plus chagrins. Même les membres de la délégation française avaient cessé leurs jérémiades. Gwenyth avait emmené les quatre Marie faire des emplettes le long du *Royal Mile*, et à leur retour, elles n'avaient pas tari d'éloges sur la capitale écossaise. Tout semblait donc se présenter au mieux.

Puis vint le premier dimanche.

Bien que de confession protestante, Gwenyth avait choisi d'aller à la messe aux côtés de la reine afin de lui témoigner son soutien, puis de se rendre au culte protestant. La reine se préparait donc à descendre dans la chapelle privée du palais, son demi-frère lui ayant assuré qu'elle pourrait assister librement à la messe, exactement comme en France.

Depuis leur arrivée, Gwenyth avait eu l'occasion de cerner un peu mieux Jacques Stewart. C'était un homme sombre et rude, mais bien qu'il soit lui-même un protestant convaincu, elle n'avait aucune raison de douter de sa parole. Peut-être avait-il au fond de lui le sentiment que la Couronne aurait dû lui revenir, mais bien qu'il ait fait allégeance à la nouvelle Eglise d'Ecosse, il rejoignait sa sœur sur bien des points : lui aussi s'élevait contre l'intolérance religieuse et condamnait le recours à la violence. Il était en train d'en donner la preuve.

Une foule excitée et menaçante s'était rassemblée devant l'entrée de la petite chapelle, en face du palais. Le prêtre qui devait célébrer la messe, terrifié, n'osait pas avancer. Les serviteurs portant les cierges étaient effrayés. Leur peur se mua en terreur quand on leur arracha les cierges des mains pour les mettre en pièces.

Des cris haineux s'élevèrent de toutes parts :

— Tuez le prêtre !

— Allons-nous tolérer qu'on vénère de nouveau des idoles ?

— Seigneur Jésus…, pria le prêtre, blême.

Jacques Stewart, secondé par Rowan Graham, plus impressionnant que jamais, s'interposa et harangua la foule en la fixant durement du regard.

— J'ai donné ma parole ! rugit-il.

— Vous devez honorer la promesse faite à votre reine, clama Rowan.

— Nous ne sommes pas des leurs ! Nous ne sommes pas des papistes ! cria quelqu'un.

— La Reine Marie s'est engagée à ce que chacun puisse pratiquer librement sa religion dans ce pays, sans s'exposer des à persécutions, riposta durement Rowan. Voulez-vous voir s'allumer en Ecosse les bûchers qui ont embrasé l'Angleterre quand l'hérésie était déclarée sur un simple décret de la monarchie ?

Un murmure mécontent s'éleva mais la foule s'écarta et, escorté par Jacques, Rowan et quelques fidèles, le petit cortège royal entra dans la chapelle.

Le prêtre trembla d'un bout à l'autre de l'office et parla si vite que Gwenyth eut l'impression que la messe n'avait pas duré cinq minutes.

Marie trouva la ressource de saluer ses gens avant de regagner ses appartements, puis Jacques dispersa la foule qui continuait à s'agiter et à gronder dans la cour.

Gwenyth s'attendait à ce que Marie soit bouleversée, mais elle fit montre d'un sang-froid magnifique.

— Ils finiront par comprendre, affirma-t-elle à ses dames d'honneur comme elles s'installaient autour d'elle avec leurs broderies. Je ne tolérerai aucune forme de violence contre les catholiques — ni contre toute autre religion, y compris l'Eglise d'Ecosse.

Bien que la broderie soit l'un de ses passe-temps favoris, Marie était aussi une lectrice passionnée et lisait couramment plusieurs langues. En cet instant, elle était plongée dans un recueil de poèmes en espagnol. Elle leva soudain les yeux de son livre.

— C'est à cause de Knox ! affirma-t-elle avec force — et elle regarda fixement Gwenyth. Il est l'incarnation du fanatisme religieux et de l'intolérance !

Un silence pesant s'abattit sur la pièce et, l'espace d'un instant, Gwenyth eut l'impression que la reine lui reprochait ce qui s'était passé — comme si, parce qu'elle avait vécu toute sa vie en Ecosse, elle aurait dû être capable d'empêcher les incidents de la matinée.

Gwenyth prit une profonde inspiration. Marie ne pouvait ni recourir à la force ni menacer John Knox de quelque façon que ce soit : cela irait à l'encontre du principe de tolérance dont elle avait fait son fer de lance, et provoquerait aussitôt une révolte. Elle secoua la tête, un sourire crispé aux lèvres. Marie ne souhaitait pas l'affrontement. Elle voulait simplement avoir la possibilité de s'expliquer avec lui. Et elle comprit à cet instant que la reine avait l'intention de le rencontrer.

— Ma reine… John Knox est un homme érudit qui a beaucoup voyagé. Mais malgré cela, il reste convaincu que les femmes sont inférieures aux hommes.

— Et pourtant, ils ne peuvent pas se passer de nous, glissa Marie Livingstone d'un ton espiègle en lui lançant un regard malicieux par-dessus sa broderie.

Gwenyth sourit brièvement puis concentra de nouveau son attention sur la reine et reprit d'une voix grave :

— La plupart des hommes de ce pays considèrent les femmes comme des êtres inférieurs, mais ils sont prêts à accepter une reine comme… disons, un mal nécessaire. Ils sont également convaincus qu'un mauvais dirigeant doit être destitué… ou éliminé. Knox est un orateur brillant mais redoutable. C'est lui qui a converti la noblesse à la nouvelle religion après avoir prêché la Réforme auprès du peuple. Et c'est sous son impulsion que l'Eglise d'Ecosse a vu le jour, il y a un an. Il est intelligent, mais c'est un fanatique. Vous devez vous méfier de lui.

— Je veux le rencontrer, répondit Marie.

Gwenyth faillit protester, mais à quoi bon ? Marie avait pris sa décision, et elle était la reine.

Mais elle n'avait jamais entendu Knox vomir des imprécations du haut de sa chaire. Gwenyth, si.

*
* *

Rowan était présent aux côtés de Lord Jacques Stewart le jour où la reine reçut John Knox en audience. Comme ils escortaient le prédicateur dans le salon d'apparat où l'attendait la reine, Rowan constata sans surprise que la souveraine n'avait gardé auprès d'elle aucun membre de sa suite, à l'exception de Lady Gwenyth MacLeod de l'île d'Islington. Gwenyth avait, paraît-il, entendu Knox prêcher lorsqu'elle était enfant et de toutes les femmes qui composaient le cercle intime de la reine, elle était la seule à avoir grandi en Ecosse et à connaître l'âme et l'humeur de son pays.

Rowan redoutait les suites que pourrait avoir cet entretien car Knox était un homme dangereux — comme tous les fanatiques.

John Knox avait une quarantaine d'années, une longue barbe et un regard à la fois intense et exalté. Il salua néanmoins la reine avec respect, comme le requérait l'étiquette. De son côté, Marie se montra cordiale, précisant que son frère Jacques, Lord Rowan et Lady Gwenyth assisteraient à l'entretien, mais à distance afin de préserver le caractère privé de leur conversation.

— Vilain temps pour la saison, n'est-ce pas ? dit Lord Jacques à Gwenyth tandis qu'ils prenaient les places qui leur avaient été assignées, près de la cheminée.

— Oui, il semble que l'automne ait pris de l'avance, acquiesça poliment Gwenyth.

Jacques lui sourit, mais Rowan ne hasarda pas un mot et se contenta de l'observer avec attention. En réalité, ils essayaient tous les trois de suivre la conversation de la reine, tout en faisant mine de converser.

La discussion ne débutait pas trop mal, apparemment. Knox se montrait courtois, malgré sa brusquerie, et il écoutait patiemment Marie lui répéter avec force qu'elle n'avait absolument pas l'intention de porter atteinte à l'Eglise d'Ecosse. Puis il prit la parole pour lui expliquer son point de vue. Et ce fut sans appel.

Alors que Marie voulait permettre à chacun d'adorer Dieu selon sa conscience, Knox martelait qu'il n'y avait qu'une seule façon de L'adorer : la sienne. Et parce qu'elle était une reine catholique, insista-t-il, ils vivraient constamment sous la menace d'un soulèvement des lords papistes appuyés par des princes étrangers qui tenteraient d'imposer par la force le retour de la religion de Satan d'un bout à l'autre du territoire.

— Je préférerais voir débarquer dix mille ennemis en Ecosse, scanda Knox, plutôt que de savoir qu'on y dit une seule messe, madame !

Marie tenta de le raisonner.

— Je n'ai pas l'intention de remettre en cause la légitimité de l'Eglise réformée. Mais je ne renoncerai pas à mes convictions. J'ai été instruite par de grands érudits, je connais la Bible et je connais mon Dieu.

— Vous avez été induite en erreur par des faux érudits qui ne savaient pas ce dont ils parlaient.

— Pourtant, de grands esprits, unanimement reconnus, ne pensent pas comme vous, riposta Marie.

La discussion ne menait à rien. Ils campaient tous les deux sur leurs positions.

— Les hommes ont le devoir de se soulever contre un monarque qui n'entend pas la parole de Dieu, affirma le prédicateur.

— Permettez-moi de douter de vos propos, rétorqua sèchement Marie. Dois-je vous rappeler que je suis reine par la volonté de Dieu ?

— C'est un simple concours de circonstances, un pur

hasard, en vérité, ricana Knox. Il n'est pas normal qu'une créature aussi frêle qu'une femme monte sur un trône.

— Frêle ? Je suis plus grande que vous ! ironisa Marie.

Le ton de leurs voix baissa de nouveau.

Rowan surprit Gwenyth à sourire. Il haussa un sourcil interrogateur.

— Elle adore ça, chuchota-t-elle.

Jacques lui-même semblait fier de sa sœur.

— Marie a un esprit brillant et elle est rompue au maniement des mots.

Rowan hocha la tête, conscient du regard de Gwenyth sur lui.

— La reine tient son terrain, admit-il. Mais Knox ne baissera pas sa garde, et il ne reculera pas.

Alors même qu'il parlait, la voix de Marie monta de nouveau d'un cran.

Inquiète, Gwenyth esquissa le mouvement de se lever mais Rowan secoua imperceptiblement la tête et, à son vif étonnement, elle obéit à son ordre silencieux et se rassit.

Knox expliquait à Marie que la croyance exigeait la connaissance et qu'à l'évidence elle n'avait pas la vraie connaissance. Ce à quoi elle lui répondit qu'elle n'était pas une sotte et qu'elle avait beaucoup lu, au contraire.

Ils étaient dans une impasse.

Lorsque Marie mit un terme à l'entretien, Rowan eut néanmoins la conviction que leur rencontre n'avait pas été totalement inutile : malgré leurs divergences d'opinion, ils avaient pu se jauger l'un l'autre et nuancer leurs a priori d'une forme de respect.

Le prédicateur parti, Marie se tourna vers eux.

— Quel horrible petit homme !

— Votre Grâce, j'ai essayé de vous avertir..., commença Gwenyth.

— Mais j'ai aimé croiser le fer avec lui, avoua Marie, les yeux brillants. Même s'il est vaniteux, entêté, et aveuglé par ses certitudes !

Elle interrogea son frère du regard, les sourcils froncés.

— Ne voit-il donc pas que je ne suis pas une menace ? Je souhaite respecter le choix de mon peuple et honorer l'Eglise d'Ecosse. Que veut-il de plus ?

Jacques écarta les bras en signe d'impuissance. Rowan intervint.

— Votre Grâce, les hommes comme Knox sont des fanatiques pour qui leur vérité seule est vraie, leur vertu seule vertueuse et leur foi seule chrétienne. A ses yeux, un chemin unique mène au salut : le sien. Et vous en avez choisi un autre.

— Et je n'en changerai pas, affirma Marie avec force.

Elle se tourna vers Gwenyth.

— Je lui ai tenu tête, n'est-ce pas ?

— Absolument.

Marie leur sourit joyeusement.

— Et maintenant, allons chasser !

— Chasser ? répéta Jacques, visiblement effaré.

— Mon cher frère, il y a un temps pour faire de la politique et un temps pour se divertir. Et j'ai besoin de galoper, de me sentir libre !

— Je vais donner des ordres, déclara aussitôt Gwenyth. Dois-je prévenir votre suite ?

— Non. J'ai envie de chasser en petit comité, aujourd'hui. Nous emporterons de quoi manger et nous dînerons au grand air !

Jacques continuait à dévisager sa sœur d'un air désapprobateur, les sourcils froncés.

— Marie, il y a des sujets dont nous devons discuter sans tarder. A commencer par le traité que vous avez refusé de signer avec Elisabeth.

— Je le signerai si elle admet mes droits d'héritière à la Couronne d'Angleterre, rétorqua Marie avec défi. Ne vous inquiétez pas, je n'ai pas l'intention de me dérober et nous discuterons de ces questions graves avec tout le sérieux requis. Mais pas aujourd'hui.

Comme son frère semblait vouloir protester encore une fois, elle enchaîna :

— Nous partirons dans une heure. Inutile de perdre une minute de cette merveilleuse journée. J'en profiterai pour vous entretenir d'une affaire importante, Lord Rowan.

Son frère haussa les sourcils d'un air étonné. Manifestement, il n'était pas au courant. Gwenyth, en revanche, n'eut pas l'air surprise et Rowan fut obligé de constater qu'elle connaissait parfaitement la reine. Ce qu'elle ignorait, devina-t-il en l'observant avec une attention accrue, c'était ce que la reine attendait de lui.

Marie était une excellente cavalière doublée d'une redoutable chasseresse, et elle possédait une magnifique meute de chiens courants. Son visage rayonnait de joie lorsqu'ils quittèrent le palais. Elle avait insisté pour partir sans escorte, malgré l'avis contraire de Jacques et de Rowan. Gwenyth comprenait leurs réticences : ils ne voulaient prendre aucun risque alors que des fanatiques comme Knox affirmaient du haut de leur chaire qu'il était légitime d'éliminer un souverain impie — un mot qui, dans son esprit étroit, désignait toute personne qui ne pensait pas comme lui. Marie était donc potentiellement en danger.

Persuadée que personne n'oserait s'attaquer à la reine, Marie avait commencé par s'irriter de ces craintes ridicules, puis elle avait fini par accepter que des gardes prennent position dans la forêt, tout autour du périmètre où ils chasseraient. La question réglée, ils s'élancèrent au galop, les chiens aboyant autour d'eux comme des fous.

L'Ecosse n'offrait peut-être pas une aussi grande diversité de paysages qu'en Europe, mais ses forêts avaient une beauté féerique, presque envoûtante. Marie chevauchait en tête avec son demi-frère. Gwenyth et Rowan les suivaient à distance, et dans le plus grand silence. Plongé dans ses pensées, Rowan semblait avoir oublié jusqu'à sa présence.

Son mutisme commençait à rendre Gwenyth terriblement nerveuse quand il se tourna soudain vers elle.

— Vous comptez vous rendre bientôt sur vos terres ?

Elle le dévisagea, interdite. L'idée de rentrer chez elle, dans l'île d'Islington, ne lui avait même pas effleuré l'esprit.

Qu'irait-elle faire là-bas, où sa présence n'était pas désirée ?

— A vrai dire, je n'ai pas encore eu le temps d'y réfléchir, répondit-elle.

— Vraiment ? Pourtant, votre retour en Ecosse est prévu de longue date.

— Mon inquiétude pour la reine a occulté tout le reste, je suppose.

Elle sentit son regard peser sur elle et ajouta très vite :

— Vous n'avez aucune idée de ce qu'elle a traversé. En dépit de son rang, Marie est une femme attentive aux autres et généreuse. Elle a soigné le Roi François avec dévouement jusqu'au bout. Elle était à ses côtés quand il a rendu l'âme. Et à l'instant où il a exhalé son dernier soupir, elle a dû décider de son avenir. Des ambassadeurs, des négociateurs, des hauts personnages des Cours étrangères ont affiué de tous côtés pour lui présenter leurs condoléances — et une liste de prétendants. Elle pleurait son époux mais il lui fallait recevoir tous ces gens avec dignité et courtoisie. Et dans le même temps, elle devait essayer de choisir la meilleure ligne d'action pour elle, et pour son pays.

Il l'observait en souriant — d'un air sarcastique, jugea-t-elle en sentant ses pommettes s'enflammer.

— Je pensais que vous seriez, plus qu'un autre, à même de comprendre son désarroi et sa peine, lança-t-elle sèchement.

Son sourire s'effaça et il ramena son regard devant lui.

— Je songeais simplement que la Reine Marie avait beaucoup de chance d'avoir une amie aussi loyale que vous, Lady Gwenyth.

Elle se sentit soudain embarrassée et ridicule.

— Merci, murmura-t-elle avec raideur.

Puis, pour masquer sa gêne, elle enchaîna très vite :

— Les gens qui connaissent la reine ne peuvent faire autrement que de l'aimer — *tous* ceux qui la connaissent, pas seulement moi.

— En ce cas, elle a réellement beaucoup de chance, dit-il d'une voix douce.

— Vous venez ? cria Marie en leur jetant un regard impatient par-dessus son épaule.

Comme elle prononçait ces mots, des branchages craquèrent sous le couvert des arbres.

— Un sanglier, dit Jacques en plissant les yeux. Mieux vaut le laisser tranquille. Nous n'avons pas de veneurs pour intervenir si la traque tourne mal.

Mais Marie ne l'entendit pas : elle s'était déjà lancée à la poursuite de l'animal. Elle était une excellente archère et Gwenyth la savait capable de porter elle-même le coup de grâce. Jacques, inquiet, partit au galop derrière elle. Jurant tout bas, Rowan en fit autant.

Gwenyth talonna sa monture bien qu'elle n'aimât pas particulièrement la chasse. Un jour, elle avait assisté à l'agonie d'un cerf ; elle avait vu la lumière s'éteindre dans ses beaux yeux fiers, et s'était promis à elle-même de ne pas renouveler l'expérience. Mais il y avait des circonstances, comme aujourd'hui, où elle n'avait pas le choix.

Devant elle, le chemin s'enfonçait dans le sous-bois et se scindait en deux. Gwenyth se retrouva bientôt seule à galoper et comprit que ses compagnons avaient dû suivre une autre direction. Elle tirait sur les rênes, prête à faire demi-tour, quand un craquement retentit brusquement dans les fourrés.

Son cheval fit un écart, affolé. Gwenyth agrippa fermement les rênes et lui parla doucement pour le rassurer.

Son expérience ne lui fut d'aucun secours. La jument se cabra, puis s'effondra sur elle-même en poussant un hennissement à glacer les sangs. Avant même d'avoir compris ce qui lui arrivait, Gwenyth se retrouva projetée à terre, à plusieurs pas de là. L'animal se redressa aussitôt et partit au triple galop.

— Attends ! Traîtresse, reviens ! cria Gwenyth en se relevant.

Trop tard. Elle s'assura qu'elle n'avait rien de cassé et épousseta sommairement sa jupe. Elle était meurtrie de la tête aux pieds, sa robe maculée de terre, ses cheveux défaits, sa toque envolée. Elle en voulait à son cheval, mais surtout à elle-même ; sa chute était inévitable au moment où la jument s'était effondrée, mais elle aurait dû se relever plus rapidement et attraper les rênes pour l'empêcher de s'enfuir.

Au même instant, un autre craquement monta des fourrés, beaucoup plus proche cette fois, et le sanglier apparut.

Plusieurs flèches étaient fichées dans son épaule gauche. Du sang ruisselait sur ses flancs. Il était sérieusement blessé, il vacillait sur ses pattes, mais il tenait encore debout.

Et il vit Gwenyth.

Il la fixa du regard et elle en fit autant, pétrifiée d'horreur. Il était énorme ; elle n'osait même pas imaginer son poids.

« Meurs, pria-t-elle. Oh, s'il te plaît, meurs. »

Mais il n'était pas disposé à mourir. Pas encore. Il racla le sol, vacilla, grogna… et se rua sur elle.

Gwenyth cria et se mit à courir, cherchant désespérément un chemin à découvert et un arbre qu'elle pourrait escalader.

Un galop sourd résonnait dans ses oreilles. Celui de l'animal à ses trousses ou le martèlement affolé de son propre cœur ? Si elle réussissait à conserver son avance, il finirait forcément par mourir. Il avait déjà perdu beaucoup de sang. Elle avait l'impression de courir depuis une éternité, mais elle continuait à l'entendre derrière elle, de plus en plus près.

Puis elle buta soudain sur une racine et tomba la tête la première dans les fougères. Elle roula sur elle-même, tentant désespérément de se relever et de se remettre à courir avant qu'il ne la rattrape.

Il était presque sur elle.

Elle était perdue.

Un bruit de galop remplit ses oreilles, suivi du sifflement d'une flèche fendant l'air.

Le sanglier était à moins de trois mètres quand la flèche lui transperça la gorge. Il stoppa net, parut reculer d'un pas, vacilla et tomba comme une masse. Mort.

Gwenyth resta recroquevillée sur le sol, tremblant comme une feuille, au bord des larmes. Elle n'eut aucune réaction quand deux mains l'empoignèrent sous les bras pour la relever. Elle n'avait pas le sentiment d'être une lâche, et cependant ses jambes fléchirent. Ce fut à peine si elle se rendit compte que Lord Rowan avait surgi de nulle part pour la sauver, tuant le sanglier avec un sang-froid et une rapidité inouïs, et qu'il la serrait contre lui en lui murmurant des paroles de réconfort, comme il l'aurait fait avec une enfant.

— C'est fini. Vous êtes saine et sauve. Tout va bien.

Elle s'agrippa à lui et, blottie contre le solide rempart de son torse, elle s'aperçut qu'elle ne parvenait pas à s'arrêter de trembler.

— Elle n'aurait jamais dû tirer si elle n'était pas sûre de l'abattre, gronda-t-il tout bas.

Ce « elle » désignait la reine, comprit Gwenyth. Il critiquait la reine.

Elle sentit une profonde indignation monter en elle et puisa un regain de force dans sa colère : son tremblement cessa. Elle se rendit compte alors que Lord Rowan tremblait, lui aussi, et faillit ne pas répliquer. Mais finalement son ressentiment l'emporta.

— La reine sait parfaitement ce qu'elle fait, rétorqua-t-elle avec hauteur. Lord Jacques n'aurait pas dû s'élancer derrière elle. Il a dû troubler sa concentration.

— Il craignait pour sa vie, riposta froidement Rowan. Apparemment, il aurait aussi dû craindre pour la vôtre.

— Veuillez me lâcher, je vous prie, siffla Gwenyth, furieuse qu'il la prenne manifestement pour une sotte.

Il obéit et à sa grande humiliation, elle vacilla et s'affaissa de nouveau contre lui. Ses jambes refusaient toujours de la porter.

Il posa doucement les mains sur ses épaules pour la stabiliser. Gwenyth essaya désespérément de retrouver la maîtrise d'elle-même et, finalement, y parvint.

— Merci, articula-t-elle en reculant d'un pas.

Elle devait offrir un tableau pitoyable et ridicule, songea-t-elle avec honte. Elle était échevelée, couverte de feuilles et de brindilles, le visage maculé de terre, et sa robe était dans un état pitoyable.

Empêtrée dans sa gêne, elle avait conscience d'être crispée, sur la défensive, et de s'être emportée stupidement alors que, de toute évidence, il venait de lui sauver la vie.

Comme il continuait à la dévisager en silence, elle rougit et son embarras s'accrut. Elle devait dire quelque chose, elle s'en rendait bien compte, mais des sentiments complexes — fierté ? honte ? — l'en empêchaient.

Elle lut de la déception dans ses yeux face à son silence et ce constat acheva de la déstabiliser. Pourquoi se souciait-elle tant de ce qu'il pouvait penser d'elle ?

Elle finit par murmurer :

— Ce n'était pas la faute de la reine.

C'était loin d'être suffisant et elle le savait. Il lui avait sauvé la vie. Elle devait le remercier.

Mais il ne l'aidait pas en la fixant ainsi.

Elle finit par retrouver un peu de dignité, en même temps que ses bonnes manières.

— Merci, articula-t-elle poliment. Vous m'avez sauvé la vie.

Il s'inclina d'un geste plein de courtoisie, comme si ses remerciements ne venaient pas honteusement tard.

— Peut-être aurez-vous le temps d'apprendre à maîtriser votre monture maintenant que vous êtes de retour en Ecosse, déclara-t-il.

Et il se détourna pour aller chercher son cheval — qui l'avait sagement attendu, *lui*.

Gwenyth suivit Rowan d'un pas rapide et ferme.

— Je suis une excellente cavalière, l'informa-t-elle.

— Oh ?

Elle rougit de plus belle.

— Ma jument s'est cabrée et elle s'est écroulée sur elle-même, lui expliqua-t-elle.

— Je vois.

Il ne la croyait pas, constata-t-elle avec fureur.

— Ensuite, elle s'est relevée d'un bond et elle s'est enfuie, enchaîna-t-elle en redressant le menton.

— Bien sûr.

— Oh, vous êtes impossible !

— Vraiment ? Vous m'en voyez désolé.

— Vous ne m'écoutez pas !

— Je vous assure que si.

— Vous ne croyez pas un mot de ce que je raconte !

— Ai-je dit cela ?

Gwenyth se retint de riposter tandis qu'elle relevait la traîne de sa jupe pour ne pas trébucher dessus.

— Encore merci pour m'avoir sauvé la vie, articula-t-elle d'un ton hautain en s'éloignant sur le chemin.

Elle sursauta quand il la saisit par le bras : elle ne s'était pas aperçue qu'il la suivait. Elle pivota vers lui, le souffle étrangement oppressé, son cœur battant à tout rompre. Il était immense. Vigoureux. Exaspérant au-delà de l'imaginable… Mais son contact n'avait rien de désagréable. Loin de là.

— Où allez-vous ? demanda-t-il.

A son avis ?

— Je vais rejoindre la reine.

— A pied ?

Elle poussa un soupir agacé.

— Au cas où vous ne l'auriez pas remarqué, mon cheval a disparu.

— Venez, je vous emmène.

Comme elle ne bougeait pas, il sourit enfin.

— Vous n'avez aucune raison d'avoir peur de moi.

— Je n'ai pas peur.

— Peut-être, mais vous vous méfiez de moi.

— Vous ne connaissez pas la reine, murmura-t-elle, les lèvres serrées. Quand vous la connaîtrez, vous l'aimerez.

— Je sers la Reine Marie de toute mon âme.

— Mais c'est l'Ecosse que vous aimez, rectifia-t-elle.

Le sourire de Rowan s'élargit.

— Alors tout va pour le mieux puisque la reine est la personnification de l'Ecosse. Maintenant, venez. Il est temps de rejoindre les autres.

— Vous êtes détestable et je n'ai aucune envie de monter à cheval avec vous !

Il éclata de rire.

— Je suis d'accord avec vous et vous m'attaquez ?

— Vous n'êtes pas du tout d'accord avec moi !

Il avança la main et lui effleura doucement le front, détachant une petite feuille qui s'était prise dans ses cheveux. C'était un geste étrangement tendre. Gwenyth n'eut brusquement plus envie de se disputer avec lui. Elle voulait…

Sentir ses doigts la toucher de nouveau.

Elle recula aussitôt. Il était marié. A une femme qu'il adorait, bien qu'elle fût très gravement malade.

— Venez, répéta-t-il, cette fois d'un ton impatient.

Puis, sans lui demander son avis, il la souleva et l'installa d'autorité sur le grand étalon avant de sauter derrière elle. Ses bras l'encerclèrent tandis qu'il s'emparait des rênes. Gwenyth sentit son sang battre furieusement à ses tempes.

Comment était-il possible que cet homme, si brusque et rude, éveille en elle des émotions qu'elle n'avait jamais ressenties jusqu'alors ?

C'était ridicule. Et mal.

Le cheval était un étalon noir, impressionnant mais complètement sous contrôle. Son allure était douce et régulière. Gwenyth s'appuya contre Rowan, en proie à un mélange embarrassant de gêne et d'excitation. Jamais elle n'avait été aussi consciente d'un corps contre le sien.

Ils atteignirent enfin la clairière où Jacques et Marie les attendaient anxieusement. La reine poussa un cri étranglé en apercevant sa dame d'honneur et se jeta dans ses bras à la minute où Rowan la posa à terre. Elle l'étreignit avec force, puis recula pour la dévisager avec inquiétude.

— Tu n'es pas blessée, au moins ? Ce qui est arrivé est ma faute.

Elle endossa la responsabilité de l'accident tout en lançant un regard noir à son frère.

— Tu as trouvé le sanglier, c'est ça ? Non, à l'évidence, c'est lui qui t'a trouvée. Oh, mon Dieu, quand je pense à ce qui aurait pu arriver !

— L'animal est mort. Nous enverrons quelqu'un le chercher, Votre Grâce, intervint Rowan.

Mary lui lança un regard empli de gratitude, puis scruta anxieusement le visage de Gwenyth.

— Comment te sens-tu ?

— Ma fierté est en miettes, mais autrement je vais bien, la rassura Gwenyth.

Puis elle prit une grande inspiration :

— Lord Rowan est arrivé à point nommé. Son intervention tient du miracle. Il…

Pourquoi avait-elle tant de difficulté à prononcer ces mots ?

— Il m'a sauvé la vie.

— Alors, nous sommes reconnaissants au-delà de toute expression à Lord Rowan, déclara gravement Marie.

Il inclina la tête avec noblesse.

— Je suis heureux d'avoir pu me rendre utile, Votre Grâce.

— Rentrons au palais, intervint Jacques d'un ton bourru. Lady Gwenyth a besoin de soins et de repos.

— Où est ta jument ? demanda Marie à la jeune femme.

— Je suis certain qu'elle est rentrée toute seule à l'écurie, répondit Rowan. Elle connaît le chemin. Mais Styx est vigoureux : Lady Gwenyth et moi-même chevaucherons ensemble jusqu'au palais aussi aisément que nous sommes venus ici.

Protester dans ces circonstances eût été ridicule et inutile : Gwenyth accepta sans un mot.

Plus tard, comme ils pénétraient dans la cour du palais et que domestiques et valets d'écurie s'empressaient autour d'eux, Gwenyth entendit Lord Jacques s'adresser à mi-voix à Rowan.

— Si elle veut nous suivre en forêt, il faudra qu'elle commence par apprendre à monter à cheval.

Gwenyth faillit pivoter vers lui pour rétablir la vérité, mais à sa grande surprise, ce ne fut pas nécessaire.

— Je crois qu'elle monte aussi bien que vous et moi, Jacques, répondit Rowan. Son cheval est tombé. Il n'y a aucun moyen de rester en selle quand ce genre de mésaventure vous arrive.

Gwenyth était tellement stupéfaite d'entendre Rowan prendre sa défense qu'elle ne vit pas approcher l'un des gardes et sursauta quand il la prit par le bras pour l'escorter à l'intérieur du palais.

— Je n'ai pas besoin d'aide, protesta-t-elle. Je ne suis pas blessée.

Le garde consulta la reine, et voyant qu'elle acquiesçait, la libéra.

Gwenyth se réfugia aussitôt dans sa chambre, anxieuse d'échapper aux regards.

Rowan suivit Gwenyth des yeux, surpris par l'émotion qu'elle avait le don d'éveiller en lui. Il n'aurait su dire ce qui le troublait à ce point chez cette femme. La flamme qui brûlait dans son regard, peut-être, ou les accents passionnés de sa voix, ou l'innocence qui affleurait sous son attitude altière — ou les trois à la fois.

— Lord Rowan, appela Marie.

Il se retourna.

— Ma reine ?

— J'avais l'intention de vous parler tantôt, mais les événements ne m'en ont pas laissé le loisir. Si donc vous ne voyez pas d'inconvénient à me rejoindre dans mes appartements... ?

Il s'inclina.

— Vos désirs sont des ordres.

Elle avait dû informer Jacques de ses intentions pendant qu'il secourait Gwenyth car ce dernier n'eut pas l'air surpris. Il l'accompagna même dans le salon d'apparat, tout à côté des appartements de la reine.

On leur servit un excellent vin français pour étancher leur soif. Rowan préférait la bière écossaise ou le whisky, mais il complimenta poliment la reine pour son choix. Dédaignant l'imposant fauteuil à dossier droit, prescrit par l'étiquette, elle s'installa sur l'une des chaises tapissées de brocart, devant le feu.

Jacques s'accouda au manteau de la cheminée pendant que Marie invitait Rowan à prendre place en face d'elle, ce qu'il fit, sa curiosité grandissant de minute en minute.

— Vous êtes en très bons termes avec ma cousine, à ce que l'on m'a dit, déclara Marie.

Rowan s'adossa au siège, surpris.

— La Reine Elisabeth ?

— Oui.

La question n'aurait pas dû l'étonner, admit-il. Marie était entourée de conseillers très compétents, qui travaillaient pour elle depuis de nombreuses années.

— La mère de ma femme était une parente éloignée d'Anne de Boleyn, la mère de la Reine Elisabeth, répondit-il en se demandant où Marie voulait en venir.

— Je n'ai encore jamais rencontré ma cousine, le saviez-vous ? Je ne la connais qu'à travers ses lettres et les récits que l'on m'a faits d'elle. Mais un différend assez sérieux nous oppose aujourd'hui. J'ai refusé de signer un traité entre nos deux pays, et à cause de cela, elle refuse de rédiger son testament.

Rowan était au courant du bras de fer auquel se livraient les deux souveraines.

— Elisabeth estime sans doute qu'elle est encore jeune et qu'il n'y a pas urgence pour elle de songer à sa succession, répondit-il prudemment.

Marie secoua la tête.

— Elle doit reconnaître que je suis l'héritière légitime de son trône.

Rowan garda le silence. Marie savait fort bien pourquoi Elisabeth hésitait. L'Angleterre était désormais un royaume farouchement protestant. En désignant une catholique comme héritière, Elisabeth provoquerait un schisme majeur dans son pays. Jamais les protestants au pouvoir n'accepteraient que la reine d'Ecosse brigue le trône, même si son droit à la succession était légitime. Tout le monde avait à la mémoire les massacres perpétrés par Marie Tudor « la Sanglante ». C'était sur son ordre que les chefs protestants avaient été assassinés. A sa mort, Elisabeth était montée sur le trône et avait mis un terme aux persécutions religieuses, mais le souvenir du sang versé était gravé dans tous les esprits et l'Angleterre ne voulait plus d'une souveraine catholique.

— Nous savons tous pourquoi Elisabeth essaie de gagner du temps, dit-il.

— Justement. Comme vous le savez, Lord Rowan, je n'ai pas l'intention d'imposer ma religion à mon peuple, ni de nuire de quelque façon que ce soit à l'Eglise d'Ecosse. Si Elisabeth pouvait être informée de mes bonnes intentions et convaincue de ma sincérité, son attitude à mon égard changerait, j'en suis certaine. Vous entretenez des liens d'amitié avec elle : demandez-lui audience sous prétexte de prendre des nouvelles de sa santé et profitez-en pour lui parler favorablement de moi.

— Rowan, vous allez partir pour Londres, confirma Jacques d'un ton brusque.

Rowan l'observa pensivement. Cet homme restait pour lui une énigme. Il avait brillamment assuré la régence mais n'avait pas hésité à faire revenir Marie et à lui céder le pouvoir. S'il en éprouvait du dépit, il n'en laissait rien paraître. Et pourtant, il avait dû regretter plus d'une fois que sa naissance illégitime l'ait empêché de monter sur le trône.

— Je suis à vos ordres, acquiesça Rowan d'un ton hésitant. Mais je comptais me rendre sur mes terres. J'ai certaines obligations... auxquelles je ne peux me soustraire, ajouta-t-il d'une voix rauque.

La reine posa la main sur son bras d'un geste empreint

de sollicitude. Rowan lut une profonde compassion dans son regard, et comprit que ses partisans avaient raison sur un point : elle avait un cœur sensible et généreux. Et elle était attentive aux autres.

— Vous avez toute liberté de vous rendre chez vous, dit-elle d'une voix douce, et d'y rester aussi longtemps que nécessaire. Mais ensuite, je veux que vous escortiez Lady Gwenyth jusque chez elle, puis que vous vous rendiez ensemble à Londres.

— Lady Gwenyth ? répéta lentement Rowan.

— J'ai reçu une lettre de son grand-oncle, Angus MacLeod. C'est lui qui gère ses biens en son absence et il souhaite qu'elle rentre au plus vite afin de rencontrer les membres de son clan et se montrer à ses gens. Vous me rendrez un grand service en l'escortant jusqu'à l'île d'Islington avant de partir pour l'Angleterre avec elle.

Rowan était stupéfié par cette requête — et consterné, bien qu'il ne sache pas exactement pourquoi.

— Je crains que la présence de Lady Gwenyth ne ralentisse la mission que vous m'avez confiée. Sans doute serait-il préférable, dans un souci d'efficacité, que je parte seul.

Marie fronça légèrement les sourcils.

— Je crois au contraire qu'il est important que Lady Gwenyth voyage avec vous. Je sais qu'elle sera en sécurité en votre compagnie, et je suis convaincue que sa présence sera un atout dans ma tentative de réconciliation avec ma cousine.

Il était piégé.

Pouvait-il s'opposer à une décision de la reine sous prétexte qu'elle lui demandait d'escorter une trop grande tentation ? Non.

Il n'avait pas d'autre choix que de jouer les gardiens imperturbables, quoi qu'il puisse lui en coûter.

— Marie m'a parlé de son idée et m'a demandé mon avis, intervint Jacques. Je suis convaincu que la présence de Lady Gwenyth ne peut que favoriser votre mission. Elle est loyale à Marie mais de confession protestante. Et elle est écossaise avant d'être française. Nous ne pouvons rêver meilleure ambassadrice pour notre reine.

— Lady Gwenyth est-elle au courant de ce projet ? demanda Rowan.

— Pas encore, répondit Marie. Mais elle comprendra parfaitement ce que j'attends d'elle. Ma volonté d'agir pour le bien de mon pays doit être comprise de tous, tout comme mon désir de paix. Votre visite informelle à la Reine Elisabeth servira mes intérêts en me permettant de rester neutre. Et je sais par avance que Gwenyth l'enchantera. Je n'ai jamais rencontré quelqu'un qui n'ait été charmé par sa grâce et son intelligence.

— Quand souhaitez-vous que nous partions ? demanda Rowan.

— Dimanche prochain, l'informa la reine.

4

Gwenyth était abasourdie.

Elle ne parvenait pas à croire que Marie l'envoie au loin. Bien sûr, la reine avait ses fidèles dames d'honneur, les quatre Marie, mais combien de fois lui avait-elle répété que son amitié sincère et désintéressée lui était nécessaire ? Sans compter qu'elles venaient à peine d'arriver. Sa connaissance de l'Ecosse lui serait utile, indispensable, même !

Quitte à paraître présomptueuse, elle fit part de ses doutes à sa souveraine.

— Je ne peux pas partir maintenant. Vous avez besoin de moi.

Marie lui sourit avec affection.

— As-tu si peu confiance en moi ? J'ai quitté l'Ecosse lorsque j'étais enfant, mais je suis très au fait de tout ce qui se passe et j'ai la chance d'avoir mon frère Jacques auprès de moi pour me conseiller. Bientôt, je partirai à la rencontre de mon peuple à travers le royaume. Je ne veux surtout rien brusquer. Et contrairement à ce que tu as l'air de penser, je ne t'éloigne pas de moi, Gwenyth : je place tous mes espoirs entre tes mains.

Gwenyth se sentit prise de vertige à cette idée.

Elisabeth avait dix ans de plus que Marie. Elle était montée sur le trône d'Angleterre à vingt-cinq ans, après des années de troubles, de guerres et de tueries. Elle-même avait été emprisonnée à une époque — dans une prison dorée, il est vrai, mais une prison quand même — parce que sa demi-sœur, Marie Tudor, Marie la Sanglante, redoutait un soulèvement des protestants. A sa mort, Elisabeth lui avait succédé sur le trône. Elle n'avait ni l'impétuosité ni la naïveté de l'extrême jeunesse, et elle s'était forgé la réputation d'une souveraine puissante et impartiale. Marie d'Ecosse, elle, continuait à croire de tout son cœur — et de toute son âme — qu'il suffisait de vouloir pour pouvoir.

— Je crains que vous ne me surestimiez, murmura Gwenyth.

— Ce que je te demande, je ne peux le demander à personne d'autre, Gwenyth. Et puis, ce sera vite passé, tu verras. Quelques semaines dans les Highlands, quelques semaines de plus pour te rendre en Angleterre, un mois à Londres... et tu seras de retour parmi nous. Tu es parfaite pour cette mission. Je n'attends pas une réponse officielle d'Elisabeth. Je veux simplement entrouvrir une porte afin de faciliter le travail que mes ministres et mes ambassadeurs espèrent accomplir par la suite.

— Et si j'échoue ?

— Tu n'échoueras pas, affirma Marie.

Il n'y avait rien à ajouter.

Ils se mettraient en route dimanche, après l'office religieux.

Marie avait, paraît-il, déjà informé Lord Rowan de sa décision — décision qui, sans nul doute, avait dû le mettre en rage. Il était certainement furieux d'être contraint de voyager avec elle et d'assurer sa sécurité. Gwenyth décida néanmoins d'assister aux deux offices religieux — catholique et protestant — le matin de leur départ, quitte à accroître la mauvaise humeur de Rowan en l'obligeant à l'attendre.

Evitant sagement l'imposante église d'Edimbourg sur laquelle régnait le farouche Révérend Knox, Gwenyth se rendit dans une modeste chapelle, en dehors de la ville.

Le pasteur s'appelait David Donahue ; c'était un homme d'une cinquantaine d'années, au visage doux et bienveillant. Mais à l'instant où il commença son sermon, Gwenyth comprit que les apparences pouvaient être trompeuses. Le Révérend Donahue appartenait à cette catégorie de prédicateurs que Marie surnommait ironiquement les « sermonneurs frappeurs ».

Tandis qu'il se lançait dans une tirade fielleuse sur les papistes et la gangrène purulente qu'ils représentaient pour leur pays, il se mit en effet à frapper du poing sur son pupitre tout en fixant Gwenyth droit dans les yeux. Puis il pointa sur elle un doigt dénonciateur.

— Ceux qui adorent de fausses idoles sont des blasphémateurs et des hérétiques ! tonna-t-il. Qu'ils soient maudits ! Ils sont aussi immondes que les sorcières qui invoquent les puissances du Malin pour provoquer haine et destruction sur leur passage !

Gwenyth resta tout d'abord pétrifiée. Puis comme l'écho de ces paroles infâmantes résonnait dans la petite église, elle se leva et pointa à son tour un doigt furibond sur lui.

Mille pensées tourbillonnaient dans sa tête ; elle aurait voulu choisir soigneusement ses mots, mais c'était impossible : elle bouillait de fureur, un feu liquide et brûlant qui coulait dans ses veines et menaçait de la consumer.

— Ce qui gangrène ce pays, ce sont les esprits présomptueux qui s'imaginent que Dieu ne connaît qu'eux, et qu'Il chuchote Sa vérité à leurs seules oreilles ! riposta-t-elle d'une voix vibrante de rage. Ils sont tellement aveuglés par la haine qu'ils condamnent leurs semblables sans voir la poutre dans leur œil. Ce pays devrait louer le ciel à deux genoux d'avoir une reine tolérante qui laisse à chacun le droit de pratiquer sa religion comme il l'entend ! Mais à l'évidence, certains sont déçus que sa sagesse et sa tolérance évitent à l'Ecosse un nouveau bain de sang !

Sur ce, elle fixa le pasteur droit dans les yeux, puis se détourna, bousculant ses voisins dans sa hâte de partir.

Elle eut conscience du silence de plomb qui régnait autour d'elle tandis qu'elle remontait l'allée avec toute la dignité dont elle était capable.

Au moment où elle allait sortir, cependant, un poing frappa bruyamment le pupitre, derrière elle.

— Cette femme est une sorcière, une créature du diable ! accusa le pasteur d'une voix fielleuse.

Gwenyth se retourna.

— Je suis navrée que vous puissiez penser cela de moi, mon révérend, car vous m'avez paru vous-même un éminent serviteur de Satan, riposta-t-elle avec un calme trompeur car elle bouillonnait de colère.

— Assez ! fit tout à coup une voix grave et sonore.

Stupéfaite, Gwenyth vit Lord Rowan Graham se lever au premier rang. Son regard se posa sur le révérend, puis sur elle.

— La maison du Seigneur n'est pas un lieu de vindicte. Révérend Donahue, parlez à notre âme, mais ne transformez pas votre chaire en tribune pour lancer des attaques personnelles ou politiques. Quant à vous, Lady Gwenyth…

— Il a insulté la reine ! ragea-t-elle.

— Et il ne le fera plus, déclara Rowan.

Il se tourna de nouveau vers le pasteur.

— Notre reine fait montre d'une grande tolérance vis-à-vis des autres croyances et soutient l'Eglise d'Ecosse. Elle demande simplement qu'on la laisse pratiquer la religion qui est la sienne depuis toujours. Respectons son choix et occupons-nous plutôt de notre salut.

La petite congrégation semblait retenir son souffle. Gwenyth imagina sans peine de quoi ils parleraient dans les prochaines heures. Pour l'instant, ils étaient muets, choqués, et peut-être aussi vaguement excités à l'idée de voir comment l'affrontement allait se terminer.

Mais il était déjà terminé, songea-t-elle en descendant les marches en pierre de la chapelle d'un pas tremblant.

Elle cligna des yeux dans la lumière, surprise de voir qu'il faisait soleil, puis se faufila entre les tombes du petit cimetière et se réfugia à l'ombre, près du muret d'enceinte, pour essayer de retrouver son calme.

Un pas s'approcha. Elle leva les yeux et constata sans surprise que Rowan l'avait suivie.

— Avez-vous perdu l'esprit ? demanda-t-il froidement.

— Perdu l'esprit ? répéta-t-elle d'un ton incrédule. Cet homme a attaqué notre reine !

— Il en sera ainsi à travers tout le pays pendant un long moment. Elle est catholique. Et l'Ecosse a pris fait et cause pour la Réforme. Vous allez à la messe avec la reine, puis vous venez ici assister à l'office protestant. A quoi jouez-vous ? Vous jetez de l'huile sur le feu.

— Je suis protestante, affirma Gwenyth avec indignation. J'accompagne Marie à la messe parce que je me suis juré de l'accompagner partout où elle irait !

— Elle comprendrait fort bien si vous vous absteniez.

— Mais je veux montrer que je la soutiens dans son choix !

— Vous pourriez montrer que vous la respectez mais que vous avez vos propres convictions.

— Vous voudriez me faire croire que ce pays tout entier

— hommes, femmes, enfants — est devenu protestant du jour au lendemain ? Sommes-nous devenus des moutons ? Personne n'est donc plus capable de penser par lui-même ? Hier, nous honorions l'Eglise catholique, aujourd'hui nous honorons celle d'Ecosse. Que ferons-nous demain ? Nous adorerons les dieux de l'Antiquité ? Vous, Lord Rowan, vous n'avez pas dit un mot pour défendre la reine !

Il croisa les bras sur sa poitrine, les yeux rivés aux siens.

— Pensez-vous que j'aie le pouvoir de forcer les gens à changer d'avis ? Devais-je sommer un vieux pasteur à cheveux blancs de me suivre dans le cimetière afin de le défier en duel ?

— Vous auriez au moins pu intervenir !

— Et faire son jeu ? Vous ne comprenez donc pas que les gens comme lui cherchent l'affrontement ? Le meilleur moyen de leur couper l'herbe sous le pied, c'est de les ignorer.

— Il m'a montrée du doigt et il m'a traitée de sorcière, fulmina-t-elle, dents serrées.

— Vous auriez dû l'écouter sans réagir et lui montrer ainsi que ses propos ne méritaient même pas qu'on y réponde.

— Et tendre l'autre joue ? J'en suis incapable, avoua-t-elle en secouant la tête.

— En ce cas, c'est une chance que nous partions.

— Si vous préférez vous conduire comme un lâche, c'est votre problème, pas le mien, lâcha-t-elle froidement.

Elle vit ses paupières se plisser sous l'effet d'une colère qu'il réussit néanmoins à dominer.

— Je n'ai pas l'inconscience de la jeunesse. Je sais qu'en essayant de réduire un prêtre au silence on ne réussit qu'à le faire hurler plus fort encore. Par votre éclat, vous avez seulement prouvé à tout le monde que ce qu'il disait était vrai. Certaines personnes présentes aujourd'hui auraient pris la parole un peu plus tard, de manière posée et réfléchie. Ils auraient répondu — et j'aurais été de ceux-là — que la reine s'honore par sa volonté de justice et de tolérance, et qu'elle montre une vraie compassion pour son peuple. Nos propos mesurés auraient résonné plus longtemps et plus efficacement, croyez-moi, que votre tirade coléreuse. Et pour répondre à votre question : non, le pays tout entier n'est pas devenu protestant du jour au lendemain. C'est bien ce qui fait peur à des hommes comme le Révérend Donahue. Ils craignent une rébellion armée.

Il hésita.

— Prions le ciel que Marie ne donne pas suite à son projet d'épouser Don Carlos.

Gwenyth le dévisagea, profondément troublée. Elle pensait que personne, pas même Jacques Stewart, n'était au courant des tractations secrètes entre la Cour d'Espagne et Marie. Elle secoua la tête.

— La reine a conscience de devoir privilégier une union avec un protestant, de préférence né en Ecosse, admit-elle du bout des lèvres.

— Prions, alors, pour qu'une telle alliance voie le jour. Maintenant rentrons à Holyrood. Il est grand temps de partir pour les Highlands.

Il lui prit la main et la conduisit vers sa jument, Chloé — la petite traîtresse qui l'avait jetée à terre et lâchement abandonnée après leur rencontre inopinée avec le sanglier. Rowan avait vu juste : elle était rentrée toute seule à l'écurie. Gwenyth aurait pu choisir une autre monture, mais elle était déterminée à ce que Chloé et elle deviennent les meilleures amies du monde. Et puis elle ne pouvait lui en vouloir d'avoir eu peur : ce sanglier était réellement terrifiant. Elle pouvait en témoigner.

Gwenyth n'avait aucun besoin qu'on l'aide à monter en selle, mais Rowan se montra inflexible et elle céda pour ne pas provoquer un nouveau sujet de dispute.

— Vous n'êtes pas obligé de me tenir compagnie, lâcha-t-elle comme il enfourchait son cheval et s'élançait à ses côtés.

— Vous êtes sous ma responsabilité, répondit-il brièvement.

— Vous n'avez pas à vous sentir responsable pour moi. Je suis parfaitement capable de me prendre en charge.

Elle fut surprise quand il lui offrit un sourire amusé.

— Vraiment ? En ce cas, je vais finir par croire que vous êtes réellement une sorcière.

— Vous vous trouvez drôle ?

Il rit.

— C'est un compliment — dans un sens. Vous avez le don d'enflammer les esprits et de provoquer une tornade partout où vous passez.

Sur ce, il poussa sa monture pour chevaucher en tête. Gwenyth se mordit rageusement les lèvres. Elle aurait voulu empoigner le Révérend Donahue par les cheveux et le traîner dehors pour lui dire qu'il n'était qu'un être méprisable, à l'esprit malfaisant et borné. Elle était également furieuse contre Rowan, atterrée de devoir subir sa présence pendant des jours. Des semaines.

Des mois !

— Je vais demander un entretien à la reine avant notre départ, annonça-t-elle comme ils atteignaient Holyrood.

— Oh ?

— Il y a de fortes chances que nous nous écharpions avant même la fin de notre voyage. Je vais lui demander de modifier ses plans.

— Parfait. Essayez de vous montrer convaincante. Je

gagnerai un temps précieux si je ne suis pas obligé de vous traîner derrière moi.

Il avait raison, Gwenyth le savait, mais il y avait une façon de dire les choses. Et l'arrogance avec laquelle il lui parlait lui donnait envie de le gifler.

— Vous auriez pu essayer de la dissuader, lui rappela-t-elle sèchement.

— J'ai essayé.

— Ah oui ? Visiblement, vous n'avez pas su vous montrer très persuasif.

— Lady Gwenyth, je suis venu au monde quelques années avant vous. Je sais comment livrer bataille. Et j'ai appris qu'il valait parfois mieux battre en retraite afin de repartir victorieusement à l'assaut. Je ne me lance jamais à l'aveuglette. Je n'ai pas eu gain de cause avec la reine, mais vous êtes libre de repartir au combat. Sachez néanmoins que je donnerai le signal du départ dans l'heure.

Gwenyth tenta sa chance. Elle trouva la reine dans le petit salon attenant à sa chambre où Jacques lui rapportait les attaques cinglantes que Knox avait portées contre elle pendant l'office religieux. Le pasteur se montrait toujours aussi critique à son égard, même s'il reconnaissait volontiers qu'elle était intelligente et avisée — ce qui, à ses yeux, constituait une raison supplémentaire pour tenter de la ramener dans le chemin de la Vraie Foi.

Marie avait l'air amusée. Et son sourire s'élargit quand elle aperçut Gwenyth.

— Ah, mon farouche petit colibri, dit-elle en riant. Prêt à affronter l'Eglise d'Ecosse tout entière pour prendre ma défense.

Gwenyth resta interloquée. Comment son altercation avec le Révérend Donahue avait-elle pu arriver aussi vite aux oreilles de la reine ?

Marie posa sa broderie et rejoignit Gwenyth pour la serrer dans ses bras.

— Tu vas tellement me manquer, soupira-t-elle en reculant, les mains de Gwenyth dans les siennes.

— Rien ne m'oblige à vous quitter, dit Gwenyth.

— Au contraire.

Elle lança un regard à Jacques.

— Il est peut-être même préférable que tu t'éloignes.

— Mais j'ai simplement défendu Votre Grâce, protesta Gwenyth.

— Tu m'es loyale et je t'en suis reconnaissante. Moi aussi, je suis furieuse contre ces fanatiques aveuglés par leurs propres certitudes. Mais en leur imposant silence par la force, je risquerais de provoquer une insurrection. Voilà pourquoi j'ai résolu de les laisser parler en espérant que la situation évoluera favorablement et les contraindra peu à peu à se taire.

Elle secoua la tête avec un sourire.

— Et maintenant, dis-moi : es-tu prête pour ton voyage ? Tu es impatiente de revenir chez toi, je suppose ?

Non, songea Gwenyth. Elle n'avait plus ni son père ni sa mère, seulement un oncle sinistre et sévère qui n'avait que le mot devoir à la bouche. Sa « maison » était en réalité une austère forteresse en pierre entourée par la mer. Les gens pêchaient, élevaient des moutons ou cultivaient la terre aride et caillouteuse pour survivre. Mais ils ne se plaignaient pas et semblaient assez heureux de leur sort. Ils avaient une famille, des enfants… Des joies simples, mais que son oncle tenait pour frivoles s'agissant de sa nièce. A ses yeux, elle n'avait que des devoirs. Angus MacLeod possédait sans nul doute toutes les qualités prônées par l'intraitable Révérend Knox.

— Je ne suis bien qu'auprès de vous, Votre Grâce, répondit-elle.

Le sourire de Marie s'accentua.

— Et je suis vraiment bénie du ciel de t'avoir pour amie. Mais il faut néanmoins que tu partes.

La reine ne reviendrait pas sur sa décision, comprit Gwenyth. Rowan n'en avait jamais douté, bien sûr. Et maintenant, elle allait devoir se hâter si elle ne voulait pas être en retard. Pas question de lui donner l'occasion d'arborer cet air d'exaspération contenue que sa présence semblait si souvent lui inspirer.

— Alors… *adieu*.

— Tu seras bientôt de nouveau parmi nous, affirma Marie. Le temps passera très vite, tu verras.

Gwenyth hocha la tête. Elles s'étreignirent et, à sa grande surprise, Lord Jacques s'avança pour lui souhaiter un bon voyage. Ce n'était pas un homme expansif, et elle fut d'autant plus touchée quand il lui tapota l'épaule d'un air bourru.

— Dieu vous garde, Lady Gwenyth. Vous nous manquerez.

Elle sourit et le remercia. Puis elle s'enfuit avant de fondre en larmes. C'est la vie, se dit-elle avec fermeté. Marie n'était encore qu'une enfant quand on l'avait envoyée, toute seule, de l'autre côté de la mer pour rencontrer celui qu'on lui avait choisi pour époux. Constamment, des femmes étaient arrachées à leur famille et à leurs proches pour honorer des contrats de mariage décidés sans elles — et souvent, c'était comme si on les vendait à d'horribles bêtes.

Son cœur se glaça à cette pensée. Bien qu'elle ait hérité du titre de son père, son grand-oncle Angus avait le droit de décider de son avenir et de lui imposer qui il voulait pour mari. Dieu merci, à cause de sa position à la Cour, il devrait obtenir le consentement de Marie avant de prendre le moindre engagement.

Et la reine ne lui imposerait jamais un mariage qui lui faisait horreur, n'est-ce pas ?

Non. Marie n'avait jamais imposé sa volonté à aucune des dames de sa suite.

Sauf en cet instant. Gwenyth s'en voulut aussitôt de cette pensée déloyale, à la limite de la trahison.

Une femme l'attendait dans sa petite chambre. Elle avait une quarantaine d'années, des joues rebondies, un sourire chaleureux et une poitrine opulente.

— Je m'appelle Annie. Annie MacLeod, en fait, même si nos liens de parenté sont sans doute très éloignés.

Elle sourit avec humour avant d'ajouter :

— Avec votre permission, je serai du voyage pour vous servir.

Elle avait l'air sympathique, enjouée — et apparemment, elle était contente de voyager en sa compagnie, *elle*.

Gwenyth lui rendit son sourire.

— Avec grand plaisir, Annie.

— J'ai déjà fait emporter votre malle. Si vous êtes prête à partir, je le suis aussi.

Cette fois, les dés étaient jetés.

Gwenyth avait revêtu sa tenue de voyage avant de se rendre à l'église, persuadée qu'elle en ressortirait apaisée, prête à affronter sa destinée. Au lieu de ça… Mais peu importait. Qu'elle ait envie de partir ou non, elle n'avait pas le choix.

— Annie, il est l'heure. Mettons-nous en route.

Elle ferma la porte de son petit sanctuaire, et se hâta de descendre dans la cour où les chevaux de bât, leur escorte et Lord Rowan l'attendaient.

*
* *

Au moins, Lady Gwenyth n'était ni âgée ni souffrante, et elle avait prouvé qu'elle savait voyager léger, songea Rowan. Il n'était pas obligé d'escorter un carrosse bringuebalant et une montagne de bagages. Le problème venait plutôt de la brave femme qui l'accompagnait. Elle n'était pas mauvaise cavalière, mais c'était la première fois de sa vie qu'elle effectuait un périple aussi long, et Rowan était obligé de s'arrêter toutes les demi-heures pour lui permettre de se dégourdir les jambes, de se désaltérer et de se reposer.

Seul, il aurait probablement atteint Stirling dès le premier soir. Mais pour ménager ses « invitées », il jugea préférable de s'arrêter pour la nuit à Linlithgow, à mi-chemin entre Edimbourg et Stirling.

Aux portes de la ville, un garde en armes reconnut Rowan et le salua. L'intendant du château connaissait le nom de Gwenyth ainsi que sa position à la Cour, et se déclara enchanté de la recevoir. Bien qu'il soit déjà tard, on les conduisit dans la grande salle à manger pendant qu'on emmenait Annie et son valet de pied dans les cuisines pour leur servir à souper avant de les installer dans le quartier des domestiques. Les quatre gardes qui composaient leur escorte, quant à eux, dormiraient sur une paillasse, au-dessus des écuries.

Leur conversation avec Amos MacAlister, l'intendant, se prolongea jusqu'à une heure avancée de la nuit car il était très fier de pouvoir leur raconter que la Reine Marie était née ici même, dans ce château. Son père, le Roi Jacques, alors bien malade, était mort six jours plus tard, sans même avoir vu sa fille. Rowan observa Gwenyth tandis qu'elle écoutait, souriante, captivée, le vieil homme évoquer des souvenirs de Marie enfant. Après des débuts plus que chaotiques, la journée s'était plutôt bien passée, finalement, admit-il avec soulagement. Gwenyth et lui avaient adopté une attitude polie mais distante qui avait fait des merveilles. Il ne restait plus qu'à espérer que la suite du voyage se poursuivrait dans la même harmonie.

La deuxième journée se déroula sans incident et, le soir venu, ils s'arrêtèrent à Stirling pour y passer la nuit. Gwenyth semblait sous le charme de cette ville magnifique. La population avait eu vent de leur arrivée, et Gwenyth sourit en entendant des cris de bienvenue s'élever sur leur passage. Elle salua la petite foule amassée le long des rues avec une grâce qui parut les ravir. Même ici, la reine ne pouvait rêver plus charmante ambassadrice, reconnut Rowan.

Puis le troisième jour, alors qu'ils approchaient des Highlands, leur voyage prit tout à coup un tour dramatique.

Ils s'apprêtaient à traverser le petit village de Loch Grann quand une clameur leur parvint.

Gwenyth, qui avait chevauché jusqu'ici aux côtés d'Annie, poussa sa jument pour venir à la hauteur de Rowan.

— Pourquoi ces cris ? Que se passe-t-il ? demanda-t-elle.

Il secoua la tête.

— Je l'ignore.

Il n'avait pas fini sa phrase qu'elle talonna sa monture et s'élança au galop.

— Attendez ! lança-t-il avec exaspération.

Peine perdue. Rageur, il la suivit, longeant plusieurs maisons assez coquettes, une église protestante ainsi qu'un édifice très quelconque, probablement le manoir du baron local, et parvint au cœur du village, que traversait un petit cours d'eau paisible.

Gwenyth avait immobilisé sa monture, une expression horrifiée sur le visage.

Rowan comprit tout de suite pourquoi. Les cris provenaient de la foule, visiblement encouragée à se déchaîner par les hommes du baron. La cible de leurs huées était une jeune femme ligotée à un poteau de bois, des fagots et des branches entassés à ses pieds. Elle portait pour tout vêtement une chemise de lin blanc ; ses longues tresses noires à moitié dénouées pendaient de chaque côté de son visage blême où se lisait une hébétude mêlée de terreur.

— Oh, mon Dieu, ils vont la brûler vive ! souffla Gwenyth d'une voix horrifiée.

— Elle a probablement été convaincue de sorcellerie, ou même d'hérésie, déclara Rowan.

Elle se tourna vers lui, ses magnifiques prunelles dorées étincelant d'indignation.

— Ne me dites pas que vous ajoutez foi à ces superstitions ridicules ?

— Il me semble bien que votre reine est la première à y croire, répondit-il doucement.

— Mais... comment est-il possible qu'elle ait été jugée et condamnée ici ? Par quels juges ? Désignés par qui ?

— Il s'agit sans doute d'un tribunal local.

— Vous devez à tout prix empêcher ça !

Rowan était souvent ébranlé par la dureté des lois écossaises. Enfant, il avait vu un jeune garçon se faire pendre simplement parce qu'il avait volé un morceau de viande. Devant son indignation, son père lui avait expliqué avec amertume que c'était la loi : il n'avait pas le pouvoir d'intervenir.

Rowan n'était pas superstitieux. Il ne croyait ni aux sorcières ni au mauvais œil, encore moins aux pactes sataniques signés avec du sang. Mais il y avait des lois et elles devaient être respectées.

— Faites quelque chose ! s'écria Gwenyth d'une voix étranglée. Je vous en supplie, Rowan, ils vont allumer le bûcher !

Elle ne l'avait encore jamais appelé par son prénom, songea-t-il, et ses beaux yeux levés vers lui ne reflétaient en cet instant qu'une ardente prière. « Les émotions, songea-t-il en fronçant les sourcils. Elles causent notre perte, à tous. »

Il se tourna vers le capitaine de son escorte, Gavin.

— Reste en retrait, mais tiens-toi prêt à intervenir, ordonna-t-il d'un ton bref.

Puis il éperonna son cheval, un déploiement de force destiné à impressionner la foule tandis qu'il s'y ouvrait un passage pour affronter les responsables religieux.

— Quelle est cette parodie de justice ? lança-t-il avec colère. Qui vous a autorisés à prononcer une sentence de mort ?

Comme il l'avait espéré, la taille et la prestance de son étalon, ainsi que les couleurs qu'il arborait, le désignèrent comme un proche de la famille royale. Une partie de la foule recula en silence, mais un pasteur vêtu de noir s'avança vers lui.

— Je suis le révérend en charge de cette église. Cette femme a été jugée selon les règles et reconnue coupable.

— Quelles règles ? Quelle sorte de tribunal siège ici ? A-t-il l'autorisation de la reine ? demanda Rowan.

— Mais il s'agit d'une affaire locale, protesta l'homme.

Rowan regarda autour de lui. La foule était devenue silencieuse. Le seul bruit qu'on entendait était celui de la jeune femme, ligotée sur le bûcher, qui sanglotait tout doucement.

— Relâchez-la, ordonna-t-il calmement.

— Mais… mais elle a été jugée.

— Pas par un tribunal compétent. Seule la plus haute autorité a le droit de prononcer et d'appliquer une sentence de mort — et vous le savez fort bien.

Le pasteur observa soudain Rowan avec plus d'attention, notant ses couleurs claniques, la présence de son escorte armée, restée en retrait. Il recula légèrement.

— Vous êtes Rowan Graham, Lord de Lochraven ? demanda-t-il d'un ton mal assuré.

— En effet. Au service des Stewarts.

Le pasteur haussa un sourcil.

— Les Stewarts de *France* ?

— La Reine *d'Ecosse*. Et j'ai longtemps combattu aux côtés de Jacques Stewart, Comte de Mar, qui fut notre régent à la mort de la mère de notre souveraine.

Une femme sortit de la foule. Elle était petite, trapue, sans grâce, et visiblement aigrie par une vie sans joie, passée à trimer sans relâche.

— Faudrait beau voir qu'on relâche cette sorcière, protesta-t-elle d'une voix rocailleuse. Elle m'a jeté un sort. Oui, c'est comme je vous le dis, m'lord ! Liza Duff m'a regardée et le lendemain mon cochon crevait !

Un villageois s'avança à son tour.

— Moi aussi, elle m'a jeté un sort. Elle m'a regardé, et mon fils est tombé malade !

— Je suis sûr que vous êtes tous les deux des braves gens. Je ne peux pas croire que vous vouliez condamner quelqu'un à une mort atroce simplement parce qu'un malheur vous est arrivé, riposta sèchement Rowan. Faut-il vous rappeler qu'il appartient à Dieu et à Lui seul de donner et de prendre la vie ?

Il plongea la main dans son escarcelle, y puisa plusieurs pièces d'or et les jeta aux pieds des deux villageois.

— Achète-toi un troupeau de porcs, dit-il à la matrone. Et toi, ajouta-t-il à l'intention de l'homme, fais venir un médecin pour ton fils.

Ils écarquillèrent les yeux et se précipitèrent pour ramasser l'argent.

Gwenyth choisit ce moment pour s'avancer à sa hauteur.

— Nous ne pouvons pas la laisser ici, murmura-t-elle tout bas. Ils vont prendre votre or, mais dès demain ils la jugeront et la condamneront de nouveau. Nous aurons seulement repoussé son exécution d'un jour.

Elle avait raison.

Il fixa le pasteur du regard.

— Je vais emmener cette femme, Liza Duff, dans mon château. Elle y travaillera comme domestique. Si jamais il s'avère que vos accusations étaient fondées, je la conduirai moi-même à Edimbourg afin qu'elle y soit jugée par un tribunal compétent, ajouta-t-il pour prévenir d'éventuelles contestations.

Mais il aurait pu s'épargner cette peine : son nom et son or avaient suffi à retourner la situation.

— Ça me paraît équitable, acquiesça le révérend. Si vous l'emmenez, elle ne pourra plus persécuter les habitants de ce village. Mais c'est à vos risques et périls.

— Qu'on la détache, ordonna Rowan. Tout de suite.

— Et apportez-lui des vêtements décents, commanda Gwenyth d'un ton ferme. Ainsi qu'un cheval.

Rowan lui lança un regard surpris mais où brillait une lueur d'amusement.

Le pasteur s'indigna.

— Comment ? Nous devrions payer de notre poche pour qu'une sorcière puisse vivre ?

— Lord Rowan vient de vous donner une somme d'argent amplement suffisante pour compenser la perte d'un cheval et de quelques habits, répondit calmement Gwenyth. Même après avoir acheté un troupeau de porcs et les services d'un bon médecin.

Le silence se fit. Les hommes les plus proches du bûcher commencèrent à libérer la jeune femme.

A peine les liens qui la maintenaient attachée au poteau se desserrèrent-ils que la malheureuse s'effondra. Gwenyth descendit aussitôt de cheval et se précipita pour lui venir en aide. Elle glissa un bras autour de sa taille pour la soutenir et la ramena vers les chevaux avec une douceur et une force admirables. Puis elle leva les yeux vers Rowan.

— Elle n'est pas en état de se maintenir sur une selle. Et il nous faut partir, je pense.

Avant que ces gens ne changent d'avis.

Elle ne prononça pas ces derniers mots, mais il les lut dans ses yeux.

— Qu'on nous apporte un cheval, ordonna-t-il d'un ton sans réplique. Et des vêtements.

On leur apporta et l'un et l'autre, puis le pasteur et la foule reculèrent. Gwenyth regarda Rowan et il comprit ce qu'elle ne disait pas : leur protégée devait reprendre des forces avant de pouvoir les suivre à cheval.

Si toutefois elle savait monter.

Il mit pied à terre, souleva la jeune femme — qui le dévisagea avec des yeux hébétés et remplis d'adoration — et la hissa sur son étalon. Il aurait volontiers aidé Gwenyth à monter sur sa jument mais elle sauta en selle avant qu'il ait eu le temps de lui proposer son aide.

— A l'avenir, ne vous mêlez plus de rendre la justice vous-même, lança-t-il calmement au pasteur. Je reviendrai dans votre village m'assurer que la loi est respectée.

Sur ces mots, il fit faire demi-tour à son étalon et s'éloigna aux côtés de Gwenyth, la « sorcière » affaissée contre lui comme une poupée de chiffon. Ils adoptèrent une allure paisible pour ne pas donner l'impression qu'ils s'enfuyaient et déclencher un réflexe de colère des villageois et une chasse à l'homme.

— Maintenant, filons aussi vite que possible, ordonna Rowan dès qu'ils eurent quitté le village.

Ils n'avaient pas encore atteint le relief escarpé des Highlands : ils purent pousser leurs chevaux sans risque, d'autant que le sol n'avait pas gelé, malgré un vent inhabituellement froid pour la saison.

Lorsque Rowan eut la certitude qu'ils ne risquaient plus rien, il se dirigea vers un petit bois, tout près d'un ruisseau, et leva la main. Le petit groupe s'arrêta.

— Oh, Seigneur, ma pauvre carcasse ! gémit Annie en secouant la tête.

Gavin mit pied à terre et aida la brave femme à descendre de sa monture.

— Je ne pense pas qu'ils aient l'intention de nous poursuivre, Lord Rowan, affirma Gavin avec dédain. Ce sont des lâches.

— Je le crois aussi, acquiesça Rowan. Mais il vaut toujours mieux rester à distance d'une foule en colère.

Il sauta à terre et eut soin de poser très doucement sa passagère sur le sol. Gwenyth et Annie s'approchèrent aussitôt pour lui porter secours.

— Auriez-vous un peu de vin ? demanda Gwenyth à leur escorte.

— Bien sûr, m'lady, tout de suite, acquiesça Dirk, l'un des gardes.

Rowan aida la jeune femme à s'asseoir sur le sol recouvert d'aiguilles de pin, le dos appuyé contre un tronc d'arbre. Elle contemplait Gwenyth avec émerveillement et Rowan ne lui donna pas tort : dans l'ombre verte de la forêt transpercée par des flèches de soleil, ses cheveux semblaient tissés de fils d'or et son regard rayonnait de compassion. On aurait dit un ange. Elle serrait dans ses mains une outre de vin, qu'elle approcha des lèvres de la jeune femme.

— Bois lentement, lui conseilla-t-elle d'une voix douce.

Liza obéit, sans cesser de la regarder. Puis, comme Gwenyth se redressait, elle balbutia :

— Dieu vous bénisse car je suis innocente, je le jure ! La vieille Meg n'était pas en colère parce que son porc est mort. Elle croyait que j'avais jeté un sort pour séduire sa brute de mari. Je n'ai rien fait de mal, j'en prends Dieu à témoin ! Je vous dois la vie et... je vous bénirai jusqu'à mon dernier souffle, conclut-elle d'une voix étranglée.

— L'important, pour l'instant, c'est de reprendre très vite des forces et passer des vêtements décents, murmura Gwenyth, gênée. Il y a des buissons, juste un peu plus loin. Tu pourras t'y changer tranquillement.

— Je vais l'aider, offrit spontanément Annie — et les deux femmes s'éloignèrent sous le couvert des arbres.

Gwenyth sentit le regard de Rowan sur elle et rougit.

— Cette femme n'est pas une sorcière, j'en suis certaine, affirma-t-elle. Je ne vois pas comment on pourrait jeter un sort à quelqu'un, rien qu'en le regardant. Ces croyances sont ridicules !

Elle s'interrompit, puis murmura :

— Merci.

« Aurais-je empêché cette exécution indigne si Gwenyth n'avait pas été à mes côtés ? » se demanda Rowan.

— Je suis intervenu parce que j'estimais que le procès de cette femme n'avait pas été équitable et que ce pasteur n'avait aucune autorité légitime pour prononcer une sentence de mort, précisa-t-il. Seule une haute cour y est habilitée. Mais que vous le vouliez ou non, la sorcellerie est une hérésie et une pratique punie de mort.

Gwenyth esquissa un sourire.

— Lord Rowan, vous êtes un homme instruit. Vous savez comme moi que ceux que l'on accuse de sorcellerie sont généralement des guérisseurs dont le seul tort est de connaître les vertus médicinales de certaines herbes et de chercher à aider leurs semblables. C'est sur l'autel de la bêtise et de l'ignorance qu'on les sacrifie.

— Il n'en demeure pas moins qu'en préparant ces potions ils prennent le risque d'être accusés de sorcellerie, et donc d'avoir conclu un pacte avec le diable, et *c'est* une hérésie, conclut-il d'un ton las.

— Mais c'est une telle stupidité que…

— C'est la loi.

Gwenyth hocha la tête, glaciale.

— Merci. Cette conversation a été extrêmement édifiante.

— Je suis à votre service, répondit-il en s'inclinant, une note de sarcasme dans la voix.

Il n'aurait su dire pourquoi, mais sa froideur le piquait au vif.

Cette femme était une énigme. Plus il la côtoyait, plus elle le fascinait. Il lui était impossible d'ignorer sa beauté, sa grâce, son charme — et l'effet qu'elle produisait sur lui.

« Je rentre chez moi », se rappela-t-il à lui-même.

Une douleur sourde lui enserra la poitrine comme un

étau. Jadis, il avait été si ardemment amoureux. Un feu inextinguible brûlait en lui, alors. Il aurait pu défier son Dieu, son roi, son pays.

Et aujourd'hui…

Il aimait toujours sa femme, mais des circonstances tragiques avaient changé sa passion en une tendresse prudente et attentive, semblable à celle que l'on témoigne à un enfant malade ou à un vieillard diminué.

Il se détourna.

— Il faut repartir, lâcha-t-il sèchement. Maintenant.

Il détacha son cheval, criant à Annie de ramener Liza Duff et à ses hommes de se mettre en selle.

Comme il soulevait Liza pour la hisser sur son étalon, il sentit le regard de Gwenyth sur lui, et ne put s'empêcher de se demander quels sentiments se cachaient maintenant derrière ses beaux yeux au charme mystérieux et obsédant.

5

Bien qu'elle y soit née, Gwenyth avait toujours considéré les Highlands comme une terre sauvage, peuplée de gens rudes, frustes et hors la loi.

Encore que « hors la loi » ne reflétât pas tout à fait la réalité. Il y avait bien une loi dans les Highlands : celle des clans. Son séjour en France avait éveillé en elle un sentiment de colère et de frustration à l'égard de son peuple. L'Ecosse pourrait être un pays glorieux et puissant si les lords et les barons ne gaspillaient pas leur temps et leur énergie à se battre entre eux par ambition et cupidité. Ils étaient plus soucieux de leurs intérêts que de l'avenir de leur pays !

Trop souvent, ils attendaient passivement de voir de quel côté le vent de la victoire allait souffler pour se rallier au plus fort, au lieu d'unir leurs forces pour former une opposition digne de ce nom.

La présence de Liza Duff dans leur petit groupe avait terriblement ralenti leur progression. Grâce au ciel, la jeune femme n'avait pas subi de tortures, mais elle était très faible et peu à l'aise à cheval, même si la monture fournie par son village était d'un caractère doux et docile. Ils étaient obligés de multiplier les arrêts, surtout depuis qu'ils avaient atteint la partie la plus escarpée des Highlands, où le relief était accidenté et les routes difficiles.

Ils empruntèrent finalement un étroit chemin qui montait à l'assaut d'une haute colline tapissée de petites fleurs mauves. Une fois au sommet, ils contemplèrent avec émerveillement la vallée luxuriante qui se déroulait majestueusement à leurs pieds. Des hommes moissonnaient dans les champs, au premier plan. Par-delà les terres fertiles, fièrement campé sur un affleurement rocheux, se dressait un château. L'édifice en pierres grises avait des reflets d'or et d'argent dans la lumière blonde de la fin d'après-midi. Une rivière étincelante décrivait des méandres devant les douves profondes qui longeaient le mur d'enceinte. Il était moins imposant que la forteresse d'Edimbourg, mais il jouait lui aussi habilement du relief naturel pour se rendre invulnérable. Gwenyth aperçut une immense cour de l'autre côté des remparts. Des marchands y tenaient des étals colorés pendant que des femmes vaquaient à leurs occupations. De grands enclos abritaient quantité de porcs et de poules.

Elle tourna les yeux vers Rowan. Il fixait la citadelle avec une expression tendue — mélange de fierté et de souffrance.

— Le château de Lochraven ? murmura-t-elle.

Il tourna la tête vers elle.

— Non. Lochraven est situé sur une île, au nord d'Islington. Le château que vous voyez s'appelle « le Château Gris ». Il a été baptisé ainsi par l'un de mes lointains ancêtres en référence à notre nom de famille, « celui qui vient de la demeure grise ».

— Il vous appartient ?

— Oui.

— Il est… magnifique.

Elle fut décontenancée quand il répondit :

— C'est une demeure triste, habitée par le malheur.

Ils étaient à l'arrêt depuis plusieurs minutes ; Rowan se montra tout à coup impatient.

— En route.

On les avait forcément vus venir de loin, mais les sentinelles n'eurent pas besoin de demander l'ouverture du pont-levis : il était déjà baissé, la herse levée. Gwenyth eut le sentiment que c'était une pratique courante dans ce château, en temps de paix. Les habitants pouvaient ainsi entrer et sortir à leur guise, et les gens des alentours faire leurs courses au marché puis rentrer chez eux à n'importe quel moment de la journée. En fait, Castle Grey ressemblait à un gros village, bourdonnant d'activité.

Comme ils approchaient, des enfants se précipitèrent pour les accueillir en jetant des fleurs. Ils précédaient un homme arborant les couleurs de Rowan — un cavalier solitaire qui s'immobilisa devant le pont-levis pour les attendre.

— Lord Rowan ! Lord Rowan ! scandaient joyeusement les enfants.

Une petite fille s'avança hardiment vers l'étalon noir et Rowan se pencha en souriant pour l'attraper et l'asseoir devant lui.

— Soyez les bienvenus ! s'écria le cavalier avec un plaisir manifeste comme ils s'arrêtaient devant lui. Nous avons été informés de votre venue prochaine.

— Tristan, mon ami. Quelles sont les nouvelles ? lui demanda Rowan.

— Les récoltes sont abondantes, cette année.

C'était un homme vigoureux, d'une quarantaine d'années, avec de larges épaules, une barbe et de longs cheveux noirs qui commençaient à grisonner.

— Tristan, je te présente Lady Gwenyth MacLeod. Lady Gwenyth, voici Tristan, mon intendant. Nous dormirons ici ce soir, Tristan. Et peut-être aussi demain. Veille à ce qu'un passeur se tienne prêt à conduire Lady Gwenyth, sa servante et leurs chevaux sur l'île d'Islington.

— Ce sera fait, acquiesça Tristan en s'inclinant respectueusement devant lui.

Puis il se tourna en souriant vers Gwenyth et s'inclina également devant elle.

— Lady MacLeod.

— Comment se porte ma douce épouse ? demanda Rowan à mi-voix.

Tristan essaya vaillamment de garder la même expression enjouée.

— Nous l'entourons de tous nos soins et de toute notre affection, répondit-il calmement.

— Sa santé ? murmura Rowan, les traits tendus.

— Fragile.

— Peux-tu accompagner Lady Gwenyth jusqu'à sa chambre et t'assurer qu'elle ne manque de rien ? Je prends les devants.

Il s'élança à ces mots et franchit le pont-levis sans un regard en arrière.

Tristan salua les quatre gardes qui n'étaient visiblement pas des inconnus pour lui, puis se tourna vers Gwenyth.

— J'ai eu des nouvelles de votre oncle, il n'y a pas très longtemps, dit-il pour rompre le silence qui avait suivi le départ de Rowan. Je suis heureux de pouvoir vous dire que tout va bien chez vous.

— Merci, répondit Gwenyth.

— Je vais vous montrer votre chambre. Bien sûr, le château n'est pas aussi luxueux que celui d'Edimbourg, mais il est quand même assez confortable, vous verrez. Vous vous plairez ici, j'en suis sûr.

— Je n'en doute pas.

En réalité, elle était certaine du contraire. Malgré cette

vallée magnifique, autour d'eux, et la beauté de cette forteresse imprenable, elle sentait une tristesse poignante flotter sur ces lieux, et elle redoutait d'y entrer. Elle redoutait de rencontrer l'épouse de Rowan.

Tristan ne cessa de parler tandis qu'ils franchissaient le pont-levis et pénétraient dans la cour, pointant du doigt un enclos de moutons et expliquant que la colline rocheuse sur laquelle le château avait été édifié ne procurait aucune nourriture aux animaux domestiques, mais que les terres, au-delà, offraient d'abondants pâturages.

— Castle Grey n'est peut-être pas aussi beau que certaines demeures royales plus récentes, mais il n'est jamais tombé aux mains de l'ennemi, déclara-t-il avec fierté. Et il n'a jamais été ébranlé, ni par un tremblement de terre ni par une guerre de clans. Personne ne se risque à venir attaquer un lord écossais sur ces hauteurs.

— Je veux bien le croire, acquiesça Gwenyth.

— Venez. Nous allons conduire les chevaux jusqu'aux écuries et veiller à ce que vous ayez tout le confort nécessaire. Vous devez mourir de faim. On vous servira à manger dans la grande salle.

Ils traversèrent l'immense cour aux côtés de l'intendant. Les gens cessèrent de travailler et les regardèrent passer avec une curiosité non dissimulée. Tout le monde souriait et s'inclinait devant Gwenyth, en signe de respect pour sa position à la Cour. Gwenyth leur sourit en retour.

— Bienvenue, Lady Gwenyth. Bienvenue dans les Highlands ! cria quelqu'un.

— Merci infiniment, répondit Gwenyth.

— Quel endroit charmant, chuchota Annie derrière elle.

Gwenyth acquiesça, et cependant elle éprouvait un sentiment de culpabilité qu'elle ne parvenait pas à s'expliquer.

Elle était une invitée, rien de plus. Mais c'était la demeure de Lord Rowan ; c'était ici que vivait son épouse bien-aimée, si gravement malade. Et elle avait l'intuition que, s'il avait eu le choix, il ne l'aurait jamais fait venir dans ce lieu, où tout lui rappelait son malheur.

Elle rapprocha son cheval de celui de Tristan et parla doucement :

— Pardonnez-moi ma franchise, mais je sais que la dame qui vit ici est malade. Et je ne voudrais surtout pas que notre arrivée soit une source de désagrément.

— Nous sommes heureux de vous servir, m'lady.

— Et je vous en remercie, mais je ne veux pas déranger votre maîtresse de quelque façon que ce soit.

Il posa sur elle un regard très doux.

— Ma maîtresse se meurt, déclara-t-il calmement. Elle s'éteint peu à peu sans que nous puissions rien faire. Les médecins les plus réputés sont venus et sont repartis, impuissants. Nous nous efforçons de rendre sa fin de vie aussi douce que possible. Nous l'empêchons de souffrir et nous l'entourons de tout notre amour. Vous n'êtes pas un poids ici, m'lady. Nous sommes heureux de vous accueillir au château, et vous êtes la bienvenue. Lord Rowan ne vous aurait jamais amenée ici — l'ordre fût-il venu de la reine ou de Dieu en personne — s'il n'avait estimé que vous aviez un cœur noble et généreux. Et maintenant… si vous me permettez ?

Il mit pied à terre devant un large escalier en pierre conduisant à de lourdes portes. Les écuries, comprit Gwenyth. Elles étaient situées stratégiquement au premier niveau, tandis que les quartiers d'habitation se trouvaient à l'étage du dessus. Quand bien même des attaquants eussent-ils réussi à franchir l'enceinte du château, la situation aurait encore été à l'avantage des assiégés : il n'y avait pas une seule ouverture dans la façade du bâtiment, seulement d'étroites meurtrières par où les archers pouvaient tirer des rafales de flèches sur leurs assaillants. Confortable ou pas, Castle Grey était une place forte conçue avant tout pour la guerre, et non pour recevoir des invités.

Gwenyth remercia Tristan qui l'aidait à descendre de cheval pendant que les valets d'écurie en faisaient autant pour Annie et Liza.

Annie avait les traits las et tirés, constata Gwenyth, et Lisa paraissait épuisée. Gwenyth se tourna vers l'intendant.

— Est-il possible de servir à dîner à mes servantes et de les conduire aussitôt dans leurs quartiers pour qu'elles puissent dormir ?

— Non, non, il n'en est pas question, protesta Annie.

— Nous avons besoin de nous reposer toutes les trois, trancha Gwenyth. Tristan, pouvez-vous faire en sorte qu'on m'apporte un repas dans ma chambre ? Lord Rowan vient de rentrer chez lui et il souhaite certainement passer le plus de temps possible auprès de son épouse. Je m'en voudrais de le distraire de ses obligations de quelque façon que ce soit.

— Il sera fait comme vous le désirez, déclara-t-il.

Il restait encore une grande salle à traverser quand ils pénétrèrent enfin à l'intérieur du château après avoir franchi une première porte monumentale, puis une deuxième, sans rien d'autre que le ciel au-dessus de leurs têtes pour protéger d'éventuels agresseurs d'un déluge de flèches et d'huile bouillante. C'était vraiment une place forte étonnante, songea Gwenyth.

Des épées et des boucliers de différentes époques, anciennes et récentes, accrochés aux murs de la grande salle, ajoutaient encore à l'impression de puissance et de permanence qui se dégageait du lieu. Tristan escorta

Gwenyth le long d'un couloir interminable, jusqu'à un large escalier en pierre conduisant à l'étage.

— Ce château est immense, s'étonna-t-elle une fois en haut.

— Beaucoup moins qu'il n'y paraît, affirma Tristan d'un ton souriant. Il n'y a qu'un seul bâtiment d'habitation. Vous vous repérerez très rapidement. Vos servantes logeront ici, dans cette petite chambre au bout du couloir, afin d'être près de vous. Les appartements des maîtres sont au fond, à droite, et je dors toujours dans l'antichambre de Lord Rowan, pour le cas où il aurait besoin de quelque chose pendant la nuit.

Il ouvrit l'une des portes du couloir et s'effaça pour lui permettre d'entrer. Ses sacs de voyage étaient déjà là, alignés au pied de l'armoire, au fond de la pièce. La chambre était de taille modeste, mais Gwenyth la trouva immense, comparée à la pièce minuscule qu'elle avait occupée à Holyrood.

On avait pensé à préparer un broc d'eau et une cuvette afin qu'elle puisse se laver le visage et les mains, et un plateau contenant du vin, du pain et du fromage l'attendait sur l'élégante coiffeuse. Le lit coiffé d'un imposant baldaquin avait été apprêté avec des draps qui sentaient l'air vif des Highlands et une couverture de laine. Tout avait été prévu pour l'accueillir.

— M'lady ? demanda Tristan.

— C'est absolument parfait, affirma Gwenyth en souriant. Et très confortable.

Il ne bougea pas.

— Merci, lui dit-elle.

Il ne bougea toujours pas.

— Je ne veux pas vous tenir éloigné de vos autres occupations, insista-t-elle gentiment.

Il se décida alors à parler.

— Si par hasard vous entendez quelqu'un crier, cette nuit, n'ayez pas peur. Lady Catherine… se réveille parfois, hantée par des créatures terrifiantes qui n'existent que dans son esprit tourmenté. Nous nous relayons à son chevet afin de la rassurer, mais si vous entendez un cri… il ne faudra pas vous inquiéter.

— Pauvre femme, murmura Gwenyth.

— Oui. Et pauvre Lord Rowan…

Elle fut saisie quand Tristan s'emporta tout à coup :

— Prions pour que la reine ait conscience de la valeur des hommes qui la servent ! lança-t-il d'une voix tremblante d'indignation. La loyauté est souvent bradée au plus offrant, mais Lord Rowan, lui, est fidèle jusqu'à la mort !

Il parut se rendre compte tout à coup qu'il avait eu tort de laisser parler son cœur, et se ressaisit.

— Pardonnez-moi. Je vous souhaite une bonne nuit.

Il s'inclina et sortit.

Gwenyth regarda autour d'elle, inspectant ce qui allait être son nouveau domaine pour les quelques jours à venir. Une main attentionnée avait apporté un vase de fleurs sauvages. Elle n'était pas ici de sa propre volonté mais sur ordre de la reine, et cependant elle ne parvenait pas à se défaire de cet étrange sentiment de culpabilité. Elle avait la sensation d'être une intruse. A son arrivée en Ecosse, elle n'avait éprouvé que du mépris pour Rowan. Elle le trouvait grossier, arrogant, détestable, imbu de lui-même… Mais aujourd'hui, elle savait qu'il n'en était rien. Cet homme n'était pas superficiel — tout au contraire, son ironie cachait une blessure secrète. Et il avait du courage, il n'hésitait pas à intervenir en personne pour réparer une injustice.

Par deux fois, il était venu à son aide.

Elle éprouvait de la gratitude pour lui, se dit-elle. Rien d'autre.

Leur voyage avait été long et fatigant ; elle était heureuse d'avoir l'opportunité de faire halte ici, de profiter du confort de cette chambre et d'y attendre le moment — proche, elle l'espérait — où elle pourrait partir.

Elle s'installa donc, utilisant avec bonheur l'eau et le savon mis à sa disposition — du savon *français*, nota-t-elle avec un sourire amusé. Elle fit sa toilette du mieux possible, puis Annie lui apporta son souper en l'informant qu'elle avait mis immédiatement Liza au lit. La pauvre était à bout de forces. Mais demain matin, à n'en pas douter, elles seraient de nouveau d'attaque toutes les trois, décréta-t-elle en sortant les affaires de nuit de Gwenyth.

Annie était enchantée par sa chambre, qu'elle partageait avec Liza.

— Elle est pour deux et elle est immense ! s'écria-t-elle avec enthousiasme.

Puis elle ajouta tout bas :

— A mon avis, on nous a donné une chambre habituellement réservée à des hôtes importants pour que nous puissions être près de vous. Les gens qui vivent ici sont vraiment prévenants.

Gwenyth remercia Annie et l'envoya vite se coucher. Après quoi elle dîna de bon appétit — leur longue chevauchée l'avait affamée — puis elle enfila sa chemise de nuit et se mit au lit.

En dépit de sa fatigue, il lui fut impossible de trouver le sommeil. L'obscurité de cet étrange château l'oppressait. Le feu couvait doucement dans la cheminée, projetant de longues ombres mouvantes sur les murs et le plafond.

Tristan l'avait avertie qu'elle risquait d'entendre des cris pendant la nuit, que la dame qui vivait ici était hantée par des démons, et elle ne pouvait s'empêcher de tendre nerveusement l'oreille, tout en se répétant qu'elle n'avait pas à avoir peur.

Elle ne le reconnaissait pas. Sa propre femme ne le reconnaissait pas.

Il avait beau y être préparé, chaque fois la blessure se rouvrait et il avait l'impression que son cœur se mettait à saigner. Catherine n'était plus qu'une coquille vide, si frêle qu'on eût dit une enfant, aussi faible qu'un chaton. Elle fixa sur lui un regard vide quand la gouvernante l'informa d'un ton enjoué que son mari était de retour.

Ses yeux intensément bleus semblaient énormes dans son visage émacié. Dieu merci, elle ne montra pas d'effroi quand il pressa ses lèvres sur son front puis s'assit à son chevet, serrant doucement sa main dans la sienne. Il avait l'impression qu'elle était malade depuis toujours. Son cœur s'était déchiré quand il avait compris qu'il devait continuer sa route alors que sa femme s'éteignait peu à peu.

Parfois, il était presque soulagé que ses obligations envers la Couronne le retiennent loin de ce lieu de désespoir, et sa lâcheté l'emplissait de dégoût, même si Tristan lui avait assuré à maintes reprises que Catherine ne souffrait pas.

Mais aujourd'hui, en privé, Tristan l'avait informé que la santé de Catherine s'était sérieusement dégradée depuis un mois, suite à une mauvaise fièvre. Elle était dans un état de faiblesse inquiétant.

— Ma dame, murmura Rowan en tenant sa main pâle et frêle dans la sienne. Vous êtes toujours aussi merveilleusement belle.

Elle cilla et le regarda d'un air un peu égaré.

— C'est moi, Catherine. Rowan, lui dit-il.

Il lui sembla déceler une petite lueur au fond de ses yeux et il eut la sensation que le glaive d'un ennemi le transperçait de part en part. Il se pencha, souleva sa femme dans ses bras et l'emporta vers le fauteuil, devant le feu. Elle était aussi légère qu'une enfant.

Il la berça contre lui tout en se remémorant un temps lointain où elle riait aux éclats, pleine de fougue et de passion, où son regard s'enflammait à sa seule vue, où l'avenir semblait plein de promesses…

Alors qu'aujourd'hui…

Aujourd'hui, elle était passive dans ses bras. Absente. Elle ne le repoussait pas, mais elle ne puisait aucun réconfort dans son étreinte. Il continua néanmoins à la serrer contre lui, des heures durant, jusqu'à ce qu'elle s'endorme contre son épaule. Alors seulement, il se leva et la ramena dans son lit.

Puis il appela la gouvernante, Agatha, pour lui signaler que Catherine était seule et il regagna sa propre chambre. Il ne pouvait pas quitter sa femme maintenant, songea-t-il avec désespoir. Et pourtant, il avait le devoir d'escorter Gwenyth MacLeod jusque chez elle, puis de se rendre avec elle en Angleterre.

Il laissa tomber sa tête dans ses mains et prit tout à coup conscience de son épuisement. Il s'allongea sur son lit afin de se reposer un instant. Juste quelques minutes. Pas davantage.

Il se sentait insensibilisé, au-delà de la souffrance. Il *était* insensibilisé, et il se méprisait pour ça.

Des démons avaient pris possession du château.

Gwenyth se réveilla en sursaut et se redressa dans son lit, le cœur battant à tout rompre. Un cri déchirant venait de retentir dans le silence, comme le gémissement lugubre du vent s'engouffrant dans la vallée.

Tristan lui avait dit de ne pas avoir peur, que Lady Catherine était hantée par des démons imaginaires et qu'il lui arrivait de hurler au milieu de la nuit. Mais la plainte qu'elle avait entendue reflétait une telle terreur que Gwenyth en fut bouleversée. Elle se leva, ses pieds nus foulant le sol froid, et entrebâilla la porte.

Un faible halo de lumière s'échappait d'une chambre, au bout du couloir. Le cri qui l'avait réveillée venait de là.

Gwenyth hésita. Elle n'était qu'une invitée. Ce qui se passait dans ce château ne la regardait pas. Mais elle ne pouvait pas faire comme si elle n'avait rien entendu : il y avait une trop grande souffrance dans l'appel qu'elle avait entendu.

Elle se glissa dans le couloir et jeta un coup d'œil dans la pièce du fond. Apparemment, il n'y avait personne. Une autre plainte s'éleva, plus bouleversante encore que les précédentes. Gwenyth entra dans la chambre d'un pas hésitant.

Son regard fut tout de suite attiré par le lit immense. Elle n'aperçut d'abord que la tache claire des draps délicatement brodés, puis les couvertures remuèrent et Gwenyth entendit un sanglot terrifié.

Elle en eut le cœur retourné et s'avança, murmurant d'une voix douce :

— Lady Catherine ?

Les gémissements étaient incessants, maintenant. Sourds, étranglés, et en même temps si désespérés que Gwenyth avait l'impression qu'ils lui transperçaient l'âme. Peut-être ferait-elle mieux d'aller chercher quelqu'un.

Un nouveau cri retentit, déchirant.

Gwenyth s'approcha, bouleversée.

Une femme frêle et livide était recroquevillée dans le lit, les yeux écarquillés comme si elle voyait quelque chose de monstrueux dans la pénombre. Sa beauté passée se devinait à son regard d'un bleu intense et à ses cheveux couleur d'or pâle qui tombaient en désordre autour de son visage émacié. Son regard hagard se fixa soudain sur Gwenyth.

— Ils sont là, chuchota-t-elle d'une voix terrifiée.

Gwenyth s'assit à son chevet et saisit ses deux mains dans les siennes.

— Il n'y a personne, Lady Catherine.

Catherine la contempla fixement, une lueur terrifiée au fond des yeux, mais ses gémissements s'arrêtèrent. Gwenyth repoussa doucement en arrière ses cheveux emmêlés.

— Vous ne risquez rien. Vous êtes en sécurité, chez vous, au milieu de tous ceux qui vous aiment et vous protègent.

— Si seulement je pouvais être sûre que mon Dieu est auprès de moi, souffla-t-elle comme si elle avait tout à coup un éclair de lucidité.

— Ma chère Lady Catherine, je vous assure que Dieu est à vos côtés, à chaque instant, dit Gwenyth.

Elle s'aperçut que Catherine s'agrippait à elle. Ses mains maigres et décharnées étaient animées d'une force incroyable. Ses yeux rivés aux siens semblaient espérer quelque chose d'elle.

— Dieu est auprès de vous, répéta Gwenyth, désemparée, ne sachant trop quoi dire d'autre.

Une chanson que lui avait chantée sa nourrice quand elle était enfant lui revint soudain à l'esprit. Elle se mit à la fredonner doucement.

« Dieu est dans les Highlands, Il y monte la garde
Au-dessus des collines, dans le vaste ciel,
Dieu est à mes côtés,

Il me protège et me guide.
Je n'ai pas peur de la nuit
Je n'ai pas peur des ténèbres
Dieu est ma lumière
Mon flambeau et mon espérance. »

— C'est magnifique, chuchota Catherine. Encore, s'il vous plaît…

S'il y avait une suite, Gwenyth ne la connaissait pas. Elle resta donc silencieuse.

— J'aime cette chanson, répéta Catherine en s'agrippant à elle.

Ses yeux étaient levés vers elle avec confiance, émerveillés comme ceux d'un enfant.

— S'il vous plaît, chantez-la encore.

Gwenyth obéit. Elle la chanta encore, et encore.

A sa grande surprise, les doigts crispés de Catherine desserrèrent peu à peu leur étreinte tandis qu'elle chantait le même couplet — le seul dont elle se souvenait — pour la troisième fois. Ses paupières se fermèrent lentement. Au bout d'une minute, après avoir constaté qu'elle dormait paisiblement, Gwenyth dégagea tout doucement sa main et se leva.

Puis elle se retourna et se pétrifia.

Elle n'était pas seule dans la pièce. La gouvernante se tenait à quelques pas derrière elle, immobile. Rowan se dressait dans l'encadrement de la porte, apparemment retenu par la main que Tristan avait posée sur son bras. Tous les regards étaient braqués sur elle.

Les cheveux blonds de Rowan étaient ébouriffés comme s'il venait juste de se lever, et une expression proche du désespoir se lisait sur son visage. Gwenyth eut l'impression qu'il la regardait avec horreur. A son attitude — il était tendu comme un ressort sur le point de rompre — il était évident qu'il mourait d'envie de traverser la pièce, de l'empoigner et de l'éloigner de sa femme.

Il y avait une telle force en lui, songea Gwenyth. Il était prêt à défendre son épouse contre n'importe quel ennemi, à lui sacrifier sa vie si nécessaire, et cependant il était impuissant à guérir la femme qu'il aimait et à faire revivre celle qu'elle avait été jadis.

— Elle dort, souffla la gouvernante. Comme une enfant.

Gwenyth s'éloigna du lit. Elle devait ressembler à un fantôme, songea-t-elle tout à coup, car elle portait sa chemise de nuit blanche pour tout vêtement, elle était pieds nus, ses cheveux en désordre. Elle eut du mal à parler, même si les paroles de la gouvernante avaient brisé le silence pesant qui régnait dans la pièce.

— Je suis désolée. J'ai entendu ses cris et je n'ai pas vu… je n'ai vu personne auprès d'elle, chuchota-t-elle.

Rowan continuait à la fixer en silence.

— Nous sommes entrés juste derrière vous, expliqua Tristan. Mais nous n'avons pas voulu intervenir pour ne pas la bouleverser.

Gwenyth fut saisie par l'amertume qui perçait dans la voix de Rowan quand il s'exprima, même si ses paroles étaient courtoises.

— Il semble que vous ayez réussi là où tant d'autres ont échoué, déclara-t-il froidement. Vous pouvez retourner vous coucher, maintenant. Nous veillerons sur elle.

Gwenyth sortit sans un mot et s'apprêtait à entrer dans sa chambre quand elle entendit Tristan l'appeler. Elle se raidit. Elle ne s'était pas rendu compte qu'il l'avait suivie.

— M'lady ?

Elle se retourna.

— Je n'avais pas l'intention de me montrer indiscrète, expliqua-t-elle d'une voix crispée.

— Ce n'est pas…

Il s'interrompit, visiblement mal à l'aise. Il écarta les bras, cherchant ses mots.

— Il ne faut pas en vouloir à Lord Rowan. Il n'a pas voulu se montrer cassant. Mais… Lady Catherine ne le reconnaît même plus. Son propre mari. Et cette situation… lui brise le cœur.

— Je comprends.

— Lord Rowan s'est assoupi et la gouvernante venait de s'absenter pour respirer un peu. J'ai bien peur de ne pas m'être réveillé tout de suite quand Lady Catherine a crié.

Gwenyth hocha mécaniquement la tête. « Rowan me hait, songea-t-elle. Avant, je l'amusais. Mais maintenant, il me hait. Il ne veut pas qu'on sache qu'il souffre, qu'il est vulnérable, et à présent il me déteste parce que j'ai vu ce que je ne devais pas voir. »

— Vous l'avez apaisée, reprit Tristan. Je vous en remercie.

Il s'inclina.

— Bonne nuit, murmura Gwenyth.

— Bonne nuit. Dormez bien, m'lady.

Rowan se maudissait. Combien de fois avait-il chevauché jusqu'à l'épuisement, guerroyant le jour, dormant la nuit à même le sol, sursautant au moindre bruit ? Il avait appris à rester constamment sur ses gardes. Les Anglais n'étaient pas le seul danger sur ces terres : quand il n'y avait personne à combattre, les clans se faisaient la guerre entre eux, pillant les châteaux, ravageant les fermes, brûlant les récoltes. Voilà pourquoi il ne relâchait jamais sa vigilance à la nuit tombée. Et pourtant, Catherine avait crié et il ne l'avait pas entendue. Il ne s'était pas réveillé.

C'était Gwenyth qui était allée la secourir.

Et alors qu'elle ne reconnaissait plus son visage, ni même son prénom, sa femme avait répondu spontanément aux gestes doux et apaisants d'une inconnue, à sa voix.

Il resta toute la nuit au chevet de Catherine. C'était à peine si elle semblait respirer. Elle ressemblait à un ange dans ce grand lit. A un ange fragile et minuscule.

Il était redevable envers Gwenyth. Elle méritait sa plus sincère gratitude… et cependant une partie de lui-même se rebellait à cette idée. Jadis, Catherine avait été une jeune femme d'une rare beauté, intelligente, vive, généreuse et douce. Personne n'aurait dû être témoin de ce qu'elle était devenue.

Lorsque le coq chanta, Rowan se leva tandis que sa femme continuait à dormir paisiblement. Il se sentait épuisé dans toutes les fibres de son corps. Il éprouvait le besoin de se reposer, et cependant il répugnait à quitter Catherine.

Pourquoi *l*'avait-il amenée ici ? Pour obéir à la volonté de la reine, se remémora-t-il sans joie.

Elle aurait pu se comporter comme n'importe quelle autre invitée. Profiter du confort du château, aller se promener à cheval pour admirer le paysage. Elle n'avait pas à intervenir dans sa vie privée.

Il aurait dû lui être reconnaissant du réconfort qu'elle avait apporté à Catherine, il le savait. Et cependant sa présence ici lui était insupportable. Peut-être parce qu'elle ressemblait trop à la femme que Catherine avait été jadis — altière et belle, déterminée… compatissante.

Il chassa aussitôt cette pensée de son esprit.

Gwenyth était la dame d'honneur de la reine, et elle avait vécu trop longtemps en France. Elle devait se replonger dans la réalité de son propre pays, comprendre qu'elle n'avait pas le pouvoir de changer les lois et que se révolter contre des religieux fanatiques ne la mènerait à rien.

Sa femme était en train de mourir. Il aurait beau se révolter, hurler sa rage, il n'y pourrait rien changer.

Il sursauta quand la voix de Catherine troubla le silence, si basse et si ténue qu'il dut revenir auprès d'elle et incliner son visage tout près du sien pour tenter de comprendre les mots que formaient ses lèvres pâles.

— L'ange…

Rowan secoua la tête, perdu.

— Je suis là, mon amour. De quoi avez-vous besoin ?

Ses paupières se soulevèrent sur ses yeux immensément bleus. Elle fronça les sourcils.

— L'ange, répéta-t-elle dans un souffle.

— Tout va bien, mon amour. Vous n'êtes pas seule. Je suis là.

— Elle était ici…

De nouveau, ses paroles étaient à peine audibles et il ne fut pas certain d'avoir compris.

— C'est moi, Catherine. Rowan. Votre mari qui vous aime.

Elle ne l'entendit pas. Ou alors, ces mots ne signifiaient rien pour elle.

— J'ai besoin d'elle, balbutia Catherine — et l'angoisse envahit ses traits.

— Catherine, murmura-t-il de nouveau, presque désespérément. Je vous en prie, regardez-moi. C'est moi. Rowan. Votre époux.

Ce fut comme si elle ne l'entendait pas.

— Elle m'a chanté une chanson, souffla-t-elle. Une chanson si belle et si douce que les démons se sont enfuis.

Rowan se figea et cessa de respirer pendant quelques instants, le cœur en lambeaux.

Elle voulait Gwenyth.

— Ne vous inquiétez pas, mon amour. Je vais vous ramener votre ange, lui dit-il.

6

Presque trois semaines plus tard, Lady Catherine rendit son dernier soupir dans les bras de son époux.

Rowan avait quitté le château à cheval, Catherine blottie contre lui. Ils avaient gravi ensemble la colline, et là, elle avait contemplé une dernière fois le paysage magnifique qui se déployait autour d'eux.

Dans les ultimes instants, la jeune femme avait retrouvé sa lucidité. Elle avait chuchoté qu'elle aimait cette vallée, puis elle avait levé son regard vers Rowan, elle avait caressé son visage et elle avait fermé les yeux à jamais. Désormais, elle était en paix.

Gwenyth avait assisté à la scène, immobile à quelques pas de là. Pour une raison obscure, née des méandres confus de son esprit, Catherine semblait voir en elle un ange et une amie véritable, et réclamait sa présence à toute heure du jour ou de la nuit.

Elle avait accédé de bonne grâce à cette exigence, passant ses journées à son chevet, sans autre occupation que de lui tenir la main et de lui fredonner des airs des Highlands. Non qu'il lui en coûtât : elle était heureuse d'apporter son aide, aussi modeste soit-elle, à un être qui souffrait. Mais cette affection venue d'une jeune femme qui vivait les dernières heures de sa vie avait quelque chose de bouleversant.

Rowan, de son côté, semblait muré dans un silence hostile et lointain. S'il ne s'était montré aussi froid et distant avec elle (il donnait l'impression de voir à travers elle, comme si elle était transparente), Gwenyth aurait éprouvé une profonde compassion pour lui — même s'il n'acceptait la pitié de personne, surtout pas la sienne. Sa présence au château lui était insupportable, elle le savait, et il ne la tolérait que parce que Catherine la réclamait auprès d'elle.

La petite escorte composée de Gwenyth, Tristan, du Révérend Réginald Keogh, de la gouvernante, et quelques fidèles domestiques, resta en retrait pendant que le Lord de Castel Grey s'avançait, seul, au sommet de la colline pour montrer une dernière fois à sa dame ces terres d'Ecosse qu'elle aimait tant.

Il resta longtemps immobile, face au ciel, puis se tourna vers eux.

— C'est fini, dit-il simplement.

Il serrait tendrement contre lui le corps sans vie de son épouse. Il n'avait plus rien à ajouter : il fit pivoter son étalon et descendit doucement de la colline pour regagner sa demeure.

De retour au château, il emporta Catherine dans sa chambre avec ordre de ne pas le déranger. Le Révérend Keogh lui-même ne fut pas autorisé à se joindre aux prières du lord pour sa défunte épouse ; comme les autres, il attendit les ordres. Gwenyth n'osait imaginer quels démons devaient hanter Rowan tandis qu'il veillait sa femme, seul.

Les heures s'égrenèrent, interminables. En milieu d'après-midi, Gwenyth n'y tint plus. Incapable de supporter une minute de plus le silence oppressant qui pesait sur le château, elle se rendit dans les écuries et fit préparer sa jument. Le valet d'écurie avait les yeux rougis, mais il aida

Gwenyth à monter en selle et lui indiqua un itinéraire de promenade.

— Prenez garde, m'lady, les chemins peuvent être dangereux, surtout en forêt, l'avertit-il. Et le relief est escarpé.

— Je ne m'éloignerai pas, le rassura Gwenyth.

C'était la vérité : elle n'avait pas l'intention d'aller loin. Mais très vite, elle perdit la notion des distances tandis qu'elle galopait dans un paysage magnifique, avec des falaises si hautes qu'elles paraissaient toucher le ciel, et des vallées profondes et luxuriantes. Elle passa devant des fermes et des champs bourdonnants d'activité, puis devant des prairies où broutaient des moutons, si nombreux qu'on eût dit des petits nuages blancs se reflétant dans un lac. A un moment, elle arriva au pied d'une falaise et s'engagea sur l'étroit sentier herbu, consciente de monter de plus en plus haut. Au sommet, la vue spectaculaire portait jusqu'à la mer. En ce jour de tristesse et de deuil, qui avait vu la mort de Lady Catherine Graham, il n'y avait pas une trace de brouillard à l'horizon, pas un souffle de vent, pas une goutte de pluie.

En plissant les yeux, Gwenyth distingua au loin des ferries qui regagnaient le rivage. L'île d'Islington était peut-être celle qu'elle apercevait tout là-bas, au large. Le soleil couchant éclaboussait d'or un château en pierre, construit à même la roche.

Islington. Sa maison. Son ventre se noua et elle se rendit compte qu'elle avait peur de retourner là-bas. Elle avait à peine quatorze ans quand elle était partie étudier à Edimbourg, sous la protection de Marie de Guise. Elle y était restée jusqu'à ce que l'on décide que la Reine Marie avait besoin d'une nouvelle dame d'honneur, de préférence une jeune femme qui avait vécu et grandi en Ecosse et qui était au courant des changements récents survenus dans le royaume.

Gwenyth avait quitté Islington sans regret. Elle avait été élevée par des gouvernantes très gentilles, mais toujours sous le contrôle sévère d'Angus MacLeod. Non que son oncle soit un méchant homme, loin de là. Il était seulement rigide, rabat-joie, et n'avait jamais compris qu'on l'ait autorisée à porter le titre de son père, contrairement à la loi qui voulait que le titre et les terres reviennent à un héritier mâle. Une singularité qu'elle devait sans doute au fait que son père, Lord MacLeod de l'île d'Islington, était mort en combattant aux côtés du Roi Jacques V.

Le château agrippé aux rochers étincelait sous le soleil. Fallait-il y voir un signe de bienvenue — ou au contraire un mauvais présage ? s'interrogea Gwenyth.

Elle secoua la tête pour chasser ses idées noires. Elle était encore bouleversée par la mort de Lady Catherine, comme tout le monde à Castel Grey. Un être aussi adorable n'aurait jamais dû connaître ce destin tragique. Dieu l'avait finalement rappelée à lui. Elle avait cessé de souffrir et d'avoir peur. Mais un voile funèbre recouvrait cette journée, malgré sa rayonnante beauté.

Le soleil plongea lentement derrière la ligne d'horizon, laissant derrière lui une fraîcheur humide qui s'enroula sournoisement autour de Gwenyth, la faisant frissonner. Elle se rendit compte tout à coup qu'elle se trouvait au sommet d'une falaise dangereusement escarpée, alors que le jour commençait à décliner.

— Allez, viens, ma belle, murmura-t-elle à sa jument, en s'efforçant de ne pas laisser paraître son inquiétude. Il est temps de rentrer.

Malgré ses efforts, l'animal perçut sa tension et, comme

Gwenyth s'engageait prudemment sur l'étroit sentier, la jument fit un écart.

— On ne joue pas avec les nerfs de sa cavalière dans une descente, l'avertit Gwenyth en serrant plus étroitement les rênes. Cette fois, tu auras beau faire, tu ne réussiras pas à me désarçonner.

Heureusement, elles atteignirent le pied de la falaise saines et sauves, et Gwenyth s'élança aussitôt dans la vallée. Les moutons avaient disparu. Où les bergers les avaient-ils rassemblés pour la nuit ? Mystère. Dans la lumière déclinante, tout se ressemblait dans ce paysage rude.

Gwenyth allongea les rênes, laissant la jument s'orienter seule. Une chouette cria, tout près, la faisant sursauter. La jument broncha mais Gwenyth se méfiait et la reprit aussitôt en main.

— A la maison, ma fille, à la maison, murmura-t-elle d'une voix douce, encourageant le cheval à continuer à avancer.

Elles traversèrent des champs, encore des champs, sans rencontrer âme qui vive.

Au bout de quelques heures, Gwenyth dut se rendre à l'évidence : elle était perdue. Soit elle avait tourné en rond, soit elle avait pris une mauvaise direction. Elle avait filé vers le nord au lieu du sud-est. Elle fit halte et guetta un indice qui lui permettrait de deviner de quel côté se trouvait la mer. Le vent, de plus en plus froid au fur et à mesure que l'obscurité descendait, soufflait du nord-ouest. A partir de cette estimation, elle reprit solidement les rênes et talonna sa monture.

Où étaient passées les fermes qu'elle avait croisées à l'aller ? Elle n'en avait pas vu une seule depuis qu'elle était redescendue de la colline. Elle s'en voulait terriblement de s'être perdue comme une sotte, mais s'accabler de reproches n'arrangerait rien, tout au contraire.

Finalement, elle résolut de chercher un endroit abrité, d'y passer la nuit, et de reprendre ses recherches au petit matin. Elle aperçut au loin un moutonnement de feuillages, éclairés par la lune. Une forêt : parfait. Elle y trouverait probablement un ruisseau pour se désaltérer et un matelas d'aiguilles de pin pour dormir.

Elle n'avait aucune raison d'avoir peur, se rassura-t-elle, puisqu'elle n'avait croisé absolument personne depuis des heures.

Lord Rowan ne remarquerait certainement pas son absence cette nuit, elle n'avait donc pas à s'inquiéter de ce côté-là. A moins que…

Un sentiment de désespoir l'envahit. Annie et Liza allaient forcément se rendre compte qu'elle n'était pas rentrée et donner l'alerte. Mais avec un peu de chance, Tristan enverrait discrètement quelqu'un à sa recherche, sans troubler la veillée funèbre de Rowan…

L'obscurité se referma autour d'elle à l'instant où elle pénétra sous le couvert des arbres, et elle ne put s'empêcher de frissonner tout en se moquant tout bas de sa couardise.

Puis elle aperçut une faible lueur, quelque part au milieu des arbres, et tira sur les rênes.

En plissant les yeux, elle vit qu'il s'agissait d'un feu de camp. Elle hésita, mais pas longtemps. On tenait les Highlanders pour des êtres sans foi ni loi, mais elle était convaincue que personne n'oserait s'en prendre à elle. Elle était la dame d'honneur de la reine et elle était sous la protection de l'un des leurs : Lord Rowan Graham de Castle Grey. Forte de ses certitudes, Gwenyth poussa sa monture à avancer, alors même que sa jument renâclait et tentait de rebrousser chemin.

Plus tard, elle regretterait amèrement de ne pas s'être fiée à l'instinct de son cheval… car comme elle se dirigeait vers la lumière, un bruissement monta des buissons, devant elle, puis derrière elle, et sur les côtés.

La jument fit un écart. Gwenyth essaya de faire demi-tour, de fuir.

Mais elle savait déjà qu'il était trop tard.

Rowan était assis au chevet de Catherine, tête basse, depuis des heures. Il ne regardait pas le beau visage de son épouse ; il savait que la mort avait rendu à ses traits une quiétude perdue depuis bien longtemps ; à la voir si paisible et sereine, on aurait pu penser qu'elle dormait tranquillement.

Il aurait voulu ressentir du désespoir. De la douleur. De la rage…

N'importe quoi pour desserrer l'étau de la culpabilité qui lui broyait le cœur.

Ses mâchoires se crispèrent. Il n'avait jamais donné à une autre femme ce qu'il avait offert à Catherine. Jadis, elle avait fait vibrer en lui la flamme de la passion et de la loyauté. Ils avaient ri ensemble ; ils s'étaient aimés ; ils avaient parlé politique, chevaux, projets d'avenir…

Jadis…

Cela lui paraissait si loin aujourd'hui. Depuis l'accident, il avait fui le château aussi souvent que possible, soulagé que ses obligations le tiennent éloigné du spectre cruel de ce qu'avait été son mariage.

Et cette fois, lorsqu'il était revenu…

Non seulement elle ne l'avait pas reconnu, mais elle avait réclamé la présence d'une étrangère.

Finalement, quelques instants avant sa mort, elle était

redevenue elle-même et elle l'avait supplié de l'emmener sur la colline pour lui permettre de contempler sa vallée une dernière fois.

Il n'avait jamais donné son amour à une autre, mais il avait eu des maîtresses. Des courtisanes, des conquêtes d'un soir, des femmes qui savaient à quoi s'en tenir et qu'il pouvait quitter sans remords. Elles n'avaient aucune emprise sur son esprit — encore moins sur son cœur. Elles ne signifiaient rien pour lui.

Mais maintenant que Catherine gisait sur son lit de mort, il avait le sentiment de l'avoir trahie. En réalité, ce n'était pas par obligation qu'il était resté éloigné d'elle, mais par choix. Il avait fui le fantôme qu'était devenue sa femme.

Il méritait de payer pour l'avoir abandonnée. Il voulait expier, sentir la lame aiguë du désespoir le transpercer, tout sauf cet engourdissement glacé qui pesait sur lui comme une chape de plomb.

— Pardonne-moi, chuchota-t-il, les mains serrées dans un geste de prière. O Dieu, Catherine, pardonne-moi !

Perdu dans sa méditation amère, il ne prêta pas attention tout d'abord à l'agitation qui régnait au-dehors. Même si le Révérend Keogh avait vainement tenté de le convaincre de laisser les servantes préparer le corps avant la veillée commune, Rowan savait que personne n'oserait venir le déranger pendant qu'il se recueillait auprès de sa défunte épouse.

Au bout d'un moment, cependant, les allées et venues dans le couloir devinrent impossible à ignorer. Il se leva et ouvrit la porte, le visage sombre.

Tristan discutait avec Annie et Liza, à l'autre bout du couloir. Les deux femmes étaient manifestement bouleversées, et Tristan lui-même paraissait très soucieux.

— Que se passe-t-il ? demanda Rowan.

Ils pivotèrent vers lui d'un même mouvement et fixèrent sur lui un regard tout à la fois coupable et angoissé.

Personne ne parla.

— Je vous ai posé une question, lâcha Rowan d'un ton sec.

Tristan s'éclaircit la gorge.

— Lord Rowan, nous n'avions pas l'intention de troubler votre recueillement. Nous avons un petit problème, mais je m'occupe de le régler, n'ayez crainte.

Rowan s'avança, les sourcils froncés.

— Quel petit problème ?

— Lady Gwenyth est partie à cheval, et elle n'est pas rentrée ! s'écria Annie en se tordant les mains.

— Elle est partie à cheval, répéta-t-il d'une voix sans timbre.

— Oui !

— Qui l'y a autorisée ? demanda-t-il en transperçant Tristan du regard.

— J'aurais dû me montrer plus vigilant, m'lord, mais… en vérité, Lady Gwenyth a pris sa décision toute seule, avoua Tristan. Elle n'a prévenu personne.

Il fit face courageusement, prêt à affronter les foudres de son maître.

Mais bizarrement, Rowan n'avait pas envie de se mettre en colère contre son intendant. Il connaissait Gwenyth et sa maudite impulsivité. C'était après elle qu'il était en rage. Et il était content d'être furieux, soulagé d'éprouver une émotion, de se sentir de nouveau…

Vivant.

— Quand est-elle partie ? demanda-t-il.

— Quelques heures avant la tombée de la nuit, je crois, balbutia Annie en se tordant les mains.

— Je vais rassembler des hommes. Nous la retrouverons, Lord Rowan, je vous en donne ma parole, affirma Tristan.

— Je vous accompagne, annonça Rowan.

Il esquissa le mouvement de s'éloigner, puis prit une profonde inspiration.

— Fais savoir au Révérend Keogh que les servantes peuvent maintenant procéder à la toilette funéraire de mon épouse, déclara-t-il d'une voix sourde. Et qu'une veillée funèbre aura lieu dans la grande salle afin que tout le monde puisse prier pour elle avant qu'elle ne rejoigne sa dernière demeure.

Il se détourna et partit se préparer.

Il n'avait pas besoin de se joindre à l'expédition et il le savait ; ses hommes étaient parfaitement capables de mener les recherches. Cependant rester ici à attendre leur retour était au-dessus de ses forces. La nuit était peuplée de dangers, mais cette petite folle était beaucoup trop sûre d'elle pour en avoir conscience. Il aurait voulu la secouer. Elle était sous sa responsabilité.

Lorsque l'état de Catherine était devenu désespéré, il avait écrit à la reine pour l'informer de la situation et du retard qu'allait prendre leur mission. Marie lui avait répondu avec beaucoup de tact qu'elle comprenait la nécessité de rester au chevet d'un être aimé et de prier pour son âme. C'était son honneur et son devoir, avait-elle ajouté.

Oui, son épouse était morte et c'était son devoir de la veiller cette nuit. Personne ne pourrait imaginer qu'il sacrifie ce devoir sacré à qui que ce soit, ou à quoi que ce soit. Il n'avait aucun besoin de se lancer à la recherche de Gwenyth.

Mais il se représenta la jeune femme, seule et effrayée dans les ténèbres des Highlands, et il sut qu'il n'avait pas le choix.

*
* *

— Il... il y a quelqu'un ? demanda Gwenyth, honteuse d'entendre sa voix trembler.

A la même seconde, un homme jaillit devant elle et attrapa la jument par la bride pour l'immobiliser. L'animal essaya de se cabrer mais l'homme ne lâcha pas prise.

— Voyez-vous ça, articula-t-il d'une voix traînante. Une demoiselle qui se promène toute seule dans les bois, après le coucher du soleil.

Deux autres hommes surgirent à leur tour des fourrés et encerclèrent Gwenyth.

— Je suis désolée de surgir ainsi à l'improviste, déclara-t-elle en s'efforçant de parler sur un ton posé. Je suis Lady MacLeod d'Islington. Vous connaissez probablement mon oncle, Angus MacLeod. Je suis actuellement l'hôte de Lord Rowan Graham, à Castle Grey, où il vient malheureusement de se produire un très grand malheur. Peut-être pourriez-vous m'indiquer la direction que je dois suivre pour regagner le château avant qu'il ne fasse nuit noire ?

— Lady MacLeod ? répéta l'un des hommes en se rapprochant.

Quelqu'un alluma une torche, et la flamme aveugla momentanément Gwenyth.

Elle avait conscience qu'on l'examinait et cela la mettait mal à l'aise. De plus, elle n'aimait pas la façon dont cet homme avait prononcé son nom.

— Lord Rowan Graham va partir à ma recherche, déclara-t-elle sèchement.

— Ah oui ? demanda la même voix.

Gwenyth cilla pour essayer de distinguer son visage. Il était grand, massif, musculeux, et portait une barbe très fournie, qui descendait sur sa poitrine. Il devait avoir une cinquantaine d'années. L'homme à ses côtés était barbu lui aussi, mais beaucoup plus jeune. Ils se ressemblaient tellement tous les deux qu'ils devaient être parents. Le père et le fils, probablement. Le troisième homme était plus mince. Il n'avait pas de barbe, ses cheveux étaient blonds et non pas bruns, et son apparence plus soignée. Son tartan était de meilleure qualité et il portait des souliers élégants, alors que ses acolytes étaient chaussés de vieilles bottes poussiéreuses.

— Pouvez-vous m'indiquer le chemin, je vous prie ? insista nerveusement Gwenyth.

— Une MacLeod, murmura le jeune homme barbu.

— On dirait que c'est notre jour de chance, répondit son père.

Ils souriaient tous les deux, le regard calculateur.

— Je suis l'une des dames d'honneur de la reine, crut bon de les informer Gwenyth d'un ton hautain.

— Il est vrai que la reine est de retour, commenta le jeune homme aux cheveux blonds.

— Une catholique, ricana le plus âgé des trois — et il cracha sur le sol.

— Une souveraine d'une grande tolérance, précisa aussitôt Gwenyth. Elle veut que son peuple soit libre de pratiquer la religion de son choix.

— Descendez donc de cheval, m'lady, déclara poliment le plus âgé des trois hommes. Je suis Fergus MacIvey. Peut-être avez-vous entendu parler de moi ?

Absolument pas.

Mais cela n'avait pas importance : il n'attendait pas de réponse. Sans se soucier de lui demander la permission, il souleva Gwenyth de sa selle pour la déposer sur le sol. Elle se garda bien de protester ; il était fort comme un bœuf et elle avait conscience d'être dans une situation très inquiétante, encore qu'elle ne comprenne pas vraiment pourquoi. Le fait qu'elle soit une MacLeod semblait leur poser problème. Y aurait-il eu un différend entre son oncle et ces hommes ?

Sa gorge se serra. Elle avait le sentiment qu'elle allait devoir jouer très fin pour se sortir de ce mauvais pas.

— La reine est une femme juste et généreuse, reprit-elle en faisant mine d'épousseter sa jupe. Mais elle est conseillée par son frère, Jacques Stewart, qui peut se montrer intransigeant, il est vrai.

Les trois hommes échangèrent un regard sceptique.

— M'lady, permettez que je me présente, déclara le jeune homme blond en s'inclinant légèrement. Je suis le Baron Bryce MacIvey, du clan des MacIvey. Peut-être avez-vous entendu parler de *moi*.

Non plus. Elle resta donc silencieuse.

— Et voici mon cousin Michael, le fils de Fergus, poursuivit Bryce MacIvey. Vous vous trouvez sur les terres des MacIvey, voyez-vous.

— Je suis confuse d'avoir pénétré par mégarde sur vos terres, déclara Gwenyth avec son plus doux sourire. Je ne vous ennuierai pas plus longtemps si vous avez la bonté de m'indiquer la route de Castle Grey…

— Nous ne saurions vous laisser partir sans vous avoir offert d'abord de quoi vous restaurer, protesta Bryce. Et il est hors de question que nous vous renvoyions dans la nuit sans escorte.

— Contrairement à Lord Graham, glissa Fergus avec un sourire cauteleux.

— Je suis une excellente cavalière, affirma Gwenyth.

— Peut-être, mais ce n'est pas une raison pour vous laisser dehors dans le noir, et seule, insista Bryce.

Elle n'aimait pas le regard calculateur qu'ils posaient sur

elle tous les trois, et sut qu'elle devait soupeser soigneusement chaque mot.

— A vrai dire, l'épouse de Lord Rowan est décédée ce matin, dit-elle tout bas. Il est très affecté par cette mort et en même temps très… irascible.

Ses paroles suscitèrent un nouvel échange de regards.

— Venez, nous avons de la bière pour étancher votre soif et de la viande pour vous restaurer, déclara Fergus.

Elle n'avait pas le choix ; Fergus tenait sa jument par la bride et Bryce lui enserrait le bras : elle les suivit donc jusqu'au feu qui crépitait dans la nuit.

On la fit asseoir sur un tartan roulé, devant les flammes, et on lui servit de la bière dans une corne à boire probablement héritée d'un lointain ancêtre viking. Gwenyth s'aperçut qu'elle mourait de soif, même si elle aurait préféré de l'eau. La bière était horriblement forte et amère, et elle prit sur elle pour ne pas tousser.

Fergus lui présenta un petit morceau de viande, sans autre précision. Elle l'accepta et se força à le manger malgré ses appréhensions. Elle avait tort : il s'agissait d'une sorte de volaille, et le goût était délicieux.

Après s'être assurés de son confort, les trois hommes s'éloignèrent sous prétexte de décider ensemble du chemin le plus court pour Castle Grey. Mais Gwenyth n'était pas stupide : ils parlaient d'elle, bien sûr.

En tendant l'oreille, elle réussit à saisir quelques bribes de leur conversation. Pas grand-chose, mais le peu qu'elle entendit suffit à la glacer.

— … une MacLeod…, chuchotait la voix de Bryce.

— … une prise de choix…, murmurait Fergus.

— … une revanche éclatante sur le vieil Angus ! exulta Michael.

— … risqué, d'encourir la colère de la reine ? demanda Bryce.

— Lord Rowan… de loin le plus dangereux, gronda Michael.

Sous prétexte de s'installer plus confortablement, Gwenyth se rapprocha imperceptiblement de l'endroit où ils discutaient.

Fergus se mit à parler dans un chuchotement fiévreux :

— Que pourront-ils faire si vous prenez la fille maintenant, Bryce ? Rien ! Et demain à la première heure, vous faites venir un pasteur. Ça ne devrait pas être si désagréable : la donzelle est une vraie beauté.

— Et Lord Rowan ? insista Michael.

— Il a laissé l'oiseau s'envoler. Sa femme vient de mourir, il ne remarquera pas son absence avant qu'il ne soit trop tard, rappela Bryce. De toute façon, après ce soir, il n'y aura plus de retour en arrière possible.

Gwenyth resta sagement assise devant le feu, comme si elle n'entendait pas ce qui se tramait dans son dos, mais intérieurement, elle était affolée. Elle ne devait surtout pas laisser paraître sa peur si elle voulait avoir une chance de leur échapper. Elle ne parvenait pas à croire qu'ils puissent avoir l'audace de s'en prendre à elle, et cependant, en y réfléchissant, ce n'était pas vraiment étonnant. Les clans se défiaient pour un oui ou pour un non et n'hésitaient pas à se faire justice eux-mêmes.

A l'évidence, son oncle avait attiré sur lui la haine de ces hommes, et c'était elle qui allait en payer le prix.

Sa position auprès de la reine ne lui serait d'aucune aide, parce que Marie était une étrangère aux yeux de ces hommes et son autorité n'était pas encore reconnue. La moindre action de représailles serait considérée comme une provocation et déclencherait un vent de rébellion chez tous ceux qui exécraient sa religion et se méfiaient de ses liens avec la France.

Bryce MacIvey revint vers elle avec une nonchalance que démentait la flamme qui brûlait dans son regard. Son sort avait été scellé, devina Gwenyth avec effroi. Cette nuit, elle serait violée et demain contrainte à un mariage forcé. Ils n'auraient aucun mal à trouver un pasteur pour valider cette union. Une fois l'acte de mariage signé, elle serait prise au piège, liée à jamais à un être méprisable qui se serait servi d'elle pour se venger de son oncle et faire main basse sur ses biens.

Elle s'était montrée stupide et irresponsable. Elle pourrait hurler des heures durant, personne ne l'entendrait. Elle ne savait même pas où elle se trouvait, si ce n'était qu'il s'agissait des terres des MacIvey. Bien sûr, ils s'exposeraient à la fureur de Lord Rowan et de la reine, mais une fois l'acte de mariage signé, les vœux échangés, que pourraient-ils faire ? Rien. Elle serait déshonorée, perdue.

Et il n'y avait personne pour lui porter secours. Elle ne pouvait compter que sur elle-même pour se sortir du piège dans lequel elle s'était enferrée.

— Le faisan vous a-t-il plu ? demanda aimablement Bryce.

— Oui, merci. Il était savoureux. J'avoue que je mourais de faim. Et la bière était excellente, également. Merci infiniment de vous être ainsi préoccupés de mon bien-être.

— Nous sommes des hommes d'honneur, nous ne pouvions faire moins, affirma Bryce.

— Après réflexion, nous pensons qu'il vaut mieux attendre demain matin pour vous escorter chez vous, déclara Fergus.

— Oui, se déplacer la nuit est par trop risqué, renchérit Michael.

— Oh ? murmura Gwenyth.

— Les chemins sont tortueux et peu sûrs, affirma Fergus.

Apparemment, c'était lui qui prenait les décisions même si c'était son jeune neveu aux cheveux blonds qui avait hérité du titre. Fergus était le plus âgé des trois — et le plus massif.

Mais c'était Bryce qui l'emmènerait dans la forêt pour la violer. C'était à Bryce qu'elle devrait échapper, d'une façon ou d'une autre.

Pour avoir une chance de réussir, elle n'avait pas d'autre choix que de jouer les idiotes afin d'endormir leur méfiance. Elle laisserait Bryce l'entraîner dans les bois et une fois qu'il serait seul, loin de ses complices, elle jouerait le tout pour le tout.

Bryce la dévisagea, puis déclara poliment :

— Cette une bien triste nouvelle que vous nous avez apportée. Ainsi donc, Dieu a rappelé à Lui Lady Catherine…

Elle inclina la tête.

— Et vous êtes l'invitée de Lord Rowan ? poursuivit-il.

Elle perçut un sous-entendu déplaisant derrière cette question en apparence innocente.

— En effet. Nous voyageons ensemble, sur ordre de la reine.

Il y eut un silence. Soupçonnaient-ils la reine de voir en elle la future nouvelle Lady Graham ? Cette idée était particulièrement abjecte sachant que Lord Rowan venait tout juste de perdre sa femme, mais Gwenyth était prête à tout pour échapper aux griffes de ces trois hommes, même à mentir.

— Lord Rowan n'a pas *tous* les pouvoirs, marmonna Fergus en regardant Bryce. Et il n'est pas intouchable.

Le cœur de Gwenyth se serra. Son mensonge ne la sauverait pas, finalement.

Et maintenant ? Qu'allait-il advenir d'elle ?

Bryce lui tendit la main.

— Venez avec moi, nous allons chercher dans la forêt un endroit confortable où vous pourrez passer la nuit en toute sécurité pendant que nous veillerons sur votre sommeil.

— Oh, merci, dit-elle en acceptant sa main avec un sourire candide, empreint de gratitude.

Elle se leva en prenant tout son temps, époussetant sa jupe, jaugeant la puissance de sa main dans la sienne. Il était moins massif que les deux autres, mais pas dénué de vigueur pour autant. Sa seule chance était d'endormir sa méfiance, de le neutraliser d'une façon ou d'une autre — et de courir aussi vite que possible.

Il la conduisit sans hésiter à quelque distance du campement, confirmant qu'il connaissait parfaitement les différents sentiers.

— Il n'y a pas de bêtes sauvages, au moins ? demanda Gwenyth en s'agrippant à son bras d'un air faussement apeuré.

— N'ayez crainte. On croise des cerfs, parfois un sanglier, mais du moment qu'on les laisse tranquilles, il n'y a pas de danger.

Il s'arrêta et Gwenyth s'affola : ils étaient beaucoup trop près du campement pour qu'elle puisse mettre son projet à exécution !

Elle continua à avancer, marchant presque à l'aveuglette, priant pour que ses yeux s'habituent rapidement à l'obscurité.

— Où allez-vous ? demanda Bryce, une soudaine tension dans la voix.

— Je m'éloigne un peu.

— C'est inutile. Vous serez très bien ici.

— Je fais partie de la suite royale, dit-elle. Je dois disposer d'une certaine intimité, Lord MacIvey.

— Vous n'avez pas besoin d'aller plus loin.

— Si, il le faut.

Elle n'osa pas courir, mais pressa le pas.

Il était sur ses talons. Elle accéléra encore. Dès qu'elle fut à bonne distance du campement, elle se mit à courir.

Il la rattrapa, l'empoigna, ses doigts enserrant son bras comme un étau, et la força à se retourner. Elle le dévisagea d'un air faussement étonné, s'obligeant à ne pas montrer de résistance.

— Oui ? dit-elle en haussant les sourcils.

Il laissa tomber le masque.

— Fini de jouer. Cela peut être plaisant ou très désagréable. A vous de choisir.

— Pardon ?

— Les MacLeod ont une dette envers moi, murmura-t-il d'une voix douce.

— Vous avez un différend avec mon oncle Angus ? demanda-t-elle en continuant à feindre l'innocence.

— Votre oncle m'a volé Hawk Isle. Il a ravi mes terres et l'argent qu'elles me rapportaient. Vous allez me les restituer, et me donner Islington en prime.

— Si mon oncle a commis une injustice, je la réparerai, soyez-en certain.

— Oh, vous allez la réparer, aucun doute là-dessus.

Il l'attira brutalement à lui.

En dépit de sa terreur, Gwenyth s'obligea à ne pas se débattre, guettant le bon moment, écoutant son instinct de survie.

Elle attendit qu'il relâche sa vigilance, convaincu qu'elle était paralysée par la peur, sans défense dans ses bras…

Et elle passa à l'action.

Elle lui porta un violent coup de genou dans le bas-ventre, puis, comme il se cassait en deux en criant de douleur, elle le frappa de ses deux poings, de toutes ses forces, sur la nuque. Il s'écroula, et elle s'enfuit sans perdre une seconde.

Elle s'élança sous les arbres tout en déplorant que Bryce MacIvey ait encore l'énergie de pousser des cris qu'on devait entendre jusqu'à York.

Mais peu importait. Il n'y avait plus de retour en arrière possible, maintenant. Ses deux complices étaient probablement déjà lancés à ses trousses. S'ils la rattrapaient, ils la tortureraient à coup sûr. Elle n'avait pas d'autre choix que de leur échapper, coûte que coûte.

Malgré l'obscurité et une absence totale de repères, elle continua à courir, encore et encore, de toutes ses forces. Au bout de ce qui lui parut être une éternité, elle entendit le murmure d'un ruisseau, quelque part sur sa droite. Elle s'élança dans cette direction, s'arrêta pour boire l'eau fraîche à longs traits, puis hésita.

Son cœur cessa de battre quand un craquement déchira tout à coup le silence. Une lumière flamboya dans les ténèbres.

Son cœur cessa de battre. Fergus était là, éclairé par la flamme mouvante d'une torche.

Elle recula, consciente que Bryce MacIvey devait se trouver quelque part derrière elle.

— Pas de doute, vous êtes bien une saleté de MacLeod !

gronda Fergus en s'avançant vers elle, les traits déformés par la fureur.

Gwenyth se retourna pour s'enfuir et, à sa grande horreur, heurta quelqu'un de plein fouet. Bryce MacIvey !

Elle recula d'un bond désespéré. Michael accourait à son tour pour lui couper toute retraite. Elle était cernée de trois côtés. De nouveau, elle n'avait pas d'autre choix que de courir pour tenter de leur échapper.

Mais cette fois, Fergus ne lui laissa aucune chance : il fondit sur elle comme un rapace sur une proie. Il allait l'empoigner quand il se statufia subitement, le visage figé dans une expression étrange.

Puis, sous le regard effaré de Gwenyth, il s'écroula, face contre terre.

Au même instant, une voix claqua dans l'obscurité, cinglante et âpre, empreinte d'une telle autorité que la forêt tout entière parut retenir son souffle :

— Portez la main sur elle encore une fois, MacIvey, et je vous jure sur l'âme de ma défunte épouse que vous êtes un homme mort !

7

Le feu de la colère n'avait pas quitté Rowan depuis leur départ du château.

Il n'avait pas tenté de l'éteindre parce qu'il avait désespérément besoin de ressentir quelque chose, n'importe quoi, même de la rage, mais *quelque chose.*

Et la scène d'hallali à laquelle il venait d'assister avait attisé sa rage.

Les MacIvey étaient des êtres brutaux, pervers et cupides, dévorés de jalousie, prêts à vendre leur âme pour obtenir de l'argent ou des terres. Gérer leurs biens ne leur était jamais venu à l'esprit. Ils préféraient se livrer à des opérations de brigandage ou guerroyer avec leurs voisins sous des prétextes futiles.

Pendant sa régence, Jacques avait essayé de préserver une forme de paix dans les Highlands. Mais des hommes comme les MacIvey avaient réduit ses efforts à néant. Certes, les Highlanders étaient prompts à s'enflammer et à se chercher querelle pour un oui ou pour un non, mais ils n'en étaient pas moins fiers et ils respectaient un certain code de l'honneur. Le viol n'entrait pas dans leurs pratiques. C'était un procédé méprisable qu'ils laissaient aux peuples barbares. Mais apparemment, les MacIvey n'en étaient pas à une ignominie près.

Gwenyth était allée se jeter droit dans la gueule du loup. Et il avait fallu qu'elle choisisse cette nuit entre toutes ! Elle ne bougeait plus, haletante, ses grands yeux rivés sur lui, écarquillés par l'effroi, ses cheveux répandus sur ses épaules. Elle était incroyablement belle et désirable, beaucoup trop tentante pour ne pas faire saliver de tels pourceaux. Et leur désir de vengeance envers Angus n'avait fait qu'aiguiser leur convoitise. Quelle petite inconsciente !

— Vous l'avez tué, Rowan ! Vous avez tué mon oncle Fergus ! s'écria rageusement Bryce.

— Il n'est pas mort. Je l'ai seulement assommé avec une pierre, rectifia Rowan du bout des lèvres. J'évite de tuer tous les imbéciles que je croise, la tâche serait inépuisable. Je ferai part de vos agissements criminels à la reine, ajouta-t-il froidement.

— Quels agissements criminels ? riposta Bryce. Nous essayions de porter secours à cette fille, rien de plus. Pour une raison que j'ignore, elle a pris peur et elle s'est enfuie. J'ai voulu la rattraper parce que j'étais inquiet de la savoir toute seule dans le noir.

— Menteur ! explosa Gwenyth.

Le visage de Bryce se convulsa de colère. Il ébaucha un mouvement pour l'empoigner, mais Rowan fit avancer son cheval d'un pas et il suspendit son geste.

— Elle s'est méprise sur nos intentions, répéta MacIvey en haussant les épaules.

— C'était parfaitement clair, au contraire ! riposta Gwenyth d'un ton cinglant.

Bryce plissa les yeux.

— Elle ment. En réalité, c'est une sorcière. Elle nous a cherchés dans la forêt, elle nous a trouvés et elle nous a jeté un sort.

— Quelle excuse pitoyable ! siffla Rowan.

— Pourquoi cette colère, Graham ? Ce n'est pas moi qui suis allé la chercher, c'est elle qui est venue nous…

Il s'interrompit et plissa les yeux.

— Oh, je vois : vous vouliez la garder pour vous, c'est ça ?

Il esquissa un sourire mauvais.

— J'ai entendu dire que votre épouse a rendu l'âme ce matin. Peut-être préparez-vous déjà la relève ? La belle a repoussé vos avances et vous passez vos nerfs sur moi ? ironisa-t-il.

— Je pourrais vous tuer dans l'instant, articula Rowan d'une voix basse et lente. Mais un meurtre entraîne toutes sortes de complications et je n'ai pas envie de me salir les mains avec une petite crapule comme vous.

Bryce MacIvey ravala son rire.

— C'est *moi* qui pourrais vous tuer ! Je suis dans mon droit, vous êtes sur *mes* terres ! glapit-il.

Mais il ne bougea pas d'un pouce.

— Des terres qui jouxtent les miennes. Il vous suffisait de ramener Lady MacLeod sur le sentier à moins de deux cents mètres d'ici et elle se serait retrouvée sur ma propriété. Gwenyth ?

Il lui tendit la main et elle la prit sans l'ombre d'une hésitation. Comme il la soulevait pour l'installer sur son étalon, elle se rendit compte qu'il n'était pas venu seul. Un petit groupe d'hommes en armes se tenait derrière lui.

— Et sa femme vient de mourir ! osa gronder Bryce d'un air écœuré.

— C'est même la seule raison pour laquelle vous êtes encore en vie, murmura Rowan avec un calme plus terrifiant que s'il avait hurlé.

Le silence retomba tandis qu'il faisait pivoter sa monture. Gwenyth constata que Tristan était là, ainsi que les quatre gardes qui les avaient escortés depuis Edimbourg, et trois autres hommes de Castle Grey. Ils attendirent que Rowan ait quitté le couvert des arbres pour le rejoindre, et Gwenyth comprit qu'il n'avait aucune confiance en Bryce MacIvey : il lui avait tourné le dos uniquement parce qu'il se savait protégé par ses hommes.

Gwenyth tremblait de soulagement. Elle aurait voulu le remercier, s'excuser, mais il ne lui en laissa pas le temps. Avant même qu'elle ait pu prononcer un mot, il l'avertit froidement :

— Surtout ne dites pas un mot, Lady MacLeod.

Elle garda donc le silence, douloureusement consciente de son bras autour de sa taille, honteuse, humiliée, et trop bouleversée pour lutter contre ses émotions.

Au château, Annie et Liza guettaient anxieusement leur retour.

Rowan ne lui adressa pas la parole tandis qu'il la soulevait pour la poser à terre devant Annie.

— Occupez-vous de votre maîtresse, lâcha-t-il d'un ton brusque.

Gwenyth se retourna vivement pour voir son visage. C'était un masque sinistre, aux yeux froids.

— Merci, murmura-t-elle maladroitement.

— Ne sortez plus jamais sans escorte.

Il se détourna.

— S'il vous plaît, attendez, balbutia-t-elle.

Mais il n'écouta pas.

— Ma pauvre petite, murmura Annie d'une voix émue en la serrant dans ses bras.

Puis elle se mit à la gronder :

— A quoi avez-vous songé en partant ainsi toute seule ? Vous êtes trop innocente, vous n'avez aucune idée des dangers qui guettent les femmes…

Annie n'imaginait même pas ce qui avait failli lui arriver, songea Gwenyth avec lassitude.

— Je vais bien, murmura-t-elle, mal à l'aise.

Tristan revint des écuries.

— Vous avez traversé des moments difficiles, dit-il avec douceur. Mais par bonheur, tout est bien qui finit bien. Vous êtes en sécurité, maintenant. Vous devriez aller vous reposer.

— Oui, il faut aller dormir, acquiesça Liza, restée silencieuse jusqu'ici. Tout ira mieux demain, quand vous serez reposée.

Mais Gwenyth savait bien, hélas, que ce n'était pas vrai.

Les femmes avaient préparé le corps de Catherine pour la veillée funèbre, utilisant des épices, du vinaigre et de l'eau-de-vie afin de lui conserver toute sa beauté, comme si elle était simplement endormie, pendant qu'elle serait exposée dans la grande salle du château, dans un cercueil de bois sculpté.

Rowan était resté tout le jour durant immobile à ses côtés tandis que ses gens venaient rendre un dernier hommage à leur dame et prier pour que Dieu l'accueille en Son paradis — ce qu'Il ne manquerait pas de faire, de l'avis unanime, car c'était vraiment un ange qui les avait quittés.

Rowan assistait à cette longue procession avec une sorte de détachement lointain. Son esprit était de nouveau engourdi, privé d'émotions, sauf quand son regard se posait sur Gwenyth, à quelques pas de lui. Une poussée de rage et de fièvre l'enflammait alors. Elle était la beauté et la grâce personnifiées tandis qu'elle accueillait leurs visiteurs, adressant à chacun un mot gentil, veillant à ce qu'il leur soit servi du vin ou de la bière, les remerciant d'être venus d'aussi loin pour témoigner leur attachement à leur dame.

De leur côté, les villageois observaient la jeune femme avec une insistance mêlée de curiosité, et Rowan comprit tout à coup qu'ils se posaient la même question que MacIvey hier : ils se demandaient si Gwenyth était sa maîtresse.

Cette pensée le mit en colère, même si l'idée en elle-même n'avait rien d'incongru. Gwenyth était jeune, belle, titrée. Elle ferait une épouse parfaite.

Mais pas pour lui, songea-t-il, d'autant plus hargneusement qu'il ne pouvait nier qu'elle l'attirait.

Trop. Beaucoup trop.

Il devait l'éloigner, décida-t-il. La douceur attentive et grave qu'il lisait sur ses traits si merveilleusement ciselés tandis qu'elle parlait à tous ces gens venus de loin lui donnait envie de leur crier que ce n'était pas vrai, qu'ils se trompaient, puis de partir seller son cheval et s'élancer au galop droit devant lui…

De galoper pendant des heures pour chercher l'oubli.

Dans la soirée, Tristan l'exhorta anxieusement à interrompre sa veillée pour se restaurer un peu — en vain. Gwenyth n'était qu'à quelques pas de lui dans la grande salle, déserte depuis qu'ils avaient fermé les portes aux visiteurs, mais peu lui importait qu'elle entende.

— Laisse-moi. Je veux rester seul auprès de ma femme, cette nuit.

— Mais…, commença Tristan.

— Laisse-moi, répéta-t-il.

Tristan le connaissait trop bien pour insister. Il obéit. Rowan eut vaguement conscience qu'il s'éloignait avec Gwenyth.

Il ne quitta pas Catherine, cette nuit-là. Il plaça à côté du cercueil l'une des lourdes chaises à dossier droit qui se trouvaient devant la cheminée, et s'y assit pour la veiller.

Personne ne le dérangea jusqu'à l'aube. Lorsque finalement Tristan le rejoignit, Rowan se leva et dit :

— Ne la laisse pas seul, Tristan. Elle avait peur quand elle était seule.

— Je ne la quitterai pas, m'lord. Je resterai avec elle jusqu'à votre retour.

L'intendant hésita puis s'éclaircit la gorge.

— Nous transporterons Lady Catherine dans la chapelle pour l'office religieux à 10 heures… si cela vous convient ?

Rowan hocha la tête et sortit.

Il regagna sa chambre avec le sentiment d'être un étranger dans ce lieu pourtant familier. Il n'avait pas dormi ici depuis que Catherine était malade. Quand il était au château, il dormait près d'elle — ou il ne dormait pas du tout. Sa vie avait changé du tout au tout le jour où Catherine avait eu son accident. Il était un homme comblé, il était soudain devenu un homme vide. Et pour tenter de combler ce vide, il avait mis toute son énergie à servir la Couronne. On ne pouvait vivre sans passion et quand Catherine avait cessé d'être la femme qu'il avait adorée, il avait fait de l'Ecosse sa passion.

Etrange ; c'était à peine s'il pouvait se rappeler l'époque où il avait été marié — vraiment marié, pas avec un fantôme aux yeux hagards. Mais maintenant que sa femme avait cessé de vivre, il ressentait son absence plus cruellement que jamais.

Où était la justice ? songea-t-il avec amertume. Catherine était un être doux et généreux, qui n'aspirait qu'à faire le bien autour d'elle. Et pourtant son destin avait été cruel, alors que des scélérats, des tyrans et des barbares avaient une vie longue et heureuse.

Il demanda qu'on lui prépare un bain, puis il s'habilla avec soin ; il lui semblait important de faire honneur à Catherine au moment de l'accompagner jusqu'à sa dernière demeure. Une fois vêtu de son tartan et de ses broches claniques, il hésita. Les ultimes prières étaient si terriblement irrévocables… mais il ne pouvait différer plus longtemps.

Lorsqu'il entra dans la grande salle, ses hommes étaient prêts. Ils soulevèrent le cercueil de Catherine avec autant de précautions que si elle dormait. Le Révérend Keogh attendit que Rowan lui donne le signal, puis il commença ses prières et ouvrit la marche, suivi par tout le personnel du château. La procession traversa lentement la salle, descendit dans la cour puis se dirigea vers la petite chapelle, adossée au mur d'enceinte.

Les paroles psalmodiées pour le repos de l'âme de la défunte formaient une sorte de bourdonnement confus. Rowan savait qu'il était inutile de demander à Dieu d'accueillir Catherine auprès de Lui. Si réellement Il existait, elle était déjà sous Sa protection.

Il sut gré au Révérend Keogh de s'en tenir au rituel funéraire et de ne pas se lancer dans des considérations sur le Bien et le Mal, et sur la seule religion vraie. Il évoqua Catherine avec éloquence et simplicité, et lorsque le silence retomba, l'assistance s'approcha pour embrasser le cercueil et y déposer des fleurs. La cérémonie était terminée.

Rowan quitta aussitôt la chapelle, conscient qu'au même instant, ses hommes transportaient le cercueil dans la crypte familiale. Catherine y reposerait, dans la niche située sous celle de ses parents, en compagnie de tous ses ancêtres.

Quelque part dans le château, des tailleurs de pierre travaillaient déjà à ciseler la magnifique plaque de marbre qui scellerait sa tombe et deviendrait son mémorial silencieux.

Il était censé recevoir de nouveau les chefs de clans et les villageois, mais c'était au-dessus de ses forces. Il confia cette tâche à Tristan, entra dans les écuries, enfourcha son étalon et s'élança au galop — enfin !

Il ne put s'empêcher de se demander si Gwenyth avait été saisie par le même besoin de s'étourdir quand elle était partie à cheval, deux jours plus tôt. Cette pensée l'irrita, et il ne chercha pas à comprendre pourquoi.

C'était parfaitement inutile, d'ailleurs. Il le savait déjà.

Elle l'obsédait.

Et le fait qu'il *puisse* la désirer, alors que Catherine venait à peine de mourir, le rendait malade de dégoût.

Il ne se pardonnait pas cette attirance, et il devenait fou à la seule pensée que Bryce MacIvey ait pu poser les mains sur elle. Il s'en était fallu de peu que ce pourceau ne parvienne à ses fins.

Il gravit la colline et s'arrêta à l'endroit où il avait conduit Catherine juste avant qu'elle ne s'éteigne dans ses bras.

Il allait prendre des dispositions pour que Gwenyth parte aussi rapidement que possible. Le plus tôt serait le mieux. Et il ferait en sorte qu'on veille sur elle comme sur un joyau, afin que personne ne puisse lui manquer de respect ou l'importuner de quelque façon que ce soit. Oui, il devait l'éloigner pour la protéger de lui et de son désir, songea-t-il, les yeux fixés sur l'horizon. Le plus sûr, en fait, serait de lui trouver un riche époux qui l'emmènerait loin d'ici et la mettrait à l'abri de la convoitise des autres hommes. A commencer par la sienne.

Il fallait qu'elle parte.

— Catherine, murmura-t-il tout doucement — et il baissa la tête.

Plus de deux ans s'étaient écoulés depuis qu'ils s'étaient rendus dans la famille de Catherine, en Angleterre, et qu'elle avait failli perdre la vie dans l'accident. Plus de deux ans depuis qu'il avait dû enterrer son fils mort-né, un drame secret dont il n'avait parlé à personne. Plus de deux ans depuis que Catherine avait perdu la raison.

Il releva la tête, soulagé d'avoir été à ses côtés pendant ses derniers instants. Soulagé qu'elle l'ait reconnu avant de mourir, qu'elle ait touché son visage.

Il resta immobile un long moment, le regard levé vers le ciel, puis il murmura :

— Pardonne-moi.

Gwenyth était à peine réveillée quand on frappa à la porte de sa chambre. Qui pouvait venir à une heure aussi matinale ?

Elle n'avait pas croisé Rowan depuis des jours. Le château tendu de draperies noires n'était que silence, recueillement et prières, comme il se devait en période de deuil. Mais Rowan, lui, n'y participait pas. Il partait à cheval avant le lever du soleil, rentrait à la nuit tombée, et personne n'osait troubler sa solitude.

A son grand dépit, Gwenyth avait été interdite de sortie, mais après la façon dramatique dont s'était terminée sa dernière escapade, elle n'avait pas osé se rebeller et était restée sagement au château, comme on l'y avait enjointe.

Non. Comme on le lui avait *ordonné*.

Elle n'était pas stupide, elle n'avait aucune envie de connaître la même mésaventure qu'avec les MacIvey, mais l'inactivité lui pesait. Heureusement, il y avait une excellente bibliothèque au château. Elle passait ses journées à lire afin de tromper son ennui, mais l'atmosphère morbide du château devenait de jour en jour plus irrespirable. Elle pleurait Lady Catherine, même si elle ne l'avait pas connue très longtemps. Et elle ne voulait pas insulter sa mémoire en lui manquant de respect… mais elle avait besoin de sortir à l'air libre, de respirer.

Elle s'assit dans son lit en entendant frapper de nouveau.

— Oui ?

La porte s'entrebâilla.

— Lady Gwenyth ?

C'était Tristan.

— Oui ?

— Pardonnez-moi de vous déranger, mais Annie m'a demandé de vous informer qu'elle allait venir faire votre malle.

Gwenyth fronça les sourcils.

— Ma malle ?

— Vous partez pour le ferry ce matin.

— Lord Rowan s'apprête à quitter le château, si vite après la disparition de son épouse ?

— Non, m'lady. Vous voyagerez seule, avec une escorte.

— Oh. Je vois, murmura-t-elle.

Tristan s'éclaircit la gorge.

— Lorsque vous serez prête, m'lady, pourrez-vous… pourrez-vous m'accorder une minute de votre temps ? Il y a un sujet dont je voudrais vous entretenir.

Un sourire teinté de curiosité effleura les lèvres de la jeune femme.

— Bien sûr, Tristan.

Aussitôt la porte refermée, Gwenyth se leva, fit sa toilette puis s'habilla rapidement. Elle bataillait avec les lacets de son corset quand Annie apparut et lui prêta main-forte d'un air désapprobateur.

— Mon travail est de vous servir. Appelez-moi quand vous avez besoin de moi. Sinon, je vais penser que je ne vous donne pas satisfaction.

— J'aime avoir un peu d'intimité, Annie. Mais je suis très satisfaite de toi, rassure-toi.

Elle s'aperçut que sa servante souriait d'un air rêveur et tourna vers elle un regard interrogateur.

— Que se passe-t-il ?

— Je ne peux pas vous le dire, m'lady.

— Bien sûr que si. Tu es là pour me servir, c'est toi qui viens de me le rappeler.

Annie secoua la tête en riant.

— Oui, mais dans ce cas précis, je ne peux pas parler.

— Et pourquoi ?

— Parce que c'est à Tristan de le faire.

— Annie… !

La servante leva les deux mains.

— Mes lèvres sont scellées, m'lady. Et elles le resteront.

Dévorée de curiosité, Gwenyth finit de se préparer en un tournemain puis se rendit dans la grande salle. Tristan l'attendait en marchant de long en large, les mains croisées dans le dos.

Il s'immobilisa en la voyant.

— Ah, m'lady.

— Vous vouliez me voir, Tristan ?

Il regarda la pièce tendue de draperies noires.

— Je sais bien que ce n'est pas le moment de parler de ces choses, mais… vous partez pour Islington tout à l'heure et…

— Et ? l'encouragea-t-elle.

Son visage devint tout rouge.

— Tristan, je vous en prie, parlez sans crainte.

Il s'avança vers elle et mit un genou à terre.

— M'lady, voulez-vous me faire la grâce de m'accorder la main de votre servante ?

Gwenyth resta bouche bée.

— Annie ?

Il la dévisagea, troublé.

— Hein ? Non. Liza Duff. Elle m'a ensorcelé… Non, non, pas ensorcelé. Bonté divine, ces fous seraient capables de vouloir la brûler vive s'ils m'entendaient ! Mon cœur a retrouvé une nouvelle jeunesse depuis qu'elle est ici. Elle a été une amie, une confidente et… et bien que je ne sois qu'un vieux fou, je crois qu'elle a également des sentiments pour moi.

Il leva vers elle un regard si plein d'espoir que Gwenyth ne put s'empêcher de lui sourire, attendrie.

— Tristan, Liza est libre. C'est à elle qu'il faut faire votre demande.

Il secoua gravement la tête.

— Non, vous devez nous donner votre bénédiction.

— Avez-vous parlé à Rowan ?

— Oui, et il m'a dit que je devais en parler avec vous.

Le sourire de Gwenyth s'accentua.

— Si c'est mon agrément que vous voulez, je vous le donne tout de suite. A condition que Liza soit d'accord, bien sûr, ajouta-t-elle très vite.

Jamais elle ne forcerait quelqu'un à se marier contre sa volonté.

Mais, apparemment, Liza était d'accord : Gwenyth n'avait pas plus tôt fini de parler que la jeune femme jaillit du couloir menant à l'escalier. Pendant un instant, Gwenyth crut qu'elle allait lui sauter au cou, mais elle se ravisa à la dernière seconde et manqua de déraper sur les dalles en s'arrêtant brutalement. Son visage rayonnait de bonheur.

Gwenyth éclata de rire et la serra dans ses bras.

— Dieu vous bénisse, balbutia Liza. Je vous dois plus que la vie. J'avais l'impression d'être morte à l'intérieur, mais Tristan m'a redonné confiance en moi, il m'a réchauffée par sa gentillesse, son affection et… et…

Elle s'interrompit et déglutit d'un air coupable.

— J'ai honte d'éprouver un tel bonheur alors que tout le monde ici est dans l'affliction. Je… je ne sais pas quand nous pourrons nous marier, mais…

— Ce matin même, affirma Gwenyth.

Ils la dévisagèrent tous les deux, bouche bée.

— Vous serez unis devant Dieu aujourd'hui, et je serai votre témoin, déclara Gwenyth en souriant. Ce sera une cérémonie toute simple, réduite à sa plus simple expression, mais Lord Rowan l'honorera de sa présence, je m'y engage.

Tristan secoua la tête.

— Le révérend n'acceptera jamais de nous marier aussi vite…

— J'en fais mon affaire. Où est-il ?

Un cri de joie retentit derrière eux. Annie les avait rejoints, un sourire jusqu'aux oreilles.

— Il est dans la chapelle, dit-elle.

— En ce cas, venez. Nous allons lui expliquer la situation, déclara Gwenyth d'un air décidé.

Le Révérend Keogh commença par s'offusquer qu'on lui demande de célébrer un mariage dans de telles conditions. Mais lorsque Gwenyth lui expliqua qu'elle quittait Castel Grey ce matin même et que sa conscience lui interdisait de partir sans que Liza ait été unie à Tristan devant Dieu,

le pasteur se radoucit. Pendant qu'ils discutaient, Gwenyth eut la surprise de voir Rowan entrer dans la chapelle. Il s'avança vers elle avec cette expression sombre et fermée qui ne le quittait plus.

— Lady Gwenyth, votre escorte est prête. Vous partirez dans une heure, annonça-t-il brièvement.

Gwenyth ne se laissa pas démonter et redressa le menton.

— Je regrette, mais je ne peux partir pour l'instant. Savez-vous que Tristan et Liza ont manifesté le désir de se marier ?

— Auriez-vous l'intention de les en empêcher ?

— Certes, non. Au contraire : je souhaiterais que le mariage ait lieu maintenant, ici même.

Il lui lança un regard d'une telle noirceur qu'elle faillit reculer.

— Dois-je vous rappeler que le château est en deuil ?

Elle secoua la tête.

— C'est justement pour honorer la mémoire de Lady Catherine que je voudrais qu'ils soient unis dans cette chapelle, sans plus attendre, expliqua-t-elle d'une voix douce.

— Sans plus attendre, sans plus attendre... Les documents ne sont même pas prêts, bougonna le Révérend Keogh.

— Mariez-les, mon révérend, et vous pourrez ensuite rédiger tous les papiers nécessaires, répondit Gwenyth sans quitter Rowan du regard.

Elle se mordit la lèvre et choisit ses mots avec soin afin de ne pas le heurter.

— Tout le monde respectait Lady Catherine, déclara-t-elle tout bas. Serait-ce insulter sa mémoire que de permettre à l'homme qui l'a servie si longtemps et avec une telle loyauté, d'épouser la femme qu'il aime et de connaître enfin

le bonheur ? Lord Rowan, je vous en conjure. Ne laissez pas le chagrin qui vous ronge vous aveugler et permettez à cet homme et à cette femme de se marier maintenant, sous le regard de Dieu.

Il la fixa d'un air sombre, puis il se tourna vers le pasteur.

— Révérend Keogh ?

— J'avoue que cette précipitation va à l'encontre de tous mes principes, grommela le pasteur.

Puis il leva les bras au ciel.

— Mais si leur amour est sincère et si Lady Gwenyth et vous-même acceptez d'être leurs témoins…

— Alors, mariez-les, ordonna Rowan d'une voix sourde.

Gwenyth cilla, stupéfiée par cette victoire inespérée. Peut-être estimait-il que Tristan avait effectivement gagné le droit d'être heureux après avoir servi fidèlement Catherine pendant tant d'années.

— Mariez-les, répéta-t-il.

Tous les regards convergèrent vers le révérend.

— En ce cas, approchez-vous de l'autel, déclara-t-il en se tournant vers les futurs époux.

— Oh ! s'écria Annie en joignant joyeusement les mains.

La cérémonie commença. Sous ses dehors bougons, le Révérend Keogh était un brave homme, bienveillant et dévoué à son prochain, et il se lança dans une longue, une interminable homélie.

Rowan finit par toussoter pour le rappeler à l'ordre.

— Peut-être, mon révérend, pourriez-vous passer à l'échange des vœux ?

— Oh… oui, bien sûr, acquiesça le pasteur, tout penaud.

Et quelques instants plus tard, Liza et Tristan, le visage rayonnant de bonheur, étaient unis par les liens sacrés du mariage. Ils formaient un couple peu banal : Liza était beaucoup plus jeune que son mari et aussi fine qu'un roseau, alors que Tristan avait une silhouette lourde, des épaules carrées, et le visage aussi raviné que les collines d'Ecosse. Mais leur joie était si magnifique à voir que Rowan lui-même oublia son deuil pendant quelques instants pour se réjouir avec eux.

Très vite, cependant, son impatience reprit le dessus.

— En avez-vous terminé ? demanda-t-il au pasteur.

— Pas tout à fait, Lord Rowan. Il y a encore des documents à signer.

Rowan rongea son frein pendant que le révérend se retirait dans une petite pièce voisine, équipée d'une table, d'une chaise, et d'une énorme bible, pour rédiger l'acte de mariage. Quand ce fut fait, il les appela pour qu'ils apposent leur signature au bas du document. Les mariés signèrent les premiers, Liza d'une simple croix, puis ce fut au tour de Rowan et de Gwenyth.

Lorsque le révérend ouvrit sa grande bible pour y inscrire le nom des jeunes mariés, Gwenyth ne put s'empêcher de remarquer que la dernière notation mentionnait la date du décès de Catherine, et juste au-dessus, celle du décès de Michael William Graham, enfant mort-né.

— Et *maintenant*, est-ce terminé ? demanda Rowan.

— Maintenant, oui, acquiesça le Révérend Keogh.

— En ce cas, Lady Gwenyth doit se mettre en route sans plus tarder.

Gwenyth croisa son regard et ne put réprimer un frisson. Mon Dieu. Sa seule vue semblait le répugner.

Il avait été contraint de partir à sa recherche le soir

même où sa femme était morte, et il ne le lui avait pas pardonné.

— Je m'en vais tout de suite, le rassura-t-elle.

Il hocha la tête.

Elle se tourna vers Liza, l'étreignit, fit glisser de son doigt une très jolie bague en or ciselé que Marie lui avait offerte en France, et la pressa dans la paume de la jeune femme.

— Pour vous. Quant à vous, Tristan, poursuivit-elle en serrant la main de l'intendant dans les deux siennes, il m'a semblé que vous admiriez ce cheval rouan, dans mon équipage. C'est un hongre, mais il vient des écuries de la Reine Marie, en France, et il est de bonne race. Il est à vous.

— Dieu vous bénisse, Lady Gwenyth. Mais vous nous avez déjà comblés en nous unissant l'un à l'autre, répondit Tristan avec émotion.

Rowan s'éclaircit la gorge.

— Pour ma part, je vous allouerai une terre, à tous les deux.

Il s'était exprimé avec douceur, mais Gwenyth perçut une note de colère mal réprimée dans sa voix. Peut-être était-il furieux qu'elle lui ait rappelé, par son initiative, qu'il devait offrir un présent aux jeunes mariés ? Mais qu'il se rassure, songea-t-elle avec amertume. Il n'en avait plus pour longtemps à supporter son indésirable présence.

Sa gorge se noua et elle se sentit tout à coup incapable de rester une seconde de plus. Malgré ses efforts pour paraître calme et digne, elle ne pouvait plus supporter son mépris.

— Au revoir, mes amis, murmura-t-elle.

Rowan s'inclina devant elle.

— Bon voyage, Lady Gwenyth.

Elle hocha la tête.

— Dieu vous garde, Lord Rowan.

Il se détourna et sortit rapidement. Elle était tellement certaine de ne pas le revoir avant son départ qu'elle eut un petit choc, quelques minutes plus tard, en le voyant apparaître.

Elle était déjà sur sa jument — qui lui avait été mystérieusement restituée —, Annie à ses côtés, une escorte de dix hommes prêts à donner le signal du départ, quand Rowan descendit l'escalier du château et se dirigea vers son cheval, que lui avançait l'un des valets d'écurie.

Il se hissa en selle sans un mot, tendit une sacoche à l'un de ses hommes, puis s'avança vers Gwenyth.

— Vous n'atteindrez jamais l'embarcadère avant la tombée de la nuit si nous ne nous mettons pas en route rapidement, déclara-t-il.

— Vous… m'accompagnez ? demanda-t-elle.

— Seulement jusqu'au ferry. La nouvelle de votre départ est peut-être parvenue aux oreilles du clan des MacIvey et je ne veux prendre aucun risque. Je suis responsable de vous jusqu'à ce que votre oncle vous prenne en charge.

Comme Styx piaffait d'impatience, il leva un bras à l'attention de leur escorte et s'engagea sur le pont-levis.

— Dieu vous garde, Lady Gwenyth ! cria Liza avec émotion.

Gwenyth hocha la tête.

— Puisse-t-Il vous protéger toujours, acquiesça-t-elle en retour.

— Oh, souffla Annie, c'est tellement merveilleux de les voir heureux, tous les deux.

Tristan se tenait aux côtés de sa jeune épouse, un bras autour de ses épaules. Gwenyth lui adressa un signe de la main.

— Merci, articula-t-elle silencieusement.

Il secoua la tête.

— C'est moi qui vous remercie, Lady Gwenyth. Je suis à jamais votre débiteur.

Gwenyth talonna sa jument et franchit le pont-levis pour rejoindre le Lord de Lochraven.

Le trajet ne leur prit que quelques heures, mais Gwenyth eut l'impression que chacune d'elles durait des jours. Malgré la présence d'Annie à ses côtés, elle ne s'était jamais sentie aussi seule.

Rowan mit pied à terre à l'instant où ils atteignirent l'embarcadère.

Le passeur devait avoir été informé de leur arrivée car il salua Rowan sans montrer d'étonnement. C'était un homme au physique de géant et au visage rude.

— Tout est-il prêt pour la traversée de Lady MacLeod, Brendan ? lui demanda Rowan.

— Oui, m'lord. Je veillerai à ce que tout se passe bien, n'ayez crainte. Dois-je ramener vos hommes, ce soir ?

— Non. Ils resteront à Islington jusqu'à ce que je revienne moi-même chercher Lady Gwenyth pour la conduire en Angleterre, conformément aux ordres de la reine.

Brendan s'inclina.

— Très bien.

— Comment est la mer aujourd'hui ?

— Raisonnablement agitée. J'ai vu pire, m'lord.

Rowan tourna son regard vers Gwenyth, et un sourire admiratif effleura ses lèvres malgré lui.

— Je doute qu'une petite houle soit de taille à faire peur à votre passagère.

Gwenyth se raidit sur sa selle.

— Je ne crains pas la mer, affirma-t-elle.

Rowan la rejoignit pour l'aider à descendre de cheval. Comme il la soulevait pour la poser à terre, leurs yeux se rencontrèrent et elle n'y décela pas cette colère froide qui semblait l'habiter depuis des jours et des jours.

Elle eut soudain conscience de la puissance de ses mains autour de sa taille, de la chaleur de son corps contre le sien. Son cœur s'emballa inexplicablement et elle fut soulagée lorsqu'il la lâcha.

— Gavin me représentera en mon absence. Je l'ai chargé de remettre des lettres à Angus. Vous n'avez rien à craindre de votre oncle, ajouta-t-il après un silence.

— Je n'ai pas peur de lui. Je ne le connais pour ainsi dire pas, murmura-t-elle en rougissant.

Comment pouvait-il avoir deviné qu'elle redoutait de retrouver Angus MacLeod après toutes ces années ?

Il était si froid, si obsédé par le devoir. Il estimait avoir une dette envers tous ceux qui travaillaient sur leurs terres pour les faire fructifier, et tenait à leur montrer, en partageant leur quotidien, que les MacLeod n'hésitaient pas à payer de leur personne. Gwenyth n'y trouvait rien à redire, au contraire. Ce qui lui faisait peur, c'étaient les décisions que son oncle pourrait être amené à prendre pour elle au nom du devoir…

Rowan l'observa quelques instants, le visage grave, puis haussa les épaules.

— Bref, je lui ai écrit pour l'informer que la reine vous avait confié une mission et que je reviendrais vous chercher sous peu.

Gwenyth s'aperçut qu'elle retenait son souffle.

Comme il continuait à la fixer du regard, elle sentit qu'elle devait dire quelque chose, mais les mots la fuyaient.

— Je… je suis sincèrement désolée d'avoir été un tel poids et de vous avoir causé autant de soucis, articula-t-elle enfin.

A son vif étonnement, il sourit.

— Votre impulsivité aurait pu vous jouer un très vilain tour. Les MacIvey sont des hommes sans scrupule. J'ai été très chanceux d'arriver avant…

Sa voix mourut et ses lèvres se serrèrent.

— De grâce, plus d'imprudences. Gavin veillera à votre sécurité. Votre oncle aussi, sans nul doute. Je lui ai néanmoins rappelé dans mes lettres qu'il n'avait aucun droit de décider de votre avenir et qu'il ne saurait, par exemple, disposer de votre main sans en référer d'abord à la reine.

— Merci, murmura Gwenyth en se demandant s'il avait le don de lire dans ses pensées.

Il la regarda de nouveau, et elle se rendit compte tout à coup qu'il avait, lui aussi, du mal à trouver ses mots.

— Non. Merci à *vous*.

Il détacha de son cou une fine chaîne en or ornée d'un pendentif et la passa autour de celui de Gwenyth. Il s'agissait d'une très belle croix celte, magnifiquement ciselée.

— Ma Dame aurait aimé que vous portiez ce bijou, murmura-t-il. Je vous prie de l'accepter, en remerciement de ce que vous avez fait pour elle.

Un merveilleux sentiment de soulagement envahit Gwenyth.

— Lady Catherine était une jeune femme douce, miséricordieuse et belle, déclara-t-elle d'une voix douce. Je compatis à votre douleur, Lord Rowan.

Son visage se ferma de nouveau. Il recula.

— Dieu vous garde.

Il se hissa sur son étalon, assista sans un mot à l'embarquement, puis tourna la bride et s'éloigna avant même que tout le monde ait fini de monter à bord.

Plus tard, comme le ferry quittait le rivage, Gwenyth scruta le décor escarpé et l'aperçut au loin, sur son étalon, immobile au sommet d'une falaise, le regard rivé sur leur embarcation.

On eût dit une statue, sculptée à même la roche.

Gwenyth ne put s'empêcher de songer que l'image parlait d'elle-même : Lord Rowan Graham appartenait tout entier à ce paysage austère et rocailleux. Et, comme lui, il resta indifférent et froid tandis qu'elle s'éloignait sur la mer.

Deuxième partie

La reine triomphante

8

Gwenyth mâchonnait un brin d'herbe tout en lisant la lettre de la Reine Marie.

« … le problème c'est que Maitland, Dieu le bénisse, est un merveilleux ambassadeur — il a admirablement servi ma mère, comme tu le sais — mais il n'est que cela : un ambassadeur. J'attends donc avec impatience que tu puisses enfin te rendre en Angleterre. Je comprends parfaitement le dilemme auquel est confrontée Elisabeth, car l'Angleterre redoute plus que tout de tomber de nouveau entre les mains d'une souveraine catholique. Mais il est hors de question que je signe un traité par lequel je renonce à mes droits sur la Couronne d'Angleterre tant qu'elle n'a pas reconnu officiellement mes droits d'héritière. Elle affirme qu'elle ne le fera pas tant que je n'aurai pas signé le traité, et comme de mon côté, je refuse de signer tant qu'elle ne l'aura pas fait… nous sommes dans une impasse. »

Gwenyth soupira et regarda le ciel limpide. Quelle merveilleuse journée. En réalité, tout était magnifique sur son île, beaucoup plus que dans son souvenir. Sans doute avait-elle oublié le spectacle fascinant de la mer et le fracas enivrant des vagues sur le rivage. Ou encore le charme des vallées — ces étroits rubans d'herbe vert tendre parsemée de moutons d'un blanc éclatant. Même la silhouette orgueilleuse et austère du château dominant la mer était chère à son cœur, désormais.

Bien sûr, aucune comparaison n'était permise avec Castle Grey. Il y avait beaucoup plus de courants d'air, beaucoup moins de tapisseries, et les cheminées semblaient impuissantes à chauffer ses grandes pièces vides. Mais c'était quand même un très beau château, conçu avant tout comme une forteresse, mais néanmoins plein d'allure et de charme.

Gwenyth occupait les appartements seigneuriaux ; Angus ne s'y était jamais installé, même quand il avait su que sa nièce resterait absente pendant des années. Cela n'aurait pas été honnête ; cela n'aurait pas été pieux.

Or, Angus MacLeod était un homme pieux et honnête.

Les offices du dimanche étaient très longs, et chaque heure de la journée consacrée à la prière. De même qu'il avait insisté pour que sa nièce sorte en mer avec les pêcheurs et accompagne les bergers dans les pâturages afin de vivre au plus près de ses gens et partager leur quotidien, Angus interdisait formellement le travail le jour du Seigneur. Et la consigne ne souffrait aucune exception — pas même à l'intérieur du château.

En fait, son oncle Angus n'était pas du tout l'ogre dont elle avait gardé le souvenir. Peut-être parce qu'elle avait grandi, voyagé, et qu'elle n'était plus une petite fille impressionnable. Il était sévère, oui — il lui faisait penser à John Knox — mais il l'avait accueillie très gentiment à son arrivée. Il lui avait même témoigné de l'affection. Oh, rien de très spectaculaire, il ne l'avait pas serrée dans ses bras. Mais il avait eu des mots gentils, déclarant, entre autres, qu'il était fier d'elle, et qu'il avait entendu dire par Lord Jacques qu'elle avait gardé sa foi protestante malgré les pratiques papistes de la reine, et qu'elle s'était comportée à la Cour de France avec beaucoup de grâce et d'intelligence.

Ensuite, il avait lu les lettres que lui avait fait parvenir Rowan. Gwenyth ignorait ce qu'elles contenaient, en dehors des quelques points dont il lui avait parlé avant son départ, mais à voir la façon dont le visage de son oncle s'était soudain allongé et le cri de fureur qui lui avait échappé, il était évident que Rowan lui relatait sa funeste rencontre avec Bryce MacIvey.

Sa lecture achevée, il avait décrété d'une voix de tonnerre que si un MacIvey avait le malheur d'approcher ne fusse qu'à un mile d'Islington, il tiendrait la manœuvre pour une agression délibérée et veillerait à ce que l'intrus soit traîné à Edimbourg pour y être jugé !

— Il ferait beau voir qu'un vaurien comme lui épouse une MacLeod ! avait-il fulminé, sa barbe poivre et sel tremblant d'indignation. Lorsque vous vous marierez, ce sera avec un lord fortuné et titré que j'aurai choisi avec le plus grand soin, et avec la bénédiction de la reine. Il est hors de question que vous soyez vendue à si bas prix. Jamais !

Vendue ?

Quel mot horrible. L'avait-il utilisé à dessein ?

— Je vous remercie de prendre mon avenir autant à cœur, avait néanmoins murmuré Gwenyth.

— C'est bien normal, avait répondu Angus — et elle s'était rendu compte qu'il était satisfait d'elle.

Gwenyth était heureuse de lui plaire et elle comptait bien continuer.

En réalité, ce n'était pas très difficile. Elle adorait sortir en mer par gros temps et observer le dur travail des pêcheurs — qui, elle en était certaine, surveillaient leur langage en sa présence. Et passer la journée avec les bergers, comme aujourd'hui, n'avait rien de pénible, tout au contraire.

Elle pouvait respirer le bon air de la vallée, observer le ciel changeant et magnifique au-dessus de sa tête, et lire tranquillement la lettre que venait de lui faire parvenir la reine, allongée dans l'herbe.

Et cependant...

La Cour lui manquait cruellement. Marie lui écrivait comme si elles s'étaient quittées la veille et qu'elle était au courant de tout ce qui se passait à Holyrood, mais il y avait désormais un an qu'elle était partie. Un an ! Jamais elle n'aurait imaginé que son absence durerait aussi longtemps. Et cependant, bien que sa période de deuil soit depuis longtemps terminée, Rowan n'était pas revenu la chercher. Gwenyth savait par Marie qu'il avait regagné la Cour — sans elle. Sa mission restait néanmoins inchangée, précisait-elle. Gwenyth se rendrait comme prévu à Londres pour rencontrer la Reine d'Angleterre.

Mais quand ? Marie ne faisait mention d'aucune date.

Gwenyth retourna avec un soupir à sa missive.

« Si seulement tu étais là... Ces lords et ces barons écossais ne pensent qu'à se faire la guerre et à se sauter à la gorge. Dieu merci, je peux compter sur mon demi-frère, Jacques. J'ignore ce que je ferais sans lui. Ses conseils m'évitent de devenir folle. Figure-toi que le bruit a couru qu'Aaron, le fils de Chatelheraults, était follement amoureux de moi et qu'il projetait de m'enlever. Plus sérieusement : James Hepburn, Comte de Bothwell, a voulu se venger d'un affront que lui avait fait Aaron Hamilton. Il s'est introduit chez la maîtresse d'Aaron, une dénommée Alison, et — mon cœur se lève en écrivant ces lignes — il a été fait usage de la force contre cette malheureuse. L'affaire a déclenché un début d'émeute à Edimbourg, et j'ai dû ordonner que les deux hommes soient arrêtés pour calmer les esprits. Que vais-je faire de cette noblesse écossaise ? Je me suis juré à moi-même de ne pas dresser une maison contre une autre, et de me montrer juste en toutes circonstances. Mais je suis leur reine, et je me ferai respecter, même s'il est difficile de se montrer impartiale et magnanime sans que cela passe pour un aveu de faiblesse. L'Ecosse est un pays magnifique, mais c'est une terre sauvage et indisciplinée, bien éloignée, hélas, de ma douce France… »

Gwenyth ne put réprimer une petite grimace en lisant ces lignes. Marie terminait par des considérations d'ordre général et un message affectueux. Gwenyth replia la lettre et la déchira en menus morceaux qu'elle dispersa dans la brise. Mieux valait éviter qu'elle ne tombe entre des mains étrangères.

Elle se leva et s'étira, notant distraitement que des brins d'herbe se mêlaient à ses cheveux dénoués. Mais cela n'avait aucune importance ici, où personne ne prêtait attention à son apparence. Elle portait une robe de laine sur un jupon en lin, et une cape. Tout en époussetant ses vêtements, elle ne put s'empêcher de penser à la vie à la Cour où les robes se portaient sur des jupons froufroutants, eux-mêmes portés sur des dessous raffinés, et où le choix des bijoux était une préoccupation majeure, qui monopolisait tous les jours leur attention pendant de longues minutes. En dépit de sa magnifique chevelure blond cendré, Marie possédait des dizaines de perruques et de postiches, et l'habiller pouvait prendre plus d'une heure. La reine aimait les robes d'apparat, les bijoux, les fastes de la Cour, et quand elle était à ses côtés, Gwenyth s'amusait également de tout ce raffinement. Mais ici…

Ici, les maîtres se mêlaient à leurs gens, et la vie s'écoulait, simple et paisible.

Gwenyth adressa un petit signe amical aux bergers qui s'étaient rassemblés pour déjeuner d'un morceau de pain et de fromage, et tourna la tête en entendant le galop d'un cheval. Elle abrita ses yeux du soleil avec sa main pour observer le nouveau venu.

Son visage lui était inconnu, mais elle le regarda approcher sans appréhension. Angus avait une garde personnelle composée de vingt gardes parfaitement entraînés, sans oublier les dix hommes, placés sous le commandement de Gavin, que Lord Rowan avait laissés sur place. Gwenyth pouvait se promener sans crainte d'un bout à l'autre de l'île, et elle ne s'en était pas privée. Elle avait adoré explorer les grottes, les plages et les falaises qui l'avaient enchantée quand elle était petite fille.

Elle avait appréhendé de revenir à Islington, mais la réalité avait été bien différente de ce qu'elle avait imaginé. En fait, la seule ombre dans sa vie, c'était celle projetée par l'homme qui, indépendamment de sa volonté, hantait ses rêves nuit après nuit.

La vie était étrangement faite. Elle était de trop haute naissance pour se mésallier avec un MacIvey, mais pas assez bien née pour épouser un homme comme Lord Rowan.

Marie l'avait mise en garde depuis le premier jour, elle lui avait dit de ne pas tomber amoureuse de lui. Il était de sang royal, inaccessible — dans tous les sens du terme, d'ailleurs, car il y avait près d'un an qu'elle ne l'avait vu, songea Gwenyth avec un soupir tandis que le cavalier s'arrêtait devant elle.

— Lady MacLeod ? demanda-t-il avec un accent anglais policé.

Gwenyth sourit. Il ne s'attendait sûrement pas à trouver la châtelaine nu-pieds dans l'herbe.

— Je suis Lady MacLeod, oui.

Il portait un chapeau à plumes qu'il ôta respectueusement tandis qu'il descendait de cheval.

— Je suis Geoffrey Egan, envoyé de la Reine Marie, annonça-t-il.

Gwenyth fronça les sourcils avec inquiétude.

— La reine va bien ? demanda-t-elle anxieusement.

— Tout à fait bien, répondit-il aussitôt. Elle m'a chargé de vous informer que vous deviez vous rendre en Angleterre toutes affaires cessantes.

Le cœur de Gwenyth se serra. Elle allait partir seule, finalement.

— Je vois, murmura-t-elle alors qu'en vérité, elle ne voyait rien du tout.

— Puis-je vous offrir de vous raccompagner au château ? Je vous expliquerai la situation chemin faisant.

Il s'éclaircit la gorge.

— J'ai déjà parlé à votre oncle et votre femme de chambre prépare vos affaires en ce moment même.

Gwenyth sourit.

— Merci, mais j'ai ma propre monture, assura-t-elle.

Pendant son long séjour sur l'île, elle était devenue très complice avec la jument qui l'avait jetée à terre dans la forêt d'Holyrood. Elle siffla doucement entre ses dents et Chloe apparut comme par enchantement au petit trot. L'envoyé de la reine eut un léger sursaut en constatant que le cheval n'avait pas de selle, et un sursaut plus prononcé en voyant Gwenyth monter à califourchon.

— Prêt, Geoffrey ? demanda-t-elle d'un ton malicieux.

— Je suis à vos ordres, Lady MacL…

La fin de sa phrase se perdit dans le vent : Gwenyth était déjà partie au grand galop sans se soucier de l'attendre. Elle riait tout bas et arriva bonne première dans la cour du château, effarouchant une nuée de poules. Elle sauta à terre, et tendit en souriant les rênes à l'un des valets d'écurie.

Le messager arriva enfin, haletant, le visage tout rouge.

— Lady MacLeod, je dois vous informer que…

— Rejoignez-moi dans la grande salle, voulez-vous ? l'interrompit Gwenyth.

Elle gravit les marches avec la rapidité de l'éclair, mais comme elle pénétrait dans la grande salle froide et nue du château, elle s'arrêta net, saisie. Son oncle Angus était là, ainsi que Gavin, plusieurs membres de son escorte, et… un homme qu'elle n'attendait pas.

Rowan.

Gwenyth sentit ses joues devenir brûlantes. Elle devait ressembler à une fille de ferme — ou pire encore. A une fille de ferme qui venait de batifoler dans les foins avec un garçon d'écurie.

Elle resta figée sur place, ses pieds nus crispés sur les dalles froides, les yeux écarquillés par le choc.

Rowan, lui, était l'image de l'élégance et de la maîtrise : tartan aux couleurs de son clan, broche frappée de son blason épinglée sur l'épaule, béret respectant un angle d'inclinaison parfait, bottes étincelantes… Son visage était un peu plus émacié que dans son souvenir, mais toujours aussi séduisant. Il aurait pu sortir d'une audience avec la reine.

Gwenyth sentit son regard la parcourir rapidement, puis ses sourcils remontèrent d'un cran et ses lèvres frémirent d'amusement.

— Lady Gwenyth.

Il ôta son couvre-chef et s'inclina devant elle. Sûrement, cette marque de galanterie était purement ironique en cet instant.

— Lord Rowan, murmura-t-elle tout en jetant un regard en coin à son oncle. Je ne m'attendais pas à vous trouver ici.

— Vraiment ? Vous m'en voyez désolé. Geoffrey était censé vous en avoir informée.

Geoffrey choisit cet instant pour faire son entrée, le souffle court.

— Je… suis confus. Elle… Lady Gwenyth est arrivée… avant moi.

— Toujours prête à vous jeter dans la mêlée, à ce que je vois ? dit Rowan.

Fallait-il y voir une critique ? se demanda Gwenyth.

Elle se força à sourire. Elle avait conscience que quelque chose — un épi séché, probablement — s'était pris dans ses cheveux et lui chatouillait le front, mais s'obligea à ne pas broncher.

— Il n'y a pas de mêlée, ici. Entre les gardes de mon oncle et ceux que vous avez affectés à ma sécurité, le paradis lui-même est probablement moins sûr que cette île.

Peut-être n'aurait-elle pas dû mentionner le paradis : son regard se durcit.

A sa grande surprise, Angus prit instantanément sa défense.

— Lady Gwenyth sait combien il est important d'être proche des gens qui vous servent et de partager leur quotidien, expliqua-t-il. Je lui ai demandé d'accompagner nos bergers dans les prairies, aujourd'hui.

Gwenyth lui adressa un sourire reconnaissant et, à son immense stupeur, il lui sourit en retour. Ce fut un choc, mais agréable. Apparemment, elle avait fait la conquête de son oncle pendant son séjour sur l'île.

— Une initiative très louable, acquiesça Rowan. Je pense néanmoins que votre nièce sera plus à l'aise pour voyager si elle passe une tenue plus… adaptée.

— Vous croyez ?

Elle ne put s'empêcher de lui lancer un regard teinté de défi.

— Ce pays est sauvage, Lord Rowan, et je suis capable de monter à cheval dans n'importe quel style vestimentaire.

— C'est ce que j'ai cru comprendre, mais la reine aime tant les jolies robes et le faste qu'elle risque d'être déçue.

— La reine ? murmura Gwenyth, indécise.

— Oui.

Elle le dévisagea, les sourcils froncés.

— Nous partons pour l'Angleterre ?

— Pas directement. Marie a décidé de visiter ses Highlands, nous allons donc la rejoindre dans…

Gwenyth poussa un petit cri et pivota vers Angus.

— Mon oncle, peut-être aurez-vous la bonté de veiller à ce que nos invités se restaurent ? Je cours me préparer !

A ces mots, elle rassembla ses jupes et s'élança dans l'escalier menant à ses appartements. Elle était déterminée à ne pas perdre de temps : elle ne voulait pas que Rowan s'attarde plus que nécessaire, et porte un jugement négatif sur sa maison et son île.

Pas maintenant qu'elle avait appris à les aimer.

Angus observa Rowan par-dessus sa chope de bière, le visage inquiet.

— La reine est en conflit avec Lord Huntly ?

Il secoua la tête.

— Je n'aime pas ça. Il est presque aussi puissant que la reine dans les Highlands. Que s'est-il passé ? On aurait pu penser qu'il se serait insinué dans ses bonnes grâces — après tout, il est catholique, comme elle.

Rowan prit son temps pour répondre. Il réfléchissait à la meilleure façon de présenter les faits.

— Comme vous le savez, la reine s'est engagée à laisser à chacun sa liberté de conscience et à ne pas utiliser la religion comme moyen d'arbitrage. Or il se trouve que John Gordon, le fils de George Gordon, quatrième Comte de Huntly, a grièvement blessé Lord Ogilvie dans un duel. La loi voudrait qu'il soit arrêté et emprisonné mais son père, Lord Huntly, refuse de le livrer à la justice, comme si le seul fait d'être catholique lui conférait une forme d'impunité.

Il hésita, puis ajouta :

— Par ailleurs, le bruit court que le fils de Huntly aurait fait le projet d'épouser la reine. Un projet d'une incroyable arrogance qui, naturellement, déplaît fort à Sa Majesté. Elle avait prévu initialement de se rendre dans le nord de l'Ecosse pour aller à la rencontre de ses sujets et chasser, mais compte tenu des événements, son voyage a pris une tonalité très différente.

Angus MacLeod fronça les sourcils.

— Ce déplacement est dangereux. Lord Huntly est chez lui dans les Highlands et il a les moyens de mobiliser des milliers d'hommes si nécessaire.

Rowan entendit un bruit de pas, et son intérêt pour la politique se volatilisa subitement car Gwenyth venait d'apparaître.

Cette fois, elle était vêtue dans les règles — corset lacé, toque bien droite, jupe en velours vert sombre tombant jusqu'au sol en un drapé harmonieux. Ses cheveux étaient rassemblés en un chignon impeccable. Elle était parfaite. Non, mieux que parfaite. Elle était tout simplement…

Eblouissante. Un festin pour les yeux et les sens.

Mais pas plus que lorsqu'elle lui était apparue tout à l'heure, ses cheveux répandus sur ses épaules, ses pommettes empourprées par la course, ses pieds nus semblant à peine toucher le sol, comme si elle volait.

Rowan se surprit à penser à elle comme à une sorcière, une trop jolie sorcière. Une enchanteresse, plutôt. Elle entrait dans une pièce et toutes les têtes se tournaient sur son passage. Elle regardait un homme, et aussitôt son sang se mettait à bouillonner dans ses veines…

Par certains côtés, elle ressemblait terriblement à Catherine ; par d'autres, pas du tout. Elle était vive, prompte à s'enflammer dans la discussion, passionnée dès qu'il s'agissait de défendre une cause en laquelle elle croyait. Elle était têtue, son esprit affûté comme une lame — dont elle n'hésitait pas à se servir à la moindre critique.

Non, elle n'était pas une sorcière ; d'ailleurs, il n'ajoutait pas foi à ces sornettes auxquelles souscrivaient tant d'érudits. Elle était simplement jeune, belle, et elle possédait un charme ensorcelant qui attachait tous les cœurs derrière elle. Pourtant, à la minute où ils s'étaient rencontrés, elle avait décidé d'être son ennemie.

Alors que lui…

Et malgré cela, il ne pouvait poser les yeux sur elle sans ressentir une douleur sourde, lancinante. Une douleur qui restait enfouie en lui depuis le jour où Catherine s'était éteinte dans ses bras.

Rowan se leva et répondit à Angus tout en continuant à fixer Gwenyth du regard.

— La reine a décidé d'octroyer à son frère le titre de Comte de Moray. Huntly s'est toujours comporté comme si les terres du Moray lui appartenaient mais Marie est bien décidée à les lui reprendre.

Angus remarqua subitement la présence de Gwenyth et se leva à son tour.

— Encore une guerre en perspective, soupira-t-il d'un ton désabusé.

— Espérons que non. Huntly et la reine parviendront peut-être à un accord.

Angus lui lança un regard sceptique, puis fronça les sourcils comme si une pensée lui traversait soudain l'esprit.

— Je ne peux autoriser ma nièce à vous suivre. Ce voyage est beaucoup trop dangereux.

Gwenyth s'avança vers lui et joignit les mains.

— Oncle Angus, je vous en supplie. S'il y avait le plus petit risque, pensez-vous que notre souveraine s'exposerait ? Elle n'a qu'un mot à dire pour lever une armée. Elle est la reine.

Mais le vieil homme continuait à hésiter.

— J'ai reçu pour mission d'assurer la sécurité de votre nièce, Angus, intervint calmement Rowan. Sachez que mes hommes et moi-même donnerons notre vie pour la protéger.

Angus se tourna vers Gwenyth, les sourcils froncés.

— Vous obéirez en toutes choses à Lord Rowan ?

Elle hésita.

— Gwenyth ? insista Angus.

— Oui, acquiesça-t-elle. Sauf si la reine me donne un ordre contraire.

Rowan baissa la tête pour masquer un sourire. Elle avait peut-être hérité du titre mais Angus régnait sur ces terres depuis très longtemps, et elle savait fort bien qu'elle ne pouvait se passer de son accord quand elle se trouvait dans sa sphère d'influence.

— Vraiment, Gwenyth ? demanda poliment Rowan.

Elle le regarda avec beaucoup de dignité et des yeux très froids.

— Je m'en voudrais d'être un fardeau, Lord Graham.

— Qu'avez-vous à gagner dans cette affaire ? demanda Angus en dévisageant Rowan d'un air inquisiteur.

— Rien, si ce n'est servir la Couronne, répondit-il en haussant les épaules. Je ne crains pas le Comte de Huntly. J'ai admiré la lucidité avec laquelle la reine a refusé son marché de dupes quand il a essayé de la convaincre de créer des territoires où les catholiques pourraient régner en maîtres. Elle a respecté le choix de son peuple. Elle est intelligente, fine, et elle n'hésite pas à prendre conseil auprès d'hommes avisés, comme son frère.

— Bien. En ce cas, il ne me reste plus qu'à vous souhaiter bon voyage.

Gwenyth baissa la tête, et Rowan devina que c'était pour empêcher son oncle de voir ses yeux briller de joie.

— J'ai pris la liberté d'envoyer Geoffrey dans les écuries s'assurer que votre jument soit correctement sellée, l'informa Rowan.

— Merci, murmura-t-elle. Cela nous fera gagner du temps et je sais que vous voulez atteindre la terre ferme avant la nuit.

Lorsqu'ils quittèrent le château, il surprit le sourire affectueux qu'elle adressait à son oncle. Puis ils montèrent à cheval et se rendirent rapidement à l'embarcadère du ferry.

La mer était agitée, mais Gwenyth ne sembla pas s'en apercevoir. Elle resta à l'arrière du ferry et garda les yeux rivés sur son château tandis qu'ils s'éloignaient de la côte.

— Vous regrettez de partir ? lui demanda-t-il.

Il avait décidé de garder ses distances, mais il en était incapable.

— Bien sûr.

— Peut-être pourrais-je expliquer à la reine...

— Mais je suis plus impatiente encore de rejoindre Marie, l'interrompit-elle aussitôt.

— Ah.

— Vous l'avez vue ces derniers mois, je crois… ?

— A sa demande, oui.

Son regard se perdit au loin et il comprit qu'elle était blessée que la reine ne l'ait pas envoyé chercher plus tôt.

— Marie aura voulu vous laisser profiter en paix de votre séjour chez vous, suggéra-t-il gentiment.

Puis il se rendit compte que sa tentative pour la réconforter pouvait passer pour de la pitié — un sentiment aussi inapproprié qu'humiliant pour la dame d'Islington.

— Au moins, certains d'entre nous sont *capables* de trouver la paix, rétorqua-t-elle d'un ton cinglant.

Il se raidit et s'éloigna mais elle le rattrapa aussitôt et posa une main sur son bras. Un frisson le parcourut quand il se retourna. Ses yeux levés vers lui étaient immenses, magnifiques.

— Je suis désolée, je n'aurais jamais dû dire ça, souffla-t-elle.

Il hocha la tête mais comme il se dirigeait vers l'avant du ferry, le regard fixé sur la côte, il fut de nouveau tenaillé par l'inquiétude. L'Ecosse semblait destinée à être éternellement dévastée par des guerres. Il ne voulait surtout pas que Gwenyth soit prise dans la tourmente, car il avait le sentiment que, même s'il se battait pour elle jusqu'à son dernier souffle, il ne pourrait peut-être pas la sauver.

Ils voyagèrent à une cadence forcée et presque sans parler, mais Gwenyth se persuada que c'était mieux ainsi. Elle échangeait quelques mots avec Annie lorsqu'ils faisaient une pause, et Rowan restait avec ses hommes. Elle les entendait discuter le soir, parfois de manière tendue, parfois en riant.

Ils rejoignirent la Reine Marie à Aberdeen, une ville

contrôlée par Lord Huntly. La reine et sa suite étaient logées dans l'un des presbytères de Sir Victor D'Eau, un homme aux origines à la fois écossaises et françaises. Elle recevait Lady Gordon, Comtesse de Huntly, dans un parloir attenant à la grande salle.

La porte n'avait pas été fermée. Soit elles ne se souciaient pas qu'on les entende, soit elles l'avaient laissée délibérément ouverte, estimant qu'une audience était de toute façon une avancée positive, quoi qu'il puisse transpirer de leur conversation.

La Comtesse de Huntly était une femme séduisante, vive, et très élégante — beaucoup plus que son mari, qui s'était empâté avec l'âge. Elle avait amené avec elle une multitude de domestiques qui l'attendaient, rassemblés dans la grande salle, tandis qu'elle implorait la reine.

Mais Marie restait inflexible. Elle était outrée par le scandale suscité par le duel, et profondément bouleversée par l'état de santé d'Ogilvie, jugé très préoccupant.

— Votre fils doit se rendre, martela-t-elle d'un ton sans appel.

— Je vous en supplie, ne le jugez pas trop sévèrement, l'exhorta la comtesse.

La voix de Marie se radoucit.

— Il doit se rendre, répéta-t-elle. Vous avez ma promesse qu'il ne lui sera fait aucun mal. Mais la loi doit être respectée.

Il y eut un silence. Puis la comtesse céda avec un doux soupir.

— Je vais faire mon possible, promit-elle.

Elles prirent congé l'une de l'autre en s'assurant mutuellement de leur affection, puis la comtesse entra dans la salle. La reine apparut à son tour, et tout le monde plongea dans une profonde révérence. Marie n'eut pas l'air d'y prêter attention : elle venait de découvrir Gwenyth et ses yeux s'illuminèrent de plaisir.

— Ma petite Highlander ! s'écria-t-elle joyeusement.

Elle l'étreignit avec force, puis s'adressa à Rowan resté plusieurs pas en arrière.

— Lord Rowan, vous avez mené votre mission avec une extraordinaire célérité. Je vous en suis infiniment reconnaissante.

Malgré les compliments de la reine et son ton enjoué, Gwenyth eut le sentiment que Rowan était tendu. Elle se demanda pourquoi, puis comprit : elle était la cible de tous les regards. A commencer par celui de la Comtesse de Huntly.

— Petite Highlander…, répéta-t-elle pensivement, comme si elle fouillait dans sa mémoire.

Puis elle se tourna vers la reine.

— Il s'agit de Lady MacLeod d'Islington, je présume ?

— En effet. Gwenyth, je te présente Lady Gordon, Comtesse de Huntly. Comtesse, voici Lady MacLeod, déclara Marie.

Lady Gordon observa longuement Gwenyth, puis remarqua la présence de Rowan.

— Ah, Rowan Graham, Lord de Lochraven, murmura-t-elle.

— Comtesse, répondit Rowan en s'inclinant.

— J'imagine que vous êtes venu jusqu'ici accompagné par toute une clique de barbares des Highlands, dit-elle sur le ton de la plaisanterie.

Mais Gwenyth savait qu'en réalité la boutade n'avait rien d'anodin : elle tentait d'évaluer les forces que Rowan avait amenées avec lui.

— Dans la bouche de la princesse des Highlands,

je le prends comme un compliment, répondit-il du tac au tac.

Lady Gordon rit d'un air gêné, et Gwenyth s'aperçut que Marie suivait leur échange avec une extrême attention.

— Ma foi, il est vrai que nous sommes un peuple à part, concéda la comtesse.

Et un peuple de hors-la-loi, songea Gwenyth.

— Mais il se fait tard, reprit la comtesse. Et notre chère Reine Marie a eu une dure et longue journée. Je vous quitte. Nous aurons certainement l'occasion de nous revoir très bientôt. Ma reine…

Elle effectua de nouveau une révérence, puis prit la main de Marie et l'embrassa.

— Merci, souffla-t-elle avec l'accent de la sincérité.

Elle n'était pas plus tôt partie avec ses domestiques que Rowan se tourna vers la reine, le visage soucieux.

— Votre Grâce, dites-moi que vous avez une armée postée tout près d'ici !

Marie eut un rire empreint de lassitude.

— N'ayez crainte, Lord Rowan. Je n'ai aucune confiance en cette femme — pas plus qu'en son mari, d'ailleurs. Je ne les laisserais jamais m'approcher sans m'être entourée d'un bataillon de fidèles. Et maintenant, dites-moi : combien d'hommes amenez-vous avec vous ?

Il secoua la tête.

— Trente. Tous d'excellents guerriers aussi habiles à l'arc qu'à l'épée, et qui savent faire parler le canon et la poudre… mais prenez garde, vous êtes sur le territoire des Gordon.

— Vos renforts sont les bienvenus, même si je suis bien gardée.

Elle sourit.

— C'est merveilleux de vous revoir tous les deux !

Comme elle parlait, Jacques Stewart entra et lui lança un regard anxieux.

— Elle a admis que son fils devait se rendre, lui expliqua Marie.

Il hocha la tête, la mine sombre.

— Jacques s'est marié récemment, annonça Marie à Gwenyth.

— Toutes mes félicitations, Lord James, dit Gwenyth.

— Merci.

Il se tourna vers Rowan.

— Eh bien ? Qu'avez-vous vu en chemin ?

— J'aimerais pouvoir vous répondre que la reine ne court aucun danger, mais je ne m'y risquerai pas, avoua-t-il sans détour. Je n'ai vu aucun signe laissant supposer qu'une armée est en train de se constituer, mais les Gordon et leur clan peuvent en lever une rapidement.

— Je n'ai pas encore tranché, murmura Marie. Je ne sais toujours pas si je dois m'allier aux Gordon afin de les contrôler — ou les anéantir. Comment être sûre de prendre la bonne décision ?

Jacques fronça les sourcils.

— La comtesse fait appel à des sorcières pour la conseiller.

— Des *sorcières* ?

Gwenyth éclata de rire.

— Oh, mon Dieu, je n'arrive pas à croire que…

Elle s'interrompit en constatant que Marie et son frère la regardaient sans un brin d'humour.

— On ne doit pas sous-estimer le pouvoir de la magie, déclara Jacques.

Gwenyth se tourna vers Marie, qui hocha la tête d'un air lugubre.

— Mais… mais vous n'ajoutez quand même pas foi à… à…

— Je pense que la comtesse n'hésitera pas à faire appel à des puissances occultes pour s'assurer la victoire, dit Jacques — et il ne plaisantait pas.

— Mon frère, j'ai un autre motif d'inquiétude, intervint Marie.

— Lequel ?

Marie se tourna vers Rowan, qui répondit à sa place :

— Selon des rumeurs, le clan des Gordon projetterait d'enlever la reine. John Gordon est jeune, beau, très imbu de lui-même : il pourrait s'estimer assez séduisant pour… obtenir les faveurs de la reine, quitte à recourir à la force.

Il serra les lèvres.

— Vous êtes en grand danger ici, Marie.

Elle sourit.

— Je sais. Mais rassurez-vous je serai très prudente et je veillerai à ne pas tomber dans un piège. D'ailleurs, John Gordon sera bientôt en prison, à Edimbourg. La comtesse m'a promis qu'il allait se rendre.

— Oui, acquiesça Rowan — mais il n'avait pas l'air convaincu.

— Qu'y a-t-il ? demanda Marie.

— Pour être franc, je n'ai pas cru une seconde aux assauts d'amabilité de la comtesse. Lady Gordon manigance quelque chose, j'en suis certain. Je ne pense pas qu'elle hésiterait à faire enlever Votre Grâce… ou Lady Gwenyth.

— Moi ? s'écria Gwenyth, stupéfaite.

— Quand on ne peut avoir l'or, on se contente de l'argent, murmura pensivement la reine.

— Et il y a un autre danger que Votre Grâce ne doit pas sous-estimer, poursuivit Rowan.

— Lequel ? demanda la reine.

— Si jamais John Gordon est arrêté et qu'il s'échappe, il deviendra extrêmement dangereux.

9

Les jours qui suivirent furent une étrange combinaison de moments de fête et d'heures d'angoisse.

Ils voyagèrent prudemment à travers les Highlands, même si, de l'avis de Rowan, la garde personnelle de la reine comptait suffisamment d'hommes pour garantir sa sécurité en cas d'attaque. Et comme la plupart des villes l'acclamaient sur son passage, il n'y avait pas lieu de craindre un péril imminent.

En approchant de Strathbogie, Marie s'entretint longuement avec son frère, avec l'ambassadeur Maitland et Rowan lui-même. A son grand soulagement, elle suivit leur conseil : elle choisit d'éviter la forteresse des Gordon et de se rendre au château de Darnaway afin d'y passer la nuit. Ce n'était pas Holyrood, loin de là, mais il y avait une grande salle, et Marie y annonça publiquement que son frère avait reçu le titre de Comte de Moray.

Ils reprirent ensuite la direction d'Inverness, et les problèmes commencèrent.

D'abord sous la forme d'une mauvaise nouvelle, en provenance d'Edimbourg. Comme Rowan le redoutait, John Gordon s'était échappé de sa prison. Il avait rassemblé une troupe de mille hommes et faisait actuellement route vers eux à la vitesse de l'éclair. Puis, comme ils se présentaient devant le château d'Inverness, un autre Gordon, Alexandre, refusa catégoriquement de les laisser entrer. Cet acte de rébellion — le château était la propriété de la Couronne et ne se trouvait aux mains des Gordon que parce que Lord Huntly était le shérif d'Inverness — relevait de la trahison et ne pouvait être toléré.

Ils installèrent leur campement aux abords du château et Marie réfléchissait aux options qui s'offraient à elle quand Lord Huntly donna subitement ordre qu'on baisse le pont-levis afin de permettre à la reine d'entrer.

— Le vieux renard aura eu vent que les Highlanders étaient prêts à prendre les armes pour laver l'affront fait à leur reine, rumina Jacques.

Rowan hocha la tête. Il avait vu la foule acclamer Marie dans les rues. Néanmoins...

— Envoyez des soldats en éclaireurs, au cas où, conseilla-t-il prudemment.

Marie avait horreur de la violence, mais lorsque Jacques l'informa que le capitaine des gardes du château devait être exécuté, elle ne put s'opposer à cette décision et l'homme fut aussitôt pendu à l'extérieur des remparts.

Le soir venu, comme ils achevaient de dîner dans la grande salle, Marie leva son verre en l'honneur des Highlands.

— Aux Highlands et aux Highlanders ! lança-t-elle joyeusement. Nous devrions tous nous habiller comme ce peuple courageux et arborer fièrement nos tartans !

Rowan observa les hommes et les femmes qu'elle avait invités à partager son repas et qui avaient pris place autour de la longue table — ses dames d'honneur, ses proches conseillers, ses plus fidèles partisans — et il se demanda avec inquiétude ce qu'il allait advenir d'eux.

Marie n'avait pas encore statué sur le sort de Lord Huntly. L'homme n'était pas fou. Il se déplaçait sans cesse d'un château à un autre, toujours en avance d'un jour ou deux sur eux, pendant que son fils et sa troupe de rebelles les talonnaient. Rowan était en alerte et se tenait sur le qui-vive depuis si longtemps qu'il était épuisé et redoutait le moment où la reine quitterait l'enceinte fortifiée du château.

Gwenyth, entourée par les quatre Marie, semblait insouciante et heureuse. Elle écoutait ce que lui disait Marie Fleming, le visage incliné, un sourire rayonnant aux lèvres. Les dames d'honneur de la reine étaient ravissantes, mais aucune n'avait le charme lumineux de Lady Gwenyth.

Rowan s'obligea à détourner les yeux et à concentrer son attention sur Jacques Stewart qui ruminait de sombres pensées, à côté de lui.

— Pas une seule terre où ne règne Huntly, à des lieues à la ronde, gronda-t-il d'un air lugubre. Et la reine a le cœur à rire ! Je ne l'ai jamais vue d'humeur si joyeuse. Elle semble aimer les Highlands et fait preuve d'une sérénité pour le moins singulière face au danger mortel que représente Huntly.

Il reposa son verre d'un geste brusque.

— Elle n'est pas tombée dans le piège quand il lui a fait miroiter l'existence d'un bastion catholique acquis à sa cause dans les terres du Nord. Mais elle n'a pas pris ses responsabilités pour autant en écrasant cette vermine.

Rowan garda le silence. Jacques Stewart était un homme ambitieux, et il se demanda si en un an Marie avait appris à lire dans le cœur de ses semblables. Elle n'avait pas d'autre choix que de combattre Huntly et elle le savait. Mais avait-elle conscience de l'erreur funeste qu'elle commettrait en confiant le pouvoir aux seules mains des lords protestants, avec son frère à leur tête ?

— Rowan ? Quel est votre avis ? demanda Jacques.

— Je pense que Huntly va nous attaquer au moment où

nous traverserons le Spey, répondit Rowan. Nous serons vulnérables à cet instant, et nous savons que John Gordon est à nos trousses avec un millier d'hommes, au moins.

— Il faudra nous tenir doublement sur nos gardes, acquiesça Jacques d'un air sombre.

Un éclat de rire flotta jusqu'à eux.

— Comment, aucun de vous ne sait chanter ?

La reine conversait avec des musiciens qui venaient d'entrer dans la salle, apportant divers instruments avec eux.

— Heureusement, nous avons un rossignol parmi nous, poursuivit Marie en se tournant vers sa dame d'honneur. Approche, Gwenyth. Chante-nous une de ces merveilleuses ballades des Highlands.

Elle poussa résolument Gwenyth en avant pendant que les musiciens se mettaient à jouer.

Elle avait une voix magnifique, songea Rowan tandis que les convives faisaient silence pour l'écouter.

Mais il le savait depuis longtemps. Il l'avait entendue chanter ainsi nuit après nuit pour Catherine, juste avant sa mort.

Il fallait qu'il parte. Il croisa le regard de la jeune femme et y lut une excuse. Elle ne faisait qu'obéir aux ordres de la reine, il en était bien conscient, mais il ne pouvait pas continuer à l'écouter, et il quitta rapidement la pièce.

Il s'était trompé : ils traversèrent le Spey sans incident, malgré la présence avérée de John Gordon et de ses hommes dans la forêt.

Peut-être avaient-ils renoncé à attaquer en comprenant qu'ils avaient été repérés. A moins que Gordon n'ait estimé qu'en dépit de ses mille hommes, il n'était pas assez puissant pour attaquer la reine.

Une fois à Find, la reine ordonna la reddition du château, mais ne fut pas obéie. Ses hommes l'ayant informée qu'il était impossible de prendre une telle forteresse sans canons, elle choisit de poursuivre sa route.

De retour à Aberdeen, Marie accéda enfin à la demande de son frère : elle l'autorisa à envoyer chercher des armes, des canons et des hommes. Dans les jours qui suivirent, Huntly et la reine communiquèrent par messagers interposés. Elle formulait des exigences, il les rejetait.

Un matin, alors que Rowan tenait conseil avec Marie et Jacques, l'un des espions de la reine se présenta au château. L'homme arrivait tout juste du camp ennemi, visiblement épuisé. Marie se leva pour l'accueillir et Rowan et Jacques en firent autant.

— La Comtesse de Huntly était folle de rage que vous ayez refusé de la recevoir, Votre Grâce, expliqua-t-il. Elle est aussitôt partie à cheval rejoindre son mari et je l'ai entendue sangloter. Elle disait que les sorcières lui avaient prédit qu'il mourrait avant la tombée de la nuit près du poste de péage, et qu'il n'y aurait aucune trace de blessure sur son corps. Ils ont l'intention d'attaquer, Votre Grâce, et la comtesse est convaincue que le comte sera tué dans la bataille.

— Où et quand aura lieu l'attaque ? demanda Marie.

L'espion secoua la tête.

— Je l'ignore. J'ai dû m'enfuir avec les quelques informations dont je disposais. J'étais sur le point d'être démasqué et j'avais peur de ne plus pouvoir vous répéter le peu que je savais.

— Vous avez très bien fait. Votre courage sera récompensé.

Rowan se tourna vers Jacques.

— Il va lancer son attaque depuis la colline de Fare, en surplomb de la plaine de Corrichie.

— Qu'est-ce qui vous rend si affirmatif ? demanda Jacques en fronçant les sourcils.

— L'endroit est stratégique. Il est convaincu que les Highlanders vont lâcher la reine et qu'il n'aura plus ensuite qu'à se baisser pour cueillir les fruits de la victoire.

— Et vont-ils me lâcher ? demanda Marie d'une voix douce.

Rowan secoua la tête.

— Je ne le crois pas. Vous ne leur avez donné aucune raison de le faire. Si vous…

Il hésita, craignant de provoquer un bain de sang. Puis il songea que la bataille aurait lieu de toute façon et qu'il valait mieux que le sang coule dans les rangs ennemis plutôt que dans ceux de la reine.

— Attaquez-le ici, reprit-il en traçant sur le sol un plan imaginaire. Il sera pris au piège avant même d'avoir pu s'en rendre compte. Et si nous le repoussons en bas de la colline, il se retrouvera englué dans des marais. D'un côté comme de l'autre, il n'aura aucun moyen de s'échapper.

— Etes-vous certain de ce que vous avancez ? demanda Jacques.

— Je connais les Highlands comme ma main, Lord Jacques.

— Mais vous n'avez aucune garantie qu'il suivra votre raisonnement.

— Il n'y a pas d'autre choix possible. Le lieu est hautement stratégique, et il le sait. Il se croira à l'abri parce que sur la hauteur, et en position de force.

La reine avait écouté les deux hommes avec une expression empreinte de tristesse.

— Alors qu'il en soit ainsi, soupira-t-elle.

Elle regarda Rowan avec intensité.

— Je prie pour que vous ayez raison.

*
* *

La reine avait pris l'habitude de tenir conseil tous les matins dans son antichambre avec son frère, Rowan et parfois Maitland. Gwenyth fut donc stupéfaite quand Marie entra tout à coup dans sa chambre, où elle s'était installée pour lire.

— Le traître ! Comment ose-t-il ! s'écria-t-elle.

Gwenyth se leva et posa sur la reine un regard interrogateur.

— Cette fois c'est avéré : Huntly s'apprête à nous attaquer. Les sorcières de la comtesse ont d'ores et déjà proclamé sa victoire. Des sorcières ! Qu'elles rôtissent en enfer ! Elles pratiquent leur art maudit de manière illégale et il est presque impossible de les traîner en justice !

Gwenyth garda le silence ; elle était toujours stupéfaite qu'une femme aussi instruite et cultivée que Marie puisse croire à la sorcellerie.

La reine marcha de long en large dans la pièce.

— C'est à peine croyable, mais cet homme a bel et bien l'intention de m'enlever pour me forcer à épouser son fils ! C'est… c'est méprisable.

Elle serra les poings, livide de rage.

— C'est une trahison !

— Il ne réussira pas, affirma Gwenyth, essayant de la calmer avant qu'elle ne se rende malade.

— Une chose pareille ne serait jamais arrivée en France ! accusa Marie avec amertume.

— Il y a des hommes cupides partout, j'en ai peur, répondit Gwenyth. Ils ne se satisfont jamais de ce qu'ils ont.

La reine s'assit lourdement sur le lit de Gwenyth.

— Je vais être contrainte d'abattre l'un des rares lords catholiques de ce pays. Puisse Dieu me pardonner.

Gwenyth choisit soigneusement ses mots.

— Vous êtes la reine. Vous devez diriger votre royaume. Vous devez protéger l'Ecosse, quel que soit le prix à payer.

— Oui, acquiesça Marie d'un air absent.

Elle agrippa tout à coup la main de Gwenyth.

— Lord Rowan est certain de connaître le plan de bataille de Huntly. Mais imagine qu'il se trompe ? Que nous soyons défaits ?

— Cela n'arrivera pas.

Marie se leva et se remit à marcher de long en large.

— Si seulement je pouvais avoir confirmation du lieu d'où partira l'attaque…

Gwenyth l'observa tandis qu'elle allait et venait, le visage torturé.

— Et votre espion ?

— Il lui est impossible de retourner là-bas, il a été démasqué. J'ai d'autres hommes chargés de recueillir des renseignements, mais…

— Quelque chose finira bien par filtrer. Huntly règne ici en maître depuis des années, mais beaucoup de Highlanders sont en admiration devant leur belle et jeune souveraine — ils se rangeront à vos côtés.

La reine s'immobilisa.

— Quelqu'un sait forcément quelque chose en ville. Les servantes sont toujours au courant de tout et elles parlent à tort et à travers.

— C'est vrai, acquiesça Gwenyth.

Puis elle fronça les sourcils. Marie n'était tout de même pas en train de suggérer…

— Nous allons nous mêler à la population et tenter de glaner des informations, décida Marie.

Le cœur de Gwenyth se serra. C'était bien ce qu'elle craignait.

— Marie, ils vous reconnaîtront. Ils se prosterneront devant vous, mais ils ne parleront pas.

La reine secoua la tête, de plus en plus excitée par son idée.

— Nous serons déguisées. Comme des blanchisseuses ou des femmes de pêcheurs. De simples servantes qui font le marché.

Gwenyth observa la souveraine en se mordillant la lèvre.

— Votre Grâce, vous ne pourrez jamais vous mêler à la foule incognito.

— Pourquoi ?

— Vous êtes beaucoup trop grande.

Marie hésita.

— Qu'à cela ne tienne : je me déguiserai en homme.

— C'est beaucoup trop dangereux.

Marie recommença à marcher de long en large.

— Nous *devons* gagner cette bataille. L'audace de Huntly — et de son scélérat de fils — est inacceptable ! John Gordon se croit tellement irrésistible qu'il est convaincu que je n'aurai qu'un désir : le faire roi et rester dans son ombre. Ils sont persuadés que j'oublierai la parole que j'ai donnée à mon peuple, et qu'à cause de mes croyances religieuses, je persécuterai tous ceux qui ne pensent pas comme moi. Ils *vont* m'attaquer, moi, leur reine !

— Marie, vous avez les meilleurs combattants à vos côtés.

— Mais je ne veux pas les envoyer à la mort ! Imaginons que tout ne se passe pas comme Lord Rowan l'espère ? Non, non, nous n'avons pas le choix. Nous allons arpenter les rues, déguisées en servantes, et nous écouterons les conversations.

Gwenyth secoua la tête.

— Vous ne pouvez pas mettre votre vie en péril, Marie. Vous êtes la reine.

Elle prit une profonde inspiration.

— Je vais y aller, moi. Je vous emprunterai une perruque et Annie me prêtera des vêtements. Nous nous mêlerons à la foule sur le marché, et nous essaierons de glaner des informations.

Marie fronça les sourcils.

— Je ne veux pas te mettre en danger.

— Vous préférez que ce soit vous ?

Gwenyth rit tout bas.

— Vous êtes de l'or, Votre Grâce. Je ne suis que de l'argent.

Marie ne put s'empêcher de sourire.

— Entendu, mais tu ne t'éloigneras pas du château. Et tu reviendras à la minute où tu auras appris quelque chose. Je ne veux pas que tu prennes de risque inutile.

— Oui, Votre Grâce.

— Cette mission doit rester secrète. Et tu dois faire très attention. Il ne faut surtout pas qu'on te reconnaisse !

— On ne me reconnaîtra pas, affirma Gwenyth.

Elle le prouva une heure plus tard quand elle entra dans la salle, vêtue des habits trop grands d'Annie, de la bourre de coton remplissant son corsage et sa jupe sous son ample veste. Elle portait de vieilles bottes de paysanne, une perruque brune et un châle en laine par-dessus. Pour parachever son déguisement, elle s'était frotté le visage avec de la suie comme quelqu'un qui a travaillé toute la journée au-dessus d'un feu.

Quand Annie et elle entrèrent dans les appartements de la reine, Marie ne la reconnut pas.

— Annie, où est votre maîtresse ? demanda-t-elle en fronçant les sourcils. Et qui est cette femme qui vous accompagne ? Elle travaille ici ?

Gwenyth éclata de rire, et Marie poussa un cri stupéfait avant de se mettre à rire à son tour.

— L'essai est concluant, concéda-t-elle.

— Je ne prendrai aucun risque, Votre Grâce, la rassura Gwenyth. Nous nous promènerons au milieu des étals et nous écouterons les conversations.

Marie hésita, puis hocha la tête.

— Il est capital que nous connaissions le lieu de l'attaque. Mais si vous n'êtes pas rentrées avant la nuit, j'enverrai la garde vous chercher.

— Nous serons rentrées bien avant, affirma Gwenyth.

Comme elles quittaient les appartements de la reine, Gwenyth aperçut Jacques, Maitland et Rowan qui venaient dans leur direction. Jacques et Maitland passèrent à côté d'elles sans leur prêter attention ; Rowan adressa un petit signe de tête et un bref sourire à Annie. L'instant d'après, ils avaient disparu.

Gwenyth relâcha son souffle, attrapa Annie par la main et l'entraîna dans le couloir en luttant contre un fou rire. Annie se dégagea et lui lança un regard sévère.

— Cette histoire ne me plaît pas du tout. Vous allez au devant de gros ennuis, c'est moi qui vous le dis !

— Mais non. Tout se passera bien, tu verras. Et dans quelques heures nous serons rentrées.

Elles franchirent la ligne de soldats qui montaient la garde autour du château depuis que Marie s'était laissé convaincre par son frère qu'ils devaient se tenir en alerte jour et nuit.

— Au moins, la reine est bien gardée, remarqua Annie.

— Oui. Elle a les meilleurs archers, les meilleurs stratèges…

Annie poussa un soupir.

— Tant mieux. Ce ne sera pas de trop pour protéger deux espionnes de pacotille qui cherchent les ennuis.

— Nous allons commencer par le marché au poisson, décida Gwenyth, imperturbable.

Annie la dévisagea d'un air navré puis haussa les épaules.

— A votre guise. C'est une chance que vous sachiez parler la langue locale.

Elles s'engagèrent dans les rues, serrées l'une contre l'autre comme deux servantes qui travaillent chez le même maître depuis longtemps. Aberdeen était une ville suffisamment petite pour que tout le monde se connaisse plus ou moins, mais assez grande pour que des visiteurs étrangers puissent se promener dans les allées du marché sans attirer l'attention.

Comme elles se frayaient un chemin au milieu des étals, elles furent accueillies par le caquètement des poulets, l'odeur du poisson et les cris des marchands ambulants qui vendaient de tout — aussi bien de la laine et des aiguilles que des ustensiles de cuisine. Un fabricant de jouets fit danser devant elles une marionnette reliée à des fils. Elles le remercièrent pour sa démonstration mais poursuivirent leur chemin. Devant chaque échoppe, elles faisaient mine d'examiner les marchandises et d'évaluer si elles avaient assez d'argent dans leur bourse pour les acheter. Elles échouèrent devant l'étal d'un marchand qui vendait de la bière bon marché.

Annie plissa le nez et mit en doute la propreté des gobelets, déclarant au vendeur qu'elle n'avait aucune envie d'ingurgiter toute la poussière d'Aberdeen. Comme elle continuait à discourir pour gagner du temps, Gwenyth tendit l'oreille et entendit deux jeunes servantes, à côté d'elles, prononcer enfin le nom de Huntly.

— Il se pourrait qu'il vienne s'installer ici quand il sera roi, murmurait la première, un petit bout de femme aux cheveux roux et au visage revêche.

— Mais alors, s'il devient le nouveau roi, la comtesse sera la reine ? demanda tout bas sa camarade, une petite brune assez piquante.

— Pas sûr. J'ai entendu dire qu'ils allaient enlever la reine et la marier à leur fils, souffla l'autre en regardant nerveusement par-dessus son épaule. En tout cas, si c'est vrai, le pays tout entier sera dirigé par Huntly.

— Une sacrée chance pour nous, glissa Gwenyth, juste assez fort pour que les deux jeunes femmes l'entendent.

Annie, grâce au ciel, continuait à marchander avec le vendeur, lui offrant l'opportunité de se mêler à la conversation des deux servantes.

La rouquine haussa les épaules.

— Qu'est-ce que ça peut me faire, à moi, qui sera le roi ou la reine ? C'est pas ça qui m'empêchera de trimer toute la journée !

Sa camarade se rembrunit.

— Moi, ce qui me fait peur, c'est que le lord soit vaincu et que la reine se venge.

— Lord Huntly pourrait être vaincu ? demanda Gwenyth d'un air dubitatif.

— Ça m'étonnerait ! affirma la rouquine.

Sa camarade la tira par la manche.

— On ferait bien de se dépêcher. Il y a du travail qui nous attend aux cuisines avec les hommes qui vont partir sous peu pour la Colline du Fare.

— Tu as raison. Il vaut mieux ne pas traîner. Sinon, gare à la colère de la comtesse…

Elles s'éloignèrent rapidement. Gwenyth agrippa Annie par le bras, manquant de lui faire renverser le gobelet de bière qu'elle venait juste de consentir à payer.

— Viens vite, on rentre.

— Vous voulez qu'on parte ? demanda Annie, bouche bée.

— Oui. Tout de suite !

Elles reprirent le chemin du château, sans plus se soucier de traîner devant les étals et de prétendre comparer le prix des marchandises. Gwenyth marchait d'un pas vif, plongée dans ses pensées.

Annie la tira par la manche, les joues écarlates.

— Vous ne pouvez pas… continuer à courir ainsi, vous allez… attirer l'attention, déclara-t-elle d'une voix essoufflée.

Gwenyth l'effleura du regard, puis se détourna pour poursuivre son chemin et heurta quelqu'un qui venait en sens inverse. Surprise, elle leva les yeux et un frisson glacé lui coula dans le dos.

Bryce MacIvey.

Que faisait-il ici ? Avait-il décidé de rallier Lord Huntly et de combattre contre la reine ?

Grâce au ciel, il ne la reconnut pas. Il se contenta de la toiser avec dédain.

— Ecarte-toi de mon chemin, idiote.

Gwenyth s'empressa d'obéir.

Son visage dut trahir la peur qu'elle avait éprouvée car Annie lui pressa la main.

— Qu'est-ce qu'il y a, qui est-ce ?

— Bryce MacIvey, souffla Gwenyth en frissonnant.

Annie poussa un cri étouffé.

— Celui que vous avez rencontré dans la forêt, quand vous logiez chez Lord Rowan ?

— Oui.

— Doux Jésus ! Et s'il vous a reconnue ?

Gwenyth secoua la tête.

— Non. Tu as vu comment il m'a parlé ? Il ne prête pas attention aux servantes.

— Peu importe, filons sans tarder !

Mais Gwenyth ne bougea pas, les yeux fixés sur l'homme qui s'éloignait dans la foule. Il s'arrêta brusquement, comme saisi d'une arrière-pensée, et se retourna.

Son regard fondit sur Gwenyth. Il fronça les sourcils, puis se détourna et poursuivit sa route.

— Il est venu se battre contre la reine, murmura Gwenyth.

— Il est peut-être venu se battre *pour* elle, suggéra Annie.

Gwenyth secoua la tête.

— Il est dangereux, et il hait Lord Rowan. Il meurt d'envie de s'emparer de ses terres mais il ne le peut pas tant que Rowan a les faveurs de la reine.

— Alors nous devons rentrer immédiatement au château pour leur rapporter ce que nous avons appris, dit Annie.

— Mais ce n'est pas suffisant, protesta Gwenyth. La présence de Lord Bryce change tout.

— Nous en savons bien assez, trancha Annie. Croyez-moi, traîner par ici plus longtemps serait de la folie. Allons-nous-en avant qu'il arrive un malheur.

— Entendu, soupira Gwenyth.

Elles remontaient une rue paisible, à proximité du château, quand le tonnerre d'un galop retentit derrière elles. Gwenyth n'eut pas le temps de se retourner : le cavalier l'attrapa au vol et la jeta en travers de sa selle avant même qu'elle ait compris ce qui lui arrivait. Bryce MacIvey ! Gwenyth hurla, en pure perte. Le cheval continua à galoper à un train d'enfer. Malgré la peur qui lui nouait le ventre, elle eut conscience qu'Annie subissait le même sort, et continua à crier, en priant pour attirer l'attention de quelqu'un.

Son cœur cogna à toute volée dans sa poitrine tandis qu'elle essayait de réfléchir. Bryce MacIvey l'avait-il reconnue ? Ou avait-elle simplement éveillé sa méfiance en le regardant avec trop d'insistance ?

Le cheval se déplaçait à une telle vitesse qu'il serait suicidaire de tenter de s'échapper en sautant. Elle ne réussirait qu'à se blesser grièvement — ou pire encore.

Elle n'avait pas d'autre choix que de s'agripper de toutes ses forces et d'attendre de voir ce que lui réservait le destin.

Avec l'effervescence de ces derniers jours, Rowan avait été trop occupé pour laisser Gwenyth accaparer toutes ses pensées comme ça lui arrivait trop souvent — de jour comme de nuit. Mais aujourd'hui, alors qu'ils étaient sous le coup d'une attaque imminente, il constata avec déplaisir qu'elle n'était pas avec les autres dames d'honneur.

Comme il demandait à Marie les raisons de son absence, elle lui fit une réponse vague :

— Elle est allée sur le marché, je crois.

L'explication ne le rassura pas du tout. Certes, Aberdeen avait réservé un accueil chaleureux à la reine, mais de là à imaginer que l'une de ses dames d'honneur parte se promener toute seule dans les rues, il y avait une marge. Les Highlanders pouvaient se montrer très fluctuants dans leurs amitiés, en particulier dans la conjoncture actuelle, où ils étaient tiraillés entre leur loyauté envers leur jeune reine, et un lord qu'ils honoraient depuis des années.

Lorsqu'il s'aperçut qu'Annie s'était également volatilisée, son agacement se mua en inquiétude et il résolut de partir sans attendre à sa recherche. Les troupes de la reine — plus d'un millier d'hommes — étaient stationnées dans les champs, les forêts, les manoirs et les maisons des alentours. Il y avait des décisions importantes à prendre, des stratégies à mettre en place, sa propre cavalerie attendait ses ordres, et au lieu de ça, il était obligé de courir après une petite inconsciente, songea-t-il avec irritation.

En quittant le château, il tomba sur Gavin qui discutait avec l'un des gardes au pied des remparts. Son capitaine leva les sourcils, attendant ses consignes, mais Rowan secoua la tête.

— Suis-moi. Je dois retrouver la dame d'Islington, déclara-t-il simplement.

— J'ai vu passer sa servante, il y a une heure, lui signala Gavin.

Rowan fronça les sourcils.

— Où cela ?

— Elle se dirigeait vers le marché, avec une domestique.

— Cette domestique était plus grande qu'Annie ?

— Ma foi… oui.

— C'était Gwenyth, murmura Rowan.

Dans quel guêpier était-elle allée se fourrer ? songea-t-il avec consternation.

Gavin éclata de rire.

— Je peux vous assurer que ce n'était pas Lady Gwenyth ! A mon avis, il s'agissait d'une femme qui travaille aux cuisines. Elle avait le visage maculé de suie, les cheveux noirs — et elle était plutôt corpulente.

Rowan secoua la tête.

— C'était Gwenyth. Je dois absolument la retrouver avant qu'elle ne s'attire de nouveau des ennuis.

Il n'avait pas fini de parler que des cris retentirent, en provenance du marché. Son visage se tendit.

— Va chercher les chevaux, commanda-t-il à Gavin d'une voix brève.

Il fut stupéfait quand un groupe de cavaliers — six en tout, les hommes de tête emmenant deux femmes visiblement contre leur gré — passa effrontément aux abords du château, malgré la présence dissuasive des gardes. A croire qu'ils cherchaient à les narguer.

Piqués au vif, ces derniers se préparaient à enfourcher leurs montures pour se lancer à leur poursuite quand Rowan les arrêta.

— Il s'agit peut-être d'un piège. Informez Lord Jacques que je vais essayer de les suivre à distance à travers la forêt. Dites-lui de venir en renfort avec des hommes, mais de se montrer extrêmement vigilant et de ne surtout pas emprunter le chemin classique.

Gavin lui amena son cheval, le regard interrogateur.

— Nous allons vraiment nous jeter tête baissée dans ce guet-apens ?

— Non, Gavin. Nous ne prendrons pas la route directe, comme ils l'espèrent, mais l'ancienne voie romaine dont le tracé ne figure sur aucune carte.

Gavin l'observa d'un air dubitatif.

— Vous avez remarqué ? demanda-t-il tout bas. Ils portaient les couleurs du clan des MacIvey.

— Et Bryce MacIvey chevauchait en tête, acquiesça lentement Rowan.

— Donc, ils connaissent parfaitement la région, souffla Gavin. Y compris les anciennes voies romaines.

La chevauchée aussi violente qu'inconfortable dura une bonne trentaine de minutes, et les emmena très loin du château de la reine — et de la troupe sans nul doute lancée à leurs trousses pour les arracher aux griffes de leurs ravisseurs.

Lorsqu'ils s'arrêtèrent finalement dans une petite clairière, au cœur de la forêt, Gwenyth constata avec consternation qu'il n'y avait pas de poursuivants, bien qu'elles aient été enlevées aux abords du château, presque au nez et à la barbe des gardes.

Sa réflexion s'interrompit net : on venait de la jeter brutalement à terre. Elle s'appliqua à ne pas laisser échapper un cri, contrairement à Annie qu'elle entendit protester bruyamment quand on lui réserva le même traitement. Gwenyth se releva aussitôt et rajusta rapidement sa veste et son châle, plus que jamais consciente de devoir à tout prix préserver son anonymat.

Bryce MacIvey la regardait fixement, elle comprit soudain qu'il n'avait pas la moindre idée de qui elle était — il avait seulement le *sentiment* qu'il pourrait être important de le découvrir.

— Vous devriez avoir honte ! s'indigna Annie derrière elle. Vous n'avez rien de mieux à faire que d'enlever des pauvres filles des Highlands pour les brutaliser et leur faire subir je ne sais quelles horreurs ?

Bryce s'avança vers elle d'un air menaçant.

— Tu n'es pas une Highlander. Je l'entends dans ta voix.

— Laissez-la tranquille, c'est ma tante bien-aimée ! cria Gwenyth en gaëlique.

Son intervention ramena sur elle l'attention de Bryce et elle réfléchit à toute vitesse à ce qu'elle allait dire.

— Ma tante est au service de la reine, et notre bonne souveraine ne veut pas qu'on fasse du mal à ses servantes ! Ils vont venir vous le faire payer, c'est sûr !

— Qu'ils viennent. Nous sommes prêts à les recevoir.

Gwenyth comprit tout à coup. Leur enlèvement était un guet-apens. La forêt devait grouiller d'hommes à lui. Il espérait sans doute s'attirer les bonnes grâces de Lord Huntly en décimant une partie des troupes de la reine avant même le début de la bataille.

Ce n'était sûrement pas un hasard si personne ne s'était lancé à leur poursuite : ils avaient dû flairer le piège, Dieu merci !

Gwenyth pointa son doigt sur lui.

— Quand la reine gagnera la bataille, m'lord, vous serez pendu, affirma-t-elle tranquillement. Vous pouvez me croire. Vous finirez au bout d'une corde.

Il la transperça d'un regard furibond.

— Tu es en train de me jeter un sort, sorcière ?

— Je ne suis pas une sorcière. Seulement une vraie Ecossaise loyale à sa reine.

Bryce lâcha un ricanement méprisant et la poussa brutalement vers ses hommes.

— Faites ce que vous voulez de cette sorcière. Et ensuite… nous verrons. Lord Huntly veillera probablement à ce qu'elle soit pendue.

Gwenyth trébucha dans l'herbe et le châle qu'elle maintenait serré autour de son visage glissa sur ses épaules. Elle avait perdu un grand nombre d'épingles à cheveux pendant leur folle chevauchée et la perruque qu'elle avait empruntée à la reine commençait à glisser en arrière.

— Regardez-moi ça, elle perd ses cheveux ! s'écria l'un des hommes d'un air dégoûté.

— Et elle est couverte de crasse, ajouta un autre.

— Vous n'avez qu'à la nettoyer, railla Bryce MacIvey. Il y a un ruisseau, un peu plus loin.

Fergus MacIvey apparut, monté sur son cheval.

— Qu'est-ce qui se passe, ici ? lança-t-il avec colère en traversant ses troupes. Ce n'est pas le moment de s'amuser et de relâcher notre vigilance.

Il descendit de sa monture, et empoigna Gwenyth par le bras. Elle baissa aussitôt la tête, feignant la soumission. Il ne fallait surtout pas qu'il la reconnaisse. Mais il ne se laissa pas prendre par son manège et lui souleva brutalement le menton.

Il la fixa dans un silence pétrifié, puis un rire le secoua.

— Ma parole, mon neveu, vous êtes plus myope qu'une taupe !

Bryce MacIvey ne goûta pas la plaisanterie.

— Mesurez vos propos, Fergus ! gronda-t-il.

— Venez, venez donc voir cette *servante* d'un peu plus près.

MacIvey s'avança, tourna Gwenyth vers lui et lui arracha sa perruque avec une brutalité qui lui fit monter les larmes aux yeux.

Il se mit à rire lui aussi.

— La reine a perdu ! lança-t-il triomphalement à ses hommes.

Il attira Gwenyth plus près de lui, les paupières plissées.

— Quant à vous, sale petite sorcière, vous êtes en mon pouvoir. Et cette fois, il n'y aura pas de noble Highlander sur son étalon pour voler à votre secours !

10

Gavin se laissa glisser de l'arbre.

— Il y a une bonne cinquantaine d'hommes cachés dans la forêt. A croire que Lord MacIvey a amené tout son clan avec lui.

Rowan évalua leurs chances. Elles étaient minces. Pendant que Gavin escaladait un chêne pour analyser la situation, il avait vu Bryce MacIvey découvrir quel trésor il tenait entre ses mains.

Et maintenant, Annie s'avançait vers lui d'un air indigné.

— Touchez un cheveu de cette jeune femme et la reine veillera à ce que vous croupissiez en prison jusqu'à la fin de vos jours ! Comment osez-vous vous allier à un renégat comme Lord Huntly, un homme sans parole et sans honneur ? Un jour il soutient le parti protestant, et, le lendemain, il revendique sa foi catholique ! Il accepte que son fils soit emprisonné et deux minutes plus tard, il prend les armes avec lui contre la reine ! Vous allez vous mordre les doigts de…

— Silence, la vieille ! aboya Bryce d'un ton hargneux, les yeux toujours rivés sur Gwenyth.

— Elle n'est pas vieille ! riposta Gwenyth avec hauteur.

Compte tenu de sa situation, Rowan dut reconnaître qu'elle ne manquait pas de cran.

— Je vous jure que si vous portez la main sur moi, Lord Bryce, vous mourrez, reprit-elle. C'est plus qu'une promesse, c'est une prophétie.

— Vous avez donc le don de voir l'avenir ? railla Bryce.

— Vous mourrez, répéta calmement Gwenyth.

— Je crois que nous allons consommer notre union avant la cérémonie, susurra Bryce avec un sourire sardonique.

— Vous êtes un homme mort, siffla-t-elle.

— Vraiment ? Et qui me portera le coup fatal ? Vous êtes seule et je suis entouré par mes troupes. Quel oracle imbécile vous a prédit que j'allais mourir ? ironisa-t-il.

— Ma foi en la justice de Dieu !

Il ricana et la prit aux épaules pour l'attirer à lui mais elle le gifla à toute volée.

Rowan contracta ses muscles, prêt à bondir, et sentit une main se poser sur son épaule.

— Vous ne lui serez d'aucune aide si vous vous faites tuer, chuchota Gavin.

Il avait raison, admit Rowan en serrant les dents. Il devait attendre les renforts. Les troupes conduites par Lord Jacques seraient bientôt là, mais comment tenir jusqu'à leur arrivée ?

— Du temps. Il faut que nous gagnions du temps, murmura-t-il fiévreusement.

— Laissez-moi faire. Ils ne m'ont jamais vu, ils n'ont aucune raison de se méfier de moi, souffla Gavin.

Il regarda Rowan, dans l'attente de sa réponse.

— D'accord, acquiesça Rowan après une hésitation. Tu as un plan ?

Gavin lui sourit.

— Je n'ai ni costume ni perruque… mais je vais leur jouer une petite comédie à ma façon. Vous allez voir. Faites-moi confiance.

Elle avait commis une erreur en le giflant, admit Gwenyth en voyant Bryce blêmir de rage. Par son impulsivité, elle venait de les exposer, Annie et elle, à d'horribles représailles.

Elle vit Bryce et ses soldats s'avancer vers elle d'un air menaçant et prit une décision à la vitesse de l'éclair.

— Stop !

A sa grande surprise, ils marquèrent une hésitation et obéirent.

— Réfléchissez, lança-t-elle hardiment à Bryce. Ce qui vous intéresse, ce sont mes terres, n'est-ce pas ? Or, vous ne les obtiendrez que par le mariage. Si vous vous imaginez pouvoir me violer et me contraindre ensuite à vous épouser, vous vous trompez. Pour avoir mes terres, vous devrez d'abord me convaincre que vous êtes digne d'être mon mari.

Un sourire incrédule retroussa les lèvres de Bryce.

— Vous êtes impayable.

Fergus s'avança.

— Elle se moque de vous, Bryce ! Ne l'écoutez pas, elle cherche seulement à vous embobiner !

Des branchages craquèrent sous le couvert des arbres. Quelqu'un approchait ! Tout le monde se retourna d'un même mouvement. Eberluée, Gwenyth vit un énergumène surgir de la forêt et s'avancer dans la petite clairière. Il portait pour seuls vêtements ses hauts-de-chausses, une chemise en lin chiffonnée, et il était couvert de brindilles et de feuilles de la tête aux pieds.

Il marcha vers eux en boitant d'une manière bizarre, s'arrêta au milieu des troupes de Bryce et regarda autour de lui d'un air ravi.

— Mais que vois-je ? On donne un bal ?

Il s'inclina profondément.

— Buvez, mangez, et amusez-vous, mes seigneurs. Je suis Pan, le farfadet. Soyez les bienvenus en mon logis, surtout si vous avez apporté de la bière.

Gavin !

Gwenyth retint son souffle. S'il était là, c'était que Rowan n'était pas loin.

— C'est un simple d'esprit, dit Bryce avec dédain. Faites le déguerpir.

— Qui ? Moi ? protesta Gavin, une main sur le cœur. Vous êtes dans mon château, mon brave. C'est à *vous* de partir !

— Occupez-vous de cet imbécile, lança Bryce à ses hommes.

— Laissez-le tranquille, intervint Gwenyth. Jamais je n'épouserai un homme capable de faire du mal à un innocent.

Fergus s'avança vers elle, grimaçant.

— Vous vous croyez en position de donner des ordres ? siffla-t-il. C'est *vous* qui allez obéir ! Ce mariage aura lieu, c'est moi qui vous le garantis !

— Il n'aura aucune valeur, s'il n'a pas l'approbation de la reine, riposta-t-elle.

— Ou du roi, rétorqua Fergus avec impudence.

— Vous croyez que ce sera aussi facile ? le défia Gwenyth avec un sourire hautain. Pour cela, il faudrait que John Gordon gagne la bataille, or il n'a aucune chance contre l'armée de la reine. Il sera vaincu et vous, mon cher, vous serez pendu.

Elle se tourna vers les troupes rassemblées dans la clairière.

— Vous serez *tous* pendus.

En dépit de la gravité de la situation, Rowan ne put s'empêcher de grimacer un sourire en voyant que les hommes de Bryce avaient un mouvement de recul à ces mots.

— Ne l'écoutez pas, elle ment ! tonna Fergus. Seule la peur peut vous vaincre !

Il se tourna vers Bryce, mâchoires serrées.

— Prenez cette garce et qu'on en finisse ! Vous allez vous laisser mener par le bout du nez sans réagir ? Soyez un homme !

Piqué au vif, Bryce empoigna Gwenyth. Elle se débattit comme une diablesse, le bombardant de coups de pied et de coups de poing. Bryce jura et recula en trébuchant.

C'était le moment ou jamais, songea Rowan. Il n'y aurait peut-être pas de deuxième chance.

Il saisit une flèche dans son carquois, banda son arc, visa.

Il atteignit sa cible en pleine poitrine.

Bryce MacIvey ne comprit pas immédiatement qu'il venait d'être frappé mortellement. Il resta pétrifié quelques secondes, fixant Gwenyth d'un air abasourdi, puis il s'effondra.

— On est encerclés ! cria un soldat d'une voix terrifiée.

Ce fut la panique. Les hommes coururent dans toutes les directions, les chevaux s'emballèrent.

— Restez ici ! leur hurla Fergus tout en se précipitant vers Bryce.

Il comprit tout de suite que son neveu était mort et se redressa. Le regard qu'il fixa sur Gwenyth flamboyait d'une telle haine que Rowan ne put maintenir sa position plus longtemps. Il talonna Styx et bondit en avant. Son arc et ses flèches ne lui étaient plus d'aucune utilité : il dégaina son épée.

Fergus se jeta sur Gwenyth pour la saisir à la gorge, mais elle s'y était préparée : elle l'esquiva avec agilité, puis courut vers la forêt, vive comme l'éclair. Elle atteignait le couvert des arbres quand Rowan s'élança dans la clairière, brandissant son épée.

Fergus hurla des ordres pour remobiliser ses troupes. La plus grande confusion régnait autour de lui. Des hommes couraient dans tous les sens, certains se ruant à l'attaque pour défendre loyalement les couleurs de leur clan, d'autres fuyant pour sauver leur vie.

La première intention de Rowan avait été de se ruer sur Fergus, mais les attaques que lui portaient ses hommes ne lui en laissèrent pas le temps et il se retrouva au milieu d'une gigantesque mêlée. Pas pour longtemps : Gavin se précipita vers le cadavre de Bryce pour lui arracher son épée et lui prêta main-forte.

Les troupes de Bryce n'étaient pas de taille face à deux guerriers aussi expérimentés. Rowan et Gavin firent des ravages dans leurs rangs et des corps sans vie ne tardèrent pas à joncher le sol.

Un cri retentit :

— Rowan, attention !

C'était Gwenyth : un homme s'apprêtait à l'attaquer par-derrière.

Elle n'avait pas d'arme à sa disposition, mais ramassa une motte de terre qu'elle jeta au visage de son assaillant pour l'aveugler. Ce bref répit permit à Rowan de se retourner pour parer le coup.

Quelques secondes plus tard, les renforts tant attendus arrivèrent enfin et une multitude de cavaliers déferla de la forêt. La supériorité numérique changea aussitôt de camp et les combats prirent fin en l'espace de quelques minutes.

Son dernier adversaire éliminé, Rowan rangea son épée, descendit de cheval et se dirigea vers Gwenyth en essayant de contenir sa fureur.

— Petite folle ! Vous avez risqué votre vie, celle d'Annie, de Gavin et la mienne, l'informa-t-il avec une colère froide.

Elle se raidit et le dévisagea avec hauteur, magnifique malgré son visage barbouillé de suie, ses vêtements informes et son apparence échevelée.

— Je suis en mission sur ordre de la reine, l'informa-t-elle sèchement.

Rowan sentit ses mâchoires se serrer. Il n'y avait rien à répondre à cela, aussi tourna-t-il les talons sans un mot.

— Et personne ne vous a demandé de risquer votre vie ! lança-t-elle derrière lui.

Il grinça des dents et se dirigea vers Styx sans se retourner. Elle était en mission sur ordre de la reine, vraiment ? En ce cas, la garde royale se chargerait de la ramener saine et sauve auprès de sa souveraine. Il n'avait pas besoin d'être là.

Et ce n'était pas la peine de lui laisser voir qu'il tremblait.

Rowan n'avait pas le temps de s'interroger sur ce qui avait pu pousser Gwenyth et la reine à monter ce plan insensé : il était urgent qu'il rejoigne ses troupes. Le combat qu'ils avaient livré contre les hommes du clan MacIvey n'était qu'une petite escarmouche comparé à ce qui les attendait.

Par ailleurs, il était tellement en colère contre la reine qu'il préférait éviter de se trouver face à elle pour le moment. Il était stupéfait qu'elle ait mis en doute son jugement et horrifié qu'elle ait laissé l'une de ses dames d'honneur prendre des risques inconsidérés au lieu de s'en remettre à des hommes qui avaient fait vœu de la défendre au prix de leur vie.

Il prit le contrôle de ses troupes, sous le haut commandement de Lord Jacques, de Lord Lindsay, de Kirkcaldy de la Grange et de Cockburn d'Ormiston. La reine disposait désormais de cent vingt arquebusiers et de plusieurs canons.

L'armée royale commença par pilonner les positions de Huntly, sur la colline du Fare. Les canons et les arquebuses causèrent de lourdes pertes dans ses rangs, puis la cavalerie se lança à l'assaut, suivie par l'infanterie, et le combat devint un corps à corps sanglant.

A aucun moment, même au plus fort de la bataille, les Highlanders ne renoncèrent à défendre la reine, comme Huntly l'avait sans doute espéré. Puis, alors que la victoire se dessinait et que les troupes de Huntly se clairsemaient, les derniers combattants furent repoussés en bas de la colline, jusque dans les marais, exactement comme Rowan l'avait prédit.

Il chevauchait aux côtés de Lord Jacques lorsque Huntly, John Gordon ainsi qu'un autre de ses fils furent capturés et conduits jusqu'à eux. Jacques s'avança vers le vaincu. Le comte le regarda approcher, droit sur sa selle, puis, brusquement, sans un mot, il tomba de son cheval comme une masse. Lord Jacques poussa un cri, persuadé qu'il s'agissait d'une ruse, et constata avec stupeur que l'homme était mort.

John Gordon voulut se précipiter, mais on ne lui permit pas de se recueillir sur la dépouille de son père : on l'entraîna sans ménagement, ainsi que son jeune frère, puis on hissa le corps du comte sur un cheval et on l'évacua.

C'était fini. Les marais n'étaient plus qu'un macabre champ de bataille jonché de cadavres et de corps mutilés. L'armée de la reine était victorieuse.

Au château, Gwenyth arpentait sa chambre de long en large, incapable de tenir en place. Marie était allée parler à ses troupes avant la bataille, mais Gwenyth n'avait pas été autorisée à l'accompagner. Elle avait bien essayé de plaider sa cause, mais la reine s'en voulait terriblement du danger que sa dame d'honneur avait couru par sa faute et n'avait rien voulu entendre. Gwenyth avait tout d'abord pensé que cette mise à l'écart était l'œuvre de Rowan, mais elle se trompait : il était parti directement rejoindre ses troupes et n'avait pas vu Marie.

Annie venait régulièrement l'informer de l'évolution des combats.

Gwenyth ne put s'empêcher de lui demander si elle avait des nouvelles de Lord Rowan, mais la servante secoua la tête.

— Je ne sais rien à son sujet, mais à ce qu'on dit, les troupes de la reine sont en train de l'emporter.

A la fin de la journée, Annie lui apporta joyeusement la nouvelle de la victoire.

— La reine exulte ! Il paraît que la colline est jonchée de cadavres. Un vrai carnage. Et vous savez le plus beau ? Lord Huntly est mort, comme ça !

Annie claqua des doigts en riant.

— Exactement comme les sorcières de la comtesse l'avaient prédit ! On a transporté sa dépouille jusqu'au poste de péage d'Aberdeen et — tenez-vous bien — il n'a pas la moindre blessure ! Son cœur a dû lâcher devant l'ampleur de sa défaite. Il a compris que sa noble tête allait voler sous la hache du bourreau. Je ne sais pas quelles mesures de représailles la reine va prendre contre le clan des Gordon, mais ce qu'il y a de sûr, c'est qu'ils ne la défieront plus, et que leur mainmise sur les Highlands est terminée.

— Et Lord Rowan ? demanda anxieusement Gwenyth.

— Je ne sais pas. Je n'ai aucune information.

Annie partie, Gwenyth se remit à marcher de long en large dans sa chambre. Elle avait obéi à la reine d'un bout à l'autre de la journée ; elle était restée confinée dans sa chambre, loin du danger. Mais maintenant la bataille était terminée, la victoire proclamée, et elle *devait* voir Rowan, s'assurer qu'il n'était pas blessé. Elle ne savait pas très bien pourquoi c'était aussi important. Il s'était emporté contre elle, de manière très injuste. Ils servaient tous les deux les intérêts de la reine. Et elle n'avait pas à se justifier.

Oh, et puis au diable ses raisons ! Il *fallait* qu'elle le voie, un point c'est tout. Et rien ni personne ne pourrait l'en empêcher.

Rowan était recru de fatigue, encore tout fumant de sang.

Il avait choisi de ne pas passer la nuit au château mais de s'installer dans l'un des pavillons de chasse de la reine, à la lisière de la ville, dans la forêt même où les MacIvey avaient voulu tendre un piège aux troupes royales afin de gagner la faveur de Huntly.

La population avait pris fait et cause pour la reine et Rowan avait constaté avec surprise qu'on le considérait comme une sorte de héros dans les rues de la ville. Les domestiques du pavillon de chasse, quant à eux, lui avaient réservé un accueil triomphal — et pour cause : le lieu était la propriété de la Couronne. En remportant la bataille, il avait sauvé leur emploi et leurs gages.

Afin de le remercier, ils avaient préparé un souper somptueux pour ses hommes et lui. Et dès qu'il avait désigné la chambre dans laquelle il dormirait, les valets et les garçons d'écurie s'étaient empressés d'y apporter une immense cuve de bois dans laquelle ils avaient déversé des seaux et des seaux d'eau bouillante, malgré les protestations du majordome qui craignait que toute cette eau n'élimine les défenses naturelles dont Rowan aurait besoin pour combattre la fièvre qui risquait d'attaquer son organisme épuisé par les combats.

Rowan l'avait rassuré en souriant. Il avait des défenses à revendre, et le fait qu'il soit couvert de boue et de sang ne changeait rien à l'affaire.

Il était minuit passé quand il put enfin se glisser dans l'eau brûlante de son bain. La pièce baignait dans une douce pénombre, l'unique source de lumière provenant des braises qui rougeoyaient dans la cheminée. Un nuage de vapeur flottait autour de lui, et il savourait la chaleur apaisante qui dénouait ses muscles douloureux. Basculant la tête en arrière, la nuque calée contre le large rebord de bois, il ferma les yeux et soupira de bien-être. Il aurait dû exulter. Ils avaient gagné la bataille ! Mais en réalité, il était soucieux.

Marie avait démontré qu'elle était une bonne reine, mais elle avait également prouvé qu'elle pouvait se montrer dangereusement impulsive dans l'adversité.

Ou devait-il dire irresponsable ?

Il était en colère et il se demanda si c'était à cause de Gwenyth. Aurait-il été aussi remonté contre la reine s'il s'était agi d'une autre de ses dames d'honneur ? Mais avait-elle eu vraiment le choix ? Gwenyth était la seule à pouvoir se mêler aisément à la population. D'une certaine façon, la décision s'était imposée d'elle-même.

Un autre élément préoccupant, se dit Rowan, était qu'on n'avait pas retrouvé le corps de Fergus MacIvey parmi les morts. L'homme était dangereux, et il n'était guère rassurant de penser qu'il était peut-être là, quelque part dans la nuit, occupé à ruminer une sombre vengeance. L'esprit de clan n'était pas un vain mot dans les Highlands, et si Fergus était vivant, il ne laisserait pas la mort de son neveu impunie.

Rowan en était là de ses réflexions quand il se figea, tous les muscles tendus : un glissement furtif venait de troubler le silence, et ce n'était pas l'affaissement d'une bûche dans la cheminée.

Quelqu'un venait de se faufiler dans sa chambre.

Ses paupières se soulevèrent imperceptiblement tandis qu'il conservait une immobilité de statue. Il ne parvenait pas à croire que ses hommes aient pu relâcher leur surveillance, et cependant…

Une ombre enveloppée d'une longue cape, le visage dissimulé par une capuche, s'avançait vers lui sur la pointe des pieds. Elle marqua une brève hésitation, puis continua à avancer. Un soldat ennemi venu l'assassiner pendant qu'il prenait son bain ? Un fidèle de Huntly, habitué des lieux, qui était prêt à se sacrifier pour le tuer ?

Sa main se détendit comme un ressort et jaillit de l'eau. Il entendit un cri étouffé tandis que ses doigts se refermaient autour d'un poignet féminin et il se redressa dans son bain, prêt à défendre chèrement sa vie.

— Arrêtez, c'est moi !

La capuche glissa en arrière. La cape coula le long de ses épaules et tomba sur le sol tandis qu'elle se débattait pour essayer de se libérer.

Rowan se demanda s'il n'était pas en train de rêver.

Son visiteur nocturne n'était autre que Lady Gwenyth MacLeod ! Elle portait une chemise de nuit blanche et une somptueuse robe d'intérieur en velours rouge, richement brodée. Ses cheveux dénoués flottaient sur ses épaules. Elle était aussi innocente qu'un ange, et aussi ensorcelante que Lilith en personne.

Il lâcha son poignet et la regarda avec un mélange de colère et de méfiance.

— Vous cherchez vraiment les problèmes ! dit-il d'une voix sourde. Peut-on savoir ce qui vous a pris de vous glisser dans ma chambre comme une voleuse ?

Elle recula en se frottant le poignet. Elle réussissait l'exploit d'avoir l'air à la fois contrite et provocante.

— Je ne suis pas entrée comme une voleuse ! protesta-t-elle.

— Vous vous êtes approchée sur la pointe des pieds d'un homme désarmé, en train de prendre son bain. A quelle réaction vous attendiez-vous ?

— Je suis venue m'excuser et m'expliquer, dit-elle dignement.

— Et mes hommes ne vous ont pas avertie que je n'étais pas visible ?

Elle garda le silence mais ses pommettes s'empourprèrent.

— Je vois, reprit-il lentement. Non contente de vous aventurer hors du château au beau milieu de la nuit et de venir ici dans cette tenue, vous êtes entrée en douce. C'est cela, non ?

Elle hésita, puis haussa les épaules.

— J'avais peur que vous refusiez de me recevoir. Je suis passée par les cuisines... Je vous ai apporté des serviettes, enchaîna-t-elle en esquissant un geste en direction de la malle, à l'entrée de la chambre, où elle avait posé les linges.

Rowan serra les mâchoires. Le bain l'avait réchauffé, mais une chaleur d'une tout autre nature courait à présent dans ses veines et se répandait à toute vitesse dans son organisme.

— Magnifique. Vous avez apporté des serviettes. Ça valait vraiment la peine de risquer votre vie. Pourriez-vous avoir l'obligeance de sortir, maintenant ?

Elle le regarda fixement et il vit une myriade d'émotions passer rapidement dans ses yeux. Puis elle se détourna pour partir.

Rowan n'aurait su dire ce qui lui traversa l'esprit à cet instant.

Ou même s'il pensa tout court.

Il jaillit du bain, l'attrapa avant qu'elle ait atteint la porte et la fit pivoter vers lui. Une fois encore, leurs regards se croisèrent et il décela au fond de ses yeux une émotion pure, à fleur de peau, aussi dépourvue d'artifices que son corps nu et ruisselant ; une prière silencieuse qui lui parlait de ces semaines, de ces mois passés côte à côte sans jamais se toucher.

Mais pas seulement.

Il y lut aussi tout ce qu'ils n'avaient jamais osé s'avouer : que leurs disputes perpétuelles étaient un moyen de cacher leurs sentiments, qu'il avait eu tort de lui reprocher d'être elle-même, qu'elle avait eu tort de le blâmer pour sa franchise.

Il ouvrit la bouche pour parler, se ravisa, et l'attira à lui, la plaquant contre son corps nu et mouillé. Puis il la regarda dans les yeux et l'embrassa. Ce n'était pas prémédité, loin de là. En fait, il avait l'impression de résister à cette tentation depuis le premier jour où il l'avait vue. Puis il sentit les mains de la jeune femme glisser le long de son torse ruisselant jusqu'à ses épaules musclées, et se faufiler doucement dans ses cheveux humides pour l'attirer plus près.

Elle répondit avec ardeur à son baiser et la passion l'embrasa tout entier. Ses lèvres étaient douces, son haleine sentait la menthe, et elle était dévorée du même désir que lui de le goûter, de l'explorer. Il se mit à trembler tandis qu'il la serrait contre lui, savourant la chaleur de son corps à travers ses vêtements, la perfection de ses formes, la façon dont son corps s'ajustait au sien. Il n'avait pas bu ; il n'avait aucune excuse pour justifier la folie qui s'était emparée de son esprit, anéantissant sa raison.

Il la souleva contre lui d'un mouvement irrésistible, l'emporta vers l'imposant lit à baldaquin et se laissa tomber avec elle sur le matelas, ses lèvres toujours rivées aux siennes. Elle prenait peu à peu de l'assurance : ses doigts parcouraient sa nuque, ses épaules, son dos. Il abandonna sa bouche, cherchant son regard. Ses yeux immenses étaient insondables. Elle noua ses bras autour de son cou dans une invite silencieuse et il l'embrassa de nouveau, se délectant de la douceur tiède de sa bouche tandis que ses lèvres s'ouvraient sous les siennes et que leurs langues s'exploraient.

La robe d'intérieur s'était ouverte. Il écarta impatiemment le tissu en velours, trouva sa gorge et referma sa paume sur un sein palpitant. Elle soupira sous ses caresses, les doigts enfouis dans ses cheveux, les ondulations de son corps enflammant son désir. Il sentit ses lèvres se presser sur son épaule, la morsure délicate de ses dents. Il la caressa avec une ardeur accrue, parcourant fiévreusement chaque courbe de son corps, jusqu'à ce que la fine barrière de sa chemise de nuit lui apparaisse comme un obstacle insupportable entre eux.

Il se redressa dans la lueur du feu. Ses beaux yeux, rivés

aux siens, étaient aussi énigmatiques que les ombres qui peuplaient la chambre. Il lui ôta ses vêtements avant de revenir s'allonger contre elle. Ses lèvres dévorèrent sa peau frissonnante, parcourant de baisers son corps parfait tandis que ses mains exploraient ses courbes adorables. Il lui vint à l'esprit qu'ils pourraient être damnés tous les deux pour ce moment d'égarement — elle, la dame d'honneur de la reine, et lui, son défenseur attitré. Mais la damnation serait un petit prix à payer pour ces quelques minutes de bonheur parfait, où son corps et son esprit étaient enfin comblés après des années de détresse et de solitude morale, et où il avait le sentiment d'avoir retrouvé l'essence même de ce qui donnait un sens à sa vie.

Elle poussa un gémissement étouffé et se cambra contre lui tandis qu'il redessinait chaque courbe de son corps avec ses lèvres et la paume de ses mains. Il se délecta de son parfum, de ses caresses exquises, de la douceur torturante de sa langue sur sa peau. Elle l'explorait du bout des doigts, ses cheveux glissant sur sa peau comme une écharpe de soie, l'excitant, aiguisant tous ses sens. Il savait qu'elle était fragile et qu'il devrait se montrer très doux afin de ne pas la blesser, mais comme ils se caressaient mutuellement avec leurs lèvres et leurs mains, la passion embrasa peu à peu tous ses sens, décuplant son ardeur. Sa bouche glissa lentement le long de son corps, goûtant chaque centimètre de sa peau brûlante, happant l'un de ses seins, puis l'autre, jusqu'à ce qu'elle laisse échapper des gémissements de plaisir. Il continua à descendre, pressant ses lèvres sur son ventre puis sur ses chevilles, ses mollets — avant de remonter le long de ses cuisses…

Jusqu'au cœur de sa féminité.

Il sentit ses doigts glisser sur ses épaules, intenses, crispés, puis s'enfouir dans ses cheveux. Il eut conscience de son sursaut, et de la façon dont ses hanches se mettaient à trembler tandis qu'elle se cambrait sous lui avec un cri étouffé.

Il se redressa, croisa son regard fiévreux et l'embrassa de nouveau… Il garda ses lèvres sur les siennes pendant qu'il s'allongeait sur elle puis la pénétrait lentement, attentif à se contrôler malgré le désir qui coulait dans ses veines comme du feu liquide.

Elle ne cria pas, mais agrippa ses épaules tandis qu'il allait et venait doucement en elle, lui imprimant peu à peu son rythme. Quand il entendit son souffle s'accélérer et qu'elle commença à se soulever contre lui, il donna enfin libre cours à la passion qui menaçait de le consumer. Elle enroula alors ses jambes autour de ses reins afin de ne faire plus qu'un avec lui.

Et elle se mit à bouger…

A onduler avec une science instinctive qui déroula des ondes de plaisir dans tout son corps. Le temps s'était arrêté ; le feu, les ombres, le jour, la nuit, plus rien n'existait. L'univers n'était que ténèbres et lumière aveuglante. Elle n'était plus hésitante ni fragile, elle était un tourbillon ardent et passionné qui l'emportait toujours plus haut.

Il essaya de garder le contrôle — il voulait qu'elle atteigne l'orgasme la première. Au moment où il pensait qu'il allait mourir du feu dévorant qui le consumait, elle se mit à trembler, ses muscles se contractèrent puis elle s'alanguit contre lui, et il se laissa emporter à son tour par la déferlante du plaisir.

Plus tard, il retomba à ses côtés. Elle avait fermé les yeux et trouva rapidement une place tout contre son épaule, sa joue pressée sur son torse.

Rowan chercha désespérément ce qu'il allait lui dire, espérant trouver les mots justes. Ce faisant, il s'avoua enfin à lui-même pourquoi il avait ressenti tellement de colère et de rancœur pour cette femme, et pourquoi il avait éprouvé le besoin de s'éloigner d'elle.

Il n'y avait rien de plus simple que de mettre une fille facile dans son lit.

Il n'y avait rien de plus difficile que d'aimer.

Gwenyth l'avait attiré à la minute où il l'avait vue. Elle l'avait subjugué sans même le faire exprès, alors qu'il n'avait pas la liberté d'être séduit. Et il n'avait pas supporté cette trahison envers Catherine parce que tant qu'elle vivait, il se devait de lui être fidèle.

Le silence devenait pesant et cependant les mots continuaient à le fuir. Il était fou d'elle, complètement sous son charme, mais il n'était pas certain de devoir lui avouer ses sentiments. Il se réfugia donc derrière l'humour.

— Pour se sécher, c'est beaucoup plus efficace que des serviettes.

Sa réaction fut immédiate : son sourire comblé s'effaça et ses yeux lancèrent des éclairs. Elle voulut se lever mais il l'en empêcha et découvrit avec une stupeur amusée qu'elle connaissait toute une panoplie de jurons en gaëlique.

— Lâchez-moi ! ragea-t-elle.

Au lieu d'obéir, il resserra l'étreinte de ses bras tout en s'efforçant de ne pas rire. Son regard était plus changeant qu'un ciel d'orage. En cet instant, il flamboyait de colère et d'indignation.

— Non. Restez, l'exhorta-t-il d'une voix douce en la serrant contre lui.

— Pas si vous avez l'intention de continuer à vous moquer de moi ! dit-elle.

Il dut prendre sur lui pour ne pas sourire en l'entendant s'exprimer sur ce ton digne et guindé alors qu'elle était nue sur son lit.

— Je ne me permettrais pas de me moquer de vous.

— Ecoutez-vous ! Vous vous moquez de moi rien qu'en disant que vous ne vous moquez pas de moi !

Elle continuait à le repousser, son visage d'une incroyable beauté dans la lumière du feu, ses cheveux comme une parure d'or sur ses épaules. Cette fois, il ne put s'empêcher de rire, ce qui mit le comble à sa fureur. Elle se débattit comme une diablesse, mais il lui emprisonna les poignets et roula sur elle, lui ôtant toute possibilité de s'échapper.

— Je vous jure que je ne me moque pas de vous. Et si vous étiez venue me présenter des excuses, je peux vous assurer que personne ne m'a jamais demandé pardon d'une manière aussi agréable.

— Je vous préviens, si vous ne cessez pas de…

— Cesser quoi ? Je ne trouve pas les mots. Que voulez-vous savoir ? Si je suis heureux que vous soyez là ? La réponse est oui. Si je suis stupéfait que vous soyez venue et que vous vous soyez donnée à moi ? La réponse est oui. Vous voulez la vérité ? Toute la vérité ? Votre beauté m'a subjugué à la minute où je vous ai vue. Avais-je peur de vous ? La réponse est oui, au-delà de ce que vous imaginez !

Elle se détendit légèrement, étonnée, mais toujours méfiante.

— Vous aviez peur de moi ? Serait-ce encore l'une de vos plaisanteries, Lord Rowan ?

Il secoua la tête, glissa la main dans ses cheveux et les fit glisser entre ses doigts, émerveillé par sa beauté.

— Non. C'est la vérité.

— Pourquoi ?

— Parce que je voulais… ce qui vient d'arriver. Je vous désirais comme un fou et je n'en avais pas le droit. C'était mal.

Ses longs cils dorés s'abaissèrent, masquant ses yeux.

— C'est toujours mal, chuchota-t-elle.

Son visage se crispa.

— Non. J'ai porté le deuil de ma femme pendant des années. Et je me suis méprisé de vous désirer —je vous ai haïe, même, parce que vous me mettiez face à mes faiblesses. Et je me suis haï plus encore. Je pouvais me pardonner beaucoup de choses, mais pas de l'avoir trahie dans mon cœur.

Elle le regarda au fond des yeux, comme si elle partageait son tourment.

— Si vous voulez m'entendre dire que je regrette ce qui vient de se passer, désolé mais cela m'est impossible, lui dit-il.

— Je me suis menti à moi-même, murmura-t-elle dans un souffle. Je me suis cherché des excuses parce que je ne pouvais pas me l'avouer, même dans le secret de mon cœur, mais je suis venue ici pour… pour ça.

Il n'eut pas besoin d'en entendre davantage.

Il l'embrassa.

Et il lui fit encore l'amour. Elle se montra audacieuse, passionnée, ensorcelante. Même s'il avait l'éternité devant lui, songea-t-il avec émotion, il ne parviendrait pas à se rassasier d'elle, du parfum enivrant de sa peau, de la saveur de ses lèvres…

Plus tard, comme elle reposait près de lui, les yeux fixés au plafond, il eut peur que des regrets ne la submergent et il la serra tendrement contre lui.

— Quoi ? chuchota-t-il.

Il n'osa pas ajouter les deux petits mots que lui chuchotait son cœur : Quoi, *mon amour ?*

Car il l'aimait. Il l'aimait parce qu'elle ressemblait à Catherine : douce, généreuse, altruiste.

Et il l'aimait aussi parce qu'elle était l'opposé de Catherine :

toujours prompte à s'enflammer, à braver le danger si on le lui demandait, ou pour réparer une injustice. Elle était une ardente petite guerrière, une insatiable combattante, et elle ne s'avouerait jamais vaincue, jusqu'à son dernier souffle.

— Je n'aurais pas dû venir, répondit-elle tout bas.

— Si.

Elle se tourna vers lui.

— Vous ne comprenez pas. La reine est la plus chaste des femmes, et ses dames d'honneur aussi. Bien sûr, elles adorent danser, porter des jolies toilettes, flirter, mais… elles sont vertueuses. Et ce qui vient de se passer fait de moi… une…

— Vous n'avez pas à vous inquiéter. Je demanderai votre main.

A sa grande surprise, elle secoua farouchement la tête.

— Non ? demanda-t-il avec incrédulité.

Il avait toujours su qu'il se remarierait un jour : il lui fallait un héritier. Il n'avait cependant pas imaginé que ce serait aussi rapide. Et encore moins qu'il se ferait éconduire par une femme d'une condition inférieure à la sienne et qui de surcroît s'était introduite dans sa chambre en chemise de nuit.

— Je ne peux vous épouser sans l'autorisation de la reine, dit-elle.

— Vous pensez qu'elle ne vous donnera pas son consentement ?

Son indignation amena enfin un sourire sur ses lèvres.

— Je suis venue ici librement, dit-elle très doucement. Vous n'avez aucune obligation envers moi.

— De toute façon, je dois me remarier.

Elle se raidit. Il s'était encore montré maladroit, comprit-il.

— Vous n'êtes pas obligé de m'épouser pour autant, pas plus que moi, d'ailleurs, répondit-elle posément, et elle esquissa le mouvement de se lever.

Il la retint aussitôt.

— Où allez-vous ?

— Je dois rentrer. Si la reine se réveille, qu'elle demande à me voir et que je ne suis pas là, elle va s'inquiéter. Et elle enverra des gardes à ma recherche.

Il sourit. Elle était si sérieuse. Cette journée avait été une victoire sans précédent pour la reine. Marie n'avait pas seulement remporté une bataille, elle avait gagné le cœur des Highlanders. Cette nuit, plus que toute autre, elle dormirait d'un sommeil profond.

— Restez encore un peu, lui dit-il.

— Je ne peux pas.

— Juste un peu.

Pour une fois, elle se laissa aisément convaincre.

11

Elle l'aimait.

Elle l'aimait depuis si longtemps qu'elle ne savait même pas à quel moment cela avait commencé.

Maintenant, elle comprenait ce que la reine désirait si ardemment. Un mariage qui servirait les intérêts de son pays, oui — mais pas seulement. Elle voulait connaître la passion, l'extase, tout ce que Gwenyth avait découvert cette nuit. Le bonheur d'aimer et d'être aimée en retour...

Elle retomba brusquement sur terre. Rowan lui avait proposé de l'épouser... mais il ne lui avait pas dit qu'il l'aimait.

Gwenyth passa la matinée du lendemain dans une sorte de brouillard. Il lui était impossible de se confier à qui que ce soit, pas même à Annie qui l'avait pourtant aidée à se glisser hors du château et lui avait fourni le prénom de la fille de la laiterie chargée des livraisons au pavillon de chasse — dont Gwenyth avait usurpé l'identité pour pouvoir passer par les cuisines.

Annie était persuadée que sa pure et chaste maîtresse était partie — habillée de pied en cap — expliquer à Lord Rowan qu'elle avait accepté de jouer les espionnes uniquement pour empêcher la reine de prendre des risques inconsidérés. Gwenyth se demandait encore comment elle avait réussi à rester impassible pendant qu'elle racontait à sa servante que Rowan et elle avaient *discuté* très poliment et enterré la hache de guerre.

Elle s'était ensuite rendue auprès de la reine pour l'aider à s'habiller puis elle l'avait accompagnée dans la grande salle du château où elle voulait s'adresser à ses gens et les remercier de leur soutien. La victoire l'avait manifestement rendue euphorique, mais elle avait su aussi faire preuve de gravité, affirmant qu'elle n'éprouvait ni rancœur ni haine envers ses ennemis d'hier, qu'elle souhaitait le bonheur de *tous* ses sujets, quelle que soit leur religion, et qu'elle n'avait qu'un seul but : faire de l'Ecosse un pays glorieux, respecté du reste du monde.

Pendant tout son discours, Gwenyth avait essayé de ne pas regarder Rowan. Il se tenait aux côtés de Lord Jacques, avec les autres conseillers militaires. Rien, sur son visage, ne laissait paraître qu'il s'était produit cette nuit quelque chose… d'inhabituel. Mais peut-être n'était-ce pas inhabituel pour lui ?

En ce qui la concernait, en revanche… plus rien ne serait jamais pareil.

Elle était *différente*.

Le soir venu, comme ils continuaient à célébrer la victoire en festoyant dans la grande salle, Gwenyth réussit à convaincre la reine que les Highlanders n'aimaient rien tant que danser et chanter pour célébrer un événement heureux. Mais alors que Marie faisait appeler des musiciens, Gwenyth fut consternée d'être invitée par Lord Jacques et plus désespérée encore de voir Rowan danser avec Marie Livingstone. Peu après, néanmoins, il s'inclina devant elle, et elle accepta sa main en priant pour ne pas se trahir.

— Avez-vous passé une bonne journée ? lui demanda-t-elle poliment comme la danse les mettait en présence l'un de l'autre.

Les pas les séparèrent avant qu'il ait eu le temps de répondre. Lorsqu'ils furent de nouveau face à face, il sourit et déclara :

— Excellente. Mais elle était bien pâle comparée à cette nuit.

Gwenyth sentit le sang lui monter aux joues.

— Vous ne devez pas parler ainsi.

— Tout homme se doit de dire la vérité.

La danse les éloigna.

Puis les rapprocha.

— Nous devons parler à la reine, déclara-t-il sérieusement.

— Je vous l'ai dit et vous le répète : rien ne vous oblige à m'épouser.

— J'ai fait ma demande en toute liberté.

Son cœur se serra. Il avait fait sa demande, oui. C'était tout à son honneur. Et elle serait folle de ne pas accepter.

Mais… elle voulait être aimée, pas seulement désirée. Si elle devait devenir sa femme, elle voulait que ce soit pour de bonnes raisons et non parce qu'elle le distrayait au lit ou que sa position lui imposait de se remarier.

La danse les sépara et quand elle les réunit de nouveau, elle dit simplement :

— Peut-être.

— Oh ?

Il haussa un sourcil d'un air amusé.

— Je réserve ma réponse pour le moment.

La musique s'arrêta. Des applaudissements crépitèrent et, au grand étonnement de Gwenyth, Marie demanda à Rowan d'être son cavalier. Il s'inclina respectueusement et obéit.

Gwenyth regagna sa place à table : elle ne voulait pas danser avec un autre homme. Lord Jacques s'assit à côté d'elle avec un soupir.

— Ma sœur est beaucoup trop impulsive. J'ai peur que ça finisse par lui attirer des ennuis.

Elle le regarda. Il leva la main pour prévenir toute protestation.

— Ma chère, je sais pertinemment qu'elle vous a confié cette mission ridicule, l'autre jour.

— Pas si ridicule : j'ai découvert à quel endroit Lord Huntly avait l'intention de masser ses troupes. Même si j'ai été incapable de vous communiquer cette information, admit-elle à regret.

Jacques baissa les yeux sur son verre de vin, le visage morose.

— Je suis sûr qu'elle n'aurait pas hésité à y aller elle-même, grommela-t-il.

Gwenyth hocha la tête en silence.

— Elle a toujours l'intention de vous envoyer auprès d'Elisabeth, reprit-il.

— Oui.

Etait-ce une question ou une affirmation ? Elle n'aurait su le dire.

— Cette histoire de succession est très importante, poursuivit-il.

— Bien sûr.

Etait-ce réellement si important ? se demanda Gwenyth. Marie ne pouvait-elle se contenter d'une seule couronne ?

La nature humaine était ainsi faite, songea-t-elle en observant Jacques. Le pouvoir exerçait une telle fascination sur les hommes qu'ils ne pouvaient pas s'empêcher d'en vouloir toujours plus.

Rowan partageait-il cet appétit ? Au fond de lui, aspirait-il à épouser une héritière anglaise qui lui apporterait des terres et des richesses comparables à celles qu'il possédait déjà en Ecosse ?

— Soyez prudente — *très* prudente — lors de vos discussions avec la Reine Elisabeth, l'avertit Jacques.

— Bien sûr, répéta-t-elle.

— Vous n'êtes pas une ambassadrice.

— Non et je ne prétends pas l'être. Je n'ai pas demandé à partir. J'obéis aux ordres de Marie.

Jacques hocha la tête.

— Je ne suis pas opposé à cette mission. Lord Rowan a la confiance d'Elisabeth et il vous protégera si cela s'avère nécessaire. Je vous demande simplement de rester sur vos gardes.

— Bien sûr, Lord Jacques.

Il se leva et s'éloigna. Quelques minutes plus tard, Marie retourna s'asseoir à table, les pommettes empourprées, plusieurs dames de la cour dans son sillage.

— J'adore les bals ! soupira-t-elle.

Gwenyth s'était levée en voyant Marie approcher, comme le voulait l'étiquette. Elle lui sourit.

— Cela se voit. Et vous dansez à merveille.

Ce n'était pas une flatterie : Marie dansait avec une grâce incomparable.

— Toi aussi, ma petite Highlander.

La reine leva sa coupe.

— A Lady Gwenyth, qui nous quitte demain pour rendre visite à ma chère cousine et amie, Elisabeth d'Angleterre.

Elle s'exprimait joyeusement. Ses courtisans applaudirent.

Gwenyth esquissa une petite révérence, tout en déplorant

que Marie la reine la prenne de nouveau par surprise. Elle s'attendait à partir, bien sûr, mais pas aussi vite.

En dépit de ce qu'elle avait raconté, elle mourait d'envie d'épouser Rowan, d'être sa femme. Mais maintenant…

— Cher Lord Rowan, je viens juste d'informer Lady Gwenyth de ce dont je vous ai entretenu il y a quelques minutes. Vous partirez donc demain matin. Je vous charge de transmettre mon affection et mon respect le plus sincère à ma cousine. Et de protéger ma chère Gwenyth, cela va sans dire.

Rowan s'inclina devant elle.

— Il en sera fait selon vos désirs, ma reine. Mon plaisir est de vous servir.

Des acclamations fusèrent. Gwenyth croisa le regard de Rowan et songea qu'elle aurait dû être comblée. Il était beau, valeureux, cultivé. Il était visiblement heureux de sa mission, heureux d'avoir été désigné pour la protéger.

Mais elle espérait tellement plus. Et ce voyage serait terriblement long. Il s'écoulerait des semaines avant même qu'ils puissent approcher la reine.

Marie reposa sa coupe.

— Je vous souhaite à tous une bonne nuit. Merci encore pour votre soutien. Dieu garde l'Ecosse ! Gwenyth… puis-je compter sur ta compagnie, ce soir ?

Ce n'était pas une question. C'était un ordre de la reine.

— Avec joie, Votre Grâce, répondit Gwenyth.

Elle salua l'assemblée d'un petit signe de tête et quitta la salle juste derrière la reine.

Une fois dans sa chambre, Marie tournoya joyeusement sur elle-même et tapa dans ses mains.

— Je me sens encore portée par ma victoire. Mon peuple m'aime ! s'exclama-t-elle avec un sourire radieux.

Gwenyth acquiesça.

— Et ils vous l'ont prouvé.

Elle resta derrière Marie, retira les épingles qui maintenaient son chignon de boucles en place et défit les magnifiques cheveux cendrés de la reine. Elle hésita. Elle aurait voulu évoquer son projet de mariage avec Rowan, mais elle ne savait pas comment aborder le sujet. Ni même si elle devait en parler.

— Votre Grâce…

— Je dois franchir l'étape suivante, cela ne peut plus attendre, réfléchit tout haut Marie.

— Votre Grâce…

— Il me faut un mari. Mais c'est un tel casse-tête…

Elle laissa échapper un profond soupir puis se tourna vers Gwenyth, les mains jointes.

— Jusqu'ici, tout s'est passé au mieux. Mais je ne pourrai pas m'appuyer toujours sur mon frère. Je sens chaque jour un peu plus le poids des responsabilités, et je ne veux pas ressembler à Elisabeth. Je ne veux pas devenir une reine solitaire et stérile.

Gwenyth la regarda, ouvrit la bouche pour parler, puis la referma sans un mot.

— Je n'arrête pas de penser que je n'ai pas le droit de me tromper — et que mon choix doit être approuvé par Elisabeth.

Elle se tourna afin de permettre à Gwenyth de retirer le collet rigide qu'elle portait autour du cou. Gwenyth l'avait servie pendant plus d'un an, elle savait comment prendre soin de ses vêtements et des différents accessoires.

— Le mariage, murmura-t-elle. C'est une idée à laquelle j'ai beaucoup réfléchi moi-même, dernièrement.

Marie leva la main.

— Ma chère Gwenyth, c'est un projet auquel il ne faut

pas songer pour l'instant. Je veillerai à ce que tu fasses un beau mariage le moment venu, mais pas maintenant. Tu dois d'abord t'attirer les bonnes grâces d'Elisabeth et, avec l'aide de Lord Rowan, la gagner à ma cause. D'après Maitland, elle a un faible pour Lord Rowan. Cela ne m'étonne pas vraiment. Ma chère cousine est peut-être une irréductible vieille fille, elle n'en aime pas moins la compagnie des hommes — de préférence jeunes et beaux. Ce qu'elle refuse, c'est de partager le pouvoir avec l'un d'eux. A ton retour… nous verrons. Chaque chose en son temps. Mais rassure-toi : je ne te ferai pas attendre trop longtemps, je te le promets.

Elle tournoya sur elle-même en fredonnant. Gwenyth n'eut que le temps de lâcher la minuscule agrafe qui fermait le corsage serré de Marie. Un peu plus, et elle déchirait le délicat brocart.

— Non, je ne serai pas Elisabeth ! Et maintenant, ma chère amie, il est temps d'aller dormir. Lord Rowan a reçu des ordres pour partir dans la matinée. La mort de son épouse bien-aimée a retardé ce voyage bien au-delà de ce que j'avais imaginé. Sais-tu depuis combien de temps je suis reine ? Et aujourd'hui, je suis une reine triomphante ! Cette victoire me grandira aux yeux d'Elisabeth, j'en suis sûre !

Gwenyth hocha la tête.

— Et je ferai tout ce qui est en mon pouvoir pour plaider votre cause, ma reine.

Marie était satisfaite. Elle retira sa lourde jupe sans attendre qu'on l'y aide. En fait, elle était tout à fait capable de se prendre en charge quand elle le décidait.

— Je suis la seule héritière légitime du trône d'Angleterre. Elisabeth doit en prendre conscience, même si je suis résolument catholique et que je n'ai pas l'intention de renier ma religion. Mais je ne suis pas une menace pour l'Eglise anglaise. Bien sûr, les Anglais seront furieux si j'épouse un catholique… Mais s'ils se retournent contre nous, comme cela s'est si souvent produit par le passé, nous aurons besoin du soutien d'un roi étranger…

Elle s'interrompit.

— Je me répète, je crois. Va vite te reposer. J'ai hâte que tu parles à la Reine Elisabeth et que tu me fasses ton rapport.

— Je n'y manquerai pas, Votre Grâce, répondit Gwenyth.

— Viens m'embrasser et laisse-moi te dire au revoir.

Marie était émue. Mais elle était également déterminée. Elle étreignit Gwenyth avec affection puis la congédia.

Une fois dans sa chambre, Gwenyth constata qu'Annie avait été informée de leur départ : son ensemble de voyage l'attendait sur une chaise et ses malles étaient bouclées.

Annie jaillit de la petite pièce attenante où elle était installée et battit joyeusement des mains.

— Londres ! s'écria-t-elle d'une voix excitée. Ah, mon Dieu, quelle aventure ! Nous allons rencontrer la reine d'Angleterre ! Quel honneur pour vous !

Gwenyth hocha la tête.

— Oui, nous allons rencontrer la reine d'Angleterre, répéta-t-elle en essayant d'injecter un peu d'enthousiasme dans sa voix.

Pour être franche, elle aurait laissé toutes les reines et tous les honneurs du monde simplement pour avoir la chance de vivre son amour avec Rowan au grand jour, comme n'importe quel couple d'amoureux.

Mais non, elle était folle. Elle avait su toute sa vie que

le devoir primait sur tout le reste. Son devoir passerait toujours avant l'amour. Du reste, Marie l'avait avertie. *Ne tombe pas amoureuse de lui.*

Mais Marie avait des liens de parenté avec Rowan. Sûrement, elle comprendrait ses sentiments, le moment venu, elle lui donnerait son consentement et ils se marieraient. Oui, sûrement.

Rowan savait que le voyage qui les attendait serait long et difficile. Les routes écossaises devenaient quasiment impraticables par temps de pluie ou de neige, et ils étaient nombreux : Gwenyth, Annie, plus une dizaine d'hommes — dont Gavin. Gwenyth s'était prise d'affection pour le jeune capitaine. Il la faisait rire avec une facilité que lui enviait Rowan.

Elle avait adoré son apparition dans la clairière, quand il avait joué les simples d'esprit pour gagner du temps. Il était jeune, plus proche de l'âge de Gwenyth que du sien, et il avait des dons artistiques : il composait des chansons et jouait du luth à la perfection.

Un soir, alors qu'ils faisaient halte pour la nuit dans la forêt, réunis autour d'un feu de camp, Gwenyth complimenta de nouveau Gavin pour le numéro auquel il s'était livré devant les hommes de MacIvey.

— Vous étiez incroyable. Plus vrai que nature !

— Ah, Lady Gwenyth, ma performance était bien modeste, comparée à la vôtre, affirma-t-il. Vous êtes une virtuose du déguisement.

Rowan fronça les sourcils. Les risques insensés qu'elle avait pris ce jour-là l'avaient rendu fou de rage, mais apparemment il était le seul : ses hommes étaient tous en admiration devant Gwenyth.

Depuis leur départ, ils chevauchaient à distance l'un de l'autre. Il le fallait. La sentir tout près de lui eût été trop douloureux. Il avait essayé de parler à la reine mais elle n'était pas d'humeur à écouter quoi que ce soit. Tout ce qui lui importait, c'était le trône d'Angleterre, sa difficulté à régner sans un roi à ses côtés, et ce qu'il devrait faire pour la servir une fois à la Cour d'Elisabeth.

— Vous ne trouvez pas que Lady Gwenyth a fait preuve d'une audace incroyable ? demanda Gavin, arrachant Rowan à ses sombres pensées.

— De l'audace, je ne sais pas ; de l'inconscience, sûrement, répondit Rowan.

Gwenyth poussa un petit cri de protestation.

— Je n'avais pas le choix, Marie menaçait d'y aller elle-même !

— Vous auriez dû tenter de la raisonner au lieu d'exposer sottement votre vie, répondit-il en s'adossant à un arbre, bras croisés.

Elle redressa le menton, souriante, refusant de se vexer.

— Jouer la comédie peut parfois vous sauver la vie.

Il s'inclina.

— Je saurai m'en souvenir.

Elle hocha brièvement la tête, puis détourna les yeux. Elle faisait très attention à ne pas se trahir, à ne pas laisser paraître ce qui s'était passé entre eux. Non pas parce qu'elle en avait honte, devina-t-il, mais pour respecter les ordres de la reine. Marie mettait énormément d'espoirs dans cette mission. Ils n'avaient pas le droit de se laisser distraire, de quelque façon que ce soit.

— Gavin, jouez-nous quelque chose, voulez-vous ? demanda-t-elle au jeune capitaine.

Il prit son luth en souriant.

— Avec plaisir. Je viens justement de composer une chanson qui vous plaira, je crois.

« De bon matin,
J'ai rencontré
Une damoiselle
Sur le chemin.
Je lui ai dit
Qu'elle était jolie,
Puis je l'ai embrassée,
Et je suis reparti,
Sur le chemin.
Quand je suis revenu,
Elle me guettait
Sur le chemin.
Et elle m'a rattrapé,
Et elle m'a chanté
Une chanson triste,
Qui disait :
Gentil seigneur, ne partez pas,
Gentil seigneur, ne me trahissez pas
Qu'ai-je fait
Pour que vous m'abandonniez ainsi
Sur le chemin ? »

Gwenyth et Annie applaudirent à tout rompre. Ses compagnons le taquinèrent, affirmant qu'il était trop beau garçon et trop bon musicien pour être soldat.

— Chantez avec moi, demanda Gavin à Gwenyth.

Et leurs deux voix se marièrent magnifiquement sous la splendide canopée de la forêt.

Rowan n'était pas jaloux de son jeune capitaine, pas vraiment, mais il ne put s'empêcher d'envier sa spontanéité souriante.

— Il est temps de prendre du repos, déclara-t-il quand le silence retomba.

Les femmes trouvèrent un endroit confortable sous un arbre au feuillage dense pendant que les hommes s'organisaient pour monter la garde deux par deux à tour de rôle.

L'aube se leva sur un petit jour brouillé au froid piquant. Ils firent rapidement leur toilette dans un ruisseau qui coulait sous les arbres, un peu plus loin, puis se remirent en route. En chemin, ils trouvèrent une ferme où on leur prépara un solide petit déjeuner à base de bacon, de pain, de poisson et d'œufs.

Ils poursuivirent leur progression vers le sud, jusqu'à la frontière avec l'Angleterre, et finirent par atteindre le Yorkshire, où Rowan décida de ne pas faire halte dans la grande cité entourée de remparts. Ils continuèrent à chevaucher jusqu'à la tombée de la nuit — malgré les grommellements d'Annie, qui ne se souciait pas qu'on l'entende pester.

— Il y a une dame d'honneur de la reine ici. Nous aurions pu nous arrêter dans un château confortable et y demander l'hospitalité pour la nuit — même si nous sommes en Angleterre !

Rowan fit faire demi-tour à son cheval et revint vers elle, la désarmant d'un sourire.

— Vous aimerez le château dans lequel je vous conduis, Annie, je vous le promets, affirma-t-il. N'est-ce pas, Gavin ?

Le jeune capitaine acquiesça gravement.

— C'est un endroit magnifique, Annie. Je vous en donne ma parole.

Ils arrivèrent enfin devant un haut mur de fortification. Gavin les avait précédés pour annoncer leur arrivée et le pont basculant était déjà baissé afin de leur permettre de passer au-dessus des douves. De l'autre côté du mur, un château se dressait fièrement dans le ciel nocturne. Gwenyth leva vers Rowan un regard las mais brillant de curiosité.

— Où sommes-nous ? demanda-t-elle.

— Cet endroit s'appelle Dell, lui dit-il.

— Je vois, murmura-t-elle alors qu'elle ne voyait rien du tout.

— Il m'appartient.

— A vous ?

— C'est un cadeau de la reine d'Angleterre. Je ne le tiens de personne, ajouta-t-il très vite.

Il ne voulait pas qu'elle puisse penser qu'il en avait hérité en épousant Catherine.

— J'ai rendu un petit service un jour à Elisabeth et pour me remercier, elle m'a donné le titre de Lord de Dell.

— Je vois, répéta Gwenyth — et, cette fois, son sourire était radieux.

Ils furent accueillis par l'intendant, un homme massif et chaleureux, prénommé Martin. Il était ravi que son maître soit de retour sur ses terres anglaises et fit préparer en toute hâte un délicieux souper. Les hommes se joignirent à eux, et la conversation tourna rapidement autour de la gestion du domaine. Dès que Gwenyth put quitter la table sans se montrer impolie, elle s'excusa et se retira.

Rowan avait donné des ordres pour qu'on lui attribue la chambre réservée aux ambassadeurs et aux personnages de haut rang qui faisaient parfois halte ici quand ils se rendaient dans le Nord ou vers le sud. Le lit était immense, le matelas ferme, et un bon feu crépitait dans l'imposante cheminée.

Peu après que Gwenyth eut quitté la table, Rowan s'excusa à son tour, laissant ses hommes profiter tout à loisir de son hospitalité.

Cette fois, ce fut lui qui surprit Gwenyth dans son bain. Il se glissa sans bruit dans la chambre où elle se détendait après leur longue chevauchée, la nuque appuyée sur le rebord de bois de la baignoire.

— Je vous ai apporté des serviettes, dit-il d'un ton malicieux.

— Annie va revenir d'une minute à l'autre, l'avertit-elle. Elle est partie me préparer du vin chaud pour m'aider à passer une bonne nuit.

— Nous fermerons le verrou.

— Et quelle explication lui donnerai-je quand elle frappera à la porte ?

— Vous n'aurez qu'à lui dire que vous tombez de sommeil, que vous êtes couchée et que vous n'avez pas la force de vous lever.

— Elle n'y croira pas une seconde.

— Vous voulez que je parte ?

— Jamais de la vie ! protesta-t-elle aussitôt. Mais vous devriez peut-être vous cacher dans l'armoire.

— Fi ! Ma dignité m'interdit de me cacher dans une armoire.

Il terminait à peine sa phrase qu'on frappa à la porte. La voix inquiète d'Annie s'éleva derrière le battant.

— Lady Gwenyth ? Tout va bien ? J'ai cru entendre quelqu'un. Dois-je appeler la garde ?

Rowan ouvrit.

Annie resta plantée dans le couloir, bouche ouverte. Craignant qu'il n'arrive malheur au plateau, Rowan le lui prit des mains.

— Annie, fermez la bouche ou vous allez vous enrhumer. Venez plutôt à l'intérieur, déclara-t-il en posant le plateau sur une malle, près de l'entrée.

Annie serra les mâchoires et entra dans la chambre. Son

regard glissa de Rowan, plus impressionnant que jamais dans la magnifique tunique de cérémonie qu'il avait mise pour souper, à Gwenyth, nue dans son bain.

Gwenyth cessa de respirer. Annie s'occupait d'elle avec affection et dévouement depuis de longs mois, maintenant, et elle avait peur du jugement sévère que la servante porterait sur elle. Elle était également inquiète que sa liaison avec Rowan soit révélée au grand jour. Mais contre toute attente, Annie éclata de rire.

— Ainsi donc, vous avez fini par comprendre ce que tout le monde avait deviné depuis longtemps, déclara-t-elle avec un grand sourire.

Gwenyth fronça les sourcils. On les soupçonnait donc d'être amants ? Depuis combien de temps ? Et qui était ce « tout le monde » ?

— Ne vous inquiétez pas, personne ne vous a soupçonnée de *ça*, dit Annie en secouant la tête avec un bon sourire.

Puis ses lèvres se pincèrent et elle foudroya Rowan du regard, les poings sur les hanches.

— Ma maîtresse n'est pas un jouet destiné à satisfaire vos caprices ! déclara-t-elle d'un farouche.

Rowan s'adossa au mur, amusé.

— Ah non ?

— Non !

Rowan lui adressa son sourire le plus charmant.

— Annie, j'ai promis à la dame de l'épouser. Mais elle m'a éconduit.

La mâchoire d'Annie descendit de plusieurs centimètres. Elle tourna vers Gwenyth un regard incrédule.

— Et pourquoi ?

— J'ai mes raisons, affirma Gwenyth.

— Oui ? Eh bien ce sont de mauvaises raisons ! trancha Annie d'un ton catégorique.

Rowan intervint avant que Gwenyth ait pu se justifier.

— La reine ne voudra pas entendre parler de mariage tant que sa propre situation matrimoniale ne sera pas réglée. Elle s'est montrée très claire sur ce point. Mais je suis un homme de parole, Annie. Et Lady Gwenyth n'est pas un simple caprice, rassurez-vous.

Annie regarda Gwenyth.

— Vous allez me faire le plaisir d'épouser cet homme ! dit-elle d'un ton sévère.

Gwenyth ne put s'empêcher de rire, et se tourna vers Rowan.

— Nous n'avons que faire de l'autorisation de la reine : Annie vient de dire que nous devions nous marier.

— Ce n'est pas charitable de vous moquer de moi, grommela la servante.

— Je ne me moque pas, Annie, affirma Rowan. Je vous fais le serment que j'épouserai votre maîtresse.

Il était sérieux, Gwenyth n'en doutait pas une seconde. Bonnes ou mauvaises raisons, en cet instant, cela n'avait plus d'importance. Il venait de faire un serment. Et il n'était pas homme à renier sa parole.

Annie recula vers la porte en secouant la tête d'un air faussement bougon.

— Bon. Je retourne à mes affaires. Faites comme si je n'étais pas venue.

Au moment de sortir, elle se retourna.

— Il y a un verrou sur cette porte. Vous feriez bien de vous en servir.

— Je suis ici chez moi, lui rappela poliment Rowan.

— N'importe, lâcha Annie d'un ton revêche — mais ses yeux pétillaient de joie — vous feriez quand même bien de fermer ce verrou.

— Merci du conseil.

Il poussa le verrou à la seconde où Annie partit. Puis il traversa la pièce en quelques enjambées, souleva Gwenyth, toute ruisselante, dans ses bras, et l'emporta fougueusement vers le lit sans se soucier de tremper ses beaux vêtements. S'il avait été ardent auparavant, c'était sans commune mesure avec la fièvre qui le dévorait en cet instant. Et si Gwenyth l'avait désiré, c'était sans rapport avec la passion presque désespérée qui la faisait trembler contre lui.

Il se déshabilla à la vitesse de l'éclair avant de la reprendre dans ses bras. Elle pressa ses lèvres à la base de son cou et s'enivra du battement rapide de son pouls. Elle apprenait à jouer, à exciter, à séduire, et le grain de sa peau sous sa langue avait une saveur purement érotique. Elle était avide de le toucher, de l'explorer, de sentir ses muscles se contracter sous ses caresses. Elle aspirait à être plus près de lui encore et se lova contre lui afin de sentir chaque relief de son corps. Elle n'était pas encore très expérimentée même si elle s'enhardissait par moments, mais ses chuchotements fiévreux l'invitaient sans cesse à aller plus loin, la conduisant vers de nouvelles expériences, de nouveaux plaisirs. Elle sentait ses mains prendre possession de son corps, et cependant il la laissait mener le jeu, et elle se rendait compte à ses réactions qu'elle découvrait d'instinct les caresses les plus érotiques. Elle osa laisser ses doigts effleurer son érection, et savoura le cri de surprise et de plaisir mêlés qui jaillit de ses lèvres, l'ardeur farouche avec laquelle il la fit rouler sous lui, la force invincible avec laquelle ses bras l'enlacèrent quand il lui fit l'amour. Lorsqu'ils atteignirent ensemble le paroxysme du plaisir, il lui sembla que l'univers entier tremblait sous l'intensité de leur passion.

Rowan la garda serrée contre lui toute la nuit.

Quand la lumière du jour filtra doucement par les meurtrières, Gwenyth s'éveilla et eut immédiatement conscience qu'il était réveillé et qu'il l'observait, redressé sur un coude.

— Même quand vous serez une très vieille dame, vous resterez belle, murmura-t-il.

Elle rit et secoua la tête.

— Quand je serai vieille, je serai toute ridée.

— L'âme ne vieillit pas. Vous ne le saviez pas ?

— Etes-vous en train de me dire que j'ai une belle âme ? plaisanta-t-elle.

— Absolument, acquiesça-t-il avec sérieux. Mais en me réveillant, ce matin, je dois avouer que c'est votre beauté charnelle qui m'a fasciné. La perfection de votre visage, la façon dont les premiers rayons du soleil caressaient la courbe de vos hanches, allumaient des reflets flamboyants dans vos cheveux…

— Mes cheveux deviendront gris.

— C'est vrai. Mais quel que soit votre âge, vos yeux et votre sourire resteront éblouissants de grâce et de beauté.

Gwenyth se blottit contre lui en se demandant s'il était possible d'être plus heureuse qu'elle l'était en cet instant.

— Vous-même, vous serez un vieillard très séduisant.

— Mes muscles se relâcheront. Je serai voûté, peut-être même chauve.

— Ah, mais vous aussi, vous garderez votre beau visage.

— Il n'est pas aussi délicatement modelé que le vôtre, je le crains.

— Je ne crois pas qu'un menton aussi volontaire pourra s'affadir avec l'âge. Et vos yeux… ils sont d'un bleu si profond qu'ils paraissent presque noirs. Ils seront toujours fiers, et ils auront raison de l'être, dit-elle gravement.

Il lui caressa tendrement la joue.

— Et dire que vous me détestiez, il n'y a encore pas si longtemps.

— Marie est une bonne reine, affirma-t-elle avec sérieux.

— C'est vrai. Elle nous l'a prouvé.

— Vous n'avez pas l'air convaincu.

— Je le serai dans vingt ans, répondit-il — et il se redressa sur un coude pour la regarder dans les yeux. Vous servez la reine jusque dans ses appartements — peut-être pourrions-nous la laisser à la porte des nôtres ?

Il s'inclina et s'empara de ses lèvres sans attendre sa réponse. Le jour s'était levé, mais il n'avait pas l'intention de laisser s'effacer les souvenirs de la nuit.

— Si seulement nous pouvions rester ici ! murmura-t-il en la serrant farouchement contre lui — et elle fut surprise par la passion qui vibrait dans sa voix.

— Si nous restions ici, nous ne pourrions pas rencontrer Elisabeth, lui rappela-t-elle. Nous ne pourrions pas lui expliquer que Marie est soucieuse de respecter les convictions religieuses de chacun. Et nous ne pourrions pas la convaincre que Marie est son héritière légitime et qu'elle mérite d'être reconnue comme telle.

Il prit sa main dans la sienne et mêla ses doigts aux siens.

— Et nous ne pourrions pas rentrer en Ecosse et obtenir le consentement de Marie à notre mariage, ajouta-t-il prosaïquement.

Gwenyth se tourna vers lui, et plongea son regard au fond du sien.

— Rowan, je vous jure… je suis incapable de prendre un homme au piège pour l'obliger à m'épouser.

— Je reconnais que vous avez fait preuve d'initiative, murmura-t-il d'une voix douce, teintée de tendresse. Mais au risque de vous désappointer, c'est *moi* qui vous ai prise au piège.

— C'est votre fierté qui parle, le taquina-t-elle.

— Non, c'est la vérité.

Il l'attira à lui et l'embrassa longuement, amoureusement. Il interrompit son baiser avant de perdre la tête et recula à regret.

— Dieu sait que je voudrais pouvoir rester ici, avec vous, avoua-t-il dans un soupir, le regard tendre. Mais nous devons reprendre la route. Nous avons encore un long chemin à parcourir.

Il se leva, et se pencha pour l'embrasser sur le front avant de ramasser ses vêtements éparpillés sur le sol et de s'habiller. Une fois à la porte, il se retourna.

— Petit déjeuner et en route.

— Je me lève tout de suite, promit-elle comme il refermait la porte derrière lui.

Les draps étaient encore imprégnés de son odeur. Elle s'y blottit amoureusement, enserrant son oreiller en plumes entre ses bras.

Il lui semblait impossible d'être plus heureuse qu'en cet instant.

Elle ne le quitterait jamais, se jura-t-elle à elle-même.

Et sûrement, même s'il ne le lui avait pas dit, sûrement il l'aimait.

Et il l'aimerait toujours.

12

Londres.

La ville semblait gigantesque.

Mais Gwenyth avait vécu à Paris pendant un an et Londres n'était pas si différente, au fond. Juste terriblement… anglaise.

Rowan possédait un hôtel particulier tout près de Hampton Court, sur la Tamise. Une barque était amarrée derrière la maison — elle les conduirait sans délai auprès de la reine le moment venu. Gwenyth avait une aile entière à sa disposition, avec un salon attenant à sa chambre et un accès direct à l'étage, où logeait Annie.

Catherine était de nationalité anglaise, elle le savait, mais jamais elle n'aurait imaginé que Rowan recevrait un accueil aussi chaleureux dans le pays de sa défunte épouse. Chaque fois qu'ils sortaient, ils croisaient des gens qui le saluaient, se félicitaient de le savoir de retour en Angleterre — et la dévisageaient avec une curiosité non dissimulée.

Rowan l'emmena voir la cathédrale de Westminster où les rois et les reines d'Angleterre se faisaient couronner. Ils se promenèrent en canot sur la Tamise, visitèrent les parcs et flânèrent sur les marchés. Rowan jouait son rôle d'escorte à la perfection, et ils se montraient tous les deux très prudents en public.

Les nuits, en revanche, leur appartenaient.

Gwenyth avait l'impression de vivre un rêve éveillé depuis plusieurs semaines quand la Reine Elisabeth leur fit parvenir une lettre. Elle s'était dégagée de ses obligations afin de les recevoir à souper et se disait impatiente de revoir son « très cher Lord Rowan », et d'entendre des nouvelles de sa « très chère cousine, Marie d'Ecosse ».

— Elle a l'air sincère, dit Gwenyth.

Il haussa un sourcil, amusé.

— Ne vous fiez pas à ses formules affectueuses, l'avertit-il. Elisabeth est une habile stratège. Elle ne laisse jamais rien au hasard.

L'intendant de l'hôtel particulier était un vieil homme adorable prénommé Thomas. S'il remarqua les liens étroits qui unissaient Lord Rowan à Lady Gwenyth, il eut la discrétion de n'en rien laisser paraître. Rowan avait toute confiance en lui, mais veillait néanmoins à sauvegarder les apparences afin de préserver la réputation de Gwenyth.

Thomas avait monté de bon matin la lettre de la reine dans les appartements de son maître, et Rowan avait aussitôt traversé le couloir pour se rendre dans le royaume de Gwenyth. Elle était encore au lit, où elle finissait de déguster son petit déjeuner. Tous les jours, Annie ou Thomas lui apportaient un plateau avec du café et des pâtisseries. Gwenyth n'avait jamais bu de café avant aujourd'hui, mais Rowan lui avait expliqué que c'était une boisson très prisée à Constantinople. Quand il était jeune garçon, son père l'avait emmené sur le continent pour un long périple qui les avait conduits jusqu'en Orient. C'était là que Rowan avait pris goût à cette boisson amère et parfumée. Elle était cependant encore très peu répandue à Londres : la plupart des gens n'en avaient même jamais entendu parler.

— On trouve à peu près tout ce qu'on veut à Londres, à

condition de savoir où s'adresser, lui avait répondu Thomas comme elle s'étonnait que Rowan puisse se procurer un breuvage aussi rare. Et d'en avoir les moyens, avait-il ajouté.

Gwenyth ignorait à combien se chiffrait la fortune de Rowan et cela lui était bien égal. Peu lui importait de savoir s'il était riche ou non. Elle l'aimait, rien d'autre ne comptait.

Mais elle était quand même contente qu'il ait les moyens d'acheter du café. Elle raffolait de cette boisson, surtout quand Thomas y ajoutait de la crème épaisse et du sucre — un autre luxe qu'il n'était pas toujours aisé de se procurer.

Ce matin-là, elle venait juste de reposer le plateau à côté d'elle, quand Rowan entra dans sa chambre pour lui montrer la lettre de la Reine Elisabeth. Gwenyth constata avec étonnement qu'elle était écrite de la main même de la souveraine et fermée avec son sceau. Ils étaient plus intimes qu'elle ne l'avait supposé.

— On dirait que vous êtes plus proche de la Reine Elisabeth que de la Reine Marie, remarqua-t-elle d'une voix pincée.

Il rit.

— J'ai soutenu Elisabeth à un moment où elle était dans une situation délicate, c'est tout.

— Oh ?

Il s'allongea près d'elle sur le lit où ils avaient dormi dans les bras l'un de l'autre, jusqu'à ce qu'il regagne discrètement sa chambre aux premières lueurs de l'aube.

— Elisabeth donne l'impression d'être confortablement installée sur son trône, mais cela n'a pas toujours été le cas. Croyez-moi, elle est bien placée pour comprendre les problèmes auxquels est aujourd'hui confrontée sa cousine. Et même si les prétendants au trône d'Angleterre sont nombreux, Marie est sa seule héritière légitime. Et elle le sait.

— Alors pourquoi ne le reconnaît-elle pas officiellement ? protesta Gwenyth.

Il sourit.

— Ce n'est pas aussi simple. Marie doit d'abord signer le Traité d'Edimbourg.

— Elle ne peut pas le signer : il déclare noir sur blanc qu'elle renonce à ses droits sur le trône d'Angleterre.

— La situation est terriblement complexe, assura Rowan en l'enlaçant. Elisabeth a été couronnée reine à vingt-cinq ans. Et elle était, sans aucun doute, le plus beau parti qui soit sur le marché matrimonial.

— Et pourtant, elle a repoussé tous ceux qui ont demandé sa main.

— Elle est fidèle à sa ligne de conduite : elle a répété à maintes reprises que si elle se mariait, ce serait uniquement en sa qualité de reine.

— Qu'est-ce que ça veut dire ?

Il repoussa tendrement une boucle de cheveux qui cascadait sur son front.

— Simplement qu'elle aime être disponible et aimée — elle est encore très belle. Elle exclut d'épouser un prince catholique parce qu'elle ne veut pas soumettre son pays à une puissance étrangère, et elle exclut aussi d'épouser un noble anglais parce qu'elle refuse de remettre les clés du pouvoir entre les mains d'une famille au détriment d'une autre. Si mariage il y a, elle est déterminée à rester reine et à gouverner seule. Ses années de règne lui ont appris combien il était difficile d'être à la fois reine et femme, avec un cœur de femme. On lui a reproché d'être trop intime avec Robert Dudley, l'un de ses favoris. Un homme marié, qui plus est. Quand sa femme est morte — dans un accident, mais le bruit a couru qu'elle s'était suicidée parce qu'elle ne supportait pas la liaison avérée de son mari avec la reine —, le scandale a éclaboussé Elisabeth. Mais elle a fait front et clairement indiqué qu'elle n'avait pas l'intention d'épouser Dudley. En fait, j'ai entendu dire qu'elle l'avait proposé pour époux à Marie.

Gwenyth sursauta, scandalisée.

— Comment ? La Reine Elisabeth aurait l'audace de proposer ce... ses restes à notre reine ?

Rowan éclata de rire et l'attira plus près de lui.

— J'adore ce feu qui ne demande qu'à jaillir en vous ! Vrai ou faux, Marie n'acceptera jamais d'épouser « les restes » de sa cousine, pour reprendre vos termes. En fait, Elisabeth a le sens de l'humour : il est très possible qu'elle ait envisagé d'épouser Dudley en échange de sa promesse qu'il épouserait Marie si elle venait à mourir. En épousant deux reines, l'homme verrait ainsi multipliées par deux ses chances de concevoir un héritier royal.

Gwenyth le dévisagea, les sourcils froncés.

— Ce portrait ne correspond pas à son image de reine vierge.

Il secoua la tête.

— Qui peut se vanter de savoir ce qui se cache dans le cœur et l'âme des gens ? Il y a eu un parfum de scandale quand elle vivait avec sa belle-mère, Catherine Parr, et Somerset. L'homme aurait bien aimé la prendre pour épouse, plutôt que la veuve de son père. Il a eu les dents trop longues, et il a fini sur l'échafaud. Avoir des ambitions royales est une tentation très dangereuse pour un noble.

Gwenyth l'observa d'un air taquin.

— A propos de noble naissance, j'ai entendu une rumeur à votre sujet...

— Ce n'est pas une rumeur, ma douce, c'est la vérité,

murmura-t-il en lui caressant la joue. Ma mère était bien la fille naturelle du roi Jacques V d'Ecosse — qu'il a reconnue et aimée, comme ses autres enfants illégitimes.

— Et vous n'avez pas d'ambitions royales ?

— Je tiens à ma tête, merci. L'Ecosse est ma seule passion. Mes terres. Ma vie, conclut-il avec un tendre sourire en posant ses lèvres sur les siennes.

Gwenyth lui rendit son baiser puis se leva à regret.

— Il faut que je me prépare avec le plus grand soin pour rencontrer la reine.

Rowan se leva à son tour.

— Le trajet en barque vous plaira, lui promit-il.

La reine les reçut à Hampton Court, dans ses appartements privés, et non dans le salon d'apparat, habituellement réservé aux visiteurs. Un serviteur les introduisit dans le boudoir où une table avait été dressée pour le dîner. Elisabeth apparut presque immédiatement. Rowan s'inclina et Gwenyth plongea dans une profonde révérence, attendant que la reine lui donne la permission de se relever, comme le voulait l'étiquette.

Elisabeth avait une trentaine d'années. Elle était grande — à peu près de sa taille, estima Gwenyth —, mais elle était loin d'être aussi sculpturale que Marie. Ses cheveux blonds, tirant sur le roux, étaient exquisément coiffés et tranchaient avec ses yeux sombres. Elle portait une somptueuse robe d'intérieur de soie doublée de velours et sa couronne royale était solidement plantée sur sa tête. Elle n'était pas d'une grande beauté, mais elle était sans aucun doute séduisante.

— Ah, mon cher Lord Rowan, déclara-t-elle en lui faisant signe d'approcher.

Elle l'embrassa sur les deux joues, puis recula pour le

toiser et hocha la tête, comme si elle appréciait ce qu'elle voyait. Une lueur de malice pétillait dans ses yeux.

Elle se tourna vers Gwenyth et lui fit signe de s'avancer.

— Et voici la dame d'honneur de ma *très chère* cousine, Lady d'Islington.

Gwenyth inclina la tête.

— Laissez-moi vous regarder, dit Elisabeth.

Gwenyth plongea sereinement son regard dans celui de la reine.

— Vous êtes grande.

— Pas tant que ça, répondit Gwenyth.

Elisabeth rit, charmée.

— Attention : je dirais que vous mesurez un petit centimètre de plus que moi, et j'aime à penser que je suis grande.

— *Vous* êtes grande, Votre Grâce, répondit Gwenyth avec tact.

Un sourire amusé flotta sur les lèvres d'Elisabeth.

— Vous avez passé une année en France, à ce que l'on m'a dit. J'ai demandé à ce que l'on serve du vin français à table, en espérant qu'il vous plaira, lui dit Elisabeth.

— Votre Grâce est trop bonne.

— En fait, je suis intriguée, rectifia-t-elle.

Elle se tourna vers Rowan sans expliquer ce qu'elle entendait par là.

— Je suis navrée du deuil qui vous a frappé.

— Merci, Votre Grâce.

— Vous avez participé, j'imagine, aux combats qui ont opposé votre reine à Lord Huntly ?

— En effet.

— Une affaire rondement menée. Je me suis tenue informée des nouvelles et j'ai été heureuse d'apprendre que ma chère cousine avait la même tolérance que moi en matière de religion. Personne ne pourra empêcher les hommes de s'entretuer pour leur foi, mais je m'efforce de leur en fournir l'occasion aussi peu souvent que possible.

— Je vous donne ma parole, Votre Grâce, que la Reine Marie n'a aucunement l'intention de s'opposer à l'Eglise d'Ecosse ! intervint Gwenyth avec flamme.

Elisabeth l'observa.

— Quelle passion ! Bien sûr, j'ai longuement entendu parler de vous. Marie a en vous sa plus ardente partisane et elle vous a envoyée ici pour tenter de me convaincre, d'une façon ou d'une autre, qu'elle est, comme elle le revendique, l'héritière légitime de mon trône.

Gwenyth sentit ses joues devenir brûlantes.

— Elle l'est, souligna-t-elle d'une voix douce.

— Mais je ne suis pas encore morte, rétorqua plaisamment la reine. Et savez-vous ce que j'ai résolu, mon cher Rowan ?

Il secoua la tête. Un demi-sourire flottait sur ses lèvres. Apparemment, l'attitude de la reine l'amusait.

— Quoi donc, Votre Grâce ?

— J'ai réglé une fois pour toutes le problème de ma succession : j'ai décidé de ne pas mourir.

— Personne ne souhaite voir mourir quelqu'un dans la fleur de l'âge comme Votre Grâce, déclara Gwenyth.

— Ah, Lady MacLeod me trouve jeune ! Je crois que nous sommes promises à devenir de grandes amies, s'exclama Elisabeth, de plus en plus amusée. Rowan, soyez gentil : allez tenir compagnie aux dames de ma Cour. Elles seront enchantées de vous voir, j'en suis certaine, ajouta-t-elle avec une pointe d'humour.

Rowan se leva, mais voyant qu'il hésitait, elle le congédia d'un geste de la main.

— Allez. Je souhaite discuter seule à seule avec cette délicieuse jeune femme.

— Comme il vous plaira, dit-il enfin — et, n'ayant pas le choix, il sortit.

Elisabeth prit place dans le majestueux fauteuil à dossier droit qui trônait au centre de la pièce, et désigna le canapé, en vis-à-vis.

— Asseyez-vous.

Comme Gwenyth obéissait, Elisabeth déclara :

— Je vous écoute. Vantez-moi les mérites de votre reine.

— Marie n'a pas d'autre désir que d'être une souveraine tolérante et juste. Vous n'imaginez pas combien il lui a été difficile de prendre la décision d'entrer en guerre contre Huntly, un lord catholique. Mais elle place les intérêts de son pays et de son peuple avant ses propres désirs. Elle vous est très reconnaissante de lui avoir délivré un sauf-conduit pour l'Ecosse, même s'il est arrivé, malheureusement, bien après notre arrivée. En vérité, elle ne souhaite rien d'autre que d'être votre très chère cousine, et votre amie.

— Elle ne sera pas mon amie si elle continue à envisager d'épouser Don Carlos d'Espagne, riposta sèchement Elisabeth.

Gwenyth se montra prudente dans sa réponse : il était possible que des tractations secrètes aient toujours lieu avec l'Espagne, même si elle n'avait pas été mise dans la confidence.

— Marie est très consciente que, tout comme vous, elle doit opter pour une alliance qui servira au mieux son pays.

— Vraiment ?

— Elle a été promise à François alors qu'elle n'était encore qu'une enfant et elle est devenue son amie avant d'être son épouse. Elle l'a soigné tendrement et elle a tenu son rang avec dignité, jusqu'à la fin.

— C'est la moindre des choses — quand on est reine de France, contra Elisabeth.

— Sa vie à la Cour de France n'a pas été aussi facile que vous l'imaginez. Il est mort à petit feu et elle n'a jamais quitté son chevet.

— Ah. Elle est compatissante.

— Très.

— Passionnée ?

— Aussi. Surtout quand il s'agit de défendre les intérêts de son pays.

La reine se pencha en avant.

— Et… pour le reste ?

— Elle est très fidèle dans ses amitiés. Elle déteste la violence. Elle est très cultivée et elle adore la lecture, les chevaux et les chiens de meute.

— J'ai entendu dire qu'elle était une excellente chasseresse.

— C'est vrai.

Elisabeth sourit. Apparemment elle avait perçu une note de réticence dans la voix de Gwenyth.

— Mais pas vous ?

— Je n'apprécie pas beaucoup la chasse, en effet.

— Ah, vous voilà sincère, enfin.

— La Reine Marie *est* sincère.

— Apprenez, ma chère, que ce n'est pas forcément une qualité pour une reine. Je reconnais néanmoins qu'elle a de la chance.

— Ah ?

— Si tous ses sujets la vénèrent autant que vous, son règne sera long et prospère.

— Envisagerez-vous de la désigner comme votre héritière ? demanda Gwenyth avec espoir.

Elisabeth s'adossa à son fauteuil.

— Absolument pas.

Gwenyth resta muette, saisie par cette réponse directe.

— Je ne peux pas, reprit Elisabeth en souriant pour atténuer la dureté de ses propos. Je ne suis pas assez solidement amarrée à mon propre trône pour faire des choix qui risqueraient de mettre en péril mon règne. Plus tard, peut-être, pourrai-je accéder à la demande de ma cousine, mais actuellement il m'est impossible de désigner à ma succession une princesse catholique. Cela étant, je suis enchantée de vous recevoir à ma Cour. Je suis certaine que vous avez reçu pour consigne de dire du bien de votre reine à chaque occasion, nous serons donc amenées à nous voir très régulièrement et je m'en réjouis.

Elle se leva mais fit signe à Gwenyth de rester assise, ce qui lui donna un désagréable sentiment d'infériorité.

— Je pense que je vivrai très longtemps. Je ne tomberai pas entre les griffes d'un homme car j'ai appris que du tumulte des sentiments naît le chaos. Je veux être une reine en toutes choses. Il se peut que l'Angleterre prenne un jour un époux car le peuple réclame un héritier, mais Elisabeth ne se mariera pas par passion. Peut-être, lorsque je serai totalement convaincue que votre reine ne représente aucune menace… mais pour l'instant, je préfère attendre. J'en ai les moyens.

— La Reine Marie a été mariée et elle se remariera certainement, dit Gwenyth. Elle souhaite donner un héritier à l'Ecosse.

Elisabeth sourit.

— Les bois sont pleins à craquer de jeunes candidats

au trône. Mais — qui sait — la reine d'Ecosse choisira peut-être un prétendant qui aura mon agrément. Et alors, nous verrons.

Elle s'avança vers une porte. Quand elle l'ouvrit, Gwenyth constata que Rowan avait obéi à la reine : il discutait en riant avec plusieurs dames d'honneur d'Elisabeth. L'aiguillon de la jalousie la transperça malgré elle, mais elle n'en laissa rien paraître. Elle ne pouvait se permettre de trahir ses sentiments.

— Rowan, nous allons souper, maintenant, déclara Elisabeth.

— Votre Grâce.

Il salua le petit groupe d'un signe de la tête et traversa le salon pour regagner le boudoir.

— Rowan est très populaire ici, dit Elisabeth à Gwenyth. Mais il est vrai qu'il a de solides atouts : grand, taillé comme un guerrier, très bien éduqué, grand voyageur. Et charmant, avec ça. Des cheveux splendides, de belles dents…

— Ce n'est pas un cheval, coupa sèchement Gwenyth.

Puis elle se tut, horrifiée d'avoir remis la reine d'Angleterre à sa place.

Mais Elisabeth se contenta de sourire.

— Ah, une femme de caractère. Le ciel soit loué !

Rowan les rejoignit, suivi par une armée de serviteurs apportant des montagnes de victuailles sur des plateaux en argent. Gwenyth n'eut même pas l'impression qu'Elisabeth cherchait à les impressionner avec le faste de la Cour anglaise ; c'était la façon ordinaire dont la reine soupait quand elle tenait une audience privée.

Elisabeth s'installa en tête de table, puis Gwenyth s'assit à son tour, imitée par Rowan.

— Servez-vous de rôti, Lord Rowan, il est excellent,

encore que vos troupeaux écossais offrent de la viande de très bonne qualité. Et voici du poisson. Lady Islington, les oignons sont merveilleusement doux et les haricots délicieux. J'espère que le repas sera à votre convenance.

— La présence de Votre Grâce rendrait n'importe quel repas exceptionnel, répondit Gwenyth.

— Rowan, cette jeune femme possède un vrai talent de diplomate, dit Elisabeth.

Elle esquissa le geste de porter un petit morceau de viande à sa bouche, puis s'arrêta.

— Etiez-vous aux côtés de Rowan, ma chère, lorsque Catherine nous a quittés ?

— Elle était sous ma protection, en effet, acquiesça Rowan.

— Ah, murmura la reine.

— Nous avions prévu de faire halte chez moi avant de nous rendre en Angleterre, lui expliqua-t-il. Mais à cause des événements, nos plans ont été modifiés. Je suis resté à Castle Grey, et Lady MacLeod est partie dans sa demeure ancestrale.

— Etiez-vous déjà amants à l'époque ? demanda nonchalamment la reine.

Gwenyth étouffa un cri.

Rowan, pour sa part, ne tressaillit même pas. Il regarda calmement la reine.

— Non, déclara-t-il simplement.

Elisabeth hocha la tête d'un air pensif.

— Le temps a passé, depuis, commenta-t-elle.

Gwenyth aurait voulu quitter la table et fuir loin de la reine.

— Ma chère enfant, si vous voulez garder votre secret, il vous faudra apprendre à ne pas le suivre du regard à chaque mouvement qu'il fait, ironisa Elisabeth.

— J'ai l'intention de demander sa main, dit Rowan.

Elisabeth sourit.

— Un mariage d'amour. Comme c'est charmant.

Après tout ce qu'elle lui avait dit, Gwenyth fut surprise d'entendre une note d'envie dans sa voix.

— Mais vous pourriez prétendre à beaucoup mieux, reprit Elisabeth à l'adresse de Rowan. C'est une beauté, je vous l'accorde, et elle a la faveur de la reine, mais… Islington ? Un vulgaire caillou qui émerge de la mer ?

— *Elle* est assise à cette table et elle n'est pas sourde, intervint Gwenyth, stupéfaite que sa soudaine colère lui donne l'audace de parler.

— Je suis la reine. Si j'ai envie de parler de vous comme si vous n'étiez pas là, vous n'êtes pas censée en faire la remarque, répondit Elisabeth, une note d'amusement dans la voix.

— Votre Grâce, intervint Rowan, il y a des sujets graves dont je dois vous entreten…

— Je sais, mais je n'ai aucune envie d'en discuter maintenant. Je m'intéresse bien davantage à vous deux. La Comtesse Mathilda vient de perdre son époux. Elle est jeune et elle possède des terres immenses, très fertiles. J'ai entendu dire qu'elle cherchait à se remarier et que votre nom avait été mentionné.

Gwenyth fut étonnée de voir Rowan secouer la tête en souriant.

— Votre Grâce, vous m'avez donné des terres en Angleterre et je vous en suis infiniment reconnaissant. Mais je sers la reine d'Ecosse, et je n'ai pas l'intention de me vendre à un pays étranger.

Gwenyth retint son souffle. Sûrement, Elisabeth allait exploser — et c'est ce qu'elle fit.

De rire.

— Vous ne désirez pas devenir plus puissant et acquérir plus de terres ? demanda-t-elle.

— Le problème avec les terres, comme avec les couronnes, murmura-t-il pensivement, c'est qu'il faut se battre en permanence pour les garder. Le sort a été très généreux avec moi. Je possède un domaine magnifique auquel est venu s'ajouter l'héritage de Catherine. C'est vers Lady Gwenyth que ma défunte épouse s'est tournée à la fin de sa vie, et c'est Gwenyth qui l'a veillée alors que Catherine ne me reconnaissait même plus. Lady MacLeod n'a pas à rougir de quoi que ce soit — tout au contraire. Et avec la permission de *ma* reine, je l'épouserai.

— Bien dit ! s'exclama Elisabeth.

Rowan se tourna vers Gwenyth.

— Ne vous laissez pas impressionner par ses manières directes. Elle essaie de vous tester.

— *Elle* est assise à cette table, et *elle* est la reine ! lança sèchement Elisabeth.

Puis elle se mit à rire et posa la main sur celle de Gwenyth avec une chaleur inattendue.

— Je suis heureuse que vous ayez apporté du réconfort à Lady Catherine dans ses derniers instants. C'était une jeune femme d'une grande beauté et une merveilleuse amie. Vous l'auriez tendrement aimée si vous l'aviez connue à l'époque de sa splendeur.

— Je l'ai tendrement aimée telle qu'elle était, répondit Gwenyth.

Elisabeth regarda Rowan.

— Félicitations. Elle est à la fois belle et intelligente. Envoyez chercher vos affaires. Je veux que vous résidiez tous les deux à la Cour. J'aimerais assez disputer une partie de tennis, demain. Lord Rowan, vous serez mon partenaire. Et vous, Lady Gwenyth, vous jouerez avec Lord Dudley.

Certains gentilshommes de ma suite deviennent un peu trop sûrs d'eux à mon goût. Il est temps que je leur rabatte leur caquet en m'affichant avec Lord Rowan.

— Comme il vous plaira, acquiesça Rowan.

— Vous jouez au tennis, Lady Gwenyth ? demanda Elisabeth.

— Bien sûr. La Reine Marie excelle dans ce sport. Elle aime toutes les activités de plein air. Et les jardins de Holyrood sont ravissants.

— J'espère que vous lui parlerez de moi avec autant d'enthousiasme, dit Elisabeth.

Gwenyth garda le silence.

— Vous êtes censée répondre que je ne vous inspire que des louanges et des superlatifs, ironisa Elisabeth.

— Je ne manquerai pas de lui faire savoir que vous êtes d'une grande intelligence, répondit Gwenyth.

Elisabeth rit.

— C'est tout ?

— Je lui dirai aussi que vous êtes une reine-née.

— Rowan, cette jeune femme est une perle. Je prierai pour vous deux car la vie n'est jamais aussi simple que nous le souhaiterions. Maintenant, Lady Islington, le souper est terminé et c'est à votre tour de vous retirer. Il y a des sujets dont je souhaite discuter avec Rowan.

Lorsqu'ils furent seuls, Elisabeth le regarda gravement.

— Votre pays est de nouveau en proie à des troubles, Rowan, dit-elle.

Il fronça les sourcils. Tout paraissait calme dans les Highlands quand il était parti et il avait supposé — à tort, apparemment — qu'il serait informé très rapidement du moindre changement. Chaque relais entre Londres et Edimbourg était équipé de chevaux frais pour permettre aux messagers de se rendre sans délai d'une Cour à l'autre.

— Que voulez-vous dire ?

— Un homme s'est introduit dans la chambre à coucher de Marie. Un Français, fou d'amour pour elle, à ce que l'on m'a dit. Il faisait partie de sa suite quand elle a quitté la France pour l'Ecosse. Il semble qu'il ait été exécuté.

— Comment est-ce arrivé ?

— Je ferais peut-être mieux de vous raconter les choses dans l'ordre. D'abord, sir Gordon a été condamné pour haute trahison.

— Il fallait s'y attendre. Il avait fait le projet de violer la reine et de la contraindre ensuite à l'épouser. Il a été arrêté, mais il a réussi à s'échapper et il a pris les armes contre elle.

Elisabeth s'adossa à son fauteuil, ses mains délicates posées sur les accoudoirs capitonnés.

— Je déteste les exécutions. Marie était présente, paraît-il, quand le Français est mort. Il aurait crié qu'il était prêt à mourir par amour pour la reine. L'exécution a été apparemment fort mal menée.

Elle regarda Rowan.

— On n'imagine pas à quel point il est difficile de trouver un bourreau qui ne transforme pas la scène en une effroyable boucherie. Peu de gens ont conscience de la grande bonté que mon père a témoignée à ma mère en faisant venir de France un homme expérimenté pour lui trancher la gorge d'un seul coup d'épée.

Rowan garda le silence. Elisabeth était perdue dans ses souvenirs, et il n'avait aucune envie de l'entendre entrer dans les détails.

— J'ai à peine connu ma mère, poursuivit-elle. J'étais tout

juste en âge de marcher quand elle est morte. A en croire la noblesse qui servait à la Cour de ma sœur, c'était une sorcière doublée d'une putain. Ceux qui l'ont accompagnée dans ses derniers instants ont laissé des témoignages très différents. Selon eux, elle n'a commis aucun des crimes qui lui ont été reprochés. Son seul tort a été de ne pas avoir réussi à donner naissance à un héritier mâle. Elle est morte avec un courage admirable, sur ce point, au moins, tout le monde est d'accord. Elle a eu soin de demander pardon à mon père avant de mourir. C'est extraordinaire, ne trouvez-vous pas, qu'au moment de mourir, les condamnés demandent pardon à ceux qui les ont trahis — et payent grassement le bourreau pour que leur mort soit rapide ?

Elle soupira et secoua la tête.

— Mais laissons là les souvenirs. Pour en revenir à Marie, l'exécution de son soupirant français l'a bouleversée : elle est restée alitée plusieurs jours. On la disait très malade.

Rowan s'inquiéta.

— Est-elle remise ?

— Naturellement. J'ai vu de près la maladie et l'horreur, savez-vous ? Et une reine ne peut ni ne doit se laisser dominer par ses émotions. Ce courtisan français s'appelait Pierre de Chastelard. Il semble que l'amour lui ait fait perdre la raison : il s'est introduit à deux reprises dans la chambre de la reine. Son inconvenance lui a été pardonnée une première fois, mais ce fou a recommencé son exploit et Marie a eu si peur qu'elle a hurlé à son frère de le poignarder sur le champ. Fort heureusement, le Comte de Moray a réagi avec plus de sang-froid, et a pris les mesures qui s'imposaient : l'homme a été arrêté, jugé et exécuté.

Rowan sentait le regard d'Elisabeth peser sur lui. C'était une fine psychologue, il le savait. Elle jugeait les gens tout autant à leurs réactions qu'à leurs discours.

— J'ai chevauché aux côtés de Marie, déclara-t-il fermement. Je l'ai servie et j'étais présent lors des conseils de guerre. Je suis prêt à jurer sur mon honneur qu'elle est chaste et qu'elle n'a encouragé cet homme en aucune façon.

Elisabeth haussa les épaules.

— Je ne crois pas qu'elle puisse m'être comparée.

— Personne ne peut vous être comparé, Votre Grâce.

— Votre sourire moqueur vous trahit malgré vous, Lord Rowan, souligna-t-elle d'une voix sèche. Je voulais seulement dire par là que Marie ne peut gouverner seule.

— Lord Jacques Stewart est un excellent conseiller.

— Il est son demi-frère illégitime. Il ne peut remplacer un roi consort.

— Marie a l'intention de choisir son futur époux avec le plus grand soin. Quant à son soupirant français, Votre Grâce, vous avez dû constater par vous-même que les hommes étaient capables de toutes les folies par amour — en particulier pour l'amour d'une reine.

— Pour l'amour d'une couronne, rectifia-t-elle froidement.

— Une couronne est un attrait supplémentaire, j'en conviens, mais je ne pense pas que vous soyez femme à mésestimer vos propres charmes.

— Pure flatterie, Lord Rowan.

Il secoua la tête.

— N'y voyez aucune insolence de ma part, mais le fait que Marie et vous soyez deux reines jeunes et très séduisantes, n'est pas exempt de danger.

Elle éclata brusquement de rire.

— On vous a raconté, j'en suis sûre, la façon dont je me suis amusée à tourmenter son conseiller, Maitland. Pauvre homme ! Je l'ai littéralement torturé pour lui faire avouer laquelle de nous deux était la plus jolie — en l'occurrence, moi. J'ai même essayé de lui faire dire que j'étais plus grande. Sur ce point, cependant, je dois reconnaître que j'ai échoué.

— Maitland est un homme intègre et un excellent ambassadeur pour la Reine Marie.

— Croyez-moi, Lord Rowan, je ne cherche pas un affrontement avec ma cousine. Je désire la paix et la justice car toutes deux apportent la prospérité dans un royaume. *Mais*...

Elle se pencha en avant, son expression subitement intense.

— Je n'accepterai *jamais* un mariage catholique qui lierait Marie à un pays étranger. Je préférerais encore entrer en guerre contre l'Ecosse et la France, la Suède ou l'Espagne. Si ma cousine souhaite rester dans mes bonnes grâces, elle devra se montrer très prudente dans le choix de son futur époux.

— La Reine Marie a parfaitement conscience des enjeux. Elle sait où est son devoir, et elle n'a aucune envie, croyez-moi, de risquer un conflit interne avec sa propre noblesse ou une guerre avec vous, sa cousine bien-aimée.

Elisabeth s'adossa de nouveau à son siège.

— Je ne doute pas que Marie soit animée des meilleures intentions et qu'elle souhaite utiliser judicieusement le pouvoir qu'elle a entre les mains. Mais son manque de sang-froid et la facilité avec laquelle elle perd ses nerfs m'inquiètent.

Rowan s'appliqua à ne pas réagir. Les colères fracassantes d'Elisabeth n'étaient un secret pour personne.

— Je m'emporte facilement, mais je reste lucide, précisa-t-elle comme si elle avait lu dans ses pensées.

— La Reine Marie restera maîtresse d'elle-même.

— En ce cas, je prie pour que nous soyons longtemps des *cousines bien-aimées*.

— Nous prions tous pour qu'il en soit ainsi.

Elisabeth leva la main et sourit.

— Vous vous doutez, bien sûr, que cet entretien privé n'a pas pour unique but d'évoquer les affaires de l'Etat ?

— Je suppose que notre tête-à-tête est censé alimenter les conversations à la Cour et désamorcer les rumeurs qui courent sur Dudley et vous ?

— Savez-vous que j'ai élevé Dudley à la dignité de Comte de Leicester afin de lui donner plus de poids et d'importance, en un mot, pour le rendre plus appétissant pour votre reine ?

Il hésita.

— Marie est très fière, dit-il enfin.

— C'est une nécessité quand on est reine, déclara Elisabeth. Attendons de voir ce que l'avenir nous réserve.

Elisabeth était fidèle à sa stratégie, songea Rowan. Elle attendait toujours de voir dans quelle direction soufflait le vent avant de prendre une décision. De cette façon, si la situation tournait mal, sa responsabilité n'était pas engagée.

— Quoi qu'il en soit, je suis enchantée de vous compter parmi nous, Rowan.

— Votre Grâce, vous savez combien j'apprécie votre compagnie.

— Vous allez faire beaucoup de jaloux, dit-elle en l'observant d'un air appréciateur.

— Si tel est votre désir, je ferai de mon mieux pour vous satisfaire.

— La jeune femme qui règne sur votre cœur ne risque-t-elle pas d'en prendre ombrage ? Elle m'a produit une forte impression, vraiment. Quelle passion dans ses propos ! Je crois qu'elle défendra Marie jusqu'à son dernier souffle. Et lorsque j'ai laissé entendre que vous aviez eu une liaison du vivant de Catherine, elle a paru réellement bouleversée.

— Elle est mon amour et ma vie, répondit-il d'une voix douce. Et pour répondre à votre question, je suis persuadé qu'elle a une entière confiance en moi — et en Votre Grâce.

Elisabeth se mit à rire.

— Pourquoi a-t-il fallu que vous naissiez de l'autre côté de la frontière !

— Personne n'a le pouvoir de changer son destin, Votre Grâce.

— Ah, l'homme politique n'est jamais loin. Partez, maintenant, il est déjà tard. Je me réjouis à l'avance de vous contraindre à séjourner à ma Cour.

Rowan s'inclina profondément. Comme il prenait congé, un valet de garde-robe s'avança pour le conduire dans ses appartements où ses affaires, lui apprit-il, avaient déjà été transportées.

Cette décision était loin d'enchanter Rowan. Il aurait préféré rester dans sa maison sur le fleuve. Les moments qu'il y avait vécus avec Gwenyth pendant qu'ils attendaient le bon vouloir de la reine lui laissaient un souvenir enchanteur. Mais il connaissait Elisabeth et savait que protester n'aurait servi à rien. Ses désirs étaient des ordres.

Elle avait de l'affection pour lui et elle avait été favorablement impressionnée par Gwenyth. Elisabeth était parfois vaniteuse et elle aimait qu'on la flatte, mais elle n'était pas dupe pour autant et avait apprécié la franchise de la jeune femme.

Apparemment, leur liaison secrète l'amusait car elle leur avait réservé une petite surprise. Rowan avait déjà séjourné à Hampton Court et il connaissait assez bien les lieux — en particulier la chambre qu'on lui avait attribuée : il savait qu'une porte dérobée, près de la cheminée, communiquait discrètement avec la chambre voisine.

Celle où logeait Gwenyth.

Le cœur de Reine Bess était peut-être plus tendre qu'on ne le soupçonnait, en dépit de la règle de vie austère qu'elle s'imposait à elle-même.

Gwenyth, bien sûr, ignorait que les deux appartements communiquaient.

Thomas et Annie avaient apporté leurs malles au palais et installé leurs affaires pendant qu'ils soupaient avec la reine. A présent, ils s'étaient retirés dans le quartier des domestiques, laissant Rowan libre d'utiliser la porte dérobée et de se faufiler incognito dans la chambre de Gwenyth.

Le feu projetait une faible clarté dans la pièce. Il distingua ses brosses à cheveux et divers accessoires de toilette alignés sur la coiffeuse. L'armoire — légèrement entrouverte — laissait entrevoir ses toilettes, soigneusement suspendues.

Rowan imagina ses préparatifs pour la nuit, quand elle avait ôté un à un ses somptueux atours, puis ses bijoux, avant de se glisser avec bonheur dans sa chemise de nuit douce et confortable. Maintenant, elle dormait profondément, tel un ange, ses magnifiques cheveux répandus sur l'oreiller.

Elle se réveilla quand il se glissa dans le lit à côté d'elle. Sa bouche s'ouvrit aussitôt sur un cri mais il la bâillonna de sa main.

— Chut… voulez-vous me voir arrêté pour tentative de viol ? chuchota-t-il.

Ses yeux, immenses dans la lumière du feu, rencontrèrent les siens et s'adoucirent. Il sentit ses lèvres sourire sous sa paume tandis qu'elle jetait ses bras autour de son cou.

— Jamais, souffla-t-elle comme il retirait sa main.

Elle ne lui posa aucune question sur son tête-à-tête privé avec Elisabeth et chercha simplement ses lèvres.

En l'espace de quelques secondes, la passion les embrasa et les unit fougueusement.

Elle était l'amour de sa vie. Aucune ombre ne se profilait à l'horizon de leur bonheur, seulement la promesse d'un avenir radieux, aussi flamboyant que les étincelles de désir qui crépitaient entre eux.

Son étreinte était farouche, ses baisers affamés. Et la façon dont son corps ondulait sous le sien le rendait fou…

C'était la même magie, chaque fois qu'ils se retrouvaient — que ce soit dans la sombre forêt écossaise, dans son hôtel particulier sur la Tamise ou dans un palais anglais astucieusement agencé pour permettre aux amoureux de se retrouver discrètement.

Rowan la garda serrée contre lui longtemps après que leur fièvre fut retombée. Il la garda serrée comme si…

Comme s'il craignait de la perdre.

Il n'avait aucune raison d'avoir peur, essaya-t-il de se raisonner, mais il resta néanmoins éveillé jusque tard dans la nuit, hanté par cette angoisse étrange qui prenait possession de son esprit.

L'aube se levait quand il la quitta à regret.

Ils seraient de nouveau réunis la nuit prochaine, se promit-il tout en la contemplant avec émotion. Elle continuait à dormir, ses cheveux comme un rayon de soleil sur l'oreiller, son visage d'une exquise beauté.

Et de nouveau, une angoisse inexplicable lui tordit le cœur.

13

Le tennis était un sport vraiment amusant, décida Gwenyth, et les jardins de Hampton Court, magnifiques.

Son partenaire, Robert Dudley, était un homme à la fois beau, grand et charmant. On était cependant en droit de se demander si cet étalage de charme n'était pas une mise en scène, car il passait son temps à essayer de se rapprocher d'Elisabeth.

De son côté, la reine semblait prendre plaisir à le mettre au supplice. Un instant, elle riait avec lui et se montrait presque tendre, et l'instant d'après, elle n'avait d'yeux que pour Rowan. Elle adorait créer un climat de jalousie entre ses soupirants, devina Gwenyth. Sans doute pour éviter que l'un d'eux ne se croie favorisé, ou indispensable.

Elisabeth n'avait pas l'intention de partager son pouvoir.

Dudley manqua une balle facile et Elisabeth lui reprocha — à juste titre — de vouloir la faire gagner. Gwenyth, pour sa part, n'avait pas du tout l'intention de se laisser battre. Tricher pour flatter Elisabeth ne lui semblait ni malin, ni même très judicieux.

Du reste, elle représentait Marie d'Ecosse et elle se devait de donner une bonne image de sa reine et de son pays. Elle joua donc avec toute son énergie, forçant Dudley à s'investir dans la partie.

A un moment, comme ils se heurtaient en essayant de rattraper la balle, Dudley l'enveloppa d'un regard évaluateur — et appréciateur.

Comment osait-il ? songea Gwenyth avec écœurement. Cet homme avait eu avec la reine d'Angleterre une liaison qui avait fait scandale, puis Elisabeth l'avait — par jeu ou par mépris — proposé pour époux à Marie, et maintenant il tentait de flirter avec elle ?

— Prenez garde, l'avertit Dudley avec un large sourire en posant la main sur son bras. Elisabeth n'aime pas perdre.

— Moi non plus, répondit-elle froidement en se dégageant.

— Elle est la reine d'Angleterre.

— Et moi, je sers la reine d'Ecosse.

— Ma future femme ? ironisa-t-il.

— J'en doute fort.

— Eh bien, qu'attendez-vous ? La partie n'est pas terminée ! leur rappela sèchement la reine — et ils se concentrèrent sur le jeu.

Finalement, la détermination servile de Dudley paya : ils perdirent.

Elisabeth n'eut pas le triomphe modeste, mais elle partagea sa joie avec son partenaire, Lord Rowan, et non avec Robert Dudley.

Incapable de supporter plus longtemps toute cette hypocrisie, Gwenyth prétexta une cheville douloureuse, s'excusa, et suivit le dédale compliqué des couloirs jusqu'à sa chambre. Annie était là. Elle rangeait les robes de sa maîtresse en fredonnant.

— Vous êtes blessée ? demanda-t-elle en notant le

boitillement que Gwenyth avait jugé bon de feindre jusqu'au bout, pour le cas où on l'observerait.

— Non. Je suis seulement exaspérée par tous ces petits jeux sordides.

— Vous adorez le tennis, s'étonna Annie.

— La question n'est pas là.

— Oh, je vois : vous avez perdu.

— Je me moque bien d'avoir perdu ! protesta Gwenyth.

Elle secoua la tête, les sourcils froncés.

— Je n'arrive pas à cerner la Reine Elisabeth. C'est une femme intelligente, perspicace — affectueuse, même, par moments. Mais elle se livre sans cesse à des manigances déplaisantes, comme si elle ne pouvait pas s'empêcher de manœuvrer tout le monde... Je voudrais rentrer chez moi, en Ecosse, soupira-t-elle.

— Je croyais que vous étiez fascinée par Londres ?

— Je l'étais. Annie, tu crois qu'il serait possible de me préparer un bain ?

La servante envoya chercher le nécessaire, puis elle aida Gwenyth à se déshabiller, pestant en découvrant l'état lamentable de son corset, les baleines pliées et faussées, et se lamentant sur le peu d'argent dont Gwenyth disposait depuis qu'ils vivaient à Londres.

Gwenyth l'écoutait à peine. Elle se glissa simplement dans l'eau, s'adossa à la paroi de bois de la baignoire, ferma les yeux et fit semblant de dormir, dans l'espoir qu'Annie la laisse seule.

Quand sa servante s'éclipsa enfin, Gwenyth rouvrit les yeux et laissa ses pensées vagabonder, en se demandant pourquoi elle se sentait aussi furieuse et mal à l'aise. Puis elle comprit.

Elle n'avait pas confiance en Elisabeth.

Certes, elle était intelligente, brillante. Mais elle n'hésiterait pas à sacrifier tous ceux qui gravitaient autour d'elle pour servir ses intérêts.

Rowan n'aimait pas Robert Dudley.

Cela ne datait pas d'aujourd'hui.

C'était un homme de haute taille, beau, bien bâti, qui semblait avoir une très haute opinion de son charme — une suffisance qu'Elisabeth avait probablement encouragée.

Son comportement sur le court n'avait pas fait remonter le personnage dans son estime. Il était le favori de la reine, mais comme personne ne pouvait apporter la preuve qu'ils avaient eu une liaison, il s'estimait libre de papillonner à sa guise tout en continuant à afficher sa dévotion à sa reine. Et même si Elisabeth agitait devant ses yeux cet improbable projet de mariage avec la Reine d'Ecosse, Gwenyth n'en restait pas moins une savoureuse tentation à laquelle Dudley avait très envie de céder. Pourquoi s'en serait-il privé ? Comme tous les imbéciles, gonflés de leur importance, il était convaincu que sa position à la Cour lui donnait une sorte de droit de conquête. Il oubliait simplement une chose : Gwenyth appartenait à la noblesse écossaise, et à ce titre, elle n'était pas un jouet dont un Dudley pouvait user à sa guise.

Et Rowan n'était pas immunisé contre la jalousie.

Il connaissait bien Gwenyth : en dépit de son attitude souriante et polie, il sentit qu'elle était folle de rage lorsqu'elle quitta le court de tennis. Il ne put malheureusement la suivre, car Elisabeth lui demanda de l'escorter jusqu'au palais. Tandis qu'ils traversaient les somptueux jardins de Hampton Court, elle l'informa qu'elle avait autorisé le Comte et la Comtesse de Lennox à rentrer en Ecosse, et à y réclamer les terres qui leur avaient été confisquées. La nouvelle surprit et inquiéta Rowan car leur fils n'était autre qu'Henri Stewart, Lord Darnley.

— Auriez-vous l'intention de pousser Lord Darnley sur le devant de la scène afin que Marie le choisisse pour époux ? demanda-t-il.

Il connaissait Darnley : il était pire que Dudley.

Dudley était un jouisseur et un ambitieux, mais il en était conscient et ne s'en cachait pas.

Darnley était jeune, beau, rayonnant. Il chassait, dansait et jouait du luth à la perfection. Mais cette séduisante façade cachait un caractère falot, égoïste et capricieux. Il n'était ni un guerrier, ni un chef, ni un homme de convictions. Ni un roi.

— Absolument pas, protesta Elisabeth. J'autorise Lord et Lady Lennox à rentrer en Ecosse parce que je ne peux pas les sanctionner éternellement pour une faute ancienne.

Elle secoua la tête.

— Henri Stewart est l'un de mes cousins, et à ce titre, il est en position de revendiquer des droits sur le trône d'Angleterre et d'Ecosse. Jamais je n'autoriserais une union entre Marie et lui. Ce serait beaucoup trop dangereux.

— Je comprends.

Rowan s'inclina devant elle.

— Merci de m'avoir parlé avec franchise.

— Veillez à ce que mes propos soient répétés mot pour mot, à qui de droit.

Elle glissa son bras sous le sien et se remit à marcher à petits pas.

— Je travaille à organiser une rencontre entre ce cher monsieur Maitland, mon propre ambassadeur, Throgmorton, et vous-même. On s'imagine que je ne sais pas que Maitland négocie secrètement avec l'Espagne en vue d'un mariage entre Marie et Don Carlos.

Rowan haussa un sourcil.

— Votre Grâce, ce n'est un secret pour personne que vous menez vous-même des pourparlers avec une multitude de prétendants, venus de tous les horizons.

Elle sourit avec amusement.

— La négociation est une arme stratégique qu'il ne faut jamais négliger, mon cher Rowan.

— Je vois. Vous agitez la grosse carotte de l'Angleterre devant les mules du continent, afin d'être en situation de former très vite une coalition si cela s'avérait nécessaire.

Elisabeth ne démentit pas.

— Je dois me protéger d'une alliance que ma cousine pourrait être tentée de former avec ses amis français, et aiguiser quelques couteaux, juste au cas où.

Il s'inclina.

— Je veillerai à ce que la Reine Marie soit informée. Puis-je prendre congé ?

Il jeta un rapide regard autour de lui, ne vit aucune trace de Robert Dudley, et un mauvais pressentiment l'envahit.

Elisabeth acquiesça d'un signe du menton.

— Je compte sur vous et sur Lady Gwenyth, ce soir, au souper.

— Vos désirs sont des ordres.

— J'aime ces mots. *Mes désirs sont des ordres.*

— Vous êtes la reine.

— Et je compte le rester. Je n'oublie pas que je suis entrée un jour dans la Tour de Londres par la Porte des Traîtres. Je sais qu'il n'y a qu'un pas du trône à l'échafaud. Mais j'ai bien l'intention de conserver mon sceptre — et ma tête — quel que soit le prix à payer.

Elle esquissa un geste de la main.

— Vous pouvez prendre congé, Lord Rowan.

Rowan obéit sans attendre, parcourant à grandes enjambées les couloirs du palais, saluant au passage des connaissances et même de vieux amis, sans jamais s'arrêter tant il était impatient de rejoindre Gwenyth.

Un soupir de soulagement lui échappa dans les derniers mètres, puis il se rendit compte que la porte de Gwenyth était entrouverte, et il aperçut un homme dans la chambre.

Son sang ne fit qu'un tour.

Il se rua vers la porte avant qu'on puisse la verrouiller de l'intérieur et l'ouvrit à la volée. La scène qui s'offrit à ses yeux le mit en fureur.

Gwenyth était dans son bain, ses doigts crispés sur le rebord de bois de la baignoire. Robert Dudley s'avançait vers elle. Il s'arrêta net à l'entrée de Rowan.

Rowan tira lentement le poignard qu'il portait au mollet, le regard fixe.

Dudley, désarmé, recula.

— Bon sang, Graham, qu'est-ce qui vous prend ? protesta-t-il. Je suis simplement venu prendre des nouvelles de la cheville de Lady Gwenyth !

Rowan jura en gaëlique. Le sens devait être suffisamment clair car Dudley pâlit et continua à reculer.

— Levez la main sur moi, Rowan, et la Reine Elisabeth aura votre tête.

— Alors que vous vous apprêtiez à violer l'une de ses invitées, dans les murs de son palais ? siffla Rowan d'une voix métallique.

Dudley feignit l'indignation. Il serra les poings, les paupières plissées.

— Savez-vous bien qui je suis, Lord Rowan ?

— Et vous, savez-vous *qui* je suis ?

— Tout ce que je vois, c'est que vous pointez une arme sur un homme désarmé.

Les paroles de Dudley parurent galvaniser Gwenyth. Elle attrapa l'ample serviette posée à côté de la baignoire, sur un tabouret, s'en enveloppa en un tournemain, et s'élança vers lui.

— Rowan, lâchez votre arme !

Il obéit, et envoya d'un coup de pied le poignard voltiger sur le sol, à l'autre bout de la pièce.

— D'abord, nous nous affronterons à mains nues, gronda-t-il d'une voix sinistre.

— Vous ne vous affronterez pas du tout ! supplia Gwenyth.

Rowan posa sur elle un regard aveuglé par la haine.

— Pas de violence, supplia-t-elle en posant la main sur son bras.

Rowan ignorait si Dudley bluffait ou non quand il laissait entendre que sa relation intime avec la reine d'Angleterre lui garantissait une impunité totale. Elisabeth était loin d'être stupide. Mais il la connaissait : elle ferait toujours passer son propre intérêt avant le reste.

La fureur contractait tous ses muscles. Le dégoût que lui inspirait Dudley l'étouffait. Il mourait d'envie d'étrangler ce cloporte à mains nues. Mais s'il cédait à sa colère, il serait pendu.

Et si on le pendait…

Gwenyth serait en grand danger.

— Rowan, chuchota-t-elle.

Elle se détourna tout à coup, offrant à son regard son dos nu et ruisselant. Elle serra plus étroitement l'ample serviette autour d'elle, s'avança vers Dudley d'un pas décidé et le gifla à toute volée.

Il porta la main à sa joue, stupéfait.

— Vous êtes le favori de la reine, pas le mien, dit-elle d'une voix glaciale. S'il vous prend de nouveau l'idée d'entrer dans ma chambre sans y être autorisé, je vous promets que vous n'aurez pas à vous inquiéter de ce que pourra faire Lord Rowan parce que je vous tuerai de mes propres mains. En Ecosse, nous ne sommes pas éduquées uniquement pour parader dans les salons, mais aussi pour combattre nos ennemis.

Dudley était visiblement beaucoup plus impressionné par l'attaque de Gwenyth que par les menaces de Rowan, qui ressentit néanmoins le besoin d'enfoncer le clou.

— Si vous vous approchez d'elle de nouveau, Dudley, *je* vous tue, promit-il tout bas.

Dudley se mit à rire, mais c'était un son grinçant, dénué d'humour.

— Désolé, Graham : je ne savais pas que la dame était votre maîtresse et que je marchais sur vos plates-bandes !

— Ma relation avec Lady MacLeod ne vous regarde pas. Elle est une protégée de la reine d'Ecosse, et à ce titre elle est en droit d'être respectée !

Dudley regarda Gwenyth.

— Mauvais choix, ma belle. Lord Rowan appartient à une branche bâtarde de la famille royale. Vous n'irez pas loin avec lui.

— Je n'ai pas ce genre d'ambition, Dudley, répondit-elle, glaciale. En fait, plus je côtoie le pouvoir, plus il me fait horreur. Maintenant, sortez.

— Et si je vous disais que la Reine Elisabeth était au courant de ma démarche et qu'elle l'a approuvée ? demanda Dudley d'une voix douce.

— Je répondrais que vous êtes un menteur ! rétorqua Rowan.

Mais intérieurement, il était ébranlé. Elisabeth pouvait-elle se montrer aussi machiavélique ?

— Sortez ! siffla-t-il, faisant écho à Gwenyth.

— Que se passe-t-il, ici ? demanda derrière eux une voix incrédule.

Rowan se retourna d'un mouvement vif. La reine se tenait sur le seuil, entourée d'un petit groupe de courtisans. Son visage avait une expression choquée.

Dudley prit très vite la parole.

— Lord Rowan et moi-même sommes venus prendre des nouvelles de la cheville de Lady Gwenyth.

— Quelqu'un pourrait-il avoir la bonté de donner un vêtement à cette enfant ? lança Elisabeth d'un ton sec.

L'une de ses dames d'honneur, la discrète et douce Lady Erskine, traversa la chambre. Elle trouva la robe d'intérieur en velours rouge de Gwenyth, et la drapa aussitôt sur ses épaules.

— Je suis certaine, messieurs, que vous ne pensiez à mal ni l'un ni l'autre, reprit Elisabeth. Je veux l'espérer, en tout cas. Néanmoins, cette jeune femme aspire certainement à un peu d'intimité, aussi vais-je vous demander de *sortir*, tous les deux. Maintenant.

Dudley s'inclina profondément.

— En réalité, ma très chère reine, j'avais l'intention de vous demander une audience. Il y a certaines affaires pressantes dont je souhaite vous entretenir.

Rowan n'articula pas un mot. Il se contenta de fixer Elisabeth et, à sa vive surprise, elle baissa les yeux sous le feu de son regard. Il lui sembla que ses pommettes rosissaient.

— Lord Rowan, vous semblez très tendu, déclara-t-elle. Vous devriez vous retirer dans votre chambre afin de prendre un peu de repos. Dudley, venez avec moi.

Rowan n'avait pas d'autre choix que d'obéir. Il sortit, s'inclina devant la reine, entra dans sa propre chambre et ferma la porte derrière lui.

Puis il attendit, poings serrés, prêt à exploser, tandis que la voix d'Elisabeth et celle de Dudley s'éloignaient dans le couloir, puis s'éteignaient.

Il allait se ruer de l'autre côté de la porte de communication quand Gwenyth le devança. Sa serviette envolée, elle courut vers lui, nue, et se jeta en tremblant dans ses bras.

— Cette femme est un monstre ! cria-t-elle. Elle a tout organisé, tout ! Elle refuse de s'engager avec lui, mais elle est prête à lui offrir n'importe qui pour le distraire et s'assurer qu'il reste son esclave docile !

— Chuuut, tout va bien, cela ne se reproduira pas, la rassura-t-il d'une voix tendue en se remémorant l'expression choquée de la reine quand elle avait découvert la scène.

Elle n'avait pas prémédité cette agression, il en était convaincu. Elle avait été sincèrement horrifiée par ce qu'elle avait vu. Mais le moment était mal choisi pour tenter d'en convaincre Gwenyth.

Elle recula, les yeux écarquillés par l'effroi.

— Ne dites pas ça ! J'ai l'impression que vous avez résolu de tuer Dudley et… oh, Rowan !

Elle se jeta de nouveau dans ses bras, toute tremblante.

Il était piégé. C'est vrai : il mourait d'envie d'écraser Dudley comme une punaise, mais il était pieds et poings liés. Les conséquences seraient trop graves pour Gwenyth. Mon Dieu, comment empêcher qu'une telle scène se reproduise ? Comment la protéger ?

— Je vous jure qu'il ne vous approchera plus jamais, promit-il.

Il repoussa doucement en arrière une mèche de cheveux

mouillés qui lui tombaient sur le front, puis il se mit subitement à genoux devant elle et prit sa main dans les siennes.

— Je fais ici le serment, Gwenyth, de vous défendre au péril de ma vie.

Il leva les yeux vers elle.

— Et de vous aimer jusqu'à mon dernier souffle.

Elle poussa un cri étouffé et tomba à genoux près de lui. Il prit son beau visage dans ses mains tandis que ses yeux mouillés de larmes cherchaient les siens, puis elle l'embrassa avec une douceur et une tendresse qui le remuèrent jusqu'à l'âme.

Il la porta avec adoration vers le grand lit à baldaquin puis s'étendit à côté d'elle, et son souffle caressa son visage quand il murmura avec une calme assurance :

— Sur mon honneur, Gwenyth, je jure de vous aimer jusqu'à ma mort, dans mon cœur, dans mon âme, dans chaque fibre de mon être…

— Rowan, balbutia-t-elle, bouleversée.

Ses lèvres cherchèrent de nouveau les siennes, puis elle parsema son visage de baisers tandis que ses mains, douces et insatiables, parcouraient son corps d'enivrantes caresses. Rowan sentit grandir en lui une flamme qui embrasa peu à peu tous ses sens. Le serment d'amour qu'il venait de prêter, il voulait le sceller charnellement et se donner à elle, totalement. Il lui fit l'amour avec passion, l'adorant tour à tour avec sa bouche, sa langue, ses mains. Jamais il n'avait aimé une femme avec une telle fièvre, une telle intensité et une telle tendresse mêlées. Il ne se lasserait jamais d'elle, jamais ; elle l'ensorcelait chaque fois qu'elle se cambrait pour aller au-devant de son désir, et ils finirent par retomber l'un contre l'autre, tremblants, épuisés, étroitement enlacés. Il ne se retira pas. Il voulait rester près d'elle, en elle.

— Nous partons, murmura-t-il. Ce soir même.

Elle secoua imperceptiblement la tête.

— Rowan, c'est impossible. Nous sommes ici en mission, sur ordre de la reine d'Ecosse. Et nous sommes les hôtes de la Reine d'Angleterre.

— J'ai des terres et un titre sur ce territoire. J'ai des droits ! affirma-t-il avec force.

Elle s'écarta de lui, et lui caressa le visage tout en lui souriant avec douceur.

— Nous avons tellement prié pour que notre reine réfrène son impulsivité. Nous ne devons pas quitter ce palais sous le coup de la colère et sans autorisation. Je crois qu'Elisabeth a du respect pour vous. Parlez-lui. Nous ne pouvons pas nous permettre de devenir ses ennemis.

Rowan songea tout d'abord avec colère que ça lui était bien égal, puis il se ravisa et soupira. Elle avait raison.

— Je vais faire venir Annie. Je ne veux pas que vous restiez seule.

— Appelez Annie si vous voulez, puis demandez une audience privée à Elisabeth. Plus j'y réfléchis, plus je suis convaincue qu'elle n'était pas au courant des intentions de Dudley. Elle n'aurait pas pris le risque de provoquer un incident diplomatique entre deux pays pour quelque chose d'aussi…

Elle s'interrompit, se mordilla la lèvre, et secoua la tête.

— … d'aussi trivial qu'un homme qui essaie de mettre dans son lit la maîtresse d'un autre.

Rowan la dévisagea, les traits tendus.

— Vous n'avez pas écouté ce que j'ai dit ?

Elle lui sourit tendrement.

— Au contraire. J'ai savouré chacun des mots que vous avez prononcés. Mais aux yeux de Dudley, vous êtes Lord Graham, un homme puissant et noble, alors que moi je ne suis rien. Je représente la Reine Marie, mais cela ne fait pas de moi quelqu'un de précieux ou de respectable.

— Il n'y a rien au monde de plus précieux que vous ! affirma Rowan d'une voix rauque.

— J'ai peur de me réveiller et de me rendre compte que tout cela n'était qu'un rêve, murmura-t-elle en lui caressant la joue.

Il la prit dans ses bras.

— Ce n'est pas un rêve.

Il se leva soudainement.

— Restez ici jusqu'à ce que vous entendiez Annie dans la pièce voisine.

Il s'habilla rapidement, choisissant sa tenue avec soin. Puis il sortit, après s'être assuré que la voie était libre.

Il trouva Thomas au fond du couloir, lui demanda d'aller chercher Annie, et l'informa qu'il leur confiait Lady Gwenyth. Thomas obéit aussitôt et Rowan partit demander une audience à la reine.

Bien que Rowan lui ait demandé de ne pas bouger, Gwenyth regagna sa chambre et entreprit de s'habiller, passant une chemise de lin, puis attendant Annie pour qu'elle l'aide à enfiler le corsage baleiné, puis son jupon de soie et la robe de Cour qu'elle avait l'intention de porter au souper. Elle était la dame d'honneur de la reine d'Ecosse et il était hors de question qu'elle soit moins élégante que les femmes de la suite d'Elisabeth. Elle était en colère, elle se sentait trahie et, en dépit de ce qu'elle avait affirmé à Rowan, elle n'était pas certaine du tout qu'Elisabeth soit étrangère à ce qui s'était passé. Avait-elle congédié Rowan juste à temps pour lui permettre d'empêcher le viol ? Ou était-ce un avertissement destiné à montrer à Dudley qu'elle tirait les ficelles ?

Elle ne le saurait probablement jamais. Ce dont elle était certaine, c'était que l'Ecosse lui manquait un peu plus à chaque seconde .

— Dieu fasse pourrir sur pied tous les descendants de ce maudit Henri VII ! grommela-t-elle tout haut.

Puis elle se mordit la langue, parce que Rowan était le petit-fils de Jacques V d'Ecosse, lui-même petit-fils d'Henri VII d'Angleterre.

— Qu'il fasse pourrir la branche légitime, rectifia-t-elle. Et la Reine Elisabeth en particulier, ajouta-t-elle pour faire bonne mesure.

Annie la rejoignit enfin.

— Vous en faites une tête, constata-t-elle en haussant les sourcils. Quelque chose ne va pas ?

— Je ne suis pas faite pour la vie de Cour, murmura Gwenyth, le regard lointain.

— Ah bon ? Moi si. Je trouve ça fantastique.

Gwenyth haussa les épaules.

— Viens plutôt m'aider à me préparer. Je veux être irréprochable, ce soir. Je n'aime pas qu'on me... manipule, c'est tout, ajouta-t-elle tout bas.

— Bienvenue dans ma vie, dit Annie d'un ton ironique.

Gwenyth fronça les sourcils.

— Je suis difficile à vivre ?

Annie secoua la tête.

— Vous êtes la dame d'Islington. Et je ne suis qu'une servante. Vous êtes la dame d'honneur de la reine et je suis un pion. Ainsi va le monde.

— Une reine n'expose jamais un pion de manière inconsidérée.

— Peut-être, mais quand la situation exige qu'on sacrifie une pièce, ce sont toujours les pions qui sautent en premier.

Gwenyth ne put s'empêcher de rire.

— Je ne savais pas que tu aimais les échecs.

— Tout finira par s'arranger, j'en suis sûre, lui dit gentiment la servante.

Gwenyth se tourna pour permettre à Annie de finir de l'habiller. Elle glissait une ultime épingle dans les cheveux de Gwenyth quand on tapa à la porte.

Gwenyth sursauta.

— C'est une visite, pas une sentence de mort, plaisanta Annie en allant ouvrir.

Rowan apparut — immense, ses épaules d'une largeur impressionnante sous son ample tunique en tartan. Il avait aux lèvres ce sourire mi-amusé, mi-ironique qui autrefois l'exaspérait mais aujourd'hui semblait s'enrouler autour de son cœur.

— Nous avons un rendez-vous, lui annonça-t-il.

— Un rendez-vous ?

— Venez.

Il lui tendit la main.

Comme elle y glissa la sienne d'un air un peu méfiant, il se mit à rire.

— Vous aimerez l'endroit où nous allons. Enfin, je crois. Vous nous accompagnez, Annie ?

— Qui, moi ? demanda la servante, pétrifiée.

— Oui. Venez.

Thomas les attendait dans le couloir.

— Puis-je me permettre ? demanda-t-il en offrant son bras à Annie.

— Je n'aime pas trop tous ces mystères, bougonna la servante.

— Ne vous inquiétez pas, Annie, lui expliqua gentiment Rowan. J'ai juste besoin que vous me rendiez un service ainsi qu'à Lady Gwenyth.

— Un service, m'lord ?

Il sourit sans répondre et donna le signal du départ. Gwenyth se rendit comte qu'il fredonnait tout bas et ses yeux étincelaient chaque fois qu'il les posait sur elle. Il était le don le plus précieux que lui ait fait la vie, songea-t-elle avec émotion. Jamais elle n'avait connu un bonheur comparable à celui qu'elle avait trouvé dans ses bras. Elle ignorait le sens du mot amour avant de le rencontrer.

— Où allons-nous ? demanda-t-elle doucement.

— Encore un peu de patience et vous verrez.

Elle avait l'impression qu'ils marchaient dans les couloirs depuis une éternité. Puis, tout à coup, elle se rendit compte qu'ils se trouvaient devant la chapelle du palais.

Rowan ouvrit la porte puis s'effaça. Le lieu était désert, à l'exception d'un pasteur, vêtu de noir, qui se tenait devant l'autel. Il les attendait.

— Entrez, mon enfant, dit-il. Et vous aussi, poursuivit-il à l'attention de Thomas et Annie. Cet événement aurait sans doute mérité davantage de solennité et de décorum, mais…

Il toussota.

— Pardonnez-moi, je suis un peu nerveux car je n'ai pas reçu d'agrément officiel, juste un signe de tête impatient de notre souveraine. Et je dispose d'assez peu de temps.

Gwenyth tourna vers Rowan un regard perplexe.

— Révérend Ormsby, vous pouvez commencer, déclara-t-il avec un sourire.

— Commencer quoi ? souffla Gwenyth, perdue.

Rowan mit un genou en terre devant elle et prit sa main dans la sienne.

— Lady Gwenyth MacLeod d'Islington, voulez-vous me faire l'immense honneur d'être ma femme ? demanda-t-il d'une voix vibrante.

Les larmes lui montèrent aux yeux. Elle cilla.

— Mais… ce sera légal ? balbutia-t-elle.

— Devant Dieu, je vous donne mon cœur en gage de mon amour éternel.

— Les futurs mariés peuvent-ils approcher ? intervint le pasteur d'un ton un peu impatient.

— Gwenyth ? murmura Rowan.

— Oh, mon Dieu, souffla-t-elle en touchant son visage comme pour s'assurer qu'elle ne rêvait pas.

— Eh bien ? Voulez-vous être ma femme ?

— De toute mon âme !

Rowan se releva et la conduisit vers l'autel. Le pasteur prit la parole, mais ce fut à peine si Gwenyth comprit ce qu'il disait. Elle flottait sur un nuage.

A un moment, elle entendit du bruit derrière elle et tourna la tête. La Reine Elisabeth et Robert Dudley venaient de prendre place au fond de la chapelle. Dudley était visiblement ici contre son gré. Elisabeth avait posé sa main sur son bras d'un geste possessif. La reine arborait une expression étrangement douce, et elle sourit à Gwenyth.

Malgré son euphorie, Gwenyth sut que, une fois encore, la reine d'Angleterre jouait habilement sa partie. Elle avait autorisé ce mariage auquel elle n'assistait pas en tant que témoin officiel — mais auquel elle assistait néanmoins, afin de se réserver la possibilité, si elle le souhaitait, de leur apporter sa caution…

Ou de les trahir.

Gwenyth entendit soudain la voix de Rowan s'élever à ses côtés. Il promettait de la chérir, de l'honorer… Elle ne fut pas certaine des mots qu'il prononça ensuite : ses paroles lui parvenaient de très loin, comme dans un rêve.

La chapelle était vide et nue. Il n'y avait pas même une fleur pour illuminer ce moment. Pas de chants, pas de musique. Et cependant, il n'y avait pas un lieu au monde plus rayonnant que cette chapelle dépouillée, aux murs blanchis à la chaux. Gwenyth ne parvenait pas à croire que la femme qu'elle avait haïe de l'avoir traitée avec tant de mépris — la personne la plus puissante d'Angleterre — soit venue assister à leur union.

Et surtout, surtout, elle ne parvenait pas à croire que Rowan se tenait là, à ses côtés, et qu'il la prenait pour épouse.

Quand vint son tour de prononcer ses vœux, il lui fut impossible de maîtriser le tremblement de sa voix. Elle était sûre de ses sentiments, mais l'émotion était trop forte.

Finalement, le Révérend Ormsby les déclara mari et femme.

— Vous pouvez embrasser la mariée, Lord Rowan, conclut-il.

Et Rowan l'embrassa. Un baiser comme tant d'autres…

Et cependant très différent.

Incroyablement, miraculeusement… elle était sa femme.

14

Ce fut une période bénie où tout semblait conspirer à son bonheur. Gwenyth se sentait presque coupable d'être aussi chanceuse. Elle vivait à la Cour d'une reine étrangère, sur une terre étrangère, mais elle n'avait jamais été aussi heureuse de toute sa vie !

La lumière de Noël entra dans toutes les maisons, et repartit. Un moment de grâce, presque magique.

Puis les cloches de Pâques résonnèrent dans les rues, répandant jusqu'au ciel un message de joie et d'espérance.

Et une nouvelle saison commença.

Gwenyth savait qu'Elisabeth ne faisait jamais rien pour rien et qu'elle n'avait pas implicitement béni leur union sans espérer une contrepartie. Mais pour l'instant, elle ne voulait pas y penser et savourait son bonheur, au jour le jour. Ils avaient reçu d'Elisabeth l'autorisation de quitter Hampton Court et de retourner s'installer dans l'hôtel particulier de Rowan, sur les rives de la Tamise. Ils étaient libres d'occuper leurs journées comme ils le souhaitaient, participaient aux activités de la Cour seulement s'ils en avaient envie et passaient tout leur temps ensemble. Parfois, Gwenyth était tellement heureuse qu'elle en était presque effrayée. Elle ne pouvait s'empêcher de penser au sombre destin de Catherine Grey, dont le mariage avait été déclaré nul par sa souveraine et qui était aujourd'hui encore emprisonnée dans la Tour de Londres, ses deux enfants considérés comme des bâtards. Gwenyth priait pour que Marie se montre magnanime quand ils rentreraient en Ecosse et la mettraient devant le fait accompli. Mais elle avait confiance dans la bonté et la bienveillance de leur reine. Elle le répétait d'ailleurs inlassablement à Elisabeth car elle n'oubliait pas sa mission.

Elle recevait beaucoup de courrier d'Ecosse, en particulier de Marie qui l'invitait à ne pas relâcher ses efforts car, disait-elle, Elisabeth ne cessait de lui faire des compliments de sa « charmante petite ambassadrice écossaise ». Rowan, de son côté, recevait assez régulièrement des lettres de Lord Jacques Stewart, mais le ton était nettement moins souriant. Le frère de la reine fulminait, et l'objet de sa grogne s'appelait Lord Darnley.

Il était grand, charmant, très beau garçon et il partageait deux passions de Marie : la chasse et la danse.

Au début, leur relation avait été purement amicale.

Puis il était tombé malade.

Et la Reine Marie d'Ecosse était tombée amoureuse.

Le bonheur de Gwenyth prit fin brutalement un après-midi du mois de juillet. Elle disputait une partie de croquet avec la Reine Elisabeth et l'ambassadeur d'Espagne dans les jardins de Hampton Court quand elle apprit de la bouche de Maitland, l'envoyé de Marie, que Rowan devait rentrer en Ecosse.

— Lady Gwenyth, je quitte votre mari à l'instant, déclara-t-il après avoir salué la reine et son hôte. Il prépare son départ.

Le cœur de Gwenyth cessa de battre.

— *Son* départ ?

— Lord Rowan est attendu en Ecosse toutes affaires cessantes. Vous, en revanche, vous restez ici.

Elle dut prendre sur elle pour ne pas hurler et refuser de se plier à cette décision injuste.

Elisabeth frappa sa boule de croquet avec son maillet.

— C'est préférable pour le moment, déclara-t-elle d'un ton sans appel.

Il y avait une tension dans sa voix. Il s'était passé quelque chose qui lui avait déplu, devina Gwenyth et elle se demanda si cela avait un rapport avec Henri Stewart.

Elisabeth la regarda.

— Vous allez écrire à votre chère Marie et lui faire savoir que je suis absolument opposée à ce mariage.

Gwenyth était en colère, mais elle veilla à ne pas le montrer. Apparemment, Elisabeth et Maitland disposaient d'informations qu'elle n'avait pas.

Marie aurait-elle décidé d'épouser Lord Darnley, un simple *sujet* ?

Comment était-ce possible ? Il y avait encore un an, cette seule idée aurait été inimaginable. Marie avait reconnu elle-même la nécessité où elle était de faire passer l'intérêt de son pays avant le sien.

— La Reine Marie a-t-elle annoncé son intention de… d'épouser Henri Stewart ? demanda Gwenyth d'une voix hésitante.

La reine frappa de nouveau sa boule de croquet.

Très fort.

Elle était vraiment en colère.

Gwenyth ne comprenait pas. Pourquoi avait-elle autorisé Henri Stewart à rentrer en Ecosse si ce n'était pas pour le placer sur la liste des prétendants de sa « très chère cousine » ? Avait-elle voulu tester la loyauté de Marie à son égard ? Agiter la tentation devant ses yeux pour ensuite lui interdire d'y toucher ?

Elisabeth tourna vers elle un visage glacial.

— Pour l'instant, elle cherche à obtenir l'approbation des Cours étrangères. Lord Darnley est catholique et il va à la messe, mais il ne déteste pas écouter les grands prédicateurs protestants. Il est probable que la plupart rendront un avis favorable à ce mariage.

Elle frappa sa boule avec une telle vigueur qu'elle sauta hors de la pelouse.

— Mais pas *moi* !

— Je devrais accompagner mon mari et discuter avec la Reine Marie, dit Gwenyth.

— Rowan va tenter de combler le fossé que cette lamentable affaire a creusé entre la reine et son frère, Jacques Stewart. Vous, vous restez ici.

— Mais…

— La décision ne vient pas de moi. L'ordre émane de Marie elle-même : elle est certaine que vous réussirez à me faire changer d'avis sur la question.

— Je ne pense pas que ce soit possible ! s'exclama Gwenyth.

Elisabeth haussa les épaules et détourna les yeux.

— Rowan reviendra très vite, dit-elle.

Ce soir-là, Gwenyth regagna leur maison au bord de la Tamise et se jeta avec angoisse dans les bras de Rowan.

— Mon amour, ce n'est qu'une petite séparation, affirma-t-il.

Ses paroles se voulaient rassurantes, mais elle ne put s'empêcher de frissonner.

Une petite séparation.

Pendant un instant, elle fut tentée de se rebeller. Ils pouvaient désobéir à leur reine, renoncer à leurs terres en Ecosse, s'installer pour toujours en Angleterre, ensemble.

Mais c'était impossible, bien sûr. Rowan adorait l'Ecosse, autant qu'elle. Et il était convaincu de parvenir à réconcilier Lord Jacques et sa sœur.

— Quand partez-vous ? murmura-t-elle.

— Demain matin.

— Ça nous laisse cette nuit, dit-elle simplement.

Leur dernière nuit ensemble.

Gwenyth en chérit chaque minute comme un trésor. Elle grava chaque détail dans sa mémoire pour pouvoir, pendant les jours et les semaines à venir, se remémorer ses caresses, ses baisers, les mots d'amour qui glissaient de ses lèvres, la saveur de sa peau, le relief familier de son corps contre le sien. Elle savait que dans les jours et les semaines à venir, du fond de sa solitude, elle aurait besoin de tous ces souvenirs pour ne pas céder au désespoir.

Ce fut une nuit intense et douce à la fois, avec des moments de passion paroxystique et d'autres d'une tendresse poignante. Entre deux étreintes, ils restaient blottis l'un contre l'autre, et se promettaient que leur séparation serait de courte durée. Mais ce n'étaient que des mots, et même s'ils les prononçaient avec la ferveur d'une prière, Gwenyth ne parvenait pas à conjurer sa peur.

Aux premières lueurs de l'aube, Rowan lui fit l'amour une dernière fois avec une ardeur mêlée de désespoir, puis il l'enveloppa dans ses bras et la garda tendrement enlacée, comme si leurs deux âmes n'en faisaient plus qu'une. Gwenyth s'agrippa à lui et osa fermer les yeux.

Malgré sa volonté farouche de le serrer contre elle jusqu'à la dernière seconde, le sommeil la prit.

Quand elle rouvrit les yeux, il était parti.

Troisième partie

Passion et défaite

15

Jacques Stewart était en rage.

Il n'était pas à la Cour ; il avait utilisé tous les prétextes possibles pour ne *pas* répondre aux convocations de la reine.

— Quel gâchis ! gronda-t-il à l'attention de Rowan. A son arrivée en Ecosse, ma sœur ne pensait qu'à servir les intérêts de son pays. Elle avait conquis le cœur de son peuple, gagné son respect. Et maintenant… c'est comme si elle avait oublié tout ce qu'elle a appris sur la politique et l'art de gouverner. Elle est tout simplement devenue folle !

Rowan garda le silence, le cœur étreint par une sourde angoisse. La brouille entre Marie et son frère n'était pas seulement désolante, elle était dangereuse. Si elle perdurait, les conséquences pouvaient être dramatiques.

Jacques continuait à s'emporter, le visage crispé par la fureur.

— Ce freluquet a grandi en Angleterre, et il est tout acquis à la cause d'Elisabeth ! Sa mère estime avoir des droits sur la couronne d'Angleterre et si Marie épouse son imbécile de fils, les Lennox deviendront tout-puissants en Ecosse !

— Elisabeth m'a clairement laissé entendre qu'elle n'autoriserait pas cette union, souligna Rowan.

Jacques serra les poings.

— Je vous dis que Marie n'a plus sa raison ! Allez la voir, vous vous rendrez compte par vous-même. La date du mariage est déjà arrêtée.

— Vous n'y assisterez pas ?

— Non, je n'y assisterai pas ! tonna Jacques. Je refuse de cautionner cette aberration. Et je ne suis pas le seul. Je peux vous assurer que la noblesse refusera de faire allégeance à ce pantin !

— Peut-être changeront-ils d'avis, avec le temps. Si un héritier vient à naître de cette union, le peuple se ralliera à Marie, quel que soit l'homme qu'elle aura choisi pour époux.

— Elle lui a déjà donné le titre de roi, sans même se soucier de savoir ce qu'en penserait le Parlement, ragea Jacques.

— Vous devez absolument vous réconcilier, insista Rowan. Il le faut. Sinon on risque une guerre civile.

— Je refuse de regarder ma sœur brader le royaume de notre père. Allez la voir, demandez-lui une audience et remettez-lui mes lettres.

Rowan arriva à Edimbourg à temps pour assister au mariage de la Reine Marie avec Henri Stewart — Lord Darnley.

Des changements s'étaient produits à la Cour en son absence. Marie avait désormais un nouveau secrétaire, un petit Italien assez laid prénommé Riccio. Les quatre Marie étaient toujours à ses côtés, mais de nouveaux visages étaient apparus dans son entourage, des jeunes femmes venues de France et de la noblesse écossaise.

Rowan ne fut pas invité à venir voir la reine avant la cérémonie, qui eut lieu le lendemain dans la chapelle d'Holyrood, mais les lettres de Lord Jacques lui furent remises en mains propres.

La mariée ne se présenta pas habillée de blanc, comme le voulait la tradition, mais vêtue de noir afin de rappeler qu'elle était la veuve du roi de France. Tandis qu'elle échangeait ses vœux avec Henri Stewart, Rowan se sentit gagné par un sentiment de désolation. Marie était une femme passionnée, déterminée, portée par la certitude qu'elle était née pour être reine, et que sa couronne était légitime. Comment avait-elle pu s'éprendre d'un personnage aussi superficiel ?

Puis il se rappela à l'ordre : il n'avait aucun droit de la juger. Il imagina même, avec un humour un peu désespéré, que Marie était tombée amoureuse de Darnley simplement parce qu'il mesurait quelques centimètres de plus qu'elle. Il était jeune, blond, mince, et tout le monde s'accordait à vanter ses talents de chasseur et de danseur — deux grandes passions de la reine Marie.

Et pourtant cette belle enveloppe rendait Rowan tout à la fois dubitatif et inquiet. Darnley était trop blond. Ses traits trop juvéniles. Il lui manquait cette trempe et cette maturité que le peuple écossais attendait d'un roi.

Peu après la cérémonie, la reine partit se changer avant de participer au festin puis aux festivités qui se terminèrent par un bal somptueux, à la lumière des torches. Rowan put enfin l'approcher et lui parler.

Marie était euphorique.

— Oh, Lord Rowan, Henri n'est-il pas le prince idéal ? soupira-t-elle.

Il ne voulut pas lui mentir et lui offrit une réponse de diplomate.

— Je me réjouis de voir Votre Grâce aussi heureuse.

Elle serra les lèvres.

— Elle étouffe de jalousie, voilà tout.

— Je vous demande pardon ?

— Elisabeth. Elle refuse de prendre un époux et elle ne supporte pas l'idée que je puisse me marier tout en continuant à remplir mes obligations de reine !

Elle sourit subitement.

— Comment se porte ma chère Gwenyth ? Bien, je suppose ? Maitland m'a confié que ma cousine la trouvait délicieuse. Il faut absolument que Gwenyth continue à lui dire du bien de moi, surtout si mon cher époux et moi concevons un héritier. La ligne de succession devra alors impérativement être établie en *ma* faveur.

Rowan garda le silence. Son ambition était probablement légitime, mais il ne parvenait pas à comprendre pourquoi elle ne pouvait se contenter de régner sur l'Ecosse.

— Votre Grâce, il y a un sujet important dont je dois vous entretenir.

— Plus tard. Parlez-moi plutôt de la raison de votre retour : mon frère aurait-il l'intention d'implorer mon pardon ?

— Votre frère vous aime.

— Mon frère aime le pouvoir, rectifia-t-elle sèchement.

Elle s'arrêta de danser et recula d'un pas.

— Allez voir mon frère. Expliquez-lui qu'il est hors de question que je désavoue mon époux. Soit il fait acte d'allégeance à Henri, soit il sera déclaré hors la loi. Dites-le-lui.

— Je le lui dirai, acquiesça Rowan. Votre Grâce, je vous demande la faveur de faire revenir Lady Gwenyth à votre cour.

Elle écarquilla les yeux.

— Etes-vous fou ? Sa présence à la Cour d'Angleterre

est indispensable ! De toutes mes dames d'honneur, elle est la seule qui soit capable de porter haut mes couleurs et de faire fléchir Elisabeth !

— Nous nous sommes mariés, Votre Grâce, avoua-t-il d'une voix douce.

La fureur qui étincela dans les yeux sombres de la reine le médusa.

— Tout le monde s'est donc donné le mot pour me défier ? s'écria-t-elle avec colère. Je ne veux pas savoir à quels petits jeux triviaux vous vous êtes livrés tous les deux pendant votre voyage. Votre mariage n'a aucune légitimité. Jamais je ne reconnaîtrai cette union, vous entendez ? Comment avez-vous osé faire allégeance à Elisabeth et lui demander son consentement au lieu du mien ?

Rowan était abasourdi.

— Votre Grâce, plus qu'une autre, sans doute, vous savez combien la passion peut enflammer un cœur. Je vous supplie de…

— Vous m'avez gravement offensée, Lord Rowan ! trancha-t-elle, glaciale. Et vous ne gâcherez pas plus longtemps la fête de mon mariage en faisant étalage de votre déloyauté. Retournez auprès de mon frère et transmettez-lui mon message. Peut-être apprendrez-vous ensemble à faire acte de repentance !

Sur ces mots, elle lui tourna le dos et s'éloigna. Rowan resta planté à sa place, pétrifié.

Il la suivit du regard tandis qu'elle rejoignait son jeune et blond époux et prenait place avec lui au milieu des danseurs. Ce mariage ne lui apporterait que des désillusions, songea-t-il avec consternation. Malheureusement, personne à la Cour n'oserait le lui dire. A quoi bon, d'ailleurs ? Elle refuserait d'entendre.

Tout en quittant Edimbourg, Rowan se dit que le règne

de Marie survivrait parce qu'il le fallait. Son père était décédé quelques jours après sa naissance, mais sa mère, Marie de Guise Lorraine, avait été une excellente régente, malgré sa foi catholique, les éternels conflits avec l'Angleterre et les guerres effrénées auxquelles se livrait la noblesse écossaise.

A sa mort, Jacques Stewart avait repris le flambeau et il avait réussi, avec prudence et compétence, à maintenir le royaume en paix.

Mais à présent…

Un héritier.

La reine devait impérativement donner un héritier à l'Ecosse.

Tout serait alors effacé. Peut-être même réussirait-elle à trouver un terrain d'entente avec Elisabeth qui, en fine stratège, poursuivait ses tractations matrimoniales afin de tisser autour d'elle un réseau d'alliances potentielles.

Avec le temps, Marie finirait par entendre raison. Sûrement.

Mais pour le moment, il était en disgrâce.

Qu'à cela ne tienne. Il aimait l'Ecosse, mais il avait découvert récemment qu'il pouvait être heureux simplement en vivant sa vie d'homme — et d'époux.

Rowan talonna Styx afin de retrouver au plus vite Jacques Stewart sur ses terres, où il l'attendait.

Et où il fourbissait probablement ses armes contre sa sœur, songea-t-il avec inquiétude.

Gwenyth ne put se défendre d'un pincement au cœur à la lecture de la lettre de Marie Fleming. La jeune femme avait succombé à la Cour que lui faisait Maitland et accepté de devenir sa femme — avec la bénédiction de la Reine Marie.

Gwenyth accueillit la nouvelle avec un peu d'amertume. Apparemment, la reine faisait preuve de générosité et de compréhension avec tout le monde, sauf avec Gwenyth. Elle n'avait même pas voulu l'entendre prononcer le *mot* de mariage.

Mais c'était grâce à Maitland que cette lettre lui était parvenue, et elle la dévora avidement.

« Nous sommes encore sous le choc du mariage de la reine avec Darnley. C'est insensé. Il est égoïste, capricieux, perpétuellement de mauvaise humeur. Il se prend pour le roi et voudrait que tous les nobles courbent le dos devant lui. Il ne se rend même pas compte que la plupart d'entre eux le méprisent et qu'ils voient d'un très mauvais œil la mainmise des Lennox sur l'Ecosse.

« Surtout, n'allez pas croire que je suis déloyale envers notre reine. J'aime Marie tout autant que vous, mais ce mariage me fait peur. Je prie pour que tout finisse bien, en dépit des signaux contraires.

» J'ignore ce qui a bien pu se passer — Marie refuse d'évoquer le sujet — mais elle s'est disputée avec Lord Rowan au beau milieu du bal, pendant les fêtes de célébration de son mariage ! Elle est dans un tel état de nerfs qu'elle s'emporte pour un oui ou pour un non et ne tolère pas la moindre critique envers Lord Darnley. Personne n'échappe à ses colères, pas même ses proches et ses fidèles. Elle continue à penser que vous avez plus d'influence sur Elisabeth que dix bataillons de politiques qui ne savent parler que de guerre. Vous me manquez, Gwenyth. Votre présence nous manque terriblement, à tous. Prenez garde à vos moindres faits et gestes. Nous traversons une période de grandes turbulences… »

Gwenyth contempla le feu qui crépitait doucement dans la chambre de l'hôtel particulier.

Elle avait reçu une lettre de Rowan, quelques jours auparavant. Il lui avait raconté le mariage de Marie, mais n'avait pas fait d'allusion à leur dispute. Il avait seulement indiqué que le fossé entre la reine et son frère se creusait chaque jour davantage, et qu'il jouait les messagers entre eux, en priant pour qu'ils fassent la paix.

Gwenyth se leva, angoissée.

Sa vie à Londres n'avait rien d'un calvaire. Annie était à ses côtés, et Thomas se montrait d'une gentillesse et d'une serviabilité exemplaires. Il veillait à ce qu'elle ne manque de rien.

Elle ne logeait pas à la Cour d'Elisabeth et préférait garder ses distances avec la reine. Chaque fois qu'Elisabeth la convoquait, elle veillait à rester strictement dans son rôle d'ambassadrice. Elle ne parlait pas systématiquement de Marie, mais saisissait chaque opportunité de louer ses multiples talents, sa moralité, sa droiture, et toutes les qualités qui faisaient d'elle une souveraine merveilleuse — et l'héritière naturelle du trône d'Angleterre. Elisabeth l'écoutait avec un sourire en coin, comme si sa loyauté la divertissait et qu'elle s'amusait à jouer au chat et à la souris avec elle.

Depuis le mariage de Marie avec Darnley, néanmoins, leurs relations s'étaient considérablement refroidies. Elisabeth était folle de rage. Sa colère était telle qu'il était impossible de lui rappeler que c'était *elle* qui avait voulu le retour des Lennox en Ecosse. *Elle* qui avait envoyé Henri Stewart, Lord Darnley, à la Cour de sa « très chère cousine ».

A certains moments, Gwenyth se demandait si, au fond, Elisabeth n'aspirait pas à trouver le bonheur, comme Marie semblait l'avoir trouvé. Elle avait probablement envoyé Lord Darnley en Ecosse comme un appât au bout d'un hameçon, juste pour voir ce qui allait se passer, persuadée qu'il charmerait Marie, mais qu'elle se faisait une trop haute idée de son devoir pour épouser un simple sujet.

Quelqu'un frappa à la porte, rompant le fil de ses pensées, et son cœur bondit aussitôt dans sa poitrine. C'était plus fort qu'elle : chaque fois, elle se prenait à espérer que Rowan était de retour. C'était impossible, bien sûr. Et puis, quel besoin aurait-il eu de s'annoncer ? Il était chez lui, ici.

— Entrez.

Thomas apparut.

— La reine désire vous voir, lui annonça-t-il.

— A-t-elle dit pourquoi ?

— Elle souhaite vous entretenir d'une affaire pressante, à ce que j'ai cru comprendre.

— Je vois, murmura Gwenyth — et elle regarda Thomas dans l'espoir qu'il lui en dirait davantage.

Il secoua la tête.

— Je ne sais rien de plus.

— Très bien. Je vais me préparer.

Tout en descendant la Tamise à bord de la barque de Rowan, Gwenyth essaya de calculer depuis combien de temps ils étaient séparés. Elle avait l'impression qu'il était parti depuis une éternité. Il lui manquait horriblement, mais elle savait — et comprenait — qu'il avait des obligations auxquelles il ne pouvait se soustraire. Il servait l'Ecosse depuis trop longtemps pour lui être subitement infidèle.

Dès son arrivée à Hampton Court, elle fut rejointe par Maitland qui lui lança un regard sinistre.

— Que se passe-t-il ? chuchota-t-elle anxieusement.

— Rien de bon, j'en ai peur. La reine ne nous avait pas habitués à de tels emportements.

Gwenyth n'eut pas besoin de lui demander de quelle reine il parlait : Maitland avait toujours été loyal à Marie.

Une servante les attendait dans le boudoir afin de les

conduire dans la chambre d'Elisabeth. Maitland fit signe qu'il n'entrait pas.

— Elle a demandé à vous parler en privé, expliqua-t-il.

Gwenyth suivit la servante dans la chambre. Elisabeth était couchée. Elle avait l'air lasse et impatiente.

— Votre Grâce, vous êtes souffrante, constata Gwenyth d'un ton inquiet.

Elisabeth ébaucha un geste agacé de la main.

— Un peu de fièvre et de fatigue, il n'y a pas de quoi fouetter un chat, affirma-t-elle. Je refuse de mourir, vous savez.

Gwenyth baissa la tête pour dissimuler un sourire.

— Je suis sérieuse, ne riez pas, affirma Elisabeth en fronçant les sourcils. Quand je pense aux empoignades qui auront lieu à ma mort pour s'emparer de ma couronne… croyez-moi, le plus simple, c'est que je reste vivante.

— Je prie pour que Dieu vous accorde une très longue vie.

Elisabeth sourit.

— Je suis persuadée que vous êtes sincère.

Elle observa Gwenyth avec une expression pleine de douceur.

— J'ai des nouvelles à vous communiquer. Et pour commencer, j'ai décidé de vous faire arrêter.

Gwenyth poussa un cri étouffé. Le choc était tel qu'elle vacilla.

— Asseyez-vous, dit Elisabeth d'un ton impatient. Votre arrestation est une manifestation extérieure de mon extrême colère intérieure.

— Votre colère ? balbutia Gwenyth dans un souffle.

— Envers ma cousine. Elle a épousé Darnley contre ma

volonté et maintenant ils s'emploient à concevoir un héritier — ce qui bafoue un peu plus encore mon autorité.

Gwenyth hésita.

— Un jour, au moment de notre arrivée en Ecosse, Marie m'a confié qu'elle trouvait Lord Darnley très beau et très séduisant. Je suis certaine qu'elle n'avait pas l'intention de défier Votre Grâce en l'épousant. Elle est… elle est très passionnée.

— C'est ce que j'ai cru comprendre.

— Marie n'est pas une calculatrice. C'est une femme avec un cœur immense, qui souhaite ardemment trouver le parfait mari.

— Justement. Il n'est *pas* le parfait mari.

— Elle est amoureuse.

— Et c'est quelque chose que vous êtes à même de comprendre, n'est-ce pas ?

— Oui.

— Voilà pourquoi je vous envoie en prison.

— Je vous avoue que… je ne comprends pas, dit Gwenyth en secouant la tête.

— J'y viens. Des informateurs fiables m'ont transmis des nouvelles de la cour d'Ecosse.

Elisabeth plongea son regard dans celui de Gwenyth.

— La Reine Marie refuse de reconnaître votre mariage. Il a été célébré sans son autorisation et il n'a donc aucune valeur légale à ses yeux. Elle est furieuse après Lord Rowan, malgré ses efforts pour rétablir la paix entre ses barons et elle. Et elle vous en veut également d'avoir trahi sa confiance. Elle m'a écrit, exigeant votre retour.

Gwenyth était restée debout malgré ses jambes flageolantes. Elle n'avait retenu que les premiers mots d'Elisabeth.

Son mariage n'était pas légal.

Elle cilla lentement.

— Et… vous m'envoyez en prison ? murmura-t-elle d'une voix blanche.

— C'est cela, acquiesça Elisabeth en agitant la main. Officiellement, je suis folle de rage contre vous parce que vous êtes la représentante de Marie et que vous soutenez ce mariage ridicule.

Elle esquissa un sourire.

— Officieusement, je vous mets à l'abri de sa colère, le temps qu'elle ait fait le tour de son parfait mari et qu'elle mesure la bêtise qu'elle a commise en l'épousant. Ce qui ne saurait tarder, ajouta-t-elle d'une voix acide.

Gwenyth ne parvenait pas à croire que Marie puisse se retourner contre elle, et cependant, elle savait qu'Elisabeth ne mentait pas.

— Je suis certaine… qu'elle finira par me rendre son affection, réussit-elle à articuler.

— En attendant, pour votre propre sécurité, il est préférable que vous restiez sous ma protection. Je pense à vous — et à l'enfant que vous portez, conclut Elisabeth d'une voix douce.

Gwenyth baissa les yeux. Elle s'était rendu compte tout récemment que ce que venait de dire Elisabeth était vrai.

Elle attendait un bébé.

Cela aurait dû être la plus merveilleuse des nouvelles.

C'était la plus merveilleuse des nouvelles.

Mais elle ne pouvait se réjouir tant que le père de son enfant n'était pas à ses côtés, et elle en voulait terriblement à Marie, qu'elle avait toujours servie loyalement, de se montrer aussi indifférente à son bonheur.

— La Tour est une prison beaucoup moins effrayante qu'on ne le pense, même si elle a été témoin de scènes d'horreur. J'y ai moi-même séjourné, déclara Elisabeth d'un ton léger.

Elle adressa à Gwenyth un regard rassurant.

— Une fois là-bas, vous jouirez d'une entière liberté. Et vous y serez en sécurité, à l'abri des regards, jusqu'à la naissance de votre enfant.

— Merci, murmura Gwenyth.

— Votre arrestation n'aura pas lieu avant demain. Cela vous laisse le temps de vous préparer.

— Annie pourra-t-elle venir avec moi ?

— Naturellement.

Maitland l'attendait dehors.

— Je vais être arrêtée et enfermée dans la Tour, lui annonça-t-elle abruptement.

Il hocha la tête.

— C'est sans doute le plus sage, pour le moment.

Gwenyth le regarda, les sourcils froncés.

— Pourquoi Marie me fait-elle ça ?

Il détourna les yeux.

— C'est Elisabeth qui vous met en prison, pas Marie.

— Marie est en colère contre Rowan et elle refuse de reconnaître notre mariage. Que lui arrive-t-il ? Elle avait confiance en moi, en notre amitié. Et maintenant, je ne suis plus rien. Elle m'a… congédiée.

— Soyez patiente. Je suis sûr que les choses vont rentrer peu à peu dans l'ordre. Je ne pense pas qu'elle prenne le risque d'une brouille définitive avec son frère. Même s'il est entré ouvertement en rébellion contre elle.

Gwenyth le dévisagea avec inquiétude.

— Que va-t-il se passer ?

— Prions pour que le spectre de la guerre civile s'éloigne. En ce qui vous concerne, votre arrestation sera pour Marie la preuve de votre loyauté — et pour vous l'occasion de mener tranquillement votre grossesse à son terme et de donner naissance à votre enfant en toute discrétion. Je suis certain que, le moment venu, la Reine d'Ecosse bénira votre union avec Lord Rowan. Vous n'avez rien à craindre, ni pour vous-même ni pour le bébé. Vous devez simplement vous montrer patiente.

— Je ne sais même pas où est Rowan, se désola Gwenyth, au bord des larmes.

— Moi non plus. Mais je ne m'inquiète pas. Je suis certain que tout finira par s'arranger. Sans la foi, nous n'aurions pas la force de continuer à avancer, jour après jour, n'est-ce pas ?

— Chaque journée me paraît une éternité sans lui, murmura Gwenyth.

— Mais chacune d'elles est une victoire.

Il lui sourit.

— Je continuerai infatigablement à servir la reine. Ma reine. Et je prierai inlassablement pour que la paix et la stabilité reviennent en Ecosse. Vous devriez en faire autant.

— Mais Rowan…

— Rowan sait comment survivre au cœur de la tempête.

— Vous êtes logé à la même enseigne que moi ! déclara Jacques d'un ton furieux. Vous êtes devenu vous aussi un hors-la-loi !

Il bouclait ses bagages, prêt à fuir de l'autre côté de la frontière.

Rowan n'avait jamais eu l'intention de prendre les armes contre la reine, alors que Jacques était en conflit ouvert avec sa demi-sœur. Mais Marie avait fini par obtenir ce qu'ils avaient jadis espéré si ardemment : l'amour de son peuple. Jacques avait eu beau se rendre à Edimbourg pendant que sa sœur et son jeune époux voyageaient dans le Nord, il n'avait pas réussi à obtenir le soutien qui lui aurait été indispensable pour empêcher Henri Stewart et son ambitieuse famille d'accroître leur pouvoir.

Maintenant, le bruit courait que Marie, informée de sa trahison, avait ordonné son arrestation. Jacques avait aussitôt entamé dans l'urgence des tractations secrètes avec Elisabeth pour lui demander l'asile politique — d'où ce départ précipité. Trop précipité : à sa place, Rowan se serait montré prudent. Jacques ne connaissait pas la reine d'Angleterre comme lui la connaissait.

Elisabeth était experte dans l'art du double langage. Elle ne l'avait pas découragé mais elle s'était bien gardée de lui promettre quoi que ce soit.

Fidèle à elle-même, elle attendait de voir dans quel camp soufflerait le vent de la victoire avant de prendre position.

Rowan avait été mis hors la loi lui aussi, il le savait, mais il doutait que Marie ait réellement l'intention de lui nuire. Il lui avait toujours été fidèle et il avait seulement servi de messager, à sa propre demande, dans le conflit qui l'opposait à son frère. Il ne convoitait pas le pouvoir, il avait seulement à cœur l'intérêt de son pays.

Certes, il était en colère contre la reine — à juste titre, lui semblait-il — mais il ne l'avait pas trahie, et il ne s'était jamais montré critique à son égard. Même quand elle avait refusé d'un ton cinglant de reconnaître son mariage.

— Il y a forcément un moyen de dénouer la situation, dit-il à Jacques.

— Il y en a un, oui : passer de l'autre côté de la frontière, et c'est ce que je vais faire.

Rowan n'était pas vraiment surpris. Jacques avait trouvé refuge dans les Basses Terres, chez Lord MacConaugh, un protestant irréductible dont les terres étaient si proches de la frontière anglaise qu'il pouvait aisément aller d'un pays à l'autre.

— Je vais filer plein sud et demander en urgence une audience à Elisabeth. Vous devriez venir avec moi. Elle me recevra plus rapidement si vous êtes là.

— Jacques, il nous faut sortir de cette impasse. Vous devez faire la paix avec votre sœur. Aux yeux de la plupart des gens, vous représentez l'Ecosse. Et la noblesse…

— La noblesse change d'opinion au gré du vent !

— Et les sautes de vent sont fréquentes dans ce pays, admit Rowan avec un soupir. Quoi qu'il en soit, je dois rester ici et tenter de raisonner la reine.

— Elle est trop amoureuse de ce freluquet pour entendre raison, affirma Jacques.

— Pour l'instant. Tôt ou tard, elle ouvrira les yeux.

Jacques hésita.

— Restez, alors. Dites-lui que je n'ai pas eu le choix, que j'ai dû partir pour sauver ma vie parce qu'elle n'a plus d'autre volonté que celle de son époux et de sa belle-famille. Mais vous pouvez me croire : si elle ne se rend pas compte rapidement qu'elle a épousé un fat et un incapable, l'Ecosse se prépare des jours très sombres.

— J'aime l'Ecosse. Je veux que plus tard mes enfants y grandissent fièrement, et en paix, murmura Rowan d'une voix grave.

Jacques sourit avec amertume.

— En ce cas, vous feriez mieux de m'accompagner en Angleterre, et de retrouver votre épouse illégitime.

— Je donnerais tout pour la revoir, soupira Rowan en secouant la tête. Mais je dois d'abord faire la paix avec Marie.

— Alors, adieu, dit Jacques.

*
* *

Ce soir-là, Rowan s'approchait d'Edimbourg quand une petite troupe de soldats se dressa devant lui et lui barra le passage.

L'un des hommes se détacha du groupe et s'avança vers lui.

— Etes-vous Rowan Graham, Lord de Lochraven ? demanda-t-il.

— C'est moi, oui. Je me rends à Edimbourg afin de demander audience à la reine au nom de Lord Jacques Stewart et dans l'intérêt du royaume.

— Vous êtes en état d'arrestation.

— Je suis en état d'arrestation ? répéta Rowan, incrédule.

— Pour haute trahison.

— Vous plaisantez.

L'homme déglutit péniblement et secoua la tête.

— Plût à Dieu que ce fût une plaisanterie, Lord Rowan, dit-il tout bas.

Il était nerveux, mal à l'aise.

— Puis-je savoir à qui j'ai l'honneur ? s'enquit Rowan.

— Sir Alan Miller.

— Votre accent est anglais.

— Je suis au service de... Lord Darnley.

Il baissa les yeux.

— J'ai reçu ordre de vous arrêter.

Et il agissait à contrecœur, comprit Rowan.

Il observa le reste du groupe qui s'était approché pour l'appréhender — une vingtaine d'hommes au total. Rien à voir avec les fiers guerriers qui s'étaient battus à ses côtés durant des années pour défendre l'Ecosse. Ceux-là lui étaient inconnus. Ils avaient probablement été recrutés par Darnley ou son père, le Comte de Lennox. Ils n'étaient guère impressionnants. Styx était deux fois plus puissant que leurs montures et il doutait qu'un seul d'entre eux sache manier brillamment l'épée.

Il pouvait résister et fuir.

Mais il serait forcé de tuer un grand nombre d'entre eux et il ne voulait pas ajouter le meurtre aux charges qui pesaient déjà sur lui.

— Qu'il soit fait selon la volonté de la reine. Je me place bien volontiers sous votre autorité, messieurs.

Alan Miller laissa échapper un soupir de soulagement.

— Vous serez conduit au château d'Edimbourg et vous y resterez incarcéré jusqu'à votre procès.

— Je suis à vos ordres, Sir Alan.

L'homme s'avança vers lui.

— Je dois vous demander de me remettre votre épée et votre poignard.

Rowan obéit. Il faisait froid, mais le jeune garde transpirait. Ses mains tremblaient lorsqu'il prit l'épée que lui tendait Rowan.

Rowan posa la main sur son épaule.

— Vous n'avez rien à craindre de moi. Je vous suis de ma propre volonté.

Alan Miller le dévisagea, puis hocha la tête.

— Dieu vous protège, murmura-t-il simplement.

— En route, déclara Rowan.

16

Gwenyth fut informée de l'incarcération de Rowan d'une manière cruelle.

Après avoir passé les premiers mois de son emprisonnement dans une angoisse et une frustration insupportables, elle avait fini par admettre qu'elle n'avait pas d'autre choix que de se montrer patiente et d'attendre stoïquement que sa pénitence prenne fin.

Elle recevait très peu de courrier — à part, de temps à autre, une lettre des quatre Marie, mais elles ne lui écrivaient que des banalités et évitaient tout sujet d'actualité. Peut-être craignaient-elles qu'on n'intercepte leur correspondance, supposa Gwenyth.

Le temps passait avec une lenteur insupportable, et elle n'avait aucune nouvelle de Rowan. Elle se sentait impuissante, anxieuse, mais ne pouvait se permettre de tomber malade. Elle devait penser avant tout au bébé.

Pour l'instant, elle parvenait encore à dissimuler sa grossesse sous une ample cape. Très peu de personnes étaient au courant de son état. La situation était tellement absurde ! Etre obligée de croupir en prison pour se protéger des foudres de la reine…

Quand son moral sombrait, elle était tentée d'écrire à Marie pour lui ouvrir son cœur. Elle s'adresserait non pas à la souveraine mais à la femme amoureuse qui s'était éprise de Lord Darnley et qui, sûrement, était à même de comprendre que des sentiments identiques aient pu naître entre deux de ses loyaux sujets.

Mais elle n'osait pas se confier. Autrefois, oui. Mais les nouvelles que lui donnait Maitland étaient de plus en plus alarmantes. Marie n'était plus la jeune femme qu'elle avait connue et admirée ; Darnley l'avait transformée.

Gwenyth occupait ses journées comme elle le pouvait. Contrairement à Marie, qui n'hésitait pas à sortir sa broderie pendant les conseils des ministres, elle n'avait aucun goût pour les travaux d'aiguille. Elle passait donc le plus clair de son temps à écrire et à lire. Ses conditions de détention, dans la tour Beauchamp, n'étaient heureusement pas trop pénibles. Elle était autorisée à se promener dans la cour, à assister aux offices religieux le dimanche, dans la tour Blanche, et à explorer les différentes salles, en particulier l'armurerie — où étaient exposées des armes et des machines de guerre vieilles de plusieurs siècles — et la bibliothèque, où elle pouvait emprunter autant de livres qu'elle le souhaitait.

Puis, vers son sixième mois de détention, alors qu'elle sortait prendre l'air dans la cour, son chemin croisa par hasard celui d'une autre « invitée ».

Gwenyth n'avait jamais rencontré Margaret Douglas, Comtesse de Lennox et mère de Lord Darnley. Elle ne savait même pas qu'elle était rentrée en Angleterre jusqu'à ce qu'elle apprenne, par une rumeur, qu'elle était emprisonnée elle aussi dans la Tour sur ordre d'Elisabeth, furieuse que son fils ait épousé Marie d'Ecosse sans son autorisation.

La comtesse était une femme alerte, encore séduisante, avec des traits énergiques et des yeux très sombres, qui étincelèrent de fureur tandis qu'elle s'avançait vers Gwenyth d'un pas belliqueux.

Gwenyth s'apprêtait à la saluer poliment, quand elle pointa sur elle un doigt accusateur.

— Vous ! lança-t-elle d'une voix haineuse. On dit que la Reine Marie ne cesse d'adresser des lettres à Elisabeth pour obtenir votre libération ! Mais cela ne se peut pas. Si elle doit sauver quelqu'un, c'est moi. Je suis la mère d'Henri ! J'ai du sang royal dans mes veines alors que vous… vous n'êtes que la putain de cet Ecossais de malheur qui a trahi sa reine et s'est rallié à ce bâtard de Jacques Stewart ! Vous avez ensorcelé la reine, j'en suis sûre, mais vous ne perdez rien pour attendre ! Vous rôtirez en enfer, tout comme votre amant pourrit en ce moment même dans le château d'Edimbourg. Bientôt il sera juré pour trahison et exécuté comme le sale traître qu'il est !

Une telle haine vibrait dans sa voix que la servante qui l'accompagnait posa la main sur son bras pour la ramener à la raison pendant qu'Annie se jetait devant Gwenyth comme un bouledogue prêt à défendre son maître.

Mais contrairement à ce que pouvaient laisser penser ses propos, la comtesse n'avait pas perdu la raison. Elle cracha sur le sol, aux pieds de Gwenyth, et tourna les talons.

— Mon pauvre agneau, dit Annie avec inquiétude en entourant les épaules de Gwenyth de son bras.

Gwenyth savait qu'elle était devenue livide et qu'elle tremblait comme une feuille. Rowan était emprisonné à Edimbourg. On l'accusait de *trahison*. Un vertige la saisit.

— Tu le savais, n'est-ce pas ? demanda-t-elle d'une voix rauque.

Le visage d'Annie parla pour elle. Elle était au courant, bien sûr.

Et Elisabeth aussi.

— Tu le savais et tu ne m'as rien dit ?

— Il ne faut pas vous inquiéter comme ça, marmonna Annie d'un air gêné. Ce n'est pas bon pour le bébé. Je vais vous ramener dans votre chambre et…

Les mots moururent sur ses lèvres. Gwenyth venait de lui agripper la main, les traits contractés dans une grimace douloureuse.

— Le bébé, articula-t-elle d'une voix étranglée. Le bébé arrive.

Gwenyth accueillit avec soulagement les souffrances de l'accouchement : elles l'empêchaient de se ronger d'angoisse pour le père de son enfant.

Il était accusé de trahison.

C'était un crime d'une extrême gravité, passible de la peine capitale. Rowan pourrait mourir sans même avoir connu son enfant. En fait, songea-t-elle avec fièvre, elle ne savait même pas s'il avait été informé qu'elle était enceinte.

Puis le miracle s'accomplit : son bébé vint au monde. Il entra dans la vie en poussant un cri vigoureux ; Annie lui annonça que c'était un magnifique petit garçon, et Gwenyth oublia toutes ses peurs tandis qu'elle prenait son fils dans ses bras et le contemplait avec émerveillement.

Il avait les cheveux blonds, les yeux bleus. Dix doigts, dix orteils. Elle compta. Il était incroyablement parfait. Il était… *à elle.*

Et à Rowan.

Elle était incapable de détacher ses yeux du nourrisson. Elle le regarda avec adoration prendre contact avec l'univers, s'attendrit quand il pleura, et tomba irrémédiablement amoureuse de lui quand il se blottit contre son sein. Elle refusa qu'Annie le lui prenne jusqu'à ce que la sage-femme insiste pour qu'elle se repose.

A son réveil, elle poussa un cri d'angoisse et Annie veilla à ce qu'on lui amène aussitôt son bébé. Elle compta de nouveau ses doigts et ses orteils, plongea son regard dans celui de son bébé, et resta étendue près de lui, fascinée.

Ce fut seulement plus tard que la peur envahit de nouveau son esprit, puis toutes les fibres de son être.

Et si le père de son enfant était condamné à être décapité, pendu ou — qui sait même — écartelé ? Aucun supplice n'était trop doux pour un traître.

Lorsqu'elle se mit à sangloter, Annie la gronda.

— Allons, allons, vous ne devez pas vous mettre dans un état pareil. Pensez au bébé. Il tombera malade si vous gâtez votre lait en pleurant.

Gwenyth ignorait si une telle catastrophe était possible, mais elle n'osa pas prendre le risque. Elle essaya donc de se rassurer en se répétant qu'ils ne pouvaient pas exécuter Rowan. Ils ne pouvaient pas sincèrement croire qu'il était un traître.

Et pourtant... Combien de prisonniers de la Tour avaient été condamnés à mort et pendus au Tyburn Tree, à un jet de pierre seulement de ces murs ? Des hommes et des femmes certainement innocents des crimes qu'on leur reprochait. Les lois écossaises étaient aussi impitoyables que les lois anglaises, à l'image de leurs souverains. Et Marie n'était plus la reine compatissante et douce qu'elle avait été jadis.

Thomas demanda la permission de venir admirer le bébé, et comme il le prenait délicatement dans ses bras, il essaya à son tour de la rassurer.

— La Reine Marie n'a aucun intérêt à ce qu'il arrive quelque chose à Lord Rowan. La preuve, c'est qu'elle repousse sans cesse la date de son jugement. Elle sait très bien qu'une majorité de lords ralliera le camp de son frère si elle s'en prend à un homme qui s'est toujours battu pour son pays. Ne vous inquiétez pas, Lady Gwenyth. Votre époux se sortira de ce mauvais pas.

— Mais de quel crime s'est-il rendu coupable ? lui demanda Gwenyth, éperdue. A-t-il pris les armes contre la reine ?

— Pas du tout. Il a été arrêté uniquement en raison de ses liens d'amitié avec Lord Jacques. Il aurait pu fuir, mais il s'est laissé emmener sans livrer combat. Il a fait confiance à sa reine. Elle n'a aucun intérêt à vouloir sa mort. Il n'a jamais tenté de s'emparer du pouvoir et il s'est toujours refusé à faire couler le sang à moins d'y être contraint. Ni la noblesse ni le peuple n'accepteraient qu'un homme comme lui soit exécuté, et la reine le sait très bien.

— Vous ne m'avez rien dit de tout cela, déclara Gwenyth d'un ton accusateur.

Thomas et Annie échangèrent un regard embarrassé.

— Nous ne voulions pas vous bouleverser. Cela aurait pu être dangereux pour le bébé.

— Un bébé auquel il va falloir donner un prénom, rappela Annie en prenant le nourrisson des bras de Thomas pour le déposer dans ceux de sa mère. Vous y avez réfléchi, ma belle ?

— Il s'appellera Rowan, comme son père, dit Gwenyth en caressant les cheveux dorés de son fils.

Thomas toussota.

— Ce n'est pas à moi de décider, bien sûr, mais… le père de votre époux s'appelait Daniel. Peut-être… Daniel Rowan ? suggéra-t-il.

Gwenyth murmura le nom tout haut.

— Daniel Rowan Graham.

— C'est à vous seule de choisir, insista Thomas.

— Daniel Rowan Graham, répéta Gwenyth. Oui, ce sera son nom. Il doit être baptisé sans tarder, et dans la plus grande discrétion.

Thomas et Annie acquiescèrent en silence, conscients qu'il fallait faire vite, en effet. La mortalité était importante chez les nourrissons, et il ne fallait pas qu'un enfant décède sans avoir reçu les sacrements du baptême.

Une cérémonie fut rapidement organisée. Thomas et Annie avaient été les témoins de son mariage et Gwenyth insista pour qu'ils soient également le parrain et la marraine de son fils.

— Nous ne sommes pas dignes de cet honneur, protesta Thomas. Vous devez choisir un parrain et une marraine nobles et puissants…

— Non, répondit-elle avec amertume car ses amis nobles et puissants semblaient l'avoir abandonnée. Je veux que Daniel ait pour parrain et marraine des gens qui l'aiment sincèrement.

Thomas et Annie se consultèrent du regard, et ce fut entendu.

Daniel n'était âgé que de quelques jours à peine quand il fut baptisé en secret dans la chapelle de la tour Blanche. La messe fut célébrée par le même prêtre que celui qui l'avait unie à Rowan, et Gwenyth en fut heureuse.

La liturgie touchait à sa fin quand un bruit les fit sursauter. Gwenyth se retournait, effrayée et prête à défendre chèrement la vie de son enfant, quand elle s'aperçut qu'Elisabeth venait de prendre place au fond de la chapelle.

— Continuez, murmura-t-elle à Ormsby, incertaine de ce que présageait la visite de la reine.

Mais Elisabeth se contenta d'assister silencieusement à la cérémonie, comme elle l'avait fait lors de son mariage avec Rowan. Quand ce fut fini, elle informa Gwenyth qu'un petit souper les attendait dans la tour Beauchamp et qu'elle avait à lui parler.

Comme elles prenaient place à table toutes les deux, Elisabeth contempla Daniel, endormi dans son berceau près de sa maman, et la complimenta. Gwenyth ne put s'empêcher de se demander si en voyant son fils elle n'était pas tentée de donner elle aussi naissance à un enfant, un héritier pour la Couronne d'Angleterre. Mais son attitude froide et déterminée lui soufflait qu'Elisabeth était résolue à régner seule sur sa vie et sur son royaume. Les difficultés que rencontrait sa cousine, de l'autre côté de la frontière, étaient là pour lui rappeler qu'elle était une femme au pouvoir dans un monde d'hommes. Mais elle était coriace, et n'avait pas l'intention de laisser qui que ce soit lui disputer son autorité ou lui imposer le choix d'un partenaire. Elle resterait donc une reine solitaire.

Elisabeth tendit à Gwenyth un rouleau de parchemin, scellé du sceau royal.

— Merci, murmura Gwenyth.

Elle était intriguée mais trop bien élevée pour l'ouvrir devant la reine.

Elisabeth sourit.

— C'est une donation. Un domaine dans le Yorkshire. Solidement ancré dans les terres anglaises, mais néanmoins tout proche de l'Ecosse. Votre fils en est désormais le légitime propriétaire, dit-elle en désignant l'enfant d'un petit signe du menton. Il est le jeune Lord d'Allenshire.

Elle marqua un temps puis soupira.

— Je pense qu'il vaut mieux garder sa naissance secrète pour le moment. Mais au nom de l'amitié qui me lie à ses deux parents, je suis heureuse de pouvoir lui offrir ma protection.

Gwenyth garda le silence, la gorge serrée. Elle était tout à la fois éperdue de gratitude et terrifiée. Le père de son enfant était peut-être mort à l'heure actuelle. Et elle-même ne serait peut-être jamais autorisée à rentrer dans son pays.

Mais Daniel, lui, bénéficiait de la protection de la reine d'Angleterre.

Elle s'agenouilla devant Elisabeth et lui prit la main avec émotion.

— Merci, du fond du cœur.

— C'est moi qui vous remercie. J'ai rarement l'occasion de rencontrer quelqu'un qui a le cran de se montrer honnête avec moi — tout en étant au service d'une autre reine.

Un brusque sourire éclaira son visage.

— J'ai un cadeau encore plus précieux à vous offrir, ma chère.

— Il ne peut y avoir de présent plus précieux que la protection de Votre Majesté.

Elisabeth paraissait amusée.

— Pourtant, si. A ce que l'on m'a dit, ma cousine Marie attend un heureux événement. Elle m'a adressé une lettre dans laquelle elle me supplie de vous laisser revenir auprès d'elle. J'ai réservé ma réponse pour le moment.

Elle baissa la voix.

— C'est cela, que je vous offre : un peu de temps pour profiter de votre fils. Je ne saurais que trop vous conseiller de renoncer à l'emmener avec vous. Vous devez d'abord convaincre Marie de valider votre mariage. Sinon, cet enfant sera considéré comme un bâtard.

Gwenyth serra les dents. Ce mot lui faisait l'effet d'un coup de poignard. Elle était prête à lutter jusqu'à son dernier souffle pour faire reconnaître les droits de son fils — même si cela impliquait de le laisser en Angleterre pendant qu'elle se rendrait en Ecosse afin de se battre pour son père et pour lui.

— Je ne sais comment vous exprimer ma gratitude, avoua-t-elle à Elisabeth. Jamais je ne pourrai vous rendre vos bienfaits…

— Vous voulez me remercier ? Restez telle que vous êtes, honnête et droite. Les souverains sont trop souvent la proie des flatteurs : ils ont besoin d'entendre la vérité de temps à autre. Et maintenant, je vous informe que vous allez avoir un visiteur, cette semaine. Un homme amer et déçu.

— Qui cela ?

— Jacques Stewart, Comte de Moray. Il est venu chercher refuge dans mon pays. Je ne peux — et ne veux — lui fournir des armes pour combattre sa sœur, même si sa cause est la mienne et que, au fond de moi, je suis persuadée de son bon droit.

Gwenyth eut la sensation que le monde vacillait sous ses pieds. Jacques Stewart était en Angleterre. Il avait fui, abandonnant sa cause. Jamais il n'oserait retourner en Ecosse, maintenant. Et Rowan avait été accusé d'appuyer sa rébellion. Il risquait de payer à sa place !

Elisabeth la dévisagea.

— Je voudrais pouvoir affirmer que tout finira par s'arranger, mais je ne veux pas vous mentir. Ce dont je suis certaine, en revanche, c'est que vous saurez prendre les bonnes décisions et que Dieu veillera sur vous.

Puisse-t-elle avoir raison, songea Gwenyth avec angoisse.

De toute façon, elle n'avait pas le choix. Elle devait être forte et garder espoir.

Jacques lui rendit visite à la fin de la semaine. Gwenyth

avait peine à croire qu'il puisse être fâché avec Marie. Ils étaient si proches, autrefois.

— Quand avez-vous vu Rowan pour la dernière fois ? lui demanda-t-elle anxieusement.

Jacques lui raconta leur ultime entrevue, près de la frontière.

— Tôt ou tard, son innocence sera établie, affirma Jacques. Ce n'est qu'une question de temps. Les Lennox le craignent et voudraient bien profiter de l'occasion pour se débarrasser de lui, mais la roue tourne. Lady Lennox est emprisonnée ici, à ce que l'on m'a dit ? ajouta-t-il avec une ironie grinçante.

Il observa de nouveau l'enfant.

— Il a les cheveux de son père.

Il leva les yeux vers Gwenyth.

— Je n'aurais jamais fait de mal à ma sœur. Je voulais seulement mettre un terme à l'influence tyrannique de l'imbécile qu'elle a eu le malheur d'épouser, et empêcher les barons de ravager mon pays dans leur quête effrénée de pouvoir.

Gwenyth resta silencieuse. Elle se demanda si Marie avait conscience que son frère ne lui voulait aucun mal, et ne put réprimer un frisson.

Elle fut surprise quand Jacques lui entoura les épaules de son bras d'un geste paternel.

— Marie ne fera pas exécuter Rowan, affirma-t-il comme s'il avait lu dans ses pensées. Vous la connaissez, vous savez combien elle déteste la violence.

— Oui.

— Puisez du réconfort dans cette idée. Marie souhaite votre retour. Elle a supplié Elisabeth de vous rendre votre liberté. Intuitivement, elle sent qu'elle a besoin de vous pour remettre sa vie dans le droit fil.

— Elle doit être vraiment furieuse contre Rowan pour l'avoir fait emprisonner.

— Allez d'abord la voir en amie, et ensuite vous pourrez plaider la cause de Rowan.

— J'essaierai de me souvenir de vos paroles et de tout ce que j'ai appris à votre contact.

Jacques sourit, flatté de sa remarque.

— Dieu vous accompagne.

Elle le remercia, affirmant que, d'une façon ou d'une autre, Marie finirait forcément par faire la paix avec lui. Mais au fond d'elle-même, elle commençait à en douter. Et cela l'effrayait.

Gwenyth passa un mois de plus dans la Tour.

Et elle vécut toute cette période comme un déchirement. Elle ne pouvait se résoudre à quitter son bébé — il était si petit ! — mais d'un autre côté elle avait peur de trop tarder à partir, même si les informations qui lui parvenaient d'Ecosse étaient plutôt rassurantes. Marie allait rencontrer Rowan. Elle était déterminée à lui éviter un procès, à condition qu'il fasse acte d'allégeance à sa couronne et à son roi. Ce qu'il refusait obstinément.

Gwenyth ne pouvait parfois s'empêcher de le maudire pour son entêtement.

« Promettez-lui tout ce qu'elle veut ! avait-elle envie de hurler. Peu importe, du moment que vous restez en vie ! »

Mais elle connaissait Rowan. Jamais il n'accepterait de brader son honneur. Jamais il ne se ferait le champion d'une cause à laquelle il ne croyait pas. Cela ne l'empêchait pas de servir sa reine de toute son âme, mais faire allégeance à Darnley ou charger Jacques Stewart, il n'y fallait pas compter — même pour sauver sa tête.

Finalement, il lui fallut se résigner à confier Daniel aux bons soins de Thomas, d'Annie et d'une nourrice.

— Vous êtes si belle, dit Annie d'une voix enrouée. Vous avez déjà retrouvé votre silhouette de jeune fille. Vous paraissez tellement jeune qu'on a peine à croire que vous puissiez être la maman de ce magnifique petit garçon.

Des larmes brillaient dans ses yeux. Elle aurait voulu l'accompagner en Ecosse, mais Gwenyth lui avait expliqué qu'elle n'avait confiance qu'en Thomas et elle pour veiller sur Daniel.

Gwenyth serra son fils sur son cœur en pleurant, puis prit congé de ses amis.

On lui avait fourni une escorte de six hommes. Ils l'accompagneraient jusqu'à la frontière, où des gardes écossais prendraient le relais jusqu'à Edimbourg.

Comme elle s'éloignait en barque sur la Tamise, elle se retourna pour contempler le lieu où elle était restée prisonnière pendant huit longs mois.

Quelqu'un l'observait depuis les remparts. Lady Margaret Douglas ! Elle avait dû apprendre que Marie était intervenue pour la faire libérer, et pas elle. Gwenyth ne put réprimer un frisson tandis que la comtesse criait dans sa direction :

— Tu ne perds rien pour attendre, sorcière ! Je sais que c'est toi qui as provoqué ce mouvement de rébellion et ces attaques contre le roi, mon *fils* ! Tu as utilisé tes sortilèges pour te faire bien voir de la reine. Mais elle finira par comprendre que tu es une traîtresse et une putain ! Dieu triomphera, et les flammes de l'enfer te consumeront !

Cette femme est folle, se dit Gwenyth, ébranlée par cette tirade haineuse. Elle avait intrigué pour que son fils épouse la reine d'Ecosse et maintenant elle en payait le prix. Mais ce n'était pas sa faute à elle, et elle n'avait pas le droit de l'insulter de la sorte.

Pourtant, il leur faudrait faire la paix un jour, et probablement même devenir amies, songea Gwenyth avec un pincement au cœur. La comtesse était la belle-mère de Marie et en sa qualité de dame d'honneur, Gwenyth serait amenée à la rencontrer presque quotidiennement.

Tandis que les sinistres remparts de la prison disparaissaient au loin, Gwenyth se surprit à prier pour qu'Elisabeth garde Margaret emprisonnée dans la Tour encore très longtemps.

La captivité de Rowan n'était pas dénuée de confort, mais pour un homme d'action, comme lui, c'était une frustration quotidienne car il était maintenu enfermé dans l'une des chambres du château. Il marchait de long en large pendant des heures afin d'évacuer son trop-plein d'énergie, et faisait son possible pour entretenir ses muscles. Jusqu'à quand allait-on le garder ici ? Mystère. Apparemment, son jugement était repoussé de mois en mois parce qu'on examinait toujours les « preuves » de sa trahison. Ceci étant, on le traitait avec respect et il ne pensait pas que Marie lui veuille réellement du mal. C'était sur son frère que se focalisait toute sa colère. Elle lui avait donné des titres, des terres, et en guise de remerciement, il était entré en rébellion contre elle. A ses yeux, il avait commis un crime impardonnable.

Marie vint lui rendre visite au début du printemps mais ce n'était plus la femme qu'il avait quittée quelques mois plus tôt.

Il avait appris qu'elle était enceinte. La rumeur avait débuté en décembre, bien qu'il se soit également chuchoté qu'elle était simplement malade. Puis la nouvelle avait été confirmée, suscitant un sentiment de liesse à travers tout le pays. Que Marie vienne à disparaître sans descendance, et l'Ecosse aurait sans doute basculé dans l'anarchie. Qui aurait pu lui succéder ? Jacques était de naissance illégitime — comme la plupart des prétendants au trône ; quant à Darnley, il était tellement haï qu'il lui aurait été impossible de gouverner.

Marie ne ressemblait pourtant pas à une future maman comblée quand elle se présenta devant lui. Elle était accompagnée de plusieurs membres de sa suite, parmi lesquels son nouveau favori, le musicien David Riccio, devenu son secrétaire particulier.

Rowan se crispa, sachant que Jacques et une bonne partie de la noblesse — y compris ceux qui avaient fait allégeance à Marie et à son époux — méprisaient cet avorton avec lequel Marie passait la majeure partie de son temps.

Darnley, en revanche, n'était pas là.

Rowan se leva aussitôt, témoignant à la reine le respect qui lui était dû.

— Laissez-nous, ordonna-t-elle à sa suite.

Le gardien hésita, comme si Rowan était un dangereux criminel et non un sujet loyal qui avait préféré se rendre plutôt que de se rebeller contre sa reine. Rowan aurait très mal réagi, si la reine n'avait déclaré d'un ton impatient :

— Laissez-nous ! Pour l'amour du ciel, cet homme est mon neveu. Il ne me fera aucun mal.

Tout le monde sortit, et le gardien referma enfin la porte.

— Mes plus sincères félicitations, dit Rowan en montrant d'un petit signe du menton sa taille arrondie.

Marie haussa un sourcil.

— Sur ce point, au moins, mon mariage est un succès.

Il s'abstint sagement de tout commentaire. En dépit de

ce qu'elle venait de dire, Marie n'avait aucune envie de s'entendre reprocher le choix désastreux de son époux.

— L'Ecosse vous sera reconnaissante de lui donner un héritier, éluda-t-il avec tact.

— L'héritier n'est pas encore né, souligna-t-elle.

— Vous n'avez aucune inquiétude à avoir. Vous êtes jeune et pleine de ressources, dit-il d'une voix douce.

— Je suis désolée d'avoir dû vous faire arrêter.

— J'en suis certain.

— Mais vous m'avez trahie.

— Jamais.

— Vous refusez de reconnaître que Jacques est un traître.

— Je n'ai jamais pris les armes contre vous.

— Certes, non.

Une note d'acidité entra dans sa voix.

— Vous étiez bien trop occupé à séduire l'une de mes dames d'honneur.

— Je l'aime, Votre Grâce.

— C'est ridicule.

— Je vous demande pardon ?

Elle esquissa un geste vague de la main et s'assit. Il resta debout.

— Seul un fou croit à l'amour !

Elle le regarda subitement, ses grands yeux sombres immenses et hantés.

— J'ai épousé Henri. Je l'ai épousé devant Dieu. Je l'ai fait roi. Et c'est un imbécile. Un très bel imbécile, certes, mais un imbécile.

— Il est le père de votre enfant.

— Hélas, murmura-t-elle amèrement.

Il resta silencieux, sachant que tout ce qu'il pourrait dire tomberait à plat.

— J'ai creusé ma propre tombe…, murmura-t-elle.

Rowan s'agenouilla devant elle, prit ses deux mains dans les siennes et chercha son regard.

— Vous êtes ma reine, la reine d'Ecosse. Et vous avez fait un mariage que vous désiriez de toute votre âme. Vous avez choisi d'élever Darnley au titre de roi consort.

Elle lui offrit un sourire amer.

— Le parlement écossais ne lui conférera jamais la royauté. Je m'en rends compte, maintenant, et je vois pourquoi. Il est incapable de gouverner. Il est creux, égoïste. Il ne pense qu'à chasser, jouer et boire… et il passe toutes ses nuits dehors à fréquenter… Dieu sait qui. Qu'ai-je fait ? chuchota-t-elle.

— Marie, vous avez été une bonne reine et il ne tient qu'à vous de le rester. Vous êtes la souveraine. Si certaines personnes de votre entourage vous demandent de prendre des décisions que vous désapprouvez, ne les écoutez pas. Continuez à être la Reine Marie que le peuple d'Ecosse aime et respecte.

Elle hocha la tête et lui offrit un pâle sourire.

— Je ne peux pas vous laisser sortir, vous savez.

— Je n'ai jamais comploté contre vous. Je ne vous ai jamais témoigné autre chose que de la loyauté.

— Je vous crois.

— Alors… ?

— Je ne peux pas vous laisser partir. J'ai porté des accusations contre vous. Votre innocence doit être démontrée.

— Et comment suis-je censé prouver mon innocence ?

— Reniez publiquement Jacques. Admettez que c'est un traître.

Il baissa la tête.

— Marie, vous venez de dire que…

— Que j'ai épousé un homme veule, lâche et débauché ?

Il haussa un sourcil, préférant de nouveau garder le silence plutôt que d'abonder dans son sens.

Elle secoua la tête.

— Jacques s'est joué de moi. Il m'a fait croire que la noblesse soutiendrait ce mariage, et ensuite, il a fait volte-face, en arguant de son mépris pour Henri — qu'il ne connaissait même pas, d'ailleurs. En réalité, ce qu'il n'a pas supporté, c'est de voir que le pouvoir lui échappait.

— Peut-être s'est-il senti insulté parce que vous ne teniez plus aucun compte de ses conseils après avoir rencontré Darnley.

Elle secoua la tête avec amertume.

— Il a mal agi avec moi. Sous prétexte que la mère d'Henri était une amie intime de Marie Tudor et que je suis catholique... il a essayé de monter les protestants contre moi. C'est lui qui a intrigué dans mon dos. Moi, je n'ai rien à me reprocher !

— Marie, je vous en conjure, faites la paix avec votre frère. Vous avez été trop proches tous les deux pour laisser cette brouille durer éternellement.

Elle le regarda tristement.

— Vous avez pris position pour lui.

— Je n'ai pas pris position contre vous.

Elle se leva subitement et tapota les amples plis de sa jupe.

— Vous vous rappelez combien j'étais furieuse contre Lord Bothwell, il y a de cela quelques années ? Eh bien, une nuit, il s'est évadé de ce château, où il était gardé captif, et aujourd'hui il rentré dans mes bonnes grâces.

Rowan sourit.

— Seriez-vous en train de me suggérer de m'évader ?

— Certainement pas ! Comment une reine pourrait-elle suggérer une chose pareille ?

Mais elle se pencha, car il était resté à genoux, et effleura sa joue d'un baiser.

— Je suis heureuse de vous avoir revu. Je sais que je peux avoir confiance en vous, en votre discrétion. Je vous souhaite une bonne journée, Lord de Lochraven.

Elle partit et il n'entendit pas le grincement des verrous derrière elle. Il continua à tendre l'oreille, des heures durant, jusqu'à ce que la lune apparaisse au-dessus des remparts du château.

La porte n'était pas fermée.

Rowan l'ouvrit tout doucement et se faufila dehors. Il longea le couloir jusqu'à la tourelle nord sans rencontrer âme qui vive, puis descendit l'escalier en colimaçon qui menait directement dans la cour. Une fois en bas, il resta tapi contre le mur et étudia rapidement les lieux. Il y avait des sentinelles sur le chemin de ronde.

Un déplacement furtif l'avertit d'un danger imminent : quelqu'un approchait dans l'ombre. Il se figea dans une immobilité de statue. Il était hors de question qu'il commette un meurtre maintenant.

Il attendit que l'homme ne soit plus qu'à un mètre de lui, puis bondit silencieusement et lui enserra la gorge de son bras tout en le bâillonnant de sa main libre.

— Ne criez pas et il ne vous sera fait aucun mal, lui souffla-t-il à l'oreille.

Un murmure inaudible lui parvint. Tout en veillant à ne pas desserrer sa prise, Rowan le fit pivoter vers lui. Un sourire entrouvrit ses lèvres.

— Gavin ! soupira-t-il en le libérant.

Le jeune homme l'étreignit rapidement puis jeta un regard anxieux par-dessus son épaule.

— Il faut nous dépêcher, chuchota-t-il. Je ne sais pas exactement ce qui se passe, mais l'homme à tout faire de la reine, cet avorton de Riccio, a suggéré que je vienne ici ce soir avec une charrette à foin et une robe de moine.

Riccio ?

Rowan fronça les sourcils. L'homme ne lui inspirait aucune confiance, mais il avait entendu dire que la reine se fiait à lui en toutes choses, et, ma foi, du moment qu'il obéissait aux ordres de Marie et non à ceux de Darnley…

— Où est la robe de moine ?

— Par terre. Je l'ai lâchée quand vous m'avez attaqué. J'ai cru ma dernière heure arrivée, je vous ai pris pour un garde.

— Désolé. *Je* t'ai pris pour un garde.

Gavin ramassa le vêtement en laine brune. Rowan l'enfila aussitôt et rabattit la capuche sur son visage.

— Par ici, chuchota Gavin.

Rowan joignit les mains et garda la tête baissée, comme s'il récitait des prières. Malgré l'heure tardive, il y avait encore des ouvriers dans la cour. Ici, un orfèvre roulait sa bâche, là un rétameur rangeait son matériel dans une grande boîte de bois.

— La charrette est garée un peu plus loin, souffla Gavin.

Ils veillaient à ne marcher ni trop vite ni trop lentement afin de ne pas attirer l'attention. En arrivant près de la carriole, Rowan vit qu'elle était attelée à un cheval blanc. Il le reconnut aussitôt : il s'appelait Ajax et il venait des écuries de Castel Grey. C'était une bête âgée mais vigoureuse. Il prendrait aisément le petit trot lorsqu'ils auraient franchi la herse.

— Cachez-vous dans le foin, lui conseilla Gavin.

— Non merci, répondit Rowan en fronçant les sourcils.

— Pourquoi ?

— Je n'ai aucune envie de me faire embrocher si un garde décide d'enfoncer son épée dans notre chargement pour vérifier que nous ne transportons pas des marchandises de contrebande.

— C'est un argument, admit Gavin.

Ils se hissèrent donc tous les deux sur la planche qui faisait office de siège et Rowan prit les rênes. Ils traversèrent la cour puis se dirigèrent au pas vers l'entrée du château, où le garde leur fit signe de s'arrêter. Comme Rowan l'avait pressenti, il était armé d'une longue lance.

— Où allez-vous comme ça, à cette heure de la nuit ? demanda-t-il d'un air soupçonneux.

— Nous nous rendons au prieuré, sur la colline, répondit Rowan en veillant à garder la tête baissée. J'ai été appelé au chevet d'une femme qui pratique la vraie religion, comme notre bonne reine.

Le garde lui lança un regard hargneux mais ne chercha pas à voir son visage. Il contourna la charrette et enfonça sa lance dans le foin, exactement comme Rowan l'avait prédit.

— La vraie religion, tu parles, grommela-t-il dans sa barbe. Ça va, vous pouvez passer.

Rowan fit claquer les rênes et Ajax avança docilement.

Ils continuèrent à avancer tranquillement jusqu'à ce qu'ils quittent les rues d'Edimbourg, puis Rowan fit claquer de nouveau les rênes, poussant Ajax au trot.

Ils progressaient rapidement dans la forêt en direction de la ferme que Gavin lui avait désignée comme leur destination quand Rowan comprit qu'ils étaient suivis. Il s'enfonça aussitôt sous les arbres, quittant la route.

— Combien sont-ils ? demanda Gavin d'une voix tendue.

Rowan tendit l'oreille.

— Deux, pas davantage.

Gavin dégaina le poignard attaché à son mollet et le tendit à Rowan.

— Je n'ai pas osé prendre des armes trop visibles, s'excusa-t-il.

— Aucune importance. Nous allons les capturer vivants et les ligoter. Je ne veux pas les tuer.

Gavin le dévisagea comme s'il n'avait plus sa raison.

— Ils seront armés. Vous voulez donc que nous mourions ici ce soir ?

— Mais non. Nous ferons très attention.

Il se débarrassa de sa robe de moine et jeta un coup d'œil autour de lui. C'était une chance que la nuit soit aussi noire.

— Les voilà, souffla-t-il en montrant la route.

Puis il se détourna et escalada rapidement un vieux chêne.

Gavin l'imita aussitôt. Ils venaient tout juste de prendre position sur une branche basse quand les cavaliers apparurent. Il s'agissait de deux gardes du château.

— Il est sûrement parti dans le Nord, vers sa forteresse des Highlands ! grommela le premier, sans même se soucier de baisser la voix. On n'a aucune chance de le trouver par ici.

— C'est bien pour ça que nous sommes seulement deux à suivre cette piste, répondit l'autre, plus âgé — et plus massif — que son camarade.

Ils portaient tous les deux une épée au côté, mais ils

ne s'attendaient ni l'un ni l'autre à être attaqués. Rowan adressa un signe à Gavin et, à la même seconde, telles deux araignées dans la nuit, ils sautèrent silencieusement de leur perchoir.

Les deux gardes tombèrent lourdement à terre, la respiration coupée. Le garde dont s'était occupé Rowan était corpulent, à bout de souffle, et il le désarma sans peine. L'autre, plus jeune et plus coriace, aurait pu donner du fil à retordre à Gavin, mais il n'en eut pas le loisir car Rowan lui subtilisa son épée avant même qu'il ait pu s'en saisir. Il appuya la pointe de la lame sur la gorge de l'homme pour le tenir en respect.

— Gavin, enlève la bride de la monture de ce brave homme. Nous avons besoin des rênes.

— Le cheval va rentrer tout droit au château, l'avertit Gavin.

— C'est un risque à courir, répondit Rowan d'une voix douce.

Gavin obéit et rapporta les rênes en cuir afin de ligoter les deux gardes.

— Ils savent que vous vous êtes évadé et ils sont sur vos traces, sale traître ! osa siffler le plus jeune des deux.

— Je m'en doutais un peu, répondit tranquillement Rowan.

Il se dirigea vers le plus âgé des deux hommes qui eut un mouvement de recul.

— Du calme, lui dit Rowan d'un ton impatient. Je n'ai pas l'intention de vous faire du mal.

— Comme si on allait croire la parole d'un traître ! marmonna l'autre.

— Tais-toi, cet homme n'est pas un traître, protesta son camarade. Si c'était le cas, nous serions morts.

— Mais…

— Je vous remercie de nous laisser la vie sauve, reprit le garde tandis que Rowan achevait de le ligoter.

Rowan hocha la tête.

— C'est une route assez fréquentée. Vous ne tarderez pas à être secourus.

— Si ce n'est pas trop exiger, pouvez-vous nous installer un peu plus loin, sous le couvert des arbres ? Ce serait le comble si nous avions survécu à…

Il s'interrompit car il n'y avait pas vraiment eu de combat.

— Si vous nous aviez épargnés et que nous mourions piétinés par des chevaux avant le lever du jour.

— Bien sûr.

Peu après, comme ils s'apprêtaient à partir, Rowan observa le cheval du garde, encore harnaché, qu'ils avaient attaché à un arbre, puis se tourna vers Gavin.

— Tu n'as pas caché Styx quelque part dans les fourrés, par hasard ? demanda-t-il dans un soupir.

Gavin sourit.

— Dans les fourrés, non. Mais j'ai dans l'idée que vous devriez le revoir très vite.

— Bien. Alors nous allons laisser la charrette ici et emprunter ce cheval à nos amis les gardes. Une fois à la ferme, nous mettrons le cap sur l'Angleterre. Il n'y a pas une minute à perdre, même si les soldats de la reine nous cherchent dans les Highlands.

Le fermier guettait anxieusement leur arrivée. Rowan lui indiqua à quel endroit il pourrait récupérer sa charrette, et lui recommanda de s'y rendre tout de suite, avant qu'on ne retrouve les gardes.

— Le cheval que nous avons laissé sur place, Ajax, est un vaillant coursier. Prenez-en grand soin. Gavin, nous avons de quoi récompenser cet homme de bien, n'est-ce pas ?

— Absolument.

— Veillez sur mon cheval jusqu'à ce que je revienne, dit Rowan en glissant une pièce d'or dans la main du fermier.

— N'ayez crainte, je m'en occuperai bien et je lui donnerai des pommes tous les jours, promit ce dernier.

Il alla chercher deux chevaux dans son étable, et Rowan fut enchanté de retrouver son fidèle Styx.

Ils se mirent en route sans plus attendre.

— Direction Londres ? demanda Gavin.

— Oui.

Rowan n'avait pas d'autre but. La seule chose qui l'avait maintenu en vie pendant ces longs mois de captivité, c'était son désir de revoir Gwenyth. Et cependant, son cœur se serrait à l'idée de quitter l'Ecosse.

Il partait en exil. Peut-être pour toujours.

— Vous n'avez pas le choix, lui rappela Gavin.

— Je sais.

Gavin lui sourit gentiment.

— Et il y a une très belle récompense au bout du chemin.

— Oui. Mon épouse bien-aimée.

— Et quelqu'un d'autre aussi, glissa Gavin d'un ton malicieux. Votre fils.

Rowan resta bouche bée. Le ciel lui serait tombé sur la tête qu'il n'aurait pas été plus abasourdi.

— Quoi ? articula-t-il d'une voix rauque.

Gavin hocha la tête, les yeux pétillants de joie.

— Je le tiens de Maitland. Ce n'est pas une rumeur, même si sa venue au monde a été tenue secrète. Vous avez un fils, magnifique et vigoureux. Lady Gwenyth l'a fait baptiser. Il s'appelle Daniel Rowan.

17

Gwenyth atteignit Edimbourg au terme d'une longue chevauchée. Marie Fleming fut la première à l'accueillir : elle sortit à cheval de l'enceinte du château pour se porter à sa rencontre.

— Gwenyth !

Les gardes écossais qui l'avaient attendue à la frontière pour relayer leurs collègues anglais se tinrent à distance le temps de leurs retrouvailles. La jeune servante anglaise qu'Elisabeth avait affectée au service de Gwenyth le temps du voyage en fit autant.

Marie la serra fort dans ses bras. Puis elle recula et la dévisagea gravement.

— Entrons vite au château. J'ai une foule de choses à vous raconter.

— Et Lord Rowan ? Avez-vous des nouvelles ? demanda anxieusement Gwenyth.

— Il s'est évadé. Tout le monde est persuadé que la reine a fait en sorte qu'il puisse s'échapper. Hier, lors d'une session du parlement, elle a exigé qu'un décret de mort civile soit lancé contre les lords entrés en rébellion, mais elle a choisi de ne pas y faire figurer son nom, même s'il reste banni.

— Il s'est évadé ? répéta Gwenyth d'une voix hébétée.

Ce n'était pas possible. Dieu ne serait pas aussi cruel ? Il ne lui avait pas permis de rentrer à Edimbourg, d'être sur le point de revoir le cher visage de son mari, pour apprendre à son arrivée qu'il était parti !

— Le bruit court qu'il a passé la frontière, et qu'il se trouve avec Lord Jacques, à Newcastle.

Marie posa la main sur l'épaule de Gwenyth dans un geste de réconfort.

— Il est sain et sauf, Gwenyth. Des gardes l'ont poursuivi, mais il a réussi à les neutraliser sans leur faire de mal et il les a laissés ligotés à un arbre. Son nom est prononcé avec révérence aussi bien par le peuple que par la noblesse. Personne ne croit que la reine ait réellement voulu le faire condamner. Mais cette rébellion la rend folle et…

Gwenyth l'interrompit.

— Rentrons à Holyrood. Nous pourrons parler plus librement, loin des regards et des oreilles indiscrètes.

Une fois au palais, elles se réfugièrent dans la petite chambre où Gwenyth avait logé autrefois. Elles s'assirent toutes les deux sur le lit et Marie soupira.

— Vous êtes partie si longtemps ! Vous nous avez manqué, Gwenyth. Parfois, toutes les quatre, nous avons le sentiment que vous étiez la seule à pouvoir dire certaines choses à la reine. Nous sommes écossaises, comme vous, mais nous avons vécu presque toute notre vie en France. Marie avait confiance dans votre jugement. Bien sûr, elle avait également confiance dans son frère, alors que maintenant… Les problèmes ont commencé depuis qu'elle s'est entichée de Lord Darnley. A présent, elle attend un enfant, et lui passe ses nuits dehors à boire et à prendre du bon temps avec Dieu sait qui. Je crois qu'il se trame quelque chose au palais.

— Contre la reine ?

— Je l'ignore. Ce dont je suis certaine, c'est que les lords sont très remontés contre Darnley. Ils chuchotent qu'il est devenu un roi beaucoup trop catholique. La noblesse le méprise, et le bruit court qu'ils seraient tentés de lui donner davantage de pouvoir — afin que notre bonne reine perde ses droits et qu'on puisse installer un monarque protestant à sa place. Il y a beaucoup de messes basses dans notre dos…. J'ai très peur pour Marie.

— Mais… elle attend un enfant. Elle va donner un héritier à l'Ecosse, et elle… elle finira forcément par triompher de ses ennemis.

— Souhaitons-le. Et maintenant, il faut songer à vous préparer. La reine donne un petit souper dans ses appartements, ce soir. Elle sait que vous êtes rentrée et elle est enchantée de vous revoir.

— Lord Darnley sera présent ?

— Vous plaisantez ? répondit Marie Fleming avec amertume. Le Roi Henri — comme il se fait appeler — sera trop occupé à boire et à faire la fête dehors, comme à son habitude. Ses appartements sont situés juste en dessous de ceux de la reine, mais il emprunte rarement l'escalier privé qui les relie.

Marie partie, Gwenyth se jeta sur son lit, désespérée. Elle était soulagée de savoir Rowan en vie, mais ne pouvait s'empêcher de maudire le destin qui l'avait fait revenir en Ecosse au moment même où il rentrait en Angleterre.

Finalement, elle prit sur elle-même et se prépara, aidée par une servante. Peu après, l'une des femmes de chambre de la reine frappa à la porte pour l'informer que c'était l'heure du souper.

Les appartements de la reine se trouvaient dans la tour nord-ouest du palais et comprenaient un salon d'apparat, la chambre à coucher, et deux pièces en enfilade, de dimensions plus modestes mais loin d'être minuscules. Comme elle traversait la chambre de la reine afin de se rendre dans la pièce voisine où avait lieu le souper, la voix douce de Marie flotta jusqu'à elle et elle aperçut l'escalier qui communiquait avec les appartements de son jeune époux — le *roi*.

Marie la vit à l'instant où elle apparut sur le seuil et la rejoignit aussitôt, traversant le petit cercle de proches réunis autour d'elle. Gwenyth la trouva tellement changée qu'elle en oublia son ressentiment. La lumière qui pétillait autrefois dans son regard s'était éteinte et son visage s'était creusé. Elle avait terriblement vieilli.

— Ma chère Gwenyth ! s'écria-t-elle — et elle la serra dans ses bras avec une spontanéité et une chaleur qui n'avaient rien de feint.

— Votre Grâce.

Gwenyth plongea dans une profonde révérence, comme le voulait l'étiquette.

Marie l'invita à se relever puis la conduisit auprès de ses hôtes.

— Inutile de te présenter mes chères Marie, toujours aussi fidèles. Et tu te souviens certainement de Lady Jean Argyll et de Robert Stewart.

Bien sûr, songea Gwenyth. Jean était la demi-sœur de Marie, Robert son demi-frère. Apparemment, ils ne partageaient pas la disgrâce de Jacques.

La reine poursuivit les présentations.

— Voici mon page, Anthony Standen, mon écuyer, Arthur Erskine, et David Riccio, mon musicien et mon inestimable secrétaire.

Elle glissa son bras sous celui de Gwenyth et sourit à la ronde.

— Et voici Lady Gwenyth, enfin arrachée aux griffes de ma cousine Elisabeth.

Tout le monde la salua. Gwenyth avait déjà rencontré Anthony et Arthur par le passé, ils étaient tous deux sincèrement dévoués à la reine. Jean avait toujours été une proche de Marie, et Robert semblait avoir lui aussi les intérêts de la reine à cœur. Quant aux quatre Marie, elles étaient toujours ses fidèles servantes. Ce soir, la reine s'était entourée de personnes dont la loyauté ne pouvait être mise en doute. A l'exception de David Riccio, rectifia Gwenyth, dont la personnalité étrange restait pour elle un mystère.

Comme le repas progressait, Gwenyth constata que s'il était fort laid, David Riccio n'en était pas moins un homme d'une grande intelligence, doté d'une voix magnifique, très douce. Et il semblait avoir le don de faire rire la reine, ce qui, apparemment, ne lui arrivait plus si souvent, songea Gwenyth.

Le petit homme croisa son regard et lui sourit.

— Bienvenue chez vous, dit-il. J'avoue que je connais encore très mal ce vaste pays âpre et sauvage, bien que je sois installé ici depuis de nombreuses années. Il y a tellement de passion ici, tellement de *vie*.

Gwenyth lui sourit en retour et s'apprêtait à lui répondre quand ils furent interrompus par un bruit sourd, en provenance de la chambre de la reine. Gwenyth tourna les yeux en direction de la porte et s'aperçut que Lord Darnley venait d'entrer.

En le voyant, elle comprit pourquoi les sentiments de Marie s'étaient refroidis. Il était très jeune, et cependant son visage était déjà marqué par sa vie dissolue et ses excès.

— Voici le roi ! annonça-t-il.

Tous les convives se levèrent. A l'exception de Marie.

— Henri, comme c'est charmant de prendre le temps de vous joindre à nous, dit-elle.

Il sourit, et traversa la pièce d'un pas légèrement flottant. Même à cette distance, il dégageait une forte odeur de bière.

Un deuxième homme surgit de l'escalier privé, derrière lui. Il s'agissait de Lord Patrick Ruthven et Gwenyth fut stupéfaite de le voir ici. Aux dires de Marie Fleming, il avait été très malade. Il avait l'air mal en point, d'ailleurs — livide, les yeux fiévreux. Quand il prit la parole, il devint évident pour tout le monde qu'il n'avait pas sa raison :

— Avec le respect que je dois à Votre Majesté, déclara-t-il en ébauchant devant Marie une courbette chancelante, il me semble que cet homme, David Riccio, passe beaucoup trop de temps en votre compagnie.

— Avez-vous perdu l'esprit ? demanda Marie d'un ton suffoqué.

Elle regarda alternativement Ruthven et son mari.

— David est ici à ma demande, affirma-t-elle avec force.

Puis elle se tourna vers Darnley.

— S'agit-il encore de l'une de vos ridicules affabulations ? siffla-t-elle avec mépris.

— Ne rejetez pas la faute sur notre bon lord, ma reine, insista Ruthven. Riccio vous a ensorcelée. Les gens parlent. Et ils disent que vous cocufiez notre roi avec cet avorton.

— J'attends un enfant ! rugit Marie qui ne parvenait toujours pas à croire ce qu'elle entendait. Je brode, je joue aux cartes et j'écoute de la musique pendant que mon vertueux époux batifole aux quatre coins de la ville !

La colère de Marie était telle que Gwenyth craignit

qu'elle ne cède à une attaque de nerfs et se mette dans un état préjudiciable à sa santé et à celle de son enfant.

D'autres hommes envahirent tout à coup la pièce. Gwenyth ne les connaissait pas pour la plupart mais elle reconnut parmi eux George Gordon, Thomas Scott et Andrew Ker.

— Si vous avez quelque chose à reprocher à David, je le traduirai devant les lords du Parlement, dit Marie pour tenter tout à la fois de calmer les esprits et de gagner du temps.

Ses paroles n'eurent aucun effet. Gwenyth comprit immédiatement que, quoi qu'ils puissent affirmer par la suite, ces hommes étaient venus commettre un assassinat.

David Riccio, lui aussi, avait deviné que quelque chose d'horrible se préparait : il se leva d'un bond, comme pour fuir, mais il n'avait nulle part où aller. Il se précipita vers l'imposante fenêtre, derrière la reine.

Gwenyth se jeta en arrière juste comme les hommes se ruaient en avant. La table se renversa, projetant la vaisselle et les candélabres sur le sol. Les bougies s'éteignirent, plongeant la pièce dans le noir. La seule source de lumière venait désormais de la cheminée et d'une bougie dont quelqu'un avait réussi à s'emparer au vol.

David Riccio se mit à crier dans un mélange confus de français et d'italien :

— *Justizia ! Justizia !* Madame, sauvez-moi !

Les hommes étaient armés de pistolets et de dagues, et le petit secrétaire italien, terrifié, fut littéralement arraché aux jupes de la reine, derrière lesquelles il tentait de se cacher.

Gwenyth sortit brusquement de son état de choc et saisit la main de Marie Fleming.

— De l'aide ! Il nous faut de l'aide ! Ils vont assassiner Riccio.

— Ou la reine ! s'écria Marie.

Les hommes avaient réussi à détacher Riccio des jupes de la reine et le traînaient vers la chambre tandis qu'il se débattait avec l'énergie du désespoir.

Gwenyth l'entendit crier tandis qu'on l'entraînait dans l'escalier privé, et elle se mit à appeler de toutes ses forces :

— A l'aide ! A l'aide ! La reine est en danger !

La pièce fut tout à coup en proie à un effroyable chaos. Les domestiques de la reine surgirent, affolés, brandissant toutes sortes d'ustensiles, balais et autres bassinoires, en guise d'armes. Des membres du clan des Douglas attendaient manifestement d'intervenir, postés à l'intérieur même du château, et ils choisirent ce moment pour se ruer dans les appartements royaux, suivis par la garde de la reine, brandissant de vraies armes.

Il y eut des cris, des insultes — et une bataille sanglante s'ensuivit.

Gwenyth et les autres dames d'honneur firent cercle autour de Marie pour tenter de la protéger, mais Ruthven n'avait pas hésité à pointer son pistolet sur la reine pour la tenir en respect pendant que ses complices traînaient Riccio hors de la pièce.

Finalement, les hommes de la reine furent défaits et les rebelles, triomphants, prirent le contrôle du château.

David Riccio, le petit Italien, baignait dans son sang au milieu de la cour, presque méconnaissable tant il avait été lacéré de coups de poignard. En apprenant sa mort, Marie fondit en larmes. Puis elle se ressaisit et s'adressa dignement à ceux qui venaient de s'emparer du palais.

— Je me sens mal, annonça-t-elle. Je porte l'héritier du

trône. Veuillez me laisser seule avec mes dames d'honneur. Je dois me reposer.

Les hommes se regardèrent d'un air embarrassé, puis sortirent.

Le danger n'était pas écarté pour autant, Gwenyth le savait. Tout en accompagnant Marie dans la chambre, Gwenyth éprouva un regain de loyauté et d'amour pour sa reine.

— Nous devons trouver un moyen de nous venger, lui souffla Marie comme elle l'aidait à se mettre au lit. Faufile-toi dans les couloirs du palais et écoute tout ce qui se dit. Sois attentive à chaque mot, chaque détail. Nous allons nous échapper.

Ses yeux avaient des reflets d'acier quand elle prononça ces mots. Puis elle s'appuya lourdement sur le bras de Gwenyth, comme si elle se sentait mal, et poussa un cri de détresse dans l'espoir que les hommes encore présents dans la pièce se décideraient à sortir.

Lorsqu'elle fut enfin seule avec ses dames d'honneur, elle agrippa la main Gwenyth.

— Approche, murmura-t-elle.

Et elles commencèrent à comploter.

Rowan arriva à Londres par une journée splendide. La température lui parut étonnamment douce tandis qu'il se dirigeait vers son hôtel particulier. Il avait à peine eu le temps d'arriver que Thomas et Annie l'accueillirent avec une joie presque embarrassante.

Il avait énormément de questions à leur poser, mais à peine la porte franchie, il n'eut qu'une seule pensée :

— Ma femme ?

Une expression consternée se peignit sur leur visage.

— Elle... elle est partie pour Edimbourg, dit Thomas.

— Oh non ! cria Rowan.

— Mais Daniel est ici, en sécurité, le rassura Annie.

Et tandis qu'il maudissait le caprice du destin qui les avait conduits tous les deux dans des directions opposées, on le conduisit auprès de son fils.

— Dieu, souffla-t-il avec émerveillement.

L'enfant dormait profondément, mais il lui fallait pourtant le réveiller. Il frissonna de la tête aux pieds quand Rowan le prit dans ses bras, et poussa un cri d'indignation. Puis il regarda fixement son père. Il avait des yeux immenses, d'un bleu intense, et des boucles blondes. Rowan fut pétrifié à sa vue, ému comme il ne l'avait jamais été. Il tremblait quand il s'assit, son fils serré contre lui.

Près de deux heures s'étaient écoulées quand il recoucha l'enfant dans son berceau et partit demander audience à la reine.

A sa grande surprise, on l'introduisit immédiatement dans ses appartements privés.

— Avant toute chose, je dois vous informer que le récit de votre évasion héroïque a fait le tour du royaume, déclara Elisabeth avec amusement.

Il haussa les épaules.

— Mon évasion n'a rien d'héroïque. J'ai bénéficié d'un appui assez inattendu.

— C'est ce que j'ai cru comprendre. Nous autres reines avons le cœur tendre malgré la dureté de notre fonction.

Son regard se fit lointain.

— Vous ne le croirez peut-être pas, mais ma sœur, Marie Tudor, a pleuré pendant des heures quand ses conseillers ont exigé qu'elle fasse exécuter Jane Grey. La solitude du pouvoir, mon cher Rowan. Vous n'imaginez pas à quel point elle est lourde à porter.

Elle poussa un soupir puis secoua la tête.

— Ma chère cousine Marie est dans une situation très délicate à ce que l'on m'a dit.

Il soupira.

— Je crois qu'elle regrette amèrement son mariage.

Elisabeth l'observa avec attention.

— Vous n'êtes pas au courant de ce qui s'est passé, n'est-ce pas ? demanda-t-elle d'une voix douce.

Il eut l'impression d'un coup de poignard dans le cœur.

— Ma femme… ?

— Il ne lui est rien arrivé de fâcheux, le rassura la reine en le voyant blêmir. Mais la situation est très confuse. J'aurais mieux fait de la garder ici.

— Je supplie Votre Grâce de tout me dire.

— Il le faut, acquiesça gravement Elisabeth.

Dès le lendemain matin, Gwenyth se glissa dans les couloirs du palais pour tenter de glaner des informations. Elle s'appliqua à ne pas se faire remarquer, même si les rebelles, tout à l'euphorie de leur victoire écrasante, ne prêtaient aucune attention aux allées et venues d'une dame d'honneur de la reine.

Elle apprit ainsi que Frère Noir, un prêtre catholique, avait été assassiné, comme Riccio, mais que Huntly et Bothwell, également sur la liste des hommes à abattre, avaient réussi à s'enfuir. Puis elle se cacha dans l'encoignure d'une porte et écouta deux gardes de Lord Ruthven plastronner en évoquant leur succès.

— Il paraît que la reine va être conduite à Stirling et

qu'elle y sera retenue captive jusqu'à la naissance de son enfant, disait le premier.

— Elle aura tout le temps d'écouter de la musique, de faire de la broderie et de pouponner… pendant que le roi dirigera le pays, répondit l'autre en s'esclaffant.

— Qui ? Darnley ? Il est vert de peur. Je crois qu'il regrette déjà ce qu'il a fait.

— Il ne régnera jamais sur l'Ecosse. Il n'a pas de cerveau. Ce sont les lords qui gouverneront en son nom.

— Qui sait ? La reine pourrait mourir opportunément pendant sa captivité.

— Si ça devait arriver, Darnley a suffisamment de sang royal pour se maintenir sur le trône. Il fera un pantin très présentable. Et vu son goût pour les galipettes, ça m'étonnerait qu'il attende longtemps avant de mettre un nouvel héritier en route.

Gwenyth en avait assez entendu : elle retourna auprès de la reine pour lui rapporter ce qu'elle venait d'apprendre. Marie était couchée, entourée de ses dames d'honneur ainsi que de plusieurs membres de sa suite, dont Lady Huntly, désormais à son service.

— Je dois m'échapper, gronda Marie en serrant les poings. Il le faut ! Ensuite mes partisans battront la campagne afin de lever une armée et je rentrerai triomphalement à Edimbourg !

— Mais comment fuir ? murmura Lady Huntly.

Gwenyth garda le silence. La conspiration avait été minutieusement préparée et menée par des hommes aussi déterminés que dangereux. Il serait très difficile de les vaincre.

— Gwenyth ? demanda Marie.

Gwenyth tressaillit. Elle s'était perdue dans ses pensées.

— Je veux connaître ton opinion.

Gwenyth lui donna satisfaction. Et pour commencer, elle s'opposa formellement à ce que la reine utilise des draps noués pour s'évader. Non seulement son état vouait l'entreprise à l'échec, mais on l'apercevrait de l'extérieur. Et de toute façon, elle ne pourrait pas éviter les gardes, postés en bas.

— Nous devons trouver un allié au palais, conclut-elle. Parmi les conjurés.

La reine hocha la tête avec une détermination sinistre.

— Je sais qui.

Darnley rendit visite à son épouse dans la matinée. Les dames d'honneur se retirèrent aussitôt dans le salon attenant, mais l'une des Marie se posta près de la porte du couloir pour faire le guet pendant que ses camarades collaient leur oreille au mur pour écouter ce qui se disait dans la chambre.

Lord Darnley était au bord des larmes. Il exprimait ses regrets d'une voix pleurnicharde.

— Marie, je vous jure que personne ne devait être tué !

Gwenyth ne pouvait voir l'expression de la reine, mais le dégoût que lui inspirait son mari était désormais irréversible. Ce coup de force contre elle aurait été impossible sans sa complicité, et Marie le savait. Elle lui accorda néanmoins son pardon avec des paroles douces et compréhensives. Puis elle l'avertit qu'il risquait d'être fait prisonnier lui aussi, et, apparemment, elle réussit à le persuader qu'ils étaient manipulés tous les deux par quelques lords dévorés d'ambition et avides de pouvoir.

Plus tard, quand Darnley fit entrer dans la chambre les hommes qui l'avaient si violemment agressée, Marie déploya de nouveau ses talents de comédienne, leur assurant qu'ils seraient tous pardonnés.

Au même instant, le bruit courut que Jacques Stewart venait d'arriver à Holyrood.

— Mon frère est ici ? demanda la reine, visiblement ravie.

Gwenyth était loin de se montrer aussi confiante. Après tout, Lord Jacques avait tenté de lever des troupes contre la reine. Mais Marie semblait vouloir seulement se rappeler qu'il avait été à ses côtés à son arrivée en Ecosse, quand elle était jeune et inexpérimentée.

Comme elle se jetait dans ses bras en déclarant que toutes ces horreurs n'auraient jamais eu lieu s'il avait été là, il lui tint des propos très sévères. Gwenyth n'entendit pas ce qu'il disait, mais elle vit la colère et l'indignation se peindre peu à peu sur le visage de Marie.

Puis, tout à coup, elle poussa un cri de détresse, gémit que le travail avait commencé et supplia qu'on envoie chercher une sage-femme — ce qui fut fait sans attendre.

Marie exigea que tout le monde sorte, à l'exception des femmes de sa suite. A la seconde où tout le monde fut parti, elle cessa sa comédie et analysa froidement les différentes solutions qui s'offraient à elles.

La nuit même, elles mirent leur plan à exécution.

A minuit, Darnley la rejoignit dans sa chambre et, ensemble, ils empruntèrent l'escalier privé par lequel les assassins de Riccio étaient montés. Les domestiques français avaient été informés de l'évasion un peu plus tôt dans la soirée et ils les escortèrent secrètement dans les couloirs.

Gwenyth faisait le guet devant la porte du palais quand Marie et Darnley se glissèrent dehors. Elle les guida à travers le cimetière, à côté de l'abbaye. Il y eut un moment douloureux quand la reine s'arrêta devant une tombe fraîchement creusée — celle de Riccio. Darnley pâlit, puis bredouilla des excuses.

— Chuuut, souffla Gwenyth. Votre Grâce, vous devez partir sans tarder. Chaque seconde compte.

Un petit groupe de fidèles les attendait derrière l'abbaye avec des chevaux. Darnley et Gwenyth prirent chacun une monture pendant que Marie montait en croupe derrière Arthur Erskine.

Leur chevauchée nocturne commença. Leur plan était de se réfugier au château de Dunbar avant le lever du jour. Cette nuit-là, Gwenyth comprit pourquoi la reine en était arrivée à mépriser son mari : il était égoïste et lâche. Maintenant qu'il avait trahi ses complices d'hier pour rallier le camp de sa femme, il était terrifié à l'idée d'être rattrapé et poussait sans répit les chevaux en avant.

— Ayez pitié, mon époux, de mon état, le supplia la reine.

— Si vous perdez ce bébé, nous en aurons d'autres, répondit-il brutalement. Plus vite !

Ils galopèrent sans répit pendant cinq longues heures et atteignirent enfin Dunbar, où la reine put se reposer.

Gwenyth se laissa tomber sur son lit, épuisée. Mais malgré sa fatigue, elle fut incapable de trouver le sommeil. Chaque fois qu'elle fermait les yeux, elle entendait la voix de Lord Darnley. *Si vous perdez ce bébé, nous en aurons d'autres.*

Quel aveuglement ! Si Marie perdait l'enfant, il n'y en aurait pas d'autre. Même pour le bien de son pays, même par esprit de sacrifice, jamais Marie n'accepterait que cet homme la touche de nouveau.

Elle se mit à pleurer. Elle voulait retrouver son petit garçon et les bras rassurants de son mari, un homme droit et loyal en toutes circonstances, qui ne participait pas à un complot pour ensuite demander pardon en pleurnichant.

Elle se recroquevilla dans son lit, tremblante, désespérée, plus seule qu'elle ne l'avait jamais été.

Marie s'était échappée. Déjà, Lord Bothwell et Lord Gordon — le fils aîné du défunt Comte de Huntly qui avait pris les armes contre la reine et auquel elle avait pardonné — sillonnaient la campagne pour lever des troupes.

Ils avaient réussi et elle aurait dû en être reconnaissante à Dieu. Ils auraient pu tous mourir la nuit où Riccio avait été assassiné, ou être capturés et tués pendant leur fuite. Elle *était* reconnaissante à Dieu. Mais en même temps, elle se sentait terriblement...

Seule.

Bothwell et Huntly accomplirent leur mission avec une célérité remarquable : en l'espace de quelques jours, ils réussirent à lever une armée de quelque huit mille hommes.

A la fin du mois de mars, Marie, enceinte de six mois, caracolait à la tête de ses troupes. Darnley, à ses côtés, faisait profil bas. Alors même qu'ils progressaient, ils apprirent que les chefs des conjurés avaient déserté Edimbourg. Conscients d'avoir été trahis par Darnley, ils avaient fui pour sauver leur tête.

Comme elle l'avait annoncé, Marie entra victorieusement dans Edimbourg.

Gwenyth fut soulagée que Marie n'ait pas été contrainte de livrer bataille et que les rebelles aient réussi à s'enfuir, même s'ils méritaient la mort pour assassinat.

Elle était également heureuse — malgré une rumeur persistante selon laquelle son nom aurait figuré sur un pacte signé par les conspirateurs — que les événements aient d'une certaine façon poussé Marie à faire la paix avec son frère.

Car si Jacques était pardonné, la reine ne pourrait faire autrement que d'innocenter Rowan, songea Gwenyth, le cœur battant.

Les jours qui suivirent leur retour à Edimbourg furent riches en émotion et en décisions.

Marie commença par exiger que David Riccio soit exhumé de sa tombe de fortune et reçoive des funérailles catholiques. Elle régla ensuite ses comptes avec la noblesse, récompensant ceux qui l'avait servie loyalement, châtiant ceux qui l'avaient trahie. Plusieurs complices des conjurés furent arrêtés et condamnés à mort.

Marie se tourmentait pour son enfant à naître.

— Cela me brise le cœur que mon bébé vienne au monde dans un tel contexte de violence et d'instabilité, déclara-t-elle en marchant de long en large dans sa chambre.

— Est-ce pour cette raison que vous vous montrez aussi indulgente avec Lord Darnley ? suggéra Marie Fleming d'une voix hésitante. Pour que votre enfant grandisse dans un climat harmonieux ?

— Jusqu'à la naissance de mon enfant, il n'est pas question de laisser apparaître la moindre mésentente entre mon mari et moi. Je ne veux pas qu'on ose mettre en doute sa paternité, trancha Marie, bien que son mépris pour son époux s'affichât sur son visage.

Gwenyth voyait très bien où elle voulait en venir. Marie jouerait son rôle d'épouse comblée jusqu'à la naissance de son enfant, afin de couper court à toute polémique sur sa légitimité. Elle obéissait ainsi à un instinct de protection aussi vieux que le monde : celui d'une mère. Gwenyth comprenait ce sentiment — elle le partageait. Et elle comptait lui parler dès que possible de Rowan et de leur petit garçon, Daniel.

L'opportunité se présenta quelques jours plus tard. Depuis qu'elle s'était réconciliée avec Jacques Stewart, Argyle, Huntly et une bonne partie de sa noblesse, Marie avait le sentiment d'avoir de nouveau les rênes du pouvoir en main. Comme elle s'accordait quelques instants de tranquillité pour coudre les petits habits qu'elle confectionnait pour son bébé, Gwenyth profita de ce moment d'accalmie pour aborder le sujet qui lui tenait tant à cœur.

— Et pour Lord Rowan, qu'avez-vous décidé ?

A sa grande stupeur, la reine lui lança un regard dur.

— Quoi, Lord Rowan ?

— Eh bien, comme vous avez rendu votre confiance à Lord Jacques, j'ai pensé que Lord Rowan pourrait…

— Ne mentionne pas le nom de ce traître devant moi. Mes ennuis ont commencé à la minute où il a été libre. J'ai été stupide de lui faire confiance !

Gwenyth la dévisagea, effarée.

— Marie ! Comment pouvez-vous lui reprocher ce qui s'est passé ? Il a été obligé de se réfugier en Angleterre, et…

— Je me suis montrée magnanime, j'ai favorisé son évasion, et pour me remercier, on a assassiné mon secrétaire dans ma propre chambre !

Marie plissa les yeux.

— Ne sois pas stupide et aveugle. Je vois clair dans le cœur des hommes, et je t'avais avertie de ne pas tomber amoureuse de lui.

Elles étaient seules dans la pièce, et Gwenyth était tellement en colère qu'elle osa exprimer le fond de sa pensée.

— Vous voyez clair dans le cœur des hommes… mais

ça ne vous a pas empêchée de tomber follement amoureuse d'un homme comme Darnley !

— Je suis la reine d'Ecosse. Je me devais de choisir un époux digne de ma fonction.

— Mais il n'était *pas* digne ! Elisabeth…

— Elisabeth est hypocrite, fausse et… et diabolique ! C'est elle qui a envoyé Henri ici. Elle a fait en sorte qu'il me plaise pour que je l'épouse et que je me mette tout le monde à dos, afin de pouvoir ensuite dénier mon droit à la Couronne d'Angleterre !

Gwenyth prit une profonde inspiration et essaya de se remémorer tout ce par quoi la reine était passée. Certes, elle avait fait l'amère expérience de la trahison, mais cela ne justifiait pas…

— Marie, Rowan est mon époux, déclara-t-elle d'une voix douce. Nous sommes mariés.

La reine planta dans le sien un regard froid et dur.

— Tu n'es *pas* son épouse. Tu es un sujet écossais. *Mon* sujet. Et votre mariage n'a aucune existence légale. Tu n'es pas mariée à ce traître, tu entends ? Je veillerai à ce qu'il reste banni jusqu'à la fin de ses jours et s'il a l'audace de braver mon interdit — ce sera l'échafaud !

— Marie !

— Tu as compris ?

— Non. Je refuse de comprendre. Vous n'avez aucune preuve qu'il ait été impliqué dans un complot contre vous !

— Darnley l'a dénoncé.

Gwenyth n'en crut pas ses oreilles.

— Vous écoutez ce que raconte Darnley ?

— Il m'a avoué beaucoup de choses.

— Il a lâché des noms au hasard pour sauver sa tête !

Marie, avez-vous perdu la raison ? Darnley sait que Rowan l'a toujours méprisé et il cherche à se venger !

— Oui, oui, ils sont nombreux à mépriser Henri, mais ils n'ont pas hésité à le manipuler comme une marionnette pour m'atteindre. Ils ont simplement oublié que la marionnette pouvait se retourner contre eux !

— Il ment.

— Je comprends que tu ne veuilles pas voir la réalité telle qu'elle est. Il n'y a rien de plus amer que d'être trahi par un être qu'on aime.

— Rowan ne vous a jamais trahie !

— Gwenyth, écoute-moi. Darnley est pathétique et lâche, je le sais, mais j'ai de nouveau les rênes du pouvoir en main, et il a trop peur pour me mentir. S'il me dit que Rowan a participé à ce complot, c'est que c'est vrai.

— Je ne le croirai jamais.

— Alors, tu es stupide. Encore plus stupide que je l'ai été, affirma Marie.

— Nous avons eu un enfant. Un petit garçon.

Marie la dévisagea, abasourdie. Pendant un instant, Gwenyth eut l'impression qu'elle allait se radoucir, mais on lui avait fait trop de mal.

— Alors ton enfant est un bâtard, déclara-t-elle froidement.

Gwenyth la défia du regard, poings serrés.

— Je l'aime. Au regard de Dieu, il est mon époux et le père de mon enfant. Et si vous méprisez mon époux, en conscience, il ne m'est plus possible de vous servir.

Marie pâlit comme si elle l'avait giflée.

— Très bien. En ce cas, je ferai en sorte que tu n'aies plus à me servir.

— Ce n'est pas la peine. Je peux très bien quitter l'Ecosse par mes propres moyens.

Marie secoua lentement la tête.

— Tu t'imagines que je vais te laisser le rejoindre — dans un pays où je suis méprisée ? Elisabeth ne m'a jamais témoigné la moindre sympathie, elle n'a pas levé le petit doigt pour m'aider ! J'ai mes espions, figure-toi. Elle a peut-être refusé de donner une armée à Jacques pour qu'il se dresse contre moi, mais elle n'a pas hésité à le financer quand il avait besoin d'argent. Tu n'iras pas en Angleterre, Gwenyth.

— Et que comptez-vous faire ? Me tenir enfermée dans le château d'Edimbourg ? demanda Gwenyth, une note de mépris dans la voix.

— Pas à Edimbourg, murmura calmement la reine.

Puis elle se détourna.

— Laisse-moi.

— Votre Grâce, je vous en conjure encore une fois, ne…

— Va-t'en. Maintenant.

Gwenyth regagna sa chambre, le cœur serré. Qu'allait-il advenir d'elle ? se demanda-t-elle avec angoisse.

Elle n'eut pas longtemps à attendre pour être fixée sur son sort.

On frappa à la porte. Des gardes — les mêmes que ceux qui avaient assuré sa sécurité lors de son retour en Ecosse — se tenaient dans le couloir.

Leur capitaine hocha tristement la tête.

— Je vais vous demander de nous suivre, Lady MacLeod.

— Où cela ?

— Je n'ai pas le droit de vous le dire.

— Je suis prisonnière ?

— Oui, à mon grand regret.

— Puis-je savoir au moins quel genre de vêtements je dois emporter ?

— Nous nous rendons dans le Nord.

— Bien. Je serai prête dans un instant.

Elle n'avait même pas Annie à ses côtés, songea-t-elle, la gorge nouée. Elle était loin de son petit garçon et on allait l'éloigner davantage encore de lui.

Pire, Rowan avait été de nouveau accusé de traîtrise — et cette fois la reine était persuadée que c'était vrai.

Elle aurait voulu se jeter sur le lit et éclater en sanglots.

Au lieu de ça, elle empaqueta rapidement ses affaires, puis ouvrit la porte, montra ses bagages au garde, et demanda la permission de voir la reine.

Marie lui accorda une audience, et Gwenyth vit tout de suite qu'elle avait pleuré.

— Sur ma vie, Marie, jamais je ne vous trahirais, chuchota-t-elle comme la reine la serrait dans ses bras.

Marie recula.

— Raison de plus pour t'éloigner de toute tentation, souffla-t-elle en retour.

— Je ne comprends pas, balbutia Gwenyth, perdue.

— Je veux te sauver malgré toi. Moi aussi, j'ai été aveuglée par un rêve scintillant, mais ce n'était qu'un mirage, et, maintenant, j'en paie le prix.

— Mais vous connaissez Rowan. Vous savez qu'il est incapable de trahir son pays.

— Je croyais le connaître, acquiesça gravement Marie. Et j'avais confiance en lui. Maintenant, je prie Dieu pour qu'il réussisse à me prouver qu'Henri m'a menti.

Gwenyth secoua la tête.

— Votre mari a conspiré contre vous, lui rappela-t-elle. Pourquoi le croiriez-vous maintenant ?

— Parce qu'il a peur de moi. Il m'a trahie, puis il a trahi ses complices. Sa vie est suspendue à ma bonne volonté, et il le sait. Je ferai mener une enquête, sois sans crainte, mais en attendant… je veux te protéger de toi-même.

— Marie…

— Emmenez-la, dit-elle doucement aux gardes qui attendaient à la porte.

Les joues de Marie étaient baignées de larmes, mais les événements l'avaient endurcie et elle ne céda pas.

18

— Je ne saurais que trop vous conseiller de rester en Angleterre, déclara Elisabeth.

Rowan secoua la tête.

— Vous savez bien que c'est impossible.

— Votre pays est un repaire de traîtres, et, à l'évidence, la Reine Marie ne sait plus du tout où elle en est. Elle voudrait croire à votre innocence, mais elle n'ose pas.

Elisabeth secoua la tête.

— J'ai appris de source sûre qu'il y avait réellement eu complot. Son cher Maitland n'a pas apposé sa signature sur le document mais il était parfaitement au courant de ce qui allait se passer. Naturellement, les conjurés n'ont pas mentionné leur intention de commettre un crime, mais ils ont bel et bien signé un pacte pour arracher Marie Stuart à l'influence de David Riccio et poser la couronne matrimoniale sur la tête de Darnley. Aujourd'hui, Marie a renoué avec son demi-frère, même si tout porte à croire qu'il était partie prenante dans le complot. Votre cher pays est en proie à de sérieux troubles, Rowan. Ce serait de la folie de revenir dans ces circonstances.

— Vous venez de prononcer le mot, Votre Majesté. C'est mon *cher* pays. Et Gwenyth est là-bas.

— Marie ne reconnaît pas votre mariage. A ses yeux,

vous n'êtes pas mariés. Et personne ne sait où elle a fait emprisonner Lady Gwenyth.

— Je la trouverai.

— Vous serez exécuté.

— Je dois prendre ce risque.

Elisabeth s'adossa à son siège. Elle semblait tout à la fois curieuse et amusée.

— Réfléchissez bien. Vos lords guettent la moindre occasion pour se sauter à la gorge. Dès que l'un d'entre vous est à terre, ils se jettent dessus comme une meute de chiens affamés.

— Est-ce si différent ici ? lui demanda Rowan.

Le sourire d'Elisabeth s'élargit.

— Nous ne sommes pas si prompts à recourir à la violence. Et j'ai plus de pouvoir que Marie. Je peux emprisonner ceux que je soupçonne de comploter contre moi. J'observe, j'écoute et, parfois, j'accorde mon pardon. J'ai peur pour vous, Rowan. Vous êtes un homme honnête parmi une horde de voleurs.

Il ne put s'empêcher de réfléchir tout haut.

— Je ne comprends pas. Je n'aime pas Darnley, c'est vrai, mais je n'ai jamais pris position contre lui. Pourquoi la reine se retournerait-elle contre moi ?

— Elle vous a laissé vous échapper, et aussitôt après il lui a été fait violence. D'une certaine façon, elle vous rend responsable de tous ses ennuis. Je sais que vous rêvez d'une Ecosse unie et forte, mais je crains que Marie ait fait des choix qui rendent désormais ce vœu impossible. Tous les témoignages qui me parviennent confirment qu'elle n'a plus que du mépris pour Darnley. Mais elle est obligée de le soutenir, désormais. Elle n'a plus le choix. Elle ne peut plus faire annuler son mariage ni divorcer.

— Parce qu'elle attend un enfant, déclara Rowan d'une voix sourde.

Elisabeth acquiesça.

— L'héritier du trône. Elle ne prendra aucune décision qui risque de jeter la moindre suspicion sur la paternité du bébé afin que sa légitimité ne puisse être mise en doute. Vous voulez un conseil d'amie ? Attendez que l'enfant soit né pour rentrer en Ecosse. Il ne faudra pas longtemps pour que Darnley tombe en disgrâce, croyez-moi.

— Je ne peux pas attendre. Je crains pour la vie de Gwenyth, répondit-il calmement.

La reine d'Angleterre l'observa pensivement.

— Je vous envie tous les deux, avoua-t-elle d'un ton détaché.

— Vous nous enviez ?

— La vie n'a pas été tendre avec vous, et cependant... votre confiance l'un en l'autre est inébranlable. Votre foi et votre amour finiront peut-être par vous sauver. Ou peut-être précipiteront-ils votre fin. A moins que le temps et les obstacles ne finissent par faire de vous des ennemis et ne transforment votre passion en haine.

— Cela n'arrivera pas.

— Ne montrez pas cette impétuosité arrogante si chère à votre race.

Il ne put s'empêcher de froncer les sourcils.

— Ma race ?

— Les Highlanders, répondit-elle avec un sourire. Naturellement, il ne s'agit que d'un conseil. Libre à vous d'agir comme vous le souhaitez.

*
* *

Gwenyth apprit au début du mois de juillet que la Reine Marie avait mis au monde un garçon vigoureux et en parfaite santé, même si l'accouchement avait été long et difficile.

Elle écrivit une longue lettre à Marie pour lui faire part de son bonheur devant cette merveilleuse nouvelle, mais en vérité elle était désespérée et se demandait si elle était condamnée à rester prisonnière toute sa vie. Elle était tentée d'écrire à Annie et Thomas de rentrer en Ecosse avec Daniel, mais à cause du climat de violence et de suspicion qui régnait ici, elle n'osait pas le faire venir. Daniel était en sécurité là où il était, et elle ne pouvait que s'en réjouir.

Comme dans la Tour de Londres, ses conditions de détention n'étaient pas trop pénibles. Elle était enfermée dans la demeure assez sinistre et fortifiée de Lord Bothwell, récemment promu premier conseiller de la reine et le commandant suprême de l'armée car il avait été l'un des artisans de son évasion. Elle passait ses journées à écrire des lettres à Marie, à sa famille, à ses amis, mais sans grande illusion : il était peu probable qu'on les fasse parvenir à leurs destinataires.

On l'autorisa enfin à recevoir des visites et son oncle Angus vint la voir peu après qu'elle eut appris la naissance de l'enfant royal. Angus la supplia de courber le dos devant la reine et de renoncer à faire reconnaître son mariage avec Rowan.

— La reine peut vous dépouiller — l'un et l'autre — de tous vos biens, lui dit-il gravement. Jusqu'ici, elle ne songeait qu'à la naissance de son enfant. Mais maintenant que le bébé est venu au monde, nous ne pouvons savoir quelles sanctions elle prendra à votre encontre.

— Je ne renierai pas mon amour pour Rowan, répondit calmement Gwenyth.

Angus serra les lèvres.

— L'amour ! Les mariages sont des contrats destinés à sceller des alliances. Et vous le savez fort bien.

— Oui, et j'ai vu le résultat, rétorqua-t-elle sèchement.

Il hésita.

— La reine prend des engagements en votre nom, j'ai pensé qu'il était de mon devoir de vous en avertir.

— Pardon ?

— Elle propose votre main à ceux qui lui apporteront leur soutien.

— Mais je ne présente aucun intérêt, je n'ai pas de fortune ! s'exclama Gwenyth.

Angus croisa les bras sur sa poitrine.

— Un contrat de mariage est un contrat de mariage. Des hommes de vingt ans épousent des veuves qui ont trois fois leur âge, et on marie des petites filles à des vieillards qui ont déjà un pied dans la tombe. Ainsi va le monde. Mais pour un homme qui souhaite assurer sa descendance, une jeune épouse est une aubaine qui n'a pas de prix. Et si de surcroît elle est jolie, cela ne gâte rien.

— Marie ne peut pas accorder ma main sans mon consentement. Et jamais elle ne me contraindra à me marier contre ma volonté, je le sais.

Angus se radoucit.

— Vous aimez toujours tendrement la reine, n'est-ce pas ?

— Je suis amère, bien sûr. Je l'ai vue changer. Elle n'est plus la souveraine généreuse et enthousiaste qui voulait conquérir le cœur de son peuple et unifier son pays. Mais je sais qu'elle finira par se ressaisir et qu'elle verra alors où est la vérité.

— Puisse Dieu vous entendre, dit-il gravement. Je repars

à Islington, loin des intrigues politiques, où je ferai de mon mieux pour protéger vos intérêts.

Il resta silencieux quelques instants.

— Et ceux de Daniel, quoi qu'il arrive.

Gwenyth se demanda comment elle avait pu trouver Angus sévère et froid. Il était honnête, loyal et bon. Elle le lui dit tout en l'étreignant avec une spontanéité qui dut l'embarrasser un peu.

Elle continua sa correspondance, écrivant sans relâche à Marie, à Annie et Thomas, ainsi qu'à Rowan, même si elle savait que c'était inutile et qu'aucune de ses missives ne lui parviendrait.

De son côté, elle ne recevait jamais de lettres, sauf... de la Reine Marie.

Dans l'une d'elles, Marie l'invitait à réfléchir à un mariage avec Donald Hathaway, récemment élevé au titre de Lord de Strathern. Elle se montrait très enthousiaste à son sujet, le décrivant comme un homme jeune et vigoureux.

Le premier réflexe de Gwenyth fut de déchirer rageusement la lettre, puis elle se ravisa et poursuivit sa lecture.

« ...Comprends bien que je ne pense qu'à ton intérêt ; des personnes dignes de confiance m'ont informée que Lord Rowan, au mépris de tous ses devoirs envers son pays, avait épousé Elisia Stratfield, une jeune lady anglaise, et servait désormais la Reine Elisabeth. »

Gwenyth refusa de le croire. Mais cela ne l'empêcha pas de pleurer toutes les larmes de son corps. Et de se désespérer.

L'année touchait à sa fin quand, à sa grande surprise, Marie manifesta soudain la volonté de la voir revenir à sa Cour, et lui envoya une escorte. Son ressentiment était encore si vif que Gwenyth faillit refuser d'obéir, mais la volonté de la reine était sacrée et face à une demi-douzaine de gardes robustes et solidement armés, elle n'avait guère le choix.

Et elle n'avait pas l'intention de passer toute sa vie en détention.

Même si les nouvelles concernant le remariage de Rowan étaient vraies.

— Là, murmura Gavin en pointant un doigt vers la forêt.

Depuis la colline où il avait pris position, Rowan aperçut effectivement les soldats de la reine à travers les arbres, en contrebas. Vêtue d'une magnifique cape en velours vert sombre qui ruisselait en longs plis sur la croupe de sa jument, Gwenyth chevauchait derrière le chef de l'escorte. Une servante la suivait, ainsi que cinq gardes armés.

— Ce serait de la folie de les attaquer, souligna Gavin. Nous sommes sur le territoire du Comte de Bothwell, et nous avons mis un point d'honneur à ne pas tuer des hommes qui ne font qu'exécuter des ordres.

— Exact, murmura Rowan.

Il observa le petit groupe qui progressait le long du chemin, tenté contre toute raison de s'élancer et d'engager le combat, quitte à essuyer une défaite. Mais il se refusait à tuer, sauf raison majeure, et il ne voulait pas non plus risquer la vie de ses hommes qui partageaient depuis si longtemps les soubresauts de son existence.

Son retour en Ecosse n'était pas passé inaperçu, mais malgré la mesure de bannissement dont il faisait l'objet, la population l'avait accueilli avec ferveur et enthousiasme. Des amis lui avaient offert spontanément l'hospitalité. Partout, dans les villages, sur les marchés, le long des routes, les marchands et les paysans l'avaient reconnu. Et pourtant personne ne l'avait dénoncé. Jusqu'ici.

Mais cette fois, ils étaient en territoire ennemi, sur les terres d'un homme dévoré d'ambition et qui bénéficiait désormais de toute la confiance de la reine.

— Nous n'allons pas les attaquer, mais les suivre discrètement, déclara Rowan.

Et c'est ce qu'ils firent, en veillant à rester à bonne distance du petit groupe.

Gavin chevauchait en tête, tenant le rôle d'éclaireur. Le jour commençait à décliner quand il rejoignit Rowan, posté dans la forêt.

— Ils ont fait halte pour la nuit au presbytère d'Elwood, l'informa-t-il.

— Je ne connais pas, dit Rowan.

Gavin sourit.

— Moi, si.

Le presbytère d'Elwood n'avait rien d'une forteresse : c'était la résidence du Révérend Hepburn, un cousin de Bothwell.

La propriété était magnifique, nichée en pleine verdure. Des moutons et des poules se promenaient librement sur la pelouse et la demeure elle-même était entourée de petits cottages au toit de chaume.

Le Révérend Hepburn avait été informé de l'arrivée de Gwenyth et de son escorte car il les attendait sur le seuil de sa maison. C'était un homme corpulent, aux cheveux gris et au visage sinistre.

Les soldats de la reine s'installèrent dans les cottages tandis que la servante de Gwenyth était conduite dans le quartier des domestiques, sous les combles. Gwenyth, pour sa part, apprit qu'elle dînerait en tête à tête avec le révérend puis coucherait dans l'une des chambres au rez-de-chaussée.

Le Révérend Hepburn était un homme courtois, mais également déterminé à lui faire la morale. Comme ils dînaient d'un délicieux plat de poisson, il évoqua la situation délicate dans laquelle se trouvait l'Ecosse.

— Nous nous réjouissons de la naissance d'un héritier qui portera en lui tous les espoirs d'une nation. Mais cela ne dispense pas chacun d'entre nous d'apporter sa pierre à l'édifice et de contribuer à faire que le pays soit uni et en paix.

— Bien sûr, murmura Gwenyth en se demandant où il voulait en venir.

— Cela passe par une stricte obéissance à la reine, poursuivit-il fermement.

Et elle fut stupéfaite quand il pointa sa fourchette vers elle avec un regard sévère.

— Nous sommes tous ses sujets. Les individualismes seront sanctionnés et les traîtres punis comme il se doit.

Gwenyth savait que le plus sage aurait été de ne pas répondre, de finir de dîner rapidement et de quitter la table — mais elle fut incapable de se taire.

— Si vous faites allusion à Lord Graham, apprenez qu'il n'est pas un traître. Et je suis persuadée que Marie le sait. D'ailleurs, je vous signale qu'elle n'a pas fait saisir ses biens.

Le pasteur plissa les yeux.

— Vous refusez de vous rendre à l'évidence, comme ces idiots de villageois. Ils s'obstinent à crier son nom dans les rues, dit-il d'un ton écœuré.

— Son innocence sera prouvée.

— Il sera châtié.

Il sourit.

— Si jamais on l'aperçoit sur ces terres, la reine n'aura plus à se préoccuper de son cas, faites-moi confiance. Nous lui expédierons son cadavre.

Gwenyth le regarda fixement, horrifiée.

— Avez-vous perdu l'esprit ? Marie n'a jamais réclamé sa tête !

— Tout homme a le droit de protéger sa maison et ses biens, et personne n'est à l'abri d'un malencontreux accident, ajouta-t-il d'une voix douce.

Elle se leva, incapable de rester une minute de plus en sa présence.

— Le voyage m'a épuisée. Je vous prie de m'excuser, je vais me retirer.

Il se leva à son tour, visiblement déterminé à ne pas en rester là, mais Gwenyth tourna les talons sans lui laisser le temps d'ajouter un mot et se rendit dans la chambre qu'on lui avait attribuée, dans l'aile est du presbytère.

La jeune servante qu'on avait affectée à son service pendant sa captivité se présenta pour l'aider, mais Gwenyth la congédia. Elle n'avait pas beaucoup d'affinités avec elle et sa présence ne lui serait d'aucun réconfort. Annie lui manquait terriblement, mais elle faisait la part des choses. Il était beaucoup plus important qu'elle reste auprès de Daniel.

En entrant dans sa chambre, elle put constater que le Révérend Hepburn possédait un certain sens de l'humour : il lui avait fait préparer un bain chaud — une façon comme une autre de l'inviter à se laver de ses nombreux péchés.

Gwenyth hésita entre la colère et le désespoir. Elle avait le sentiment que le monde était une maison de fous pleine de pièges et de mensonges, et peuplée de tricheurs et d'arrivistes qui ne pensaient qu'à servir leurs propres ambitions. Lorsqu'elle eut le sentiment que l'eau très chaude avait effacé — à défaut de ses péchés — les tensions de leur longue chevauchée, elle sortit de son bain, enfila sa chemise de nuit en lin puis se coucha, impatiente de prendre un repos réparateur.

Là encore, elle avait sous-estimé son hôte.

Le Révérend Hepburn était apparemment persuadé qu'elle expierait quelques péchés de plus s'il lui donnait le matelas le plus dur et le plus inconfortable qu'il puisse trouver.

Gwenyth se demanda si elle commettrait un péché mortel en l'envoyant mentalement au diable.

Le presbytère était d'une beauté presque féerique dans la douce clarté de la lune. Rowan et ses compagnons laissèrent leurs chevaux dans la forêt environnante, sous la surveillance d'un seul homme, et s'approchèrent à pied. Tout était calme et silencieux. Et il n'y avait pas l'ombre d'une sentinelle.

La garde royale ne s'attendait pas à rencontrer de problème. Leur mission consistait simplement à escorter l'une des dames d'honneur de la reine, ils n'avaient aucune raison de redouter une attaque. Il fut donc relativement facile pour Rowan et ses hommes de se faufiler dans la cour et de chercher un moyen de se glisser à l'intérieur du presbytère.

Gavin était à ses côtés quand ils entrèrent par une fenêtre du parloir. Ils errèrent d'une pièce à l'autre pendant de longues minutes, à la recherche de Gwenyth.

Rowan ouvrit la porte de la chambre où dormait le Révérend Hepburn en personne ; l'homme ronflait avec l'énergie et la puissance d'un ouragan. Il referma tout doucement le battant et continua sa progression dans le couloir. Toutes les pièces étaient munies de verrous et il pria pour que Gwenyth n'ait pas poussé le sien par mesure de sécurité.

Il finit par trouver la chambre où elle dormait et adressa un remerciement silencieux à Dieu quand la porte s'ouvrit sans opposer de résistance.

Le temps cessa d'exister tandis qu'il contemplait sa silhouette nimbée par le clair de lune. Ses cheveux dénoués ruisselaient sur l'oreiller comme une coulée d'or dans la lumière agonisante du feu. Elle ressemblait à un ange et à une sirène tout à la fois, vêtue d'une chemise de nuit virginale qui laissait deviner la perfection de ses formes.

Rowan resta sur le seuil pendant plusieurs secondes, puis il referma silencieusement la porte derrière lui et prit le temps de pousser le verrou avant de s'avancer vers le lit.

Il aperçut des sillons humides sur ses joues, devina qu'elle s'était endormie en pleurant et se cuirassa contre l'émotion qui menaçait de le submerger ; depuis son arrivée en Ecosse, il avait abondamment entendu parler de son mariage imminent avec l'un des nouveaux favoris de la reine.

Mais il avait également entendu dire qu'il s'était lui-même marié à Londres avec une Anglaise… Gwenyth aurait-elle eu suffisamment foi en lui et en son amour pour comprendre que certains esprits malveillants ne reculaient devant aucun mensonge pour se donner de l'importance et discréditer leurs semblables ?

Elle ouvrit les yeux.

Rowan plaqua aussitôt une main sur sa bouche pour le cas où elle crierait, mais elle n'en fit rien. Elle se contenta de le regarder fixement.

— Je rêve, chuchota-t-elle.

Il ravala le sanglot qui lui nouait la gorge et inclina son

visage vers le sien, ses lèvres à quelques millimètres des siennes.

— Alors rêvons ensemble, souffla-t-il.

Plus tard, il sut qu'ils auraient dû commencer par parler — ils avaient tant de choses à se dire ! Mais leur émotion était trop forte. A la seconde où leurs lèvres se touchèrent, leurs pensées s'éparpillèrent, emportées sans retour par le tourbillon de la passion. Il avait l'impression que leur séparation avait duré des siècles, et cependant leurs deux corps se retrouvaient et se répondaient comme s'ils ne s'étaient jamais quittés. Il sentait sa chaleur sous le tissu léger de sa chemise de nuit. Elle jeta ses bras autour de lui, et leurs baisers se firent plus insatiables tandis qu'il la caressait et la broyait contre lui avec une ardeur grandissante. Elle n'était pas en reste et l'explorait fiévreusement de ses mains. Ses caresses le rendaient fou et lui faisaient perdre toute notion de temps et de lieu. Leurs bouches se séparèrent mais uniquement pour dessiner des sillons de feu sur leur peau frissonnante.

La passion le transperça comme une lame lorsqu'il referma avidement ses lèvres sur la pointe dressée d'un sein. Le frôlement subtil et insistant de ses doigts et de sa langue sur son corps tendu de désir était d'une volupté presque insupportable. Il la prit sauvagement, encore à moitié habillé. Gwenyth noua ses jambes autour de sa taille et ondula contre lui avec une ardeur farouche qui l'embrasa tout entier, menaçant de lui faire perdre tout contrôle. Il trouva cependant en lui-même la force de réfréner sa passion jusqu'à ce que la déferlante du plaisir les emporte tous les deux et que le monde se désintègre dans une explosion de lumière.

Il était en proie à un tel sentiment de bonheur et de quiétude qu'il n'entendit pas frapper à la fenêtre. Ce fut

Gwenyth qui réagit la première. Elle se redressa brusquement et tourna vers lui un regard noyé d'angoisse tandis qu'un appel assourdi montait du dehors :

— Rowan !

Rowan perçut l'imminence d'un danger dans la voix de Gavin et se leva d'un bond, rajustant précipitamment ses vêtements. Il avait quitté Gavin dans le couloir, et non derrière la fenêtre.

— Il faut filer, annonça Gavin dans un murmure fiévreux. Il se passe quelque chose. Les soldats de la reine sont debout, ils prennent leurs armes.

Il n'avait pas fini de parler qu'on tambourina à la porte.

Gwenyth se drapa fébrilement dans le drap, les yeux fixés sur lui.

— Sautez par la fenêtre, vite ! chuchota-t-elle d'une voix pressante.

— Pas sans vous.

A sa grande stupéfaction, elle recula.

— Je ne pars pas.

— Si !

— Lady Gwenyth ? appela une voix, dans le couloir.

— Allez-vous-en ! souffla-t-elle en le poussant de toutes ses forces, les deux mains sur son torse. Vous voulez qu'on vous coupe la tête ou qu'on vous pende ? Partez !

Rowan grinça des dents. Il ignorait ce qui avait pu causer ce branle-bas, mais il était hors de question qu'il parte sans elle.

— Vous venez avec moi, gronda-t-il, le front têtu, en essayant de lui prendre le bras.

Elle se dégagea d'un mouvement brutal.

— Si vous osez poser de nouveau la main sur moi, je vous jure que je hurle ! Vos hommes seront massacrés sous vos yeux, et vous mourrez le dernier, de manière ignominieuse !

— Lady Gwenyth ? appela la voix dans le couloir, plus fort cette fois.

— Allez-vous partir ? siffla-t-elle en le toisant avec dégoût. Vous êtes un hors-la-loi. Vous avez trahi la reine et votre pays ! Je vais me marier avec un lord, et cette fois ce sera un mariage légal. Quant à vous, je vous méprise et je vous hais !

Rowan resta pétrifié. Il n'aurait pas été plus hébété si elle l'avait frappé.

Elle se dirigea vers la porte, prête à l'ouvrir tandis qu'elle répondait :

— Je viens. Vous m'avez réveillée en plein sommeil. Donnez-moi le temps de passer un vêtement.

Il aurait voulu l'attraper aux épaules, la ramener rageusement à lui, lui rappeler qu'elle était sa femme et qu'il n'avait jamais été un traître. Mais il entendit Gavin pousser un cri de détresse et comprit que l'un des soldats de la reine venait de l'attaquer.

Il sauta aussitôt par la fenêtre, assomma silencieusement le garde puis aida Gavin à se relever, indemne.

— Pour l'amour du ciel, que s'est-il passé ? demanda-t-il comme ils s'enfuyaient dans la forêt comme deux ombres.

— Le peuple se révolte et prend les armes, dit Gavin. J'étais dans le couloir quand un messager est arrivé et a réveillé tout le monde. Lord Darnley, l'époux de la Reine Marie, il…

— Eh bien ?

— Il a été assassiné, dit Gavin.

*
* *

Rowan parti, Gwenyth enfila précipitamment sa robe d'intérieur. Elle tremblait si fort que ce fut à peine si elle put tirer le verrou.

— Ouvrez ! Vous êtes en grand danger !

Le verrou céda enfin, et elle recula.

Le Révérend Hepburn, son épée à la main, jaillit dans la pièce, manquant de la renverser. Il regarda farouchement autour de lui.

— Que se passe-t-il ? s'écria-t-elle.

— Le pays tout entier est en émoi. Lord Darnley a été assassiné et tout le monde soupçonne tout le monde d'être le meurtrier.

Gwenyth laissa échapper un cri.

— Et… et la reine ? demanda-t-elle.

— Elle n'était pas avec son époux. Elle est saine et sauve.

Il fouilla la chambre du regard. Au même instant, l'un des gardes de la reine s'avança dans le couloir à grandes enjambées.

— Lady Gwenyth est en grand danger. J'ignore qui peut en vouloir à sa vie, mais il y avait un homme devant sa fenêtre. L'un de mes hommes s'apprêtait à lui régler son compte quand un complice l'a assommé par-derrière.

— Vous avez entendu quelque chose ? demanda le Révérend Hepburn.

Gwenyth secoua la tête et fit semblant d'être terrifiée.

— Oh, mon Dieu ! Vous êtes sûr que je ne risque plus rien ? s'écria-t-elle en joignant les mains.

— N'ayez pas peur, la rassura le capitaine des gardes. Je vais poster des hommes tout autour de la maison. Dès que vous serez habillée, nous…

— Vous ne les avez pas arrêtés ? s'écria-t-elle d'une voix horrifiée. Vous ne savez pas qui sont ces gens ?

Il baissa la tête.

— Hélas, non. Ils se sont volatilisés dans la forêt.

— Par pitié, capitaine, prenez des dispositions pour que nous partions pour Edimbourg demain à la première heure ! souffla Gwenyth d'une voix tremblante.

L'homme s'inclina et s'éloigna.

Le Révérend Hepburn la dévisagea d'un air méfiant, mais il n'avait que des soupçons, aucune preuve.

— Ne mettez pas le verrou, cette fois. Nous devons être en mesure d'intervenir si le danger se manifeste de nouveau.

Gwenyth acquiesça mais insista pour qu'un homme monte la garde dehors, devant sa fenêtre.

Il se retira enfin, à regret. Gwenyth ferma la porte derrière lui et retourna vers le lit en tremblant de tous ses membres. Tout s'était passé si vite, avec une telle violence passionnée qu'elle se demandait si elle n'avait pas rêvé.

Non, car sa vie lui faisait l'effet d'un cauchemar, à présent.

Rowan était venu, et il avait réussi à s'enfuir, mais elle avait été contrainte de lui briser le cœur, et de lui dire des choses horribles pour le convaincre de partir.

Et maintenant, Lord Darnley, le prince consort, était mort. Assassiné.

Gwenyth sentit un grand froid l'envahir tandis qu'elle essayait de mesurer les conséquences de cette tragédie. Elle aurait dû éprouver du chagrin, s'inquiéter pour Marie, pour l'avenir du royaume…

Mais elle ne pensait qu'à une seule personne : Rowan.

Elle avait peur pour lui. Et pour elle-même. Comprendrait-il qu'elle avait seulement voulu le sauver de lui-même ? Ou croirait-il qu'elle l'avait trahi ?

Elle ne pleura pas, ne dormit pas.

Elle resta prostrée sur son lit toute la nuit, glacée et tremblante.

A peine arrivée au palais d'Holyrood, Gwenyth fut conduite auprès de la reine. Marie semblait calme ; elle ne donnait pas l'impression d'avoir pleuré. Elle paraissait engourdie, sous le choc.

— Gwenyth ! s'écria-t-elle tandis que Gwenyth plongeait dans une profonde révérence.

Elle la serra dans ses bras, comme s'il n'y avait jamais eu le moindre différend entre elles.

Gwenyth lui rendit son étreinte.

— Un meurtre, chuchota Marie. Ma vie est peuplée de morts !

Gwenyth aurait voulu pouvoir protester, mais c'était malheureusement impossible. Pendant qu'ils galopaient vers Edimbourg, d'autres informations leur étaient parvenues. Apparemment, une violente explosion avait soufflé une maison à Kirk O'Field — maison appartenant à la reine et dans laquelle se reposait Lord Darnley, souffrant. Le malheureux n'avait eu aucune chance d'en réchapper… sauf qu'il n'était pas mort dans l'attentat. On l'avait retrouvé dans le jardin.

Etranglé.

— C'est moi qu'on visait, j'en suis sûre ! affirma Marie d'une voix enrouée. Je me suis rendue à un bal, sinon j'aurais été là, aux côtés d'Henri. Et je serais morte à l'heure actuelle !

Elle avait probablement raison. Marie avait beau essayer de se montrer forte et juste, elle s'était fait des ennemis. Et ses lords, plus instables que le vent d'Ecosse, avaient de nouveau changé de camp. Après tout, le royaume avait désormais un héritier mâle. Un enfant légitime, reconnu, incontestable — mais âgé de quelques mois seulement.

Et aujourd'hui, Darnley, son père, était mort.

Ils vivaient vraiment des temps très dangereux.

Rowan resta dans les Highlands, mais veilla à ne pas s'arrêter sur ses propres terres afin de ne pas mettre en danger les gens qu'il aimait. Pour le moment, il était hébergé avec ses hommes chez les MacGregor, dans leur imposante forteresse de High Tierney, un site entouré de collines creusées de grottes dans lesquelles plus d'un lord écossais avait trouvé refuge au fil des siècles.

Il monta au sommet d'une falaise escarpée et rugueuse qui dominait la mer et s'assit près du bord, le visage sombre. Le vent était froid et mauvais, mais c'était à peine s'il sentait sa morsure. Au loin, la neige recouvrait les montagnes, mais ici, la végétation rase était encore verte. Il mâchonna une herbe folle, le regard absent. Normalement, il aurait dû être en train de réfléchir à la lettre qu'il s'apprêtait à envoyer à la reine pour plaider sa cause. Chaque mot devait être soigneusement pesé…

Mais ses pensées étaient à des lieues de là.

« Elle a couru le risque de me faire arrêter, songeait-il avec fureur. Elle a failli nous faire tuer, mes hommes et moi ! »

Il ne parvenait pas à le croire. Et pourtant il était bien obligé de se rendre à l'évidence : elle n'aurait pas hésité à le dénoncer.

Et elle allait épouser le prétendant que la reine lui avait choisi.

Une partie de lui-même criait à la trahison. Une autre lui rappelait avec quelle passion ils avaient fait l'amour, et lui soufflait qu'elle avait menti pour le protéger de lui-même.

Ils n'avaient pas pris le temps de parler et c'était une erreur. Mais, d'un autre côté, le courant qui les avait jetés dans les bras l'un de l'autre valait toutes les explications du monde, non ?

A moins… à moins qu'il ne se soit agi simplement de sexe. Les retrouvailles explosives de deux êtres affamés de plaisir, frustrés par des mois d'abstinence…

Rowan rejeta aussitôt cette pensée. Il avait eu des partenaires d'une nuit quand Catherine était si malade et qu'il cherchait un moyen d'assouvir ses sens sans pour autant la trahir. Mais ce que Gwenyth et lui avaient vécu l'autre soir était bien autre chose qu'un simple plaisir charnel.

Il se leva et affronta les coups de boutoir du vent, les dents serrées.

Pour l'instant, il n'avait pas d'autre choix que d'attendre la suite des événements. Partout où il passait, la population lui témoignait une ferveur et un respect grandissants. La reine le considérait peut-être comme un traître, mais pour une raison qu'il ne s'expliquait pas bien lui-même, le peuple le considérait comme un héros.

Il concentra enfin ses pensées sur la meilleure stratégie à mettre en place pour tenter de rentrer en grâce auprès de Marie.

Elle allait respecter un deuil officiel de quarante jours. Durant toute cette période, Gwenyth serait auprès d'elle, et aucune décision importante ne serait prise.

Ensuite…

Dieu seul savait dans quelle direction le vent soufflerait.

19

Une étrange atmosphère s'abattit sur la Cour d'Ecosse dans les semaines qui suivirent la mort de Darnley. Le silence et la tristesse régnaient sur le palais, entrecoupés par les inévitables visites d'Etat. Partout, la suspicion faisait rage.

La Comtesse de Lennox avait été libérée de la Tour de Londres et pleurait son fils, partagée entre désespoir et fureur.

Le Comte de Lennox exigeait que Lord Bothwell soit jugé pour meurtre.

Lord Jacques Stewart s'était précipité à Londres dès la nouvelle connue afin de faire savoir à Elisabeth qu'il n'était pour rien dans cette mort tragique.

Au milieu de toute cette confusion, Marie avait fini par comprendre que l'attentat ne la visait pas, elle, mais que sa noblesse avait conspiré pour assassiner son époux. On ne l'avait pas tué parce qu'il était lâche, débauché et qu'il la rendait malheureuse. On l'avait éliminé parce que ses barons avides de pouvoir voulaient qu'il disparaisse de la scène politique.

En dépit de l'aide précieuse que lui avait apportée Lord Bothwell au moment où elle avait été faite prisonnière dans son propre palais, Marie veilla à ce qu'il soit traduit en justice dès la fin de son deuil.

Le Comte de Lennox ne put assister au jugement car il avait été arrêté en Angleterre. Gwenyth apprit plus tard que la Reine Elisabeth avait envoyé un messager à Marie afin de demander que le procès soit repoussé — sans aucun effet : soit le message ne fut pas délivré à temps, soit Marie n'en tint pas compte.

Bien que les juges eux-mêmes aient reconnu par écrit que la culpabilité de Lord Bothwell ne faisait aucun doute, on ne trouva personne pour témoigner contre lui. Bothwell innocenté ressortit donc libre du tribunal et parada sur son cheval dans les rues d'Edimbourg.

La reine ne parut s'intéresser ni de près ni de loin à l'issue du jugement. Elle offrait en public un visage serein et continuait à s'occuper des affaires de l'Etat, mais, en privé, elle était sujette à des accès de mélancolie accompagnés de crises de larmes. Puis elle sombrait dans le silence, comme en état de choc.

Gwenyth tenait la plupart de ses informations de Marie Fleming. Elle avait épousé Maitland, tombé en disgrâce au moment de l'affaire des conjurés — la reine était convaincue de son implication dans l'assassinat de Riccio —, puis réhabilité.

— Les barons sont furieux, expliqua-t-elle en privé à Gwenyth. Ils s'activent de tous côtés, et je ne crois pas que la reine se rende compte du danger. Elle est beaucoup trop douce et confiante, elle ne veut jamais voir le mal autour d'elle.

Elle baissa la voix et lança un regard anxieux en direction de la chambre de la reine, où Marie se reposait.

— Elle n'a pas conscience de l'ambition dévorante qui les anime, tous. Le Comte de Lennox a d'ores et déjà levé des troupes pour s'opposer à Bothwell. Le mécontentement monte et le peuple gronde.

Elle hésita et serra la main de Gwenyth dans la sienne.

— On dit que les barons se déchirent entre eux pendant les conseils, mais qu'ils sont tous d'accord pour clamer l'innocence de Lord Rowan. Il paraît même que Marie serait intervenue personnellement pour déclarer qu'à ses yeux, il était pardonné. Comme aucune accusation formelle n'a été portée contre lui, je pense qu'il est désormais lavé de tout soupçon.

Gwenyth leva vers la jeune femme un regard rayonnant d'espoir.

— Puissiez-vous dire vrai ! J'ai tellement prié pour cet instant ! Mais… comment pourrait-il être pardonné pour un crime qu'il n'a pas commis ?

— C'est une façon pour eux de sauver la face.

Gwenyth hésita.

— Et… cette rumeur concernant son mariage avec une héritière anglaise ?

Marie secoua la tête.

— Mon mari n'a aucune information à ce sujet. Lors de sa dernière audience avec Elisabeth, la reine n'a pas confirmé la nouvelle, mais elle ne l'a pas démentie non plus.

Elle posa sa main sur celle de Gwenyth d'un geste compatissant.

— Je sais que c'est difficile, mais vous devez vous montrer patiente. Evitez toute allusion à Rowan devant la reine pour le moment, c'est encore trop tôt. Elle ne parle plus de mariage entre Donald et vous, et pourtant, c'est un proche de Bothwell. Vous voyez : elle est lucide. Elle veille à ne pas laisser les rênes du pouvoir lui échapper de nouveau.

Gwenyth hésita, puis décida de lui faire confiance et lui raconta brièvement ce qui s'était passé la nuit où Rowan était venu la rejoindre dans sa chambre, sur les terres de Bothwell.

— Alors... vous avez menacé de donner l'alerte pour lui sauver la vie ? souffla Marie Fleming.

Ses joues étaient roses d'émotion bien que Gwenyth ne soit pas entrée dans les détails.

— Je n'avais pas le choix. Il n'aurait jamais accepté de repartir sans moi. Mais me le pardonnera-t-il un jour ? murmura Gwenyth, la gorge serrée. Il est persuadé que je l'ai trahi.

— Je suis certaine que, dans son cœur, il sait qu'il n'en est rien ! s'enflamma Marie Fleming, éternelle sentimentale.

La reine les appela à cet instant, mettant un terme à leur conversation. Marie paraissait si lasse et déprimée que ses dames d'honneur ne furent pas vraiment étonnées lorsqu'elle leur annonça :

— Nous allons partir. Il y a trop de dissensions ici. J'ai besoin de respirer, de prendre le large quelque temps... loin d'Edimbourg.

Malgré sa grande fatigue, Marie avait insisté pour se rendre secrètement à Stirling, où se trouvait son fils. Gwenyth aimait cette ville : elle était située dans un magnifique décor de vallées et de collines, et c'était un lieu de fierté pour tous les Ecossais car William Wallace y avait autrefois glorieusement vaincu les Anglais. Le château lui-même était élégant, confortable et solidement fortifié...

Et rempli de doux souvenirs : la dernière fois que Gwenyth y était venue, Rowan se trouvait à ses côtés.

Loin de recouvrer des forces, Marie semblait s'affaiblir

de jour en jour et ne retrouvait le sourire qu'en présence de son fils. Le cœur de Gwenyth se brisait en les voyant ensemble. La vie était vraiment trop cruelle.

Daniel ne se rappelait même plus sa maman, maintenant, songeait-elle, au bord des larmes. Il lui manquait tellement ! Il lui était aussi indispensable que le sang qui coulait dans ses veines et l'air qu'elle respirait. Mais elle n'osait pas le faire venir en Ecosse tant que ses droits légitimes n'avaient pas été reconnus. Et elle éprouvait un profond sentiment d'injustice et d'amertume en regardant la reine jouer et rire avec son fils alors qu'elle lui interdisait de voir le sien.

Mais Marie n'était plus la jeune femme passionnée et sûre d'elle qu'elle avait été lors de son arrivée en Ecosse. Sa santé déclinante inquiétait de plus en plus son entourage. Elle avait fait preuve d'un tel courage et d'une telle force de caractère après le meurtre de Riccio ! Elle avait pris des décisions rapides, et elle avait réussi à renverser une situation critique où sa vie même était menacée.

Aujourd'hui, hélas, toute énergie semblait l'avoir abandonnée. Elle était si mal en point quand ils reprirent la route pour rentrer à Edimbourg qu'ils durent faire halte à Linlithgow et passer la nuit dans le magnifique château où elle avait vu le jour.

Ils étaient très peu nombreux à escorter la reine : ses dames d'honneur, Huntly, Maitland, Melville, et une petite troupe de soldats. Ils s'apprêtaient à franchir le pont d'Almond, à sept kilomètres d'Edimbourg, quand une armée de plus de huit cents cavaliers, armés jusqu'aux dents, leur barra soudain la route. Bothwell se tenait à leur tête. Il s'avança vers la reine pour l'informer qu'un grand danger l'attendait à Edimbourg et qu'elle devait le suivre en lieu sûr.

La nouvelle suscita des réactions mitigées au sein du petit groupe. Maitland, en particulier, se méfiait de Bothwell et de l'annonce qu'il venait de faire, mais Marie leva la main et déclara ne pas vouloir provoquer de nouvelles effusions de sang. Si Lord Bothwell estimait qu'elle serait plus en sécurité au château de Dunbar — dont elle lui avait confié la garde un an plus tôt — elle le suivrait.

Gwenyth voyait mal comment la reine aurait pu refuser : Bothwell avait une armée entière avec lui et Marie n'était escortée que de trente gardes.

Ils atteignirent le château de Dunbar à la nuit tombée. Le pont-levis se releva derrière eux, et des centaines de soldats s'armèrent pour le combat, prêts à défendre leur reine jusqu'à la mort. Il ne leur fallut pas longtemps pour apprendre qu'ils avaient été joués et qu'il n'y avait jamais eu de danger à Edimbourg. La reine avait été enlevée.

Lord Bothwell la retint captive dans un lieu secret pendant plusieurs jours. Même au château de Dunbar, le bruit courait que Bothwell et la reine avaient organisé ensemble ce faux enlèvement. Mais quand la rumeur affirma qu'elle était sa maîtresse depuis des mois, Gwenyth sut que c'était un mensonge : la moralité de Marie était au-dessus de tout soupçon.

Lorsque Gwenyth revit la reine, ce fut une femme pâle et résignée qui annonça à ses dames d'honneur qu'elle avait accepté d'épouser Lord Bothwell.

— Mais il est déjà marié ! protesta spontanément Gwenyth, abasourdie.

Au lieu de se mettre en colère, Marie leva la main d'un geste las.

— Ne vois-tu pas qu'il est tout-puissant ? Il a enlevé une *reine* au sein même de son royaume. Il va demander le divorce.

Elle détourna les yeux.

— Jane l'a épousé uniquement pour des raisons d'alliance. Elle n'y verra sans doute pas d'objection. Mais ce sera un mariage protestant.

A Dunbar, l'entourage de la reine était atterré, mais impuissant.

Ce soir-là, Marie Fleming et Gwenyth discutèrent jusque tard dans la nuit car elles partageaient la même chambre.

— On dirait qu'elle n'a plus aucune volonté, dit Marie. Il l'a violée et elle n'a pas la force de se rebeller. Je ne l'ai jamais vue dans cet état. On raconte des horreurs à son sujet, on prétend que Bothwell était son amant avant la mort de Darnley — mais c'est faux ! Vous vous rappelez l'époque où elle était amoureuse de Darnley ? Elle était rayonnante, enthousiaste, passionnée. Ce n'est pas du tout l'attitude qu'elle a en ce moment.

— Ce mariage est une folie, murmura Gwenyth, atterrée. Le pays tout entier va s'insurger.

— C'est certain, acquiesça Marie Fleming d'une voix lugubre.

— Je n'arrive pas à le croire.

— Et pourtant…

Ils regagnèrent Edimbourg, Bothwell chevauchant aux côtés de Marie. On tira des coups de canon en l'honneur de la reine, même s'il apparaissait comme une évidence que le pouvoir était désormais entre les mains de Bothwell.

Le divorce de Bothwell fut prononcé avec une rapidité inouïe.

Vingt jours plus tard, Marie et Bothwell se marièrent selon le rite protestant — le signe évident, pour tous ceux qui la connaissaient bien, que la reine n'était plus elle-même. La jeune souveraine qui avait débarqué en Ecosse six ans plus tôt n'aurait jamais renié ainsi sa foi.

Alors même qu'ils échangeaient leurs vœux dans la chapelle d'Holyrood, la population d'Edimbourg commença à gronder et à sortir dans les rues. Des cris hostiles à la reine retentirent un peu partout :

— Il n'y a que les filles légères qui se marient en mai !

— Mariage en mai, regrets à jamais !

Dans les jours qui suivirent, Gwenyth put mesurer le désarroi de Marie. Elle était douce et cultivée, Bothwell se montrait brutal et cruel. Il l'avait impressionnée par sa toute-puissance, mais c'était un mari jaloux et si maintenant Marie demandait à rester seule, Gwenyth savait que c'était pour cacher ses larmes.

A la fin du mois, il devint évident que le pays ne pourrait pas éviter un nouveau bain de sang.

Quelques semaines après leur mariage, Marie, Bothwell, et leur suite partirent pour le château de Borthwick, plus sûr que le palais d'Holyrood. Mais à peine y étaient-ils installés que la forteresse fut encerclée par des insurgés. Bothwell s'enfuit pendant la nuit pour chercher des renforts, laissant Marie seule dans un château assiégé.

Gwenyth aida Marie à s'habiller en homme puis enfila à son tour des habits de paysan et se frotta le visage avec de la suie. A la nuit tombée, elles s'enfuirent à pied.

Elles approchaient de Castel Black, où elles espéraient trouver refuge, quand un galop retentit dans la nuit. Il s'agissait d'un messager envoyé par la famille Wauchope, des voisins et alliés de Bothwell.

Lorsqu'il les rejoignit, Marie était à bout de forces, au bord de l'évanouissement.

— C'est la reine ? demanda anxieusement le cavalier.

Il sauta rapidement à terre, interrogeant Gwenyth du regard.

— Oui. Vous devez l'emmener, aussi vite que possible. Elle est sur le point de défaillir, répondit Gwenyth.

— Mais vous ?

— Je continuerai à pied, si vous avez l'obligeance de m'indiquer le chemin.

Il aida la reine à monter sur son cheval, puis s'installa derrière elle et lança un regard plein d'anxiété à la route par laquelle elles étaient venues.

— Partez, vite, lui ordonna Gwenyth.

— Je reviendrai vous chercher.

— Merci. Dieu vous protège, lui dit-elle.

Il s'éloigna aussitôt. Gwenyth était soulagée de savoir la reine à l'abri… mais aussi terriblement effrayée de se retrouver seule dans l'obscurité. Elle marcha rapidement, subitement consciente du ricanement du vent, du froissement du feuillage et du grincement des branches.

Ce n'est rien, se répéta-t-elle pour se rassurer. Seulement les bruits de la nuit. La forêt était peut-être peuplée de d'animaux sauvages, mais le plus dangereux des prédateurs était sans aucun doute l'homme assoiffé de pouvoir.

Une branche craqua brusquement sur sa gauche. Cette fois, ce n'était pas le vent et elle se mit à courir, terrifiée.

La forêt sembla brusquement s'animer. Des ombres jaillirent de partout.

— C'est la reine ! cria quelqu'un.

— On l'a trouvée ! exulta un autre.

— Ne soyez pas stupide, gronda une troisième voix. Vous voyez bien que ce n'est pas la reine : elle n'est pas aussi grande.

Gwenyth continuait à courir. Son cœur cognait à toute volée dans ses oreilles, ses poumons la brûlaient, une douleur lui cisaillait le côté droit, mais elle ne ralentit pas. Ils étaient partout et elle pouvait seulement prier pour que Marie ait eu le temps de se mettre à l'abri.

Finalement, malgré ses efforts pour zigzaguer et tenter

de disparaître sous les arbres, elle fut rattrapée et plaquée violemment au sol. Le talon d'une botte lui écrasa la poitrine, l'immobilisant.

Son chapeau était tombé et ses cheveux étaient répandus sur ses épaules. Impuissante, elle ne pouvait que fixer son ravisseur avec défi… Et à sa grande horreur, elle s'aperçut qu'elle le connaissait. Elle ne l'avait pas vu depuis très longtemps, mais elle ne l'avait pas oublié.

Et il ne l'avait pas oubliée non plus.

— Voyez-vous ça. Lady d'Islington. Gwenyth MacLeod, dit-il d'une voix sinistre.

L'homme qui se dressait au-dessus d'elle avait des épaules de colosse et une épaisse barbe noire. Elle avait eu affaire à lui le jour où elle s'était perdue dans la forêt, près de Castle Grey. Puis de nouveau près d'Aberdeen, quand il avait essayé de l'étrangler pour venger la mort de son neveu.

Fergus MacIvey !

Rowan était intervenu à deux reprises pour l'arracher à ses griffes.

Mais aujourd'hui, il ne viendrait pas.

C'était ce que Rowan avait toujours redouté, au plus profond de son cœur.

La guerre civile.

La Reine Marie avait été secourue et conduite à Castel Black. Là, elle avait retrouvé son époux et ils étaient partis tous les deux pour le château de Dunbar, où Bothwell l'avait laissée pour aller chercher d'autres renforts.

Pour finir, Marie avait été trahie.

Lord Balfour l'avait pressée de rentrer à Edimbourg où, selon lui, elle serait plus en sécurité. Lorsqu'elle avait quitté le château de Dunbar, plusieurs centaines de partisans s'étaient ralliées à elle. Rowan était convaincu que Marie n'avait pas eu peur ; elle croyait dans l'amour indéfectible que lui portait son peuple, et attendait des renforts, amenés par Bothwell.

L'armée de la reine et celle des rebelles se trouvèrent face à face à Carberry Hill, devant Edimbourg. Marie se tenait fièrement à la tête de ses propres troupes, aux côtés de son nouvel époux. Balfour était également des leurs.

En face, se dressaient la plupart des lords du royaume, à commencer par ceux qui avaient participé à la première conjuration : Athol, Margaret, Glancairn et Ruthven.

Rowan n'était pas présent sur le champ de bataille ; il se trouvait sur ses terres, à Castel Grey, où il avait rassemblé ses propres troupes en attendant de prendre une décision. Maintenant qu'il était, semble-t-il, lavé de tout soupçon, il avait hâte de regagner la capitale et de retrouver Gwenyth. Mais l'expérience lui avait prouvé qu'il valait mieux se montrer prudent. Surtout en ce moment. Le pays était devenu incontrôlable depuis l'enlèvement de Marie et son mariage avec Bothwell.

Rowan écrivit à Thomas et Annie, à Londres, ainsi qu'à Elisabeth. Il lui demanda de fournir une escorte à ses deux fidèles serviteurs afin qu'ils conduisent Daniel à Lochraven.

Finalement, la bataille attendue n'eut jamais lieu. Voyant que ses troupes commençaient à se disperser, Marie demanda à négocier et accepta de rentrer à Edimbourg avec les rebelles à condition que Bothwell puisse partir librement et obtienne un sauf-conduit lui garantissant sa sécurité.

Mais les lords trahirent leur parole à l'instant où Bothwell eut disparu. Ils craignaient Marie et Rowan savait bien pourquoi : ils criaient vengeance pour la mort de Darnley alors que la plupart d'entre eux avaient trempé dans son assassinat et ils avaient peur de se retrouver sur le banc des accusés si la reine venait à reconquérir le cœur de son peuple. Voilà pourquoi, au lieu de la raccompagner avec les honneurs à Edimbourg, comme ils l'avaient promis, ils la conduisirent dans une forteresse de la famille Douglas où elle fut gardée en captivité.

Rowan n'avait pas imaginé que les lords oseraient s'en prendre à leur reine, mais les nouvelles devenant de plus en plus alarmantes au fil des jours, il se rendit à Edimbourg où il rencontra Maitland. Il n'avait jamais cru à la rumeur selon laquelle l'ambassadeur était impliqué dans la première conjuration contre la reine, mais en voyant que Maitland évitait de croiser son regard, il comprit que c'était malheureusement vrai.

— Pas étonnant que nous ayons été vaincus aussi souvent dans l'Histoire, dit Rowan avec mépris. Nous ne sommes même pas capables d'être loyaux entre nous !

— Rowan, je vous en prie, murmura Maitland d'une voix torturée. Je me sens suffisamment mal comme ça. Je sers Marie depuis des années, avant même son arrivée en Ecosse. Je souffre qu'on la traite d'une façon aussi indigne, mais la situation est insoluble. Même ses ministres français l'ont suppliée de couper les ponts avec Bothwell pendant qu'il en était encore temps, mais elle n'a rien voulu entendre.

— Laissez-moi lui parler.

Maitland hésita.

— Les lords feront en sorte que Bothwell paye pour le meurtre de Darnley. La rumeur avait raison : ce crime odieux portait bel et bien son empreinte.

— Alors que Bothwell paie pour ses actes, et non la reine !

— Les lords veulent que la reine abdique en faveur de son fils.

— A seule fin de s'emparer du pouvoir.

Maitland resta silencieux quelques instants.

— Marie vous a accusé de trahison, ne l'oubliez pas. Elle vous a fait arrêter. Elle a refusé de reconnaître la validité de votre mariage.

— Elle est la reine. Et j'ai été innocenté.

— Vous êtes sans doute le seul homme en qui les deux camps ont confiance, réfléchit Maitland. Morton, Glencairn et Home, ce sont eux qui ont organisé la détention de la reine. Ils vous autoriseront probablement à la rencontrer.

Rowan eut un entretien avec le chef des rebelles. Il savait qu'il avait encore une chance de sauver la reine : il devait la convaincre de lâcher Bothwell.

Il fut stupéfié par la sérénité de Marie lorsqu'il se présenta devant elle. Elle avait été capturée, humiliée, et elle n'avait aucune de ses dames d'honneur auprès d'elle car elle était tenue captive dans la demeure de la mère de Jacques Stewart, Lady Margaret Douglas.

Elle se leva pour l'accueillir et lui sourit avec chaleur bien qu'elle soit pâle et amaigrie.

— Rowan ! déclara-t-elle avec affection.

Son sourire se teinta de mélancolie tandis qu'elle ajoutait :

— J'ai reconnu votre innocence bien avant que ne débute cette sinistre farce. Et aujourd'hui, vous voyez, c'est *moi* qui vous demande pardon.

Il prit ses mains dans les siennes, s'agenouilla devant elle, et vit briller des larmes dans ses yeux.

— Je vous ai toujours servie fidèlement.

— Je sais. On m'a menti si souvent…

Elle l'invita à se relever, et son sourire se crispa.

— Il semble que j'aie donné ma confiance à ceux qu'il ne fallait pas.

Rowan prit une profonde inspiration.

— Justement. C'est la raison de ma visite.

— Oui, je sais pourquoi vous êtes là. Tout le monde vous cite en exemple et chante vos louanges d'un bout à l'autre du pays. Je ne peux même pas vous demander de rallier Bothwell pour me venir en aide : il a été fait prisonnier dans le nord.

— Ma reine, vous devez accepter que ce mariage soit annulé. Il n'y aura aucune conciliation possible avec vos lords si vous ne le faites pas.

— Je ne peux pas, dit-elle d'une voix douce.

— Vous le devez, insista-t-il.

— Je ne peux pas et je ne le ferai pas, déclara Marie d'une voix étonnamment ferme. Je suis enceinte et jamais je n'accepterai que mon enfant soit un bâtard.

Le cœur de Rowan se serra. Elle avait pris sa décision et elle s'y tiendrait, quoi qu'il puisse dire.

— Donnez-moi plutôt des nouvelles de ma chère Gwenyth, reprit-elle d'un ton léger. Je suis coupée du monde, ici, et on ne me tient informée de rien. Avez-vous fait venir votre enfant d'Angleterre ?

— Pardon ?

Elle sourit.

— Je n'ai jamais vu quelqu'un défendre avec autant de passion l'homme qu'elle aime. Je suppose que vos retrouvailles ont été joyeuses et que votre séparation n'est plus qu'un mauvais souvenir, aujourd'hui ?

Il lui lança un regard stupéfait.

— Pardonnez-moi, Votre Grâce, mais… je pensais qu'elle était retenue avec vos autres dames d'honneur.

Le front de Marie se creusa.

— Je ne l'ai pas revue depuis la nuit où je me suis

enfuie avec elle de Borthwick pour tenter de rallier Castel Black.

Rowan blêmit, avec la sensation que son sang se figeait dans ses veines.

— Vous ne l'avez pas revue ? répéta-t-il, incrédule.

— Et je n'ai eu aucune nouvelle d'elle. Rowan, soyez sans inquiétude. Si elle a été capturée... personne, sûrement, n'osera lui faire du mal.

Il préféra ne pas répondre. Marie nourrissait encore beaucoup d'illusions sur le genre humain.

Il s'inclina sans parvenir à contrôler le tremblement qui s'était emparé de lui.

— Pardonnez-moi, Votre Grâce, mais je dois partir. Il faut que je retrouve ma femme.

Autrefois, elle faisait des rêves. Désormais, elle vivait un cauchemar tout éveillée.

Le sort lui avait joué un tour effroyable en la livrant à Fergus MacIvey et à son fils Michael, devenu le nouveau Baron MacIvey depuis la mort de son cousin, Bryce. Elle n'aurait pas pu tomber aux mains de deux êtres plus acharnés à sa perte. Quand les hommes de leur clan avaient insulté la reine, la traitant de putain et de meurtrière, elle s'était rebellée.

Oui, malgré sa terreur, elle les avait défiés.

— La reine a toujours été vertueuse et droite. Vous n'avez aucun droit de la calomnier de la sorte ! Dieu ne vous pardonnera ni cette offense ni cette cruauté !

— Dieu t'a reniée, fille de Satan ! cracha Fergus.

Ses yeux sombres étincelaient de haine et ses paroles étaient aussi tranchantes qu'un poignard.

— Et il n'est pas le seul. Le pays tout entier sait que

ton puissant protecteur a pris une épouse anglaise. Même lui t'a abandonnée !

Etait-ce vrai ? songea Gwenyth, à la torture.

Cela avait-il encore une quelconque importance ?

Aux yeux de Rowan, c'était *elle* qui s'était détournée de *lui*.

Elle s'interdit de penser à Rowan, aux temps heureux où elle croyait que son bonheur à ses côtés durerait toujours.

Après sa capture, elle fut conduite sans ménagement dans la maison d'un certain Sir Edmund Baxter où on la garda enfermée. Elle s'était rendue coupable de crime contre l'Ecosse, lui dit-on, car elle avait aidé la reine à s'enfuir. Puis, à son grand soulagement, Fergus et ses hommes repartirent.

Elle était retenue captive depuis plusieurs semaines quand, depuis la chambre où elle était maintenue enfermée, elle entendit des hommes discuter sous sa fenêtre. La reine avait été emprisonnée ; elle avait préféré se rendre plutôt que de provoquer un bain de sang, et on l'avait conduite dans l'une des forteresses des Douglas.

Peu après ces nouvelles, Fergus MacIvey réapparut.

Le loup a attendu que sa proie soit à terre pour sortir du bois, songea Gwenyth avec mépris.

Il était accompagné d'un homme qu'elle avait presque oublié. Un homme avec lequel elle avait eu un jour une violente altercation dans une église…

Le Révérend David Donahue !

Gwenyth n'eut tout d'abord pas notion du danger. Ce fut seulement quand il pointa sur elle un doigt vengeur qu'elle prit conscience de la gravité de sa situation.

— Cette créature est une sorcière ! accusa-t-il. Je l'ai su à la minute où je l'ai vue ! Elle prenait déjà la défense de la putain catholique, alors ! Elle n'a pas changé !

— Elle a jeté un sort à mon neveu Bryce MacIvey et elle a provoqué sa mort, confirma Fergus. Ensuite elle a ensorcelé Lord Graham et maintenant elle prétend être sa femme !

— Vous n'êtes que de pauvres fous ! riposta Gwenyth avec hauteur. Comment pouvez-vous croire à de telles absurdités ?

Leur regard lui fit froid dans le dos. Soit ils pensaient réellement ce qu'ils venaient de dire, soit ils la haïssaient tellement qu'ils voulaient se persuader que c'était vrai. Mais au final quelle différence ?

— Emmenez-la à l'église. Tout de suite, commanda Donahue.

Fergus et Michael semblaient prêts à l'y traîner de force, mais elle ne leur donnerait pas ce plaisir.

— J'irai où vous voudrez. Si c'est à l'église, tant mieux. Je n'ai rien à craindre de Dieu.

Ses paroles attisèrent leur fureur mais ils ne posèrent pas la main sur elle.

En sortant de la maison, le cœur lui manqua : une foule s'était massée le long du chemin — soldats, femmes, enfants, paysans, ouvriers.... Ils la huèrent au passage, lui criant des insultes, agitant des fourches d'un air menaçant. Une tomate pourrie vola dans sa direction.

— La sorcière de la reine putain ! hurla quelqu'un.

Gwenyth s'arrêta.

— Marie est une reine bonne et vertueuse. Elle n'a jamais trahi sa foi, déclara-t-elle avec force.

Une autre tomate vola vers elle. Elle ne broncha pas et se remit à avancer. Si elle s'arrêtait trop longtemps, Fergus l'empoignerait, elle le savait. Elle continua donc à marcher, le menton levé.

Un autre pasteur se tenait devant l'église. Il la regarda approcher et elle comprit qu'il l'attendait.

— Je suis le Révérend Martin, découvreur de sorcières officiel, et vous allez confesser vos crimes, lui dit-il.

Gwenyth jeta un regard autour d'elle. Des centaines de personnes s'étaient rassemblées autour de l'église. On leur avait raconté que la reine Marie avait prémédité le meurtre de son mari et qu'elle avait été la maîtresse de l'homme qui avait commis le crime.

Ils étaient tous prêts à croire que Gwenyth, qui l'avait servie, était une sorcière.

Fergus la poussa violemment dans le dos pour la faire entrer dans l'église. Quatre femmes l'attendaient à l'intérieur. Quatre paysannes vigoureuses. Gwenyth serra les dents et s'appliqua à ne pas se débattre tandis qu'elles l'empoignaient brutalement pour la mettre à genoux et entreprenaient de la déshabiller. Instinctivement, elle essaya de s'agripper à ses vêtements, mais c'était inutile. Elle entendit le tissu se déchirer puis l'une des femmes cria :

— Là ! Regardez ! Elle a la marque du démon !

Le Révérend Martin se dressa au-dessus d'elle, un couteau à la main. Gwenyth crut qu'il allait la tuer sur-le-champ. Elle ne cria pas, sachant que ça leur ferait trop plaisir.

— C'est bien la marque de Satan ! triompha-t-il.

Il l'empoigna par les cheveux pour la relever.

— Confesse-toi, sorcière !

Elle serra ses vêtements contre elle pour rester décente et le regarda sans trembler.

— Si mon crime est d'avoir aimé une reine bonne et vertueuse qui n'a jamais souhaité autre chose que le bonheur de son peuple, alors oui, je confesse ce crime.

— Tu as conclu un pacte avec le diable ! l'accusa-t-il d'une voix sinistre.

Elle regarda autour d'elle et vit de la peur et de la haine sur tous les visages. Ils méprisaient une reine qu'ils croyaient coupable de meurtre et d'adultère. Gwenyth avait servi cette reine, et à leurs yeux elle était donc coupable, quoi qu'elle puisse dire.

— Je suis une créature de Dieu, chuchota-t-elle.

Le Révérend Martin la frappa violemment au visage. Elle eut le goût du sang dans la bouche.

— Fille de Satan, tu ne veux donc pas sauver ton âme immortelle ? demanda-t-il.

Gwenyth garda le silence.

Il esquissa un lent sourire.

— Je ne voyage jamais sans les outils indispensables à ma fonction : j'ai tout ce qu'il faut pour te sauver malgré toi des flammes de l'enfer.

Elle redressa fièrement le menton, mais continua à garder le silence.

Il leva de nouveau la main sur elle. Ses oreilles sifflèrent et elle eut l'impression que sa tête venait d'exploser. Elle se serait effondrée s'il ne l'avait retenue par le bras.

— Quoi ? Quoi ? Que dis-tu ? demanda-t-il en se penchant comme si elle lui parlait.

Puis il poussa un cri de triomphe et la laissa glisser à terre.

— Elle s'est confessée ! La sorcière a avoué !

Au moment où elle perdait connaissance, elle entendit le rire sardonique de Fergus MacIvey.

20

La dernière fois que Marie d'Ecosse avait vu Gwenyth, c'était sur la route de Castle Black : ce fut donc là que Rowan se rendit en premier. Il disposait d'une armée de plusieurs centaines d'hommes, mais afin de se déplacer rapidement il ne prit avec lui que Gavin et ses dix fidèles compagnons.

A Castle Black, il interrogea le messager qui avait secouru Marie sur la route. L'homme se souvenait très bien de la jeune femme qui accompagnait la reine. Il ignorait son nom, mais savait qu'il s'agissait de l'une de ses dames d'honneur.

— Les rebelles étaient aux trousses de la reine, cette nuit-là, se rappela-t-il. Je l'ai conduite en lieu sûr, puis je suis revenu chercher sa dame d'honneur, comme je le lui avais promis. Mais la forêt grouillait de monde et je ne l'ai pas retrouvée. J'ignore ce qu'elle est devenue.

Rowan pâlit. Gwenyth avait été faite prisonnière, c'était certain, mais il n'avait aucune piste concernant l'identité de ses ravisseurs. Un autre homme s'avança.

— J'étais là-bas moi aussi, déclara-t-il. On m'avait demandé de me mêler aux gens et d'écouter ce qui se disait. Il y avait des Highlanders parmi eux. J'ai même trouvé ça bizarre parce qu'ils ont pris la direction du sud, au lieu de remonter chez eux, dans le Nord.

Rowan s'élança aussitôt vers le sud. Il essayait de se raisonner et de ne pas se laisser submerger par la peur qui grandissait en lui. Il ordonna à ses hommes de s'habiller comme de simples voyageurs, puis ils se séparèrent afin de sillonner la campagne, s'arrêtant dans les fermes, les villages, les villes, pour tenter de recueillir des informations.

Finalement, ils entrèrent dans une auberge, s'assirent à une table et firent mine de se désaltérer en écoutant les conversations. Gavin faillit se lever en entendant l'un des clients proférer des insultes contre la reine, mais Rowan le stoppa d'un regard.

— J'ai entendu dire que l'une de ses dames d'honneur avait été capturée, déclara-t-il d'un ton neutre, mais personne ne l'a vue à Edimbourg.

Un vieil homme assis à leur table leva sa chope de bière et hocha la tête.

— Je suis au courant de cette histoire. Elle s'est fait prendre sur la route, mais elle est restée loyale à sa reine. Il y avait des hommes du clan des MacIvey parmi ceux qui l'ont arrêtée, et à ce qu'on m'a dit, ils la connaissaient et ils avaient un vieux compte à régler avec elle.

Il baissa la voix.

— Soi-disant qu'elle aurait fait appel à Satan pour faire tuer un de leurs parents, le baron du clan. Ils ont même convoqué un découvreur de sorcières pour la confondre. Je vous demande un peu !

Rowan prit sur lui pour ne pas trahir son épouvante.

— Ils ont condamné une dame d'honneur de la reine pour sorcellerie ?

L'homme soupira.

— Oui. Quelle époque ! Ça ne serait jamais arrivé ici.

Nous sommes des gens paisibles et nous avons la tête sur les épaules. Malheureusement, son sort est scellé. La loi est la loi, et la sorcellerie est un crime puni de mort.

— Où l'a-t-on emmenée ? demanda Rowan d'une voix blanche en priant pour que Gwenyth soit encore en vie.

— J'ai entendu dire qu'elle était emprisonnée dans l'une des forteresses en ruines, près de la frontière avec l'Angleterre.

Ce n'était pas très loin, calcula Rowan en réfléchissant très vite. Il pouvait encore empêcher cette abomination. Il allait faire venir ses hommes. Cette fois, il n'y aurait pas de quartier et tant pis pour les pauvres fous qui s'étaient ralliés aux MacIvey.

L'homme reposa sa chope d'un air sinistre.

— Elle doit être brûlée vive demain.

Rowan se leva d'un bond, horrifié, renversant presque la table.

— Rowan, non !

L'avertissement de Gavin arriva trop tard.

Mais le vieil homme fut le seul à entendre ces mots. Un étrange sourire flotta sur ses lèvres.

— Vous êtes Rowan Graham, Lord de Lochraven, n'est-ce pas ? demanda-t-il tout bas.

Sans même attendre sa réponse, il secoua la tête.

— A moins que vous n'ayez une armée sur place, vous ne pourrez pas la sauver.

Rowan aurait voulu pouvoir lui soutenir le contraire, mais il savait que le vieil homme avait raison.

— Je m'appelle Finnan Clough, dit-il d'une voix douce. Je ne peux malheureusement pas vous aider, mais vous pouvez compter sur ma discrétion. Vous n'avez rien à craindre de moi.

Rowan réfléchit intensément.

— Y a-t-il un apothicaire par ici ?

— Oui. Je peux aller vous chercher ce que vous voulez, mais…

— J'ai besoin d'une drogue. Un apothicaire saura ce dont il s'agit. C'est une substance qui ralentit le cœur et la respiration. Celui qui l'absorbe a l'apparence de la mort.

L'homme éclata de rire, puis reprit son sérieux en croisant le regard sombre de Rowan.

— Pardonnez-moi, mais il se trouve que je connais très bien cette drogue. Même que je m'en méfie, à cause de mon métier : je suis fossoyeur.

— Fossoyeur, répéta pensivement Rowan.

— Oui.

— Alors, vous pouvez sans doute m'être d'une aide précieuse, dit Rowan. Approchez.

Gavin et le vieux Finnan se penchèrent pour écouter tandis qu'il expliquait son plan.

— C'est risqué, commenta Finnan quand Rowan eut terminé. Si jamais ils découvrent la supercherie, vous subirez le même sort qu'elle.

— Si elle meurt, je n'aurai plus aucune raison de vivre, répondit simplement Rowan.

Ils trouvèrent à se loger à l'auberge, et aux premières lueurs de l'aube, Rowan s'habilla avec soin. Il se para de son plus beau tartan, glissa une dague à sa ceinture, un poignard à son mollet et se ceignit de son épée. Son escorte avait tout aussi fière allure quand ils se mirent en route. Ils emmenaient avec eux un cheval de bât qui transportait des « provisions », enveloppées dans une couverture.

L'atmosphère insouciante qui régnait en ville à leur arrivée le révulsa. Les rues grouillaient de monde — des fermiers, des livreuses de lait, des épouses se promenant bras dessus bras dessous avec leur mari. Le bûcher avait été dressé sur une colline. Rowan vit le poteau et les fagots entassés tout autour. Il imagina que le bois était encore vert et mettrait longtemps à s'embraser, prolongeant l'agonie de la condamnée.

Il se rendit aussitôt à l'église, où il trouva les Révérends Martin et Donahue en prière. A son grand soulagement, aucun des hommes du clan des MacIvey n'était là. Sans doute viendraient-ils au dernier moment pour assister à l'exécution.

Les deux pasteurs sursautèrent quand il entra avec fracas.

Ils se levèrent d'un même mouvement et Donahue laissa échapper un petit cri.

— Rowan Graham, Lord de Lochraven ! dit-il avec stupéfaction.

Le Révérend Martin s'avança vers lui, le visage sinistre.

— Justice sera faite aujourd'hui. Quels que soient les sentiments que vous ayez pu avoir pour cette créature, vous ne la sauverez pas. Elle doit mourir.

— Tout à fait d'accord, siffla Rowan d'une voix métallique. Il est grand temps qu'on empêche cette sorcière de nuire !

Le Révérend Donahue laissa échapper un soupir de soulagement et le Révérend Martin ne cacha pas sa satisfaction.

— Je veux la voir, reprit Rowan d'un ton âpre. Je veux qu'elle sache que je suis venu assister à son exécution et que je m'en réjouis.

Les deux hommes échangèrent un regard, mal à l'aise.

— C'est-à-dire que… l'exécution doit avoir lieu ce matin même, expliqua Donahue. Dans moins d'une heure.

— Raison de plus pour se dépêcher.

— Je vais vous escorter jusqu'à sa cellule, offrit le Révérend Martin. Suivez-moi.

Il l'emmena dans la forteresse en ruines. Les bâtiments étaient en trop mauvais état pour qu'on puisse à proprement parler d'un château, mais le toit tenait encore debout. Des gardes solidement armés tuaient le temps en jouant aux cartes et aux dés. Rowan les compta : ils étaient vingt.

Tant de monde pour garder une frêle jeune femme, songea-t-il.

L'un des geôliers s'avança pour leur montrer le chemin. Un morceau d'étoffe noire pendait à sa ceinture. Une cagoule, devina Rowan en réprimant un frisson. C'était lui qui, tout à l'heure, ferait office de bourreau.

Ils s'engagèrent dans un escalier sombre et humide, et il aperçut Gwenyth, enfin.

Son cœur s'arrêta de battre, puis se mit à cogner à toute volée dans sa poitrine. Ses cheveux en désordre pendaient de chaque côté de son visage blême. Ses vêtements étaient déchirés, couverts de boue, et elle était beaucoup trop maigre. Mais jamais sans doute elle ne lui était apparue aussi digne et fière.

Rowan continua à descendre les marches tandis que le Révérend Martin déclamait tout haut :

— Ceux qui se sont tournés vers le Malin périront dans les flammes ! Ils seront brûlés sur le bûcher afin que le feu les purifie, jusqu'à ce que leur corps maudit soit réduit en cendres, dispersées par le vent…

Rowan s'approcha de la cellule. Gwenyth cilla en le voyant, puis soutint son regard avec défi, le menton levé.

— Lady Gwenyth MacLeod, confessez-vous en public

et votre mort sera plus douce ! tonna le Révérend Martin. Confessez-vous et priez, maintenant, car si vous manifestez un repentir sincère, le Tout-Puissant vous évitera peut-être de rôtir en enfer pour l'éternité !

— Prenez garde, révérend, répondit-elle d'une voix douce. Si je parle, ce sera pour clamer mon innocence. Jamais je ne confesserai un mensonge, sinon le Dieu en qui j'ai foi se détournera de moi. Je m'avance sans peur dans la vallée de la mort parce que le Seigneur sait que je suis innocente, et que vous blasphémez en vous servant de Son nom pour vous débarrasser d'une ennemie politique. C'est *vous* qui rôtirez en enfer pour l'éterni...

— Blasphème ! rugit Rowan.

Jusqu'ici, elle s'était tenue très droite, son regard hardiment planté dans le sien, mais son intervention la fit chanceler intérieurement, il s'en rendit compte au brusque vacillement dans ses yeux.

Rowan adressa un signe au geôlier et la porte de la cellule s'ouvrit violemment. Il n'avait pas le choix : il l'empoigna brutalement par le bras et la fit pivoter à lui. Ses doigts s'enfoncèrent dans ses cheveux et il lui tira cruellement la tête en arrière tout en grondant :

— On ne doit pas la laisser parler devant la foule ! Son âme est damnée, elle le sait, et elle n'a plus rien à perdre ! Elle tentera d'entraîner avec elle des innocents dans le repère puant de Satan ! gronda-t-il d'une voix haineuse. Vous pouvez me croire, car je ne sais que trop ce dont cette sorcière est capable !

Il continua à la maintenir contre lui d'une poigne de fer pour que les témoins de la scène ne puissent pas voir leur visage, puis, de sa main libre, il sortit la fiole de sa manche et l'approcha de ses lèvres.

— Buvez. Maintenant, souffla-t-il très vite.

Elle le regarda fixement. Il y avait un tel mépris et une telle haine dans ses yeux qu'il dut serrer les dents pour garder son sang-froid.

— Pour l'amour de Dieu, buvez ! chuchota-t-il d'une voix suppliante et il pressa la fiole contre ses lèvres pour la forcer à obéir.

La drogue agit presque instantanément et la lumière s'éteignit peu à peu dans son regard.

— Cette créature est maudite ! Elle est possédée par Satan ! Il faut l'exterminer pour l'empêcher de nuire ! s'écria Rowan en refermant ses mains autour de son cou.

Elle sombrait. Rowan sentit qu'elle s'affaissait contre lui.

— Traître, réussit-elle encore à murmurer d'une voix rauque.

— Rendez-vous en enfer, répondit-il dans un souffle.

Elle ferma les yeux, inconsciente. Il fit mine de l'étrangler, le visage convulsé de haine.

— Meurs, fille du diable !

— Arrêtez ! Vous allez la tuer ! protesta le Révérend Martin, furieux.

Rowan se figea et desserra les mains. Il essaya de ne pas la lâcher trop brutalement, mais pour que la scène soit crédible, il ne pouvait amortir sa chute.

— Elle est morte, dit-il tandis que Gwenyth s'effondrait sur le sol humide de la geôle, sans vie.

— Vous l'avez fait exprès ! Vous avez voulu lui épargner le bûcher ! cria le Révérend Martin, pâle de rage.

Rowan pivota vers lui, les lèvres serrées.

— Vous n'êtes qu'un fou ! Vous n'avez aucune idée des mensonges qu'elle aurait pu proférer si vous l'aviez laissée parler en public. Je l'ai vue à l'œuvre. Vous préfériez prendre le risque qu'elle monte la foule contre vous ?

Il se baissa et souleva Gwenyth. Elle s'effondra contre lui, inerte.

L'illusion de la mort était si parfaite qu'il dut se retenir de la serrer contre lui, de vérifier qu'elle était en vie. Otant la magnifique cape bordée de fourrure qu'il portait sur les épaules, il la jeta sur Gwenyth, couvrant son visage. Il devait faire vite. A partir de maintenant, chaque seconde comptait.

— Il ne faut pas que la foule devine qu'il y a tromperie, déclara-t-il en se redressant avec son précieux fardeau. Révérend, ouvrez-moi le chemin.

Ils gravirent l'escalier et sortirent à l'air libre. Gavin et ses hommes l'attendaient dehors. Ils s'avancèrent aussitôt.

— Elle est morte ? exulta Gavin comme si la nouvelle le réjouissait.

Comme il parlait, ses compagnons s'approchèrent et firent cercle autour d'eux avec leurs chevaux.

— Ce n'est pas le moment de discuter, s'impatienta le Révérend Martin. La foule attend l'exécution.

— Qu'ils attendent. Je ne vais pas sacrifier une cape de cette valeur, riposta Rowan d'une voix irritée. Donne-moi une couverture, Gavin. Il ne faut pas que la foule voie son visage et se rende compte qu'on va brûler un cadavre.

Ils opérèrent très vite, avec des gestes rapides et précis. Rowan récupéra sa cape d'un mouvement ample, destiné à capter l'attention, pendant que Gavin la remplaçait par une simple couverture en laine.

Puis Rowan souleva le corps sans vie dans ses bras et se dirigea rapidement vers le bûcher. La foule était déjà massée autour du lieu de l'exécution et continuait à affluer.

Il connut un moment d'angoisse quand le bourreau le suivit et l'aida à attacher le cadavre au poteau.

— Allumez le bûcher, vite, lui souffla Rowan, avant

que quelqu'un proteste parce qu'on ne voit pas son visage, et que la situation dégénère.

L'homme jeta un coup d'œil inquiet autour de lui, comme s'il comprenait brusquement qu'il pourrait effectivement y avoir une émeute, et que l'affaire risquait de se retourner contre lui.

Il mit le feu au bûcher et, comme Rowan l'avait pressenti, le bois encore vert dégagea une épaisse fumée noire. Les spectateurs les plus proches se mirent à tousser et à reculer.

— Attendez ! intervint rageusement le révérend. Je n'ai pas prononcé la prière purificatrice…

— Regardez tous ! l'interrompit Rowan en se tournant vers la foule. Voilà le juste châtiment réservé à ceux qui adorent Satan !

Il n'avait pas fini de parler qu'un groupe de cavaliers gravit la colline au triple galop. Fergus et Michael MacIvey galopaient en tête.

— Rowan de Lochraven ! s'écria Fergus avec stupeur en découvrant la scène.

Il tira sur les rênes de son cheval. Effrayé par la fumée et le feu, l'animal se cabra.

— Arrêtez tout ! tonna Fergus.

Rowan fronça un sourcil belliqueux.

— Arrêter ? J'ai conduit moi-même la sorcière sur le bûcher !

N'osant s'attarder plus longtemps, il toisa Fergus avec mépris.

— C'est fini, lâcha-t-il froidement en s'éloignant dans la foule.

Gavin l'attendait à côté de son cheval et de Styx. Il tendit les rênes à Rowan et sauta en selle tandis qu'une odeur âcre de chairs brûlées empuantissait l'air.

Rowan jeta un coup d'œil derrière lui : Fergus et Michael MacIvey regardaient le bûcher en flammes.

— Vous ne pouvez pas les tuer, lui dit Gavin. Ce n'est ni le lieu ni le moment.

— Je sais, murmura Rowan, les mâchoires serrées.

Il enfourcha Styx et ils descendirent la colline au galop. Ils chevauchèrent sans répit jusqu'au village où ses hommes les attendaient anxieusement en compagnie du vieux Finnan et de l'apothicaire.

— Portez-la dans la chambre, commanda ce dernier en les précédant à l'intérieur de sa demeure.

Rowan laissa Gwenyth enveloppée dans la couverture jusqu'à ce qu'ils soient à l'abri des regards.

— Est-elle en vie ? demanda-t-il d'une voix rauque en la déposant sur le lit. Pour l'amour de Dieu, dites-moi qu'elle est vivante !

L'apothicaire prit le pouls de Gwenyth, pressa son oreille sur sa poitrine, puis esquissa un lent sourire et se redressa lentement.

— Tout va bien. Elle restera inconsciente sans doute deux ou trois jours, mais elle est vivante.

Finnan, qui les avait accompagnés dans la chambre, laissa échapper un soupir satisfait.

— La vieille Amy McGee serait fière de savoir qu'elle a permis de sauver une jeune femme innocente de la folie des hommes.

— Amy ne saura jamais à quel point je lui suis reconnaissant, murmura Rowan d'une voix enrouée.

— Peut-être, si vous pouviez de temps à autre prier pour le repos de son âme… ?

— Tous les jours de ma vie ! promit Rowan.

— Rowan, nous devons partir sans tarder, l'avertit Gavin.

— Encore un instant.

Il se tourna vers les deux hommes et leur remit à chacun plusieurs pièces d'or, malgré leurs protestations.

— Nous ne cherchions pas une récompense, affirma Finnan.

— Je le sais bien. Faites-moi néanmoins la grâce d'accepter ce petit témoignage de ma gratitude en remerciement du trésor inestimable que vous m'avez aidé à sauver.

Finnen sourit.

— Ah, un guerrier *et* un poète.

Rowan souleva son précieux fardeau. Cette fois, il la couvrit délicatement d'un drap en lin. Quand il ressortit, les chevaux avaient été désaltérés et ses hommes l'attendaient, prêts à partir.

Ils chevauchaient depuis une heure quand les MacIvey les rattrapèrent.

— Graham !

Son nom retentit dans la plaine comme un rugissement.

Rowan fit pivoter Styx. Fergus MacIvey, l'épée brandie, s'élançait furieusement vers lui.

— Vous vous êtes joué de nous, mais vous ne vous en tirerez pas aussi facilement ! cria-t-il d'une voix haineuse.

— Prenez garde, dit Gavin à Rowan.

Mais Rowan attendait ce moment depuis trop longtemps. Il confia Gwenyth à Gavin, puis poussa un cri de guerre et de fureur, tira son épée et se rua vers Fergus.

Ils se rencontrèrent au milieu de la plaine. Le choc fut terrible, mais ils ne tombèrent ni l'un ni l'autre. Leurs lames se heurtèrent, frappant sans relâche, étincelant dans le soleil tandis qu'ils se rendaient coup pour coup.

Rowan réussit finalement à déséquilibrer Fergus qui tomba

lourdement sur le sol, lâchant son arme. Rowan descendit de cheval, et lui restitua son épée du bout du pied.

Fergus s'en saisit aussitôt, se redressa d'un bond et se jeta sur son adversaire comme un fou. Rowan s'appliqua à ne pas bouger jusqu'à la dernière seconde, puis il s'effaça, pivota, et le frappa du tranchant de son épée, en y mettant tout son poids.

Fergus s'écroula. Mort. Rowan allait rengainer son arme quand Gavin cria.

— Rowan, attention !

Michael MacIvey se ruait sur lui par-derrière.

Il recula d'un bond, levant son arme à deux mains dans une parade instinctive. Emporté par son élan, Michael vint s'empaler sur son épée. L'espace de quelques secondes, leurs regards restèrent rivés l'un à l'autre, puis Rowan recula et Michael s'écroula en arrière, mort.

Ses yeux étaient grands ouverts, et un peu de sang moussait au coin de ses lèvres. Son visage était figé dans une expression de stupeur.

Rowan regarda autour de lui pour voir s'il y avait d'autres candidats, mais en voyant la tournure que prenait le combat, les hommes de MacIvey s'étaient enfuis.

Gavin le rejoignit et posa la main sur son épaule.

— Cette fois, c'est fini. Il est temps de ramener votre épouse à la maison.

— Oui, acquiesça Rowan d'une voix sourde en rengainant son épée. Rentrons à la maison.

Gwenyth reprit lentement connaissance avec la sensation d'émerger d'un abîme de ténèbres. Des perceptions lui parvenaient peu à peu.

Un frémissement de lumière.

La douceur d'un tissu contre sa joue.

L'odeur fraîche du linge propre.

Mais non, c'était impossible : elle était morte ! Et quand on était mort, sûrement, on ne sentait plus rien.

Elle souleva les paupières. Elle n'était plus vêtue de ses vêtements sales et déchirés, mais d'une chemise de nuit immaculée.

Et elle était allongée sur un drap immaculé, lui aussi, délicatement parfumé.

Pendant quelques instants, le monde lui apparut à travers un épais brouillard blanc, et elle cilla pour le dissiper.

Deux visages la fixaient avec intensité. Elle cilla de nouveau.

Annie !

Et… Liza Duff.

— Doux Jésus, elle est réveillée ! cria Annie.

Puis elle se pencha et son imposante poitrine faillit écraser Gwenyth tandis qu'elle la serrait dans ses bras en sanglotant de joie.

— Oh, mon Dieu, c'est vrai, souffla Liza. Lord Rowan, Lord Rowan, venez vite !

Et tout à coup Rowan se matérialisa devant elle, ses cheveux d'un blond lumineux, ses yeux plus bleus que le ciel.

— Mon amour !

— Rowan ? murmura-t-elle, incrédule.

— Oui, c'est bien moi.

Ses doigts effleurèrent les siens, puis elle fut dans ses bras et il la serra tout doucement contre lui, comme s'il craignait de la briser.

— C'est… c'est impossible, chuchota-t-elle.

Il recula légèrement et elle le dévisagea, tremblante, perdue, craignant d'être en proie à une hallucination morbide.

Et pourtant, non : la chaleur de son corps contre le sien, la tendresse de son étreinte étaient bien réelles.

— Elle a repris connaissance ? Loué soit Dieu ! soupira une voix familière.

Gavin !

— Par tous les saints, je n'arrive pas à le croire !

Gwenyth regarda par-dessus l'épaule de Rowan : Tristan était là, lui aussi, le visage fendu par un large sourire.

Rowan lui raconta brièvement le plan qu'ils avaient mis en œuvre pour la sauver.

— Nous avons dû vous substituer le cadavre d'une vieille femme sur le bûcher. Malheureusement, je n'ai pas pu vous prévenir. Vous deviez passer pour morte, alors je vous ai fait boire une drogue. Je suis désolé d'avoir dû me montrer aussi brutal. Je n'avais pas le choix.

Elle cilla et se blottit de nouveau contre lui.

— Mais j'ai été jugée et condamnée ! La sentence est irrévocable, lui rappela-t-elle.

— Le jugement va être annulé. La procédure est déjà en cours.

— Les MacIvey ne me lâcheront jamais, murmura-t-elle en levant vers lui un regard anxieux.

— Les MacIvey sont morts, répondit-il d'un ton âpre. Vous n'avez plus rien à craindre d'eux.

Gwenyth écarquilla les yeux.

— Mais…

Il exhala un long soupir et la reprit dans ses bras.

— Marie a abdiqué en faveur de son fils — contrainte et forcée, j'imagine, mais c'est officiel. Auparavant, elle a pris des dispositions pour que notre mariage soit valide aux yeux de la loi écossaise et Daniel reconnu comme mon héritier légitime. Jacques, qui assure la régence, a apposé lui aussi sa signature sur les documents.

Gwenyth poussa un faible cri. Des nouvelles si merveilleuses mêlées à une conclusion si triste.

Et pourtant, en cet instant, elle voulait seulement remercier Dieu d'être en vie.

Elle enlaça Rowan plus étroitement encore.

— Oh, Rowan, il n'y avait pas un mot de vrai dans ce que je vous ai dit, cette nuit-là, au presbytère. Mais j'étais terrifiée à l'idée que vous vous fassiez prendre, et on m'avait dit que… que…

Il recula légèrement pour la regarder et lui caressa la joue avec une telle tendresse qu'elle eut peur de défaillir — de bonheur.

— Je suis au courant des rumeurs. Mais je n'ai jamais eu l'intention d'épouser une autre femme que vous, mon amour. Et je sais que vous avez menti pour me forcer à partir.

Gwenyth le dévisagea avec émerveillement. C'était trop d'émotion d'un seul coup, trop de joie. Elle ne pouvait pas être plus heureuse qu'elle ne l'était en cet instant.

Et pourtant…

— Lady Gwenyth, il y a là quelqu'un qui souhaite vous voir.

Thomas se tenait sur le seuil. Comme il s'avançait dans la pièce, Gwenyth s'aperçut qu'il n'était pas seul.

Elle contempla avec stupéfaction l'enfant qu'il tenait dans ses bras. Un petit ange aux yeux bleu azur et aux cheveux blonds comme les blés.

Il la dévisagea, le regard méfiant mais brillant de curiosité.

— Maman ?

— Il marche, maintenant, dit Rowan en tendant les bras pour l'installer sur le lit, entre eux deux.

Gwenyth le regarda, bouleversée. Son fils. Il ne pouvait

pas se souvenir d'elle, mais il l'observait avec une telle attention mêlée d'attente...

— Daniel, souffla-t-elle d'une voix étranglée.

Puis elle leva les yeux vers Rowan et fondit subitement en larmes.

— Mon amour, mon amour, chuchota Rowan en lui caressant tendrement les cheveux.

Elle essaya de se ressaisir pour ne pas faire pleurer Daniel.

— Je...

— Tout va bien. Tout ira bien, désormais, affirma-t-il — et il sourit. Je ne vous quitterai plus jamais. Nous avons tous deux servi la reine, de toute notre âme. Mais maintenant, j'ai compris que mon cœur est ici, sur mes terres, et que je ne pouvais changer les hommes, encore moins changer le monde. Je prendrai toujours la défense de la reine, et je ne cesserai de militer pour la paix. Mais nous ne serons plus jamais séparés.

Gwenyth caressa les boucles blondes de Daniel et leva vers Rowan un regard rayonnant, où brillaient encore quelques larmes.

— Et moi je ne cesserai jamais de vous aimer, souffla-t-elle. Jamais.

Le destin fut bienveillant avec eux.

Le grand prédicateur Knox lui-même entra dans une colère noire quand il apprit que l'on jugeait l'âme immortelle sur des critères politiques.

Les Révérends Martin et Donahue eurent interdiction d'instruire des procès en sorcellerie. Les poètes composèrent des odes en l'honneur de Lord Rowan et de sa douce épouse, arrachée héroïquement aux flammes du bûcher.

Rowan et Gwenyth vécurent heureux sur leurs terres, aimés et respectés de tous.

La Reine Marie perdit l'enfant qu'elle portait. Elle n'avait plus de raison de continuer à protéger Bothwell, mais il était trop tard. Son peuple — qui l'avait tant aimée — restait persuadé qu'elle avait fait assassiner son mari pour épouser son amant et ne put lui pardonner.

Elle réussit à s'évader de la forteresse où on la maintenait enfermée et chercha refuge en Angleterre mais la reine la fit emprisonner.

Rowan et Gwenyth lui rendirent visite à plusieurs reprises, soulagés qu'Elisabeth — en dépit des demandes répétées de ses lords — refuse de signer l'ordre d'exécution de Marie sous prétexte qu'elle représentait une menace pour l'Etat. La mort de Marie provoquerait une onde de choc et Elisabeth était trop avisée pour risquer un soulèvement des catholiques.

Les années passant, la descendance de Rowan s'agrandit. Daniel fut rejoint par Ian, Mark, Ewan, Haven, Marie et Elisabeth. Gwenyth était avec ses enfants quand Rowan, toujours aussi beau et imposant que le jour de leur rencontre, lui apprit la mort de Marie d'Ecosse. Il essaya de lui annoncer la nouvelle le plus doucement possible, lui expliquant que Marie était entourée de gens qui l'aimaient au moment de sa mort, et que tout le monde, même ses ennemis, même les serviteurs d'Elisabeth, avaient reconnu qu'elle avait fait preuve d'une dignité et d'une noblesse remarquables. Elle avait témoigné son amour à tous ceux qui se trouvaient auprès d'elle, puis leur avait assuré qu'elle trouverait une place au ciel, auprès de son Dieu, et qu'elle était prête.

Les pressions étaient devenues trop fortes : Elisabeth avait été obligée de céder.

Marie, la jeune femme intrépide et passionnée qui avait

cru à son destin de reine et avait tenté d'accomplir sa tâche de son mieux avant d'être emportée par le tourbillon des conspirations et des mensonges, Marie d'Ecosse, si belle, si vive… avait fini ses jours avec grâce et dignité.

Malgré tous ses efforts pour adoucir le choc, Gwenyth se montra inconsolable. Elle pleura pendant des semaines. Elle avait besoin de rester seule et Rowan respecta sa volonté. Il était très occupé, la menace d'une guerre avec l'Angleterre se profilant à l'horizon. Le peuple d'Ecosse s'était détourné de Marie quand elle était vivante, mais maintenant qu'elle était morte, il criait vengeance. Jacques, son fils, aujourd'hui en âge de régner, était pénétré du rêve dans lequel il avait grandi : l'union des trônes d'Ecosse et d'Angleterre. Il aurait pu mener le pays à la guerre, mais il n'en fit rien.

Plusieurs semaines après la mort de Marie, alors qu'ils finissaient de souper avec leurs sept enfants, Gwenyth quitta la table, s'approcha de son époux, passa un bras autour de ses épaules et pressa tendrement ses lèvres sur sa joue.

— J'ai besoin de vous, ce soir, lui chuchota-t-elle.

Rowan se leva d'un mouvement un peu trop rapide.

— Bonté divine, soupira Daniel en secouant la tête.

— Qu'est-ce qu'il y a ? demanda la petite Marie en écarquillant les yeux.

Daniel, devenu un beau jeune homme de vingt-deux ans, éclata de rire puis lança à ses parents un regard d'excuse.

— Désolé. Mais vous êtes mariés depuis tellement et tellement d'années que…

— Que… ? demanda Rowan en haussant un sourcil.

— Cette situation est très embarrassante, marmonna Ian, quinze ans.

— Mais qu'est-ce qu'il y a ? persista la petite Marie.

— Il y a qu'il va falloir chercher un nouveau prénom pour le bébé à venir, soupira Daniel d'un air fataliste.

— Daniel, c'est un problème que nous réglerons... en son temps, déclara Rowan d'un ton ferme — et il décocha un clin d'œil à Gwenyth.

Puis il souleva sa femme dans ses bras d'un mouvement irrésistible et, malgré ses protestations rieuses, il l'emporta dans l'escalier.

BestSellers

A paraître le 1er mai

Best-Sellers n°375 • roman

L'héritière australienne - Lynne Wilding

A la mort de son père, Carla Stenmark hérite d'un domaine viticole dans la Barossa Valley, en Australie. Une propriété dont son père ne lui a jamais parlé. Pas plus que de son passé secret, qu'elle découvre à la lecture de son journal intime : accusé à tort d'avoir séduit la fiancée de son frère, Rolfe a été renié et banni par son propre père. En s'installant à Sundown Crossing avec son fils, c'est donc un double défi que Carla s'apprête à relever : remettre en état un vignoble en friche depuis des années, et renouer avec le clan Stenmark, bien qu'héritière d'un fils maudit…

Best-Sellers n°376 • roman

Les filles du capitaine - Benita Brown

Depuis la mort de leur mère, Josie et Flora Walton sont choyées par leur père et leurs grands-parents maternels. Mais le capitaine a un faible pour Flora, portrait vivant de sa défunte épouse qu'il adorait. Et si Flora est capricieuse et instable, comment lui en vouloir quand on sait que leur mère est morte en la mettant au monde ? Une tragédie que nul n'ose évoquer et dont Josie ne garde qu'un souvenir confus. Pourtant, elle sent qu'on lui cache quelque chose. Un secret de famille qu'elle est bien décidée à découvrir pour exorciser enfin les ombres du passé et permettre à tous les siens de s'ouvrir enfin à l'avenir — et à l'amour…

Best-Sellers n°377 • thriller

Le lien maudit - P.D. Martin

A l'âge de 8 ans, Sophie Andersen a brutalement eu la vision de la scène du meurtre de son frère. Ce drame l'a marquée à jamais. Devenue flic, elle exerce ses talents de *profiler* au FBI tout en essayant d'occulter ce don terrifiant. Cependant une enquête, la plus perturbante de sa carrière, l'oblige à faire appel à ses visions : plusieurs meurtres particulièrement brutaux, d'abord imputés au même tueur en série, semblent avoir été perpétrés non pas par un, mais par plusieurs assassins, qui tuent à l'unisson...

Best-Sellers n°378 • suspense

Sombre présage - Heather Graham

Lorsque Genevieve O'Brien engage Joe Connolly pour enquêter sur la mort d'un membre éminent des « Corbeaux », un club d'amateurs d'Edgar Poe dont fait partie sa mère, celui-ci n'accepte qu'à contrecoeur. Pourtant, Geneviève le sent, la mort rôde autour des Corbeaux. Et Joe, qui possède le don de communiquer avec les défunts, comprend rapidement qu'un tueur obsédé par Edgar Poe rôde dans la ville…

Best-Sellers n°379 • thriller

Jusqu'au dernier souffle - Rita Herron

Survivante d'un *serial killer* qui enterrait ses victimes vivantes, Lisa Langley a vécu l'enfer. Elle tente de se reconstruire lorsque, quatre ans plus tard, des meurtres identiques sont perpétrés. Terrorisée, elle se tourne vers Brad Booker, l'agent du FBI qui l'a déjà arrachée à la mort. Car un autre tueur semble vouloir continuer « l'œuvre » du psychopathe dont Lisa a été cible, et la poursuivre jusqu'à ce qu'elle rende son dernier souffle…

Best-Sellers n°380 • historique

Un parfum d'Irlande - Erin Yorke

Irlande, 1588

Un soir de tempête, alors qu'Alanna O'Donnell cherche un moyen de fuir un mariage forcé, les gardes du château de son oncle capturent l'équipage d'un galion espagnol suspecté d'appartenir à la flotte envoyée par le roi d'Espagne pour envahir l'Angleterre. Nus et entravés, les prisonniers sont déférés devant le seigneur des lieux, et Alanna, est chargée de jouer les interprètes. Troublée, elle ne peut détacher son regard de leur chef, Lucas del Fuentes, un homme insolent qui, en dépit de la situation, ne se gêne pas pour la courtiser. L'oncle d'Alanna, agacé par la tournure des événements, rend son verdict: Lucas et ses hommes seront pendus à l'aube…

Best-Sellers n°381 • roman

Le fruit défendu - Erica Spindler

Issue d'un milieu qu'elle a rejeté et qui lui fait honte, Hope est prête à tout pour échapper à un destin qu'elle hait. La chance se présente à elle sous les traits de Philip St. Germaine, un homme de la haute société qu'elle parvient à tromper sur ses origines et à épouser. Mais la naissance d'une petite fille réveille les démons d'un passé qu'elle croyait avoir laissé derrière elle à tout jamais. Un passé sulfureux dont la petite Glory risque d'hériter… à moins que Hope, qui a pour sa fille les plus grandes ambitions, ne parvienne à lui mentir à son tour sur ses origines…